학/
잃어버린 사람들

1991

차 례

鶴 11
잃어버린 사람들 153

〈해 설〉순박한 삶의 파괴와 회복·조남현/267

학

학/차 례

소나기 · 11
왕모래 · 23
盲啞院에서 · 35
鶴 · 51
청산가리 · 57
참 외 · 65
부끄러움 · 71
몰이꾼 · 81
매 · 91
女人들 · 99
사나이 · 105
두 메 · 115
筆墨장수 · 125
寡 婦 · 135

소 나 기

　소년은 개울가에서 소녀를 보자 곧 윤초시네 증손녀딸이라는 걸 알 수 있었다. 소녀는 개울에다 손을 잠그고 물장난을 하고 있는 것이다. 서울서는 이런 개울물을 보지 못하기나 한 듯이.
　벌써 며칠째 소녀는 학교서 돌아오는 길에 물장난이었다. 그런데 어제까지는 개울기슭에서 하더니 오늘은 징검다리 한가운데 앉아서 하고 있다.
　소년은 개울둑에 앉아버렸다. 소녀가 비키기를 기다리자는 것이다.
　요행 지나가는 사람이 있어 소녀가 길을 비켜주었다.

　다음날은 좀 늦게 개울가로 나왔다.
　이날은 소녀가 징검다리 한가운데 앉아 세수를 하고 있었다. 분홍 스웨터 소매를 걷어올린 팔과 목덜미가 마냥 희었다.
　한참 세수를 하고 나더니 이번에는 물속을 빤히 들여다본다. 얼굴이라도 비추어보는 것이리라. 갑자기 물을 움켜낸다. 고기새끼라도 지나가는 듯.
　소녀는 소년이 개울둑에 앉아있는 걸 아는지 모르는지 그냥 날쌔게 물만 움켜낸다. 그러나 번번이 허탕이다. 그래도 재미있는 양, 자꾸 물만 움킨다. 어제처럼 개울을 건너는 사람이 있어야 길을 비킬 모양이다.
　그러다가 소녀가 물속에서 무엇을 하나 집어낸다. 하얀 조약돌이었다. 그리고는 홀 일어나 팔짝팔짝 징검다리를 뛰어 건너간다.
 다 건너가더니 홱 이리로 돌아서며,
"이 바보."
 조약돌이 날아왔다.
 소년은 저도모르게 벌떡 일어섰다.
 단발머리를 나풀거리며 소녀가 막 달린다. 갈밭사잇길로 들어섰다. 뒤에는 청량한 가을 햇살 아래 빛나는 갈꽃뿐.
 이제 저쯤 갈밭머리로 소녀가 나타나리라. 꽤 오랜 시간이 지났다고 생각했다. 그런데도 소녀는 나타나지 않는다. 발돋움을 했다. 그러고도 상당한 시간이 지났다고 생각됐다.
 저쪽 갈밭머리에 갈꽃이 한옴큼 움직였다. 소녀가 갈꽃을 안고 있었다. 그리고 이제는 천천한 걸음이었다. 유난히 맑은 가을 햇살이 소녀의 갈꽃머리에서 반짝거렸다. 소녀 아닌 갈꽃이 들길을 걸어가는 것만 같았다.
 소년은 이 갈꽃이 아주 뵈지 않게 되기까지 그대로 서있었다. 문득 소녀가 던진 조약돌을 내려다보았다. 물기가 걷혀있었다. 소년은 조약돌을 집어 주머니에 넣었다.

 다음날부터 좀더 늦게 개울가로 나왔다. 소녀의 그림자가 뵈지 않았다. 다행이었다.
 그러나 이상한 일이었다. 소녀의 그림자가 뵈지 않는 날이 계속될수록 소년의 가슴 한구석에는 어딘가 허전함이 자리잡는 것이었다. 주머니 속 조약돌을 주무르는 버릇이 생겼다.
 그러한 어떤날, 소년은 전에 소녀가 앉아 물장난을 하던 징검다리 한가운데에 앉아보았다. 물속에 손을 잠갔다. 세수를 하였다. 물속을 들여다보았다. 검게 탄 얼굴이 그대로 비치었다. 싫었다.
 소년은 두 손으로 물속의 얼굴을 움키었다. 몇번이고 움키었다. 그러다가 깜짝 놀라 일어나고 말았다. 소녀가 이리 건너오고 있지 않느냐.
 숨어서 내 하는 꼴을 엿보고 있었구나. 소년은 달리기 시작했다. 디딤돌을 헛짚었다. 한발이 물속에 빠졌다. 더 달렸다.

몸을 가릴 데가 있어줬으면 좋겠다. 이쪽 길에는 갈밭도 없다. 메밀밭이다. 전에없이 메밀꽃내가 짜릿하니 코를 찌른다고 생각됐다. 미간이 아찔했다. 접찔한 액체가 입술에 흘러들었다. 코피였다. 소년은 한 손으로 코피를 훔쳐내면서 그냥 달렸다. 어디선가, 바보, 바보, 하는 소리가 자꾸만 뒤따라오는 것같았다.

토요일이었다.
개울가에 이르니 며칠째 보이지 않던 소녀가 건너편가에 앉아 물장난을 하고 있었다.
모르는 체 징검다리를 건너기 시작했다. 얼마 전에 소녀 앞에서 한 번 실수를 했을 뿐, 여태 큰길 가듯이 건너던 징검다리를 오늘은 조심성스럽게 건넌다.
"얘."
못들은 체했다. 둑 위로 올라섰다.
"얘, 이게 무슨 조개지?"
자기도 모르게 돌아섰다. 소녀의 맑고 검은 눈과 마주쳤다. 얼른 소녀의 손바닥으로 눈을 떨구었다.
"비단조개."
"이름두 참 곱다."
갈림길에 왔다. 여기서 소녀는 아래편으로 한 삼마장쯤, 소년은 우대로 한 십리 가까잇길을 가야 한다.
소녀가 걸음을 멈추며,
"너 저 산 너머에 가본 일 있니?"
벌 끝을 가리켰다.
"없다."
"우리 가보지 않을래? 시골 오니까 혼자서 심심해 못견디겠다."
"저래뵈두 멀다."
"멀믄 얼마나 멀갔게? 서울 있을 땐 아주 먼 데까지 소풍갔었다."
소녀의 눈이 금세, 바보, 바보, 할 것만 같았다.
논 사잇길로 들어섰다. 벼 가을걷이하는 곁을 지났다.
허수아비가 서있었다. 소녀가 새끼줄을 흔들었다. 참새가 몇 마

리 날아간다. 참 오늘은 일찍 집으로 돌아가 텃논의 참새를 봐야
할 걸 하는 생각이 든다.
"아, 재밌다!"
 소녀가 허수아비 줄을 잡더니 흔들어댄다. 허수아비가 대고 우쭐
거리며 춤을 춘다. 소녀의 왼쪽 볼에 살포시 보조개가 패었다.
 저만치 허수아비가 또 서있다. 소녀가 그리로 달려간다. 그 뒤를
소년도 달렸다. 오늘같은 날은 일찌감치 집으로 돌아가 집안 일을
도와야 한다는 생각을 잊어버리기라도 하려는 듯이.
 소녀의 곁을 스쳐 그냥 달린다. 메뚜기가 따끔따끔 얼굴에 와 부
딪친다. 쪽빛으로 한껏 개인 가을하늘이 소년의 눈앞에서 맴을 돈
다. 어지럽다. 저놈의 독수리, 저놈의 독수리, 저놈의 독수리가 맴
을 돌고 있기 때문이다.
 돌아다보니 소녀는 지금 자기가 지나쳐 온 허수아비를 흔들고 있
다. 좀전 허수아비보다 더 우쭐거린다.
 논이 끝난 곳에 도랑이 하나 있었다. 소녀가 먼저 뛰어건넜다.
 거기서부터 산밑까지는 밭이었다.
 수숫단을 세워놓은 밭머리를 지났다.
"저게 뭐니?"
"원두막."
"여기 참외 맛있니?"
"그럼. 참외맛두 좋지만 수박맛은 더 좋다."
"하나 먹어봤으면."
 소년이 참외그루에 심은 무우밭으로 들어가, 무우 두 밑을 뽑아
왔다. 아직 밑이 덜 들어있었다. 잎을 비틀어 팽개친 후 소녀에게
한 밑 건넨다. 그리고는 이렇게 먹어야 한다는 듯이 먼저 대강이를
한 입 베물어낸 다음 손톱으로 한 돌이 껍질을 벗겨 우적 깨문다.
 소녀도 따라 했다. 그러나 세 입도 못먹고,
"아, 맵고 지려,"
하며 집어던지고 만다.
"참 맛없어 못먹겠다."
 소년이 더 멀리 팽개쳐버렸다.

산이 가까워졌다.

단풍잎이 눈에 따가웠다.

"야아!"

소녀가 산을 향해 달려갔다. 이번은 소년이 뒤따라 달리지 않았다. 그러고도 곧 소녀보다 더 많은 꽃을 꺾었다.

"이게 들국화, 이게 싸리꽃, 이게 도라지꽃……"

"도라지꽃이 이렇게 예쁜 줄은 몰랐네. 난 보랏빛이 좋아! …… 근데 이 양산같이 생긴 노란꽃이 머지?"

"마타리꽃."

소녀는 마타리꽃을 양산 받듯이 해 보인다. 약간 상기된 얼굴에 살폿한 보조개를 떠올리며.

다시 소년은 꽃 한 움큼을 꺾어 왔다. 싱싱한 꽃가지만 골라 소녀에게 건넨다.

그러나 소녀는,

"하나두 버리지 말어."

산마루께로 올라갔다.

맞은편 골짜기에 오손도손 초가집이 몇 모여있었다.

누가 말한 것도 아닌데 바위에 나란히 걸터앉았다. 별로 주위가 조용해진 것같았다. 따가운 가을 햇살만이 말라가는 풀냄새를 퍼뜨리고 있었다.

"저건 또 무슨 꽃이지?"

적잖이 비탈진 곳에 칡덩굴이 엉키어 끝물꽃을 달고 있었다.

"꼭 등꽃같네. 서울 우리 학교에 큰 등나무가 있었단다. 저 꽃을 보니까 등나무 밑에서 놀든 동무들 생각이 난다."

소녀가 조용히 일어나 비탈진 곳으로 간다. 꽃송이가 달린 줄기를 잡고 끊기 시작한다. 좀처럼 끊어지지 않는다. 안간힘을 쓰다가 그만 미끄러지고 만다. 칡덩굴을 그러쥐었다.

소년이 놀라 달려갔다. 소녀가 손을 내밀었다. 손을 잡아 이끌어 올리며, 소년은 제가 꺾어다 줄 것을 잘못했다고 뉘우친다.

소녀의 오른쪽 무릎에 핏방울이 내맺혔다. 소년은 저도모르게 상채기에 입술을 가져다대고 빨기 시작했다. 그러다가 무슨 생각을 했는지 홱 일어나 저쪽으로 달려간다.
 좀만에 숨이 차 돌아온 소년은,
"이걸 바르면 낫는다."
 송진을 상채기에다 문질러 바르고는 그달음으로 칡덩굴 있는 데로 내려가 꽃 달린 줄기를 이빨로 끊어가지고 올라온다. 그리고는,
"저기 송아지가 있다. 그리 가보자."
 누렁송아지였다. 아직 코뚜레도 꿰지 않았다.
 소년이 고삐를 바투 잡아쥐고 등을 긁어주는 척 후딱 올라탔다. 송아지가 껑충거리며 돌아간다.
 소녀의 흰 얼굴이, 분홍 스웨터가, 남색 스커트가, 안고 있는 꽃과 함께 범벅이 된다. 모두가 하나의 큰 꽃묶음 같다. 어지럽다. 그러나 내리지 않으리라. 자랑스러웠다. 이것만은 소녀가 흉내내지 못할 자기 혼자만이 할 수 있는 일인 것이다.
"너희 예서 뭣들 하느냐."
 농부 하나이 억새풀 사이로 올라왔다.
 송아지 등에서 뛰어내렸다. 어린 송아지를 타서 허리가 상하면 어쩌느냐고 꾸지람을 들을 것만 같다.
 그런데 나룻이 긴 농부는 소녀편을 한번 훑어보고는 그저 송아지 고삐를 풀어내면서,
"어서들 집으루 가거라. 소나기가 올라."
 참 먹장구름 한 장이 머리 위에 와 있다. 갑자기 사면이 소란스러워진 것같다. 바람이 우수수 소리를 내며 지나간다. 삽시간에 주위가 보랏빛으로 변했다.
 산을 내려오는데 떡갈나뭇잎에서 빗방울 듣는 소리가 난다. 굵은 빗방울이었다. 목덜미가 선뜻선뜻했다. 그러자 대번에 눈앞을 가로막는 빗줄기.
 비안개 속에 원두막이 보였다. 그리로 가 비를 그을 수밖에.
 그러나 원두막은 기둥이 기울고 지붕도 갈래갈래 찢어져있었다. 그런대로 비가 덜 새는 곳을 가려 소녀를 들어서게 했다. 소녀는 입술이 파랗게 질려있었다. 어깨를 자꾸 떨었다.
 무명 겹저고리를 벗어 소녀의 어깨를 싸주었다. 소녀는 비에 젖

은 눈을 들어 한번 쳐다보았을 뿐, 소년이 하는 대로 잠자코 있었다. 그러면서 안고 온 꽃묶음 속에서 가지가 꺾이고 꽃이 일그러진 송이를 골라 발밑에 버린다.
　소녀가 들어선 곳도 비가 새기 시작했다. 더 거기서 비를 그을 수 없었다.
　밖을 내다보던 소년이 무엇을 생각했는지 수수밭 쪽으로 달려간다. 세워놓은 수숫단 속을 비집어보더니 옆의 수숫단을 날라다 덧세운다. 다시 속을 비집어본다. 그리고는 소녀 쪽을 향해 손짓을 한다.
　수숫단 속은 비는 안 새었다. 그저 어둡고 좁은 게 안됐다. 앞에 나앉은 소년은 그냥 비를 맞아야만 했다. 그런 소년의 어깨에서 김이 올랐다.
　소녀가 속삭이듯이, 이리 들어와 앉으라고 했다. 괜찮다고 했다. 소녀가 다시 들어와 앉으라고 했다. 할수없이 뒷걸음질을 쳤다. 그 바람에 소녀가 안고 있는 꽃묶음이 우그러들었다. 그러나 소녀는 상관없다고 생각했다. 비에 젖은 소년의 몸내음새가 확 코에 끼얹혀졌다. 그러나 고개를 돌리지 않았다. 도리어 소년의 몸기운으로 해서 떨리던 몸이 적이 누그러지는 느낌이었다.
　소란하던 수숫잎소리가 뚝 그쳤다. 밖이 멀개졌다.
　수숫단 속을 벗어나왔다. 멀지 않은 앞쪽에 햇빛이 눈부시게 내리붓고 있었다.
　도랑 있는 곳까지 와 보니, 엄청나게 물이 불어있었다. 빛마저 제법 붉은 흙탕물이었다. 뛰어건널 수가 없었다.
　소년이 등을 돌려댔다. 소녀가 순순히 업히었다. 걷어올린 소년의 잠방이까지 물이 올라왔다. 소녀는, 어머나 소리를 지르며 소년의 목을 그러안았다.
　개울가에 다다르기 전에 가을하늘은 언제 그랬는가 싶게 구름 한 점 없이 쪽빛으로 개어있었다.

　그 다음날은 소녀의 모양이 뵈지 않았다. 다음날도, 다음날도. 매일같이 개울가로 달려와봐도 뵈지 않았다.

학교에서 쉬는 시간에 운동장을 살피기도 했다. 남몰래 오학년 여자반을 엿보기도 했다. 그러나 뵈지 않았다.
그날도 소년은 주머니 속 흰 조약돌만 만지작거리며 개울가로 나왔다. 그랬더니 이쪽 개울둑에 소녀가 앉아있는 게 아닌가.
소년은 가슴부터 두근거렸다.
"그동안 앓았다."
알아보게 소녀의 얼굴이 해쓱해져있었다.
"그날 소나기 맞은 것 때메?"
소녀가 가만히 고개를 끄덕이었다.
"인제 다 났냐?"
"아직두……"
"그럼 누워있어야지."
"너무 갑갑해서 나왔다. ……그날 참 재밌었어. ……근데 그날 어디서 이런 물이 들었는지 잘 지지 않는다."
소녀가 분홍 스웨터 앞자락을 내려다본다. 거기에 검붉은 진흙물 같은 게 들어있었다.
소녀가 가만히 보조개를 떠올리며,
"이게 무슨 물 같니?"
소년은 스웨터 앞자락만 바라다보고 있었다.
"내 생각해냈다. 그날 도랑 건늘 때 내가 업힌 일 있지? 그때 네 등에서 옮은 물이다."
소년은 얼굴이 확 달아오름을 느꼈다.
갈림길에서 소녀는,
"저 오늘 아침에 우리집에서 대추를 땄다. 낼 제사 지낼려구……"
대추 한 줌을 내어준다.
소년은 주춤한다.
"맛봐라, 우리 증조할아버지가 심었다는데 아주 달다."
소년은 두 손을 오그려 내밀며,
"참 알두 굵다!"
"그리구 저, 우리 이번에 제사 지내구 나서 좀 있다 집을 내주게 됐다."

소년은 소녀네가 이사해 오기 전에 벌써 어른들의 이야기를 들어서 윤초시 손자가 서울서 사업에 실패해가지고 고향에 돌아오지 않을 수 없게 됐다는 걸 알고 있었다. 그것이 이번에는 고향집마저 남의 손에 넘기게 된 모양이었다.
"왜그런지 난 이사가는 게 싫어졌다. 어른들이 하는 일이니 어쩔 수 없지만……"
전에없이 소녀의 까만 눈에 쓸쓸한 빛이 떠돌았다.
소녀와 헤어져 돌아오는 길에 소년은 혼잣속으로 소녀가 이사를 간다는 말을 수없이 되뇌어보았다. 무어 그리 안타까울 것도 서러울 것도 없었다. 그렇건만 소년은 지금 자기가 씹고 있는 대추알의 단맛을 모르고 있었다.
이날밤, 소년은 몰래 덕쇠할아버지네 호두밭으로 갔다.
낮에 봐두었던 나무로 올라갔다. 그리고 봐두었던 가지를 향해 작대기를 내리쳤다. 호두송이 떨어지는 소리가 별나게 크게 들렸다. 가슴이 선뜻했다. 그러나 다음순간, 굵은 호두야 많이 떨어져라, 많이 떨어져라, 저도모를 힘에 이끌려 마구 작대기를 내리치는 것이었다.
돌아오는 길에는 열이틀 달이 지우는 그늘만 골라 짚었다. 그늘의 고마움을 처음 느꼈다.
불룩한 주머니를 어루만졌다. 호두송이를 맨 손으로 깠다가는 옴이 오르기 쉽다는 말같은 건 아무렇지도 않았다. 그저 근동에서 제일가는 이 덕쇠할아버지네 호두를 어서 소녀에게 맛보여야 한다는 생각만이 앞섰다.
그러다, 아차, 하는 생각이 들었다. 소녀더러 병이 좀 낫거들랑 이사가기 전에 한번 개울가로 나와달라는 말을 못해둔 것이었다. 바보같은 것, 바보같은 것.

이튿날, 소년이 학교에서 돌아오니 아버지가 나들이옷으로 갈아입고 닭 한 마리를 안고 있었다.
어디 가시느냐고 물었다.
그 말에는 대꾸도 없이 아버지는 안고 있는 닭의 무게를 겨냥해

보면서,
"이만하면 될까?"
어머니가 망태기를 내주며,
"벌써 며칠째 걀걀하구 알 날 자리를 보든데요. 크진 않아두 살은 졌을 거예요."
소년이 이번에는 어머니한테 아버지가 어디 가시느냐고 물어보았다.
"저, 서당골 윤초시댁에 가신다. 제삿상에라도 놓으시라구……"
"그럼 큰 놈으루 하나 가져가지. 저 얼룩수탉으루……"
이 말에 아버지는 허허 웃고 나서,
"임마, 그래두 이게 실속이 있다."
소년은 공연히 열적어, 책보를 집어던지고는 외양간으로 가, 소 잔등을 한번 철썩 갈겼다. 쇠파리라도 잡는 척.

개울물은 날로 여물어갔다.
소년은 갈림길에서 아랫쪽으로 가 보았다. 갈밭머리에서 바라보는 서당골마을은 쪽빛 하늘 아래 한결 가까워 보였다.
어른들의 말이, 내일 소녀네가 양평읍으로 이사간다는 것이었다. 거기 가서는 조그마한 가겟방을 보게 되리라는 것이었다.
소년은 저도모르게 주머니 속 호두알을 만지작거리며, 한 손으로는 수없이 갈꽃을 휘어꺾고 있었다.
그날밤, 소년은 자리에 누워서도 같은 생각뿐이었다. 내일 소녀네가 이사하는 걸 가보나 어쩌나. 가면 소녀를 보게 될까 어떨까.
그러다가 까무룩 잠이 들었는가 하는데,
"허, 참, 세상일두……"
마을갔던 아버지가 언제 돌아왔는지,
"윤초시댁두 말이 아니어. 그 많든 전답을 다 팔아버리구, 대대루 살아오든 집마저 남의 손에 넘기드니, 또 악상꺼지 당하는 걸 보면……"
남폿불 밑에서 바느질감을 안고 있던 어머니가,
"증손이라곤 기집애 그애 하나뿐이었지요?"

"그렇지. 사내애 둘 있든 건 어려서 잃구……"
"어쩌믄 그렇게 자식복이 없을까."
"글쎄 말이지. 이번 앤 꽤 여러 날 앓는 걸 약두 변변히 못 써봤다드군. 지금같애서는 윤초시네두 대가 끊긴 셈이지. ……그런데 참 이번 기집애는 어린것이 여간 잔망스럽지가 않어. 글쎄 죽기 전에 이런 말을 했다지 않어? 자기가 죽거든 자기 입든 옷을 꼭 그대루 입혀서 묻어달라구……"

1952 시월

왕 모 래

　그해 살구꽃이 흩날리기 시작한 어느날이었다.
　새벽녘이면 으레 돌아오던 어머니가 이날은 낮이 기울도록 돌아오지 않았다. 돌이는 울음을 참아가며 머리맡에 놓인 요강만 바라보곤 바라보곤 했다.
　새벽녘에 돌아오는 어머니는 먼저 요강을 찾았다. 그 소리에 돌이는 잠이 깨곤 했다. 어느새 그렇게 잠귀가 밝아진 돌이였다. 머리 위까지 이불을 뒤집어쓰는 어머니의 가슴을 더듬곤 했다. 홱 손이 뿌리쳐졌다. 왜 넌 세상에 나와가지구 이 성화냐. 술냄새가 끼얹혔다. 그런 어머니의 몸은 무슨 열기까지 띠고 있었다. 돌이는 저리 돌아눕는 어머니의 등뒤에서 숨을 죽이며, 어머니는 어디가 아파서 그러는지도 모른다는 생각을 해보곤 한다.
　사실 낮에는 무슨 병자처럼 하루종일 자리에 누워있는 어머니였다.
　지게문에 햇살이 훤히 비치기를 기다려 돌이는 어머니가 깨지 않게끔 조심히 이불을 빠져나온다. 살그머니 지게문을 열고 밖으로 나선다. 어머니의 고무신을 집어든다. 속을 들여다본다. 언제나처럼 왕모래 섞인 흙이 들어있다. 앞 개울 사금판에서 나온 버럭흙인 것이다.
　아버지가 살아서 사금판 삯일을 다닐 때에도 신발에 똑같은 왕모래 섞인 흙을 묻혀가지고 들어왔다. 아버지가 낮에 버럭짐을 지면서 묻혀가지고 다니던 흙을 어머니는 어째서 밤마다 고무신 속에 넣고 오는지 알 수 없는 일이었다.
 저녁때가 가까워야 어머니는 자리에서 일어나 그날 저녁 겸 다음날 아침밥을 끓였다. 이런 때의 어머니의 쌍꺼풀진 눈만은 앓는 사람같지 않게 날로 빛을 더해만 갔다. 그러나 저녁을 끓여먹고 나서 어머니는 다시 자리에 눕는다. 돌이는 오늘밤은 어머니가 밖에 나가는 걸 지키리라 마음먹는다. 그러나 번번이 헛일이었다. 자기도 모르는 새 잠이 들어버리고 마는 것이다.
 밤중에 오줌같은 것이 마려워 눈을 뜬다. 물론 어머니가 없다. 새벽녘에 요강소리에 다시 눈을 뜬다. 그제야 어머니는 돌아와있다. 이런 어머니는 여전히 또 몸이 편찮은 사람처럼 돌이에게 등을 돌려대고 잠이 들곤 하는 것이었다.
 여느때 같으면 저녁 겸 다음날 아침밥을 끓일 시각이 되었건만 어머니는 여태 돌아오지 않는다. 돌이는 앉은 채 엎드려 졸았다. 문 여는 소리에 깜짝 고개를 드니 안주인이다.
 안주인은 열었던 문을 닫으며, 년이 어젯밤에는 들어오지두 않었군, 하며 입속말을 중얼거리더니, 다시 문을 열고 이번에는 방안으로 들어선다. 대뜸 구석에 놓여있는 석유상자께로 가 뚜껑을 열어본다. 누더기 옷가지가 꾸겨박혀 있다. 그 석유상자를 냉큼 들어 문 밖으로 내놓는다. 그리고는 펴놓은 채로 있는 땟국이 절은 이불을 뚤뚤 말며, 이 화냥년이 집세를 두 달치나 잘라먹구…… 홱 돌이편을 돌아보며, 느이 엄만 인제 안 돌아온다, 멀리 도망갔다.
 돌이는 안주인의 말을 잘 못 알아듣는다. 어머니가 안 돌아오다니? 그럴 리가 있나? 그러다가 돌이는 안주인이 요강마저 밖으로 내가는 것을 보고야 저것마저 없애면 정말 어머니는 안 돌아올 것만 같아 그만 울음을 터뜨리고 말았다. 돌이의 나이 아홉이었다.

 자기 집 이불 속보다 따뜻했다. 그러면서도 자기 집 이불 속보다 더 추웠다. 돌이는 설렁탕집 굴뚝 모퉁이에서 밤을 새웠다.
 야, 예 있는 걸 그렇게 찾아다녔구나. 곰보아주머니였다. 반가웠다. 이 곰보아주머니면 어머니가 있는 데를 알 수 있을 것이었다.
 아버지가 세상을 떠난 지 얼마 안 되어서였다. 하루는 어머니가 돌이더러 이 아주머니를 불러오라고 했다. 그날 어머니는 돌이에게 과자 사먹으라고 돈까지 주었다. 돌이가 눈깔사탕을 다 녹여먹고 나서 돌아오는데, 방안에서 어머니의 말소리가 들린다. 더는 이 고생 못하겠어요, 아주머니 말대로 팔자를 고쳐야겠어요. 돌이는 그게 무슨 말인지 알아듣지 못했다. 그저 이날 어머니의 눈이 이상한 빛을 띠었다고 생각했다.

다음날 다시 곰보아주머니가 왔다. 이번에는 웬 사내까지 하나 데리고 왔다. 코밑에 팔자수염을 기른 사내였다. 양복에 감발을 했다. 퍼뜩 보니 구두에 사금판 왕모래가 묻었다. 그러나 어린 소견에도 이 사람이 아버지처럼 버럭질이나 질 사람은 아닌 성싶었다. 이날도 돌이는 과자 사먹으라는 돈을 탔다. 그리고 처음으로 어머니가 얼굴에 분 바르는 것을 보았다. 이날밤부터 어머니는 새벽녘에 돌아오는 버릇이 생긴 것이다.

지금 곰보아주머니는 재빠르게 자기 치맛자락을 뒤집어 돌이의 콧물을 닦아주면서, 늬엄마가 나헌테 널 맽겼다, 그러니 나 하라는 대로만 해라. 돌이는 얼핏 그게 무슨 소린지 못 알아듣는다. 그저 이 곰보아주머니만 따라가면 어머니를 만날 수 있으리라. 참 어머니는 이 곰보아주머니네 집에서 자기를 기다리고 있는지도 모른다는 생각이었다.

곰보아주머니네 집은 사금판에 새로 들어선 동네에 있었다. 그런데 지금 돌이가 가는 곳은 그쪽과는 반대되는 산밑 거리였다.

어느 솟을대문 앞에 이르러 곰보아주머니는 돌이의 귀 가까이 입을 가져다대고 속삭였다. 너 오늘부터 이댁 도련님이 된다, 새 엄마아빠 말만 잘 들으면 모든 게 네 세상이 된다, 알겠니? 그러나 돌이에게는 도시 알 수가 없는 말이었다.

더벅머리가 깨끗이 깎였다. 몸의 때가 말짱히 씻겨졌다. 새옷이 입혀졌다. 이름도 섭이라고 고쳐졌다. 그리고 난생처음 보는 사람더러 어머니 아버지라 불러야만 했다.

다음날 학교에도 들어갔다. 동무가 없었다. 쉬는 시간에는 혼자 운동장 한옆에 비켜나있어야 했다. 거리가 내다보였다. 저쪽 끝에 사금판 버럭더미가 보였다. 자기네가 살던 집은 어디쯤이나 될까.

거기 살구나무가 마지막 꽃잎을 떨구고 있었다. 문득 지난 겨울 진눈깨비 퍼뜩이던 날, 사금판에서 돌아온 아버지가 피똥을 누던 일이 떠올랐다. 그로부터 날로 핏기가 없어져가던 아버지. 그러나 사금판 일을 거르지는 않았다. 그런 아버지가 자리에 누운 지 열흘이 못되어 세상을 떠나고 말았다.

돌이는 학교서 돌아오는 길에 자기네가 살던 집까지 찾아가 보았다. 벌써 딴 사람이 들어온 듯, 자기네가 살던 방에서는 낯선 갓난애의 울음소리가 들렸다.

곰보아주머니는 가끔 돌이가 있는 솟을대문집에 들렀다. 안방에서 새어머니와 이야기를 하였다. 그러다 돌아가는 곰보아주머니의 손에는 언제나 무슨 보자기가 들려지곤 했다. 이런 곰보아주머니는 돌이와 별로 말이 없었다. 그러나 반가웠다. 언제이고 이 곰보아주머니가 어머니를 만나게 해줄 것만 같아서.

새아버지가 밖에서 새고 들어오는 날이 있었다. 친구들과 얼려 마작을 했다는 것이었다. 그런 날이면 새어머니는 밤잠을 자지 않고 이튿날도 끼니를 굶었다.

하루는 새어머니가 돌이더러 아버지의 뒤를 따라가보라고 했다. 저만치 앞서 가던 새아버지가 으슥한 골목 안 한 집으로 들어간다. 웬 젊은 색시 하나가 아버지의 신발을 집어 들여간다.

이 말을 들은 새어머니는 사뭇 떨리는 손으로 치마를 갈아입더니 돌이를 앞세우는 것이었다. 아버지가 허둥지둥 양복저고리를 움켜쥔 채 그집에서 뛰쳐나왔다. 그 뒤로 새어머니가 머리를 헝크리고 쫓아나왔다. 길에서는 아무일 없었다. 집에 들어서기가 무섭게 새어머니는 아버지의 가슴패기를 박박 쥐어뜯으며 악을 썼다. 나 죽이구 그년하구 가 살아라, 어서 날 죽여라, 죽여. 한참 만에야 새아버지는 한마디, 내가 무어 그것한테 정을 두구 그러는 줄 알어? 씨나 하나 받아볼까 해서 그러지.

그 다음부터 새아버지는 밖에서 밤을 새우고 들어오는 일이 없었다. 그러한 어느날 저녁, 새어머니는 다시 돌이더러 목욕주머니를 들고 나서는 아버지의 뒤를 따라가보라고 했다. 아버지는 목욕탕

앞을 그냥 지나쳐서 거기 골목으로 접어들더니 어떤 집으로 들어선다. 여인 하나가 신발을 집어 들인다. 돌이는 깜짝 놀랐다. 얼마 전 그 색시였다. 그 색시가 전번 집과는 딴판인 이집에 와있는 것이었다. 돌아섰다. 그러나 돌이가 골목을 다 빠져나오기 전에 누구의 손엔가 목덜미를 집혔다. 언제 쫓아나왔는지 지금의 그 색시였다. 요 망할 것아, 왜 남을 못살게 구는 거냐. 목덜미에 난 여인의 손톱자국이 며칠을 두고 쓰렸다.

이듬해 풋과일이 나올 무렵이었다. 새어머니가 웬일인지 자꾸 풋과일을 사들였다. 된서리가 내리는 가을철에는 새어머니의 배가 불렀다.

곰보아주머니가 왔다. 곰보아주머니는 새어머니와 새아버지의 나이를 묻고 한참이나 손가락을 꼽을락 펼락 하더니, 틀림없이 아들이라고 했다. 돌아갈 때는 여지껏보다 더 큰 보자기가 들려졌다.

그리고 이듬해 정월달에 새어머니가 몸을 풀었다. 사내애였다. 세이레가 지난 어느날 오래간만에 곰보아주머니가 왔다. 이번에는 제편에서 들른 게 아니고 이쪽에서 식모를 보내어 오라고 해서 왔다. 그리고 이번은 안방에 들어가 새어머니와 만나보는 게 아니라 바깥 아버지와 이야기하는 것이었다. 이야기 끝에 새아버지는 지전뭉치 하나를 곰보아주머니에게 쥐어주었다.

그 즉시 돌이는 곰보아주머니를 따라 솟을대문집을 나섰다. 곰보아주머니가 혼잣말로 중얼거렸다. 태점에는 분명히 딸이었는데. 그리고 돌이를 돌아보며, 거 다 네 팔자소관이니 할 수 없다.

돌이는 이 곰보아주머니가 왜 오늘은 기분이 나빠하는지 알 수가 없었다.

포목점 심부름꾼 아이가 되었다. 곰보아주머니가 미리 애 얻어달라는 부탁을 받았던 듯, 그날 솟을대문집에서 곧장 이리로 옮겨왔다.

그다지 고된 일도 없었다. 주인 내외가 퍽이나 상냥했다. 여기에도 가끔 곰보아주머니가 들렀다. 주인이 철따라 옷감가지를 들려보내곤 했다.

이태가 지났다. 옷감 이름을 죄다 외게 되었다. 그런데 포목점 주인이 서울로 이사를 가게 됐다. 서울에다 좀더 큰 포목상을 벌여놓는다는 것이었다.
 돌이더러도 같이 가자고 했다. 그럴까 해보았다. 곰보아주머니가 달려왔다. 이애만은 여기 남아있어야 한다는 것이었다. 돌이도 딴은 그렇다고 생각했다. 역시 이 곰보아주머니가 있는 곳에 있어야 한다고, 그래야만 어머니가 돌아온대도 만날 수 있을 거라고.
 다음날로 농기구점으로 옮겼다.
 상점에는 먼저 들어와있는 큰애가 하나 있었다. 여기 상점일을 보기 시작한 지가 꽤 오랜 듯, 주인 대신으로 물건을 사고팔고 했다. 돌이와 달라 자기 집에서 자고 다녔다.
 돌이는 오는 날로 뜰도 쓸고 물도 길어야 했다. 주인이 농기구를 가지고 시골로 나가고 없을 때는 제손으로 상점 문도 열어야 했다.
 주인집에 아홉살 난 애가 하나 있었다. 틈틈이 이애 동무도 돼줘야 했다. 철사로 안경을 만들어주기도 하고 팽이를 깎아주기도 했다. 제기와 연도 만들어줬다. 돌이는 이애 동무가 됐을 때가 가장 즐거웠다.
 어느날 밤이었다. 변소에를 가려고 안방 미닫이 앞을 지나다 저도모르게 발걸음을 멈추고 말았다. 미닫이 유리창 안에 애가 지금 어머니의 젖가슴을 안고 잠들어있는 것이었다. 애어머니는 어머니대로 한 팔을 애의 목에다 걸고.
 문득 돌이는 자기도 어둠속에서 어머니의 가슴을 더듬었다. 어머니편에서도 같이 안아준다. 그러나 다음순간, 자기 어머니는 저쪽으로 돌아눕고 만다. 돌이는 급히 미닫이 앞을 떠나고야 말았다. 그러면서 다시는 이 미닫이 속을 들여다보지 않으리라 마음먹는다.
 그러나 다음날 밤도 돌이는 미닫이 앞에 발걸음을 멈추었다. 오늘밤은 애가 돌아누워 잔다. 그런데도 어머니의 한 팔이 애의 목을 감아안고 있다.
 바깥주인이 시골 다녀온 날 밤이었다. 주인이 상점에서 장부를 펴놓고 주판을 튀기는 틈을 타 돌이는 변소에 가는 체 안방 미닫이 앞으로 갔다. 오늘밤은 애가 어머니의 목을 그러안고 있다. 어둠속에서 자기도 어머니의 목을 그러안는다. 그와 함께 누구의 손이 자기의 목덜미를 와 잡는다. 전날 목욕탕 옆 골목에서 젊은 여인한테 집혔던 손맛보다 더 억세다. 요 자식이 남의 금가락지맛을 보더니 또 뭘 훔쳐내려구. 주인의 목소리였다. 뒤이어 억센 손바닥이 볼에 와 부딪치며 눈앞이 번쩍했다. 요 자식아 가락질 내놔라.
 어제 안주인이 빨래 가며 경대 위에 빼놓은 금가락지가 없어졌다는 것이다. 돌이는 달아오르는 볼을 싸쥐고 어찌된 영문인지 몰라 해 했다.
 큰애가 상점 뒷문을 벙싯하니 열고 고개를 내밀었다가 거둔다. 순간, 돌이 머리에 떠오르는 게 있었다. 어제 변소에 간 줄만 알았던 큰애가 신발을 신은 채 안방 미닫이 틈을 빠져나오다 돌이와 눈이 마주친 일. 돌이는 주인에게 그것을 말하려 했다. 그러나 못하고 말았다. 벌써부터 큰애네 집에는 중풍으로 오금을 못쓰는 아버지가 있다는 말을 듣고 있었다. 눈앞에, 그 한번도 보지 못한 큰애 아버지의 모습이 떠올랐다. 그것은 죽기 전 자기 아버지 모습이었다.
 주인이 큰애를 시켜 곰보아주머니를 오라 했다. 돌이는 그밤으로 곰보아주머니를 따라 그집을 쫓겨났다. 얼마큼 오는데 어둠속에서 큰애가 달려왔다. 손에 무엇을 쥐어준다. 지전이었다. 돌이는 도로 큰애의 손에 쥐어주었다. 이런 큰애의 손은 축축히 땀이 배어있었다.
 다시 얼마큼 와서 곰보아주머니가 발걸음을 멈추더니, 내일쯤 삽이랑 곡괭일 하나 얻어갈까 했는데 너 때문에 틀렸다, 그건 그렇다 허구 그 가락지나 이리 내라. 돌이는 무어라 대답할 말이 없었다. 곰보아주머니가 이번에는 은근한 말로, 너 가락질 팔았냐? 이왕 팔아버렸음 나두 돈구경이나 좀 해보자. 그래도 돌이가 잠자코 있으니까, 곰보아주머니는 예의 혼잣말을 중얼거린다. 늬 애빗적부터 금이라면 사죽을 못쓰구 금싸래기구 왕모래구 마구 집어삼키다가 창자가 꿰져 뒈졌느니라.
 돌이는 오늘 이 곰보아주머니의 말만은 알아들을 대목이 있다고 생각한다.

곰보아주머니네 집은 사금판에서 약간 떨어진 거리 한끝에 있었다. 지난해 사금판이 시시부지해지자 사금판에 있던 집을 거두어가지고 이리 옮겨앉은 것이었다.
 단간방 집이었다. 방안에는 웬 젊은 사내 하나와 젊은 여자 하나가 술잔을 주고받고 있었다. 엔간히들 취한 모양이었다. 요것아, 좀 가까이 와. 사내가 색시의 겨드랑 밑을 잡아끌더니 그대로 한손을 저고리 앞섶 새로 넣는다. 색시는 간지러운 몸짓으로 윗몸을 비틀면서, 약주 그만하세요? 하고 술상을 윗목 머리맡께로 밀고는 전등을 끈다. 이쪽 사람은 알은 체도 않는 말투요 몸짓들이다.
 곰보아주머니가 앉았던 자리에 그냥 드러눕는다. 그리고는 어둠속에 손을 내밀어 돌이더러도 거기 누우라는 시늉을 한다.
 어느새 곰보아주머니는 코를 골기 시작했다. 바로 윗목 어둠속에서는 젊은 색시가 킬킬대며 연신 아얏 소리를 질렀다. 도무지 이쪽 사람은 모른다는 짓이다. 돌이는 손으로 양쪽 귀를 막아버렸다.
 좀 만에 곰보아주머니의 손이 돌이의 몸에 와 얹힌다. 잠결에 그러는 것이리라. 그런데 이 손이 움직이더니 저고리주머니를 더듬는다. 뿌리치려 했다. 그러나 그만두었다. 오늘 이리로 오는 길에서 곰보아주머니가 한 말들이 생각났던 것이다. 곰보아주머니의 손은 바지주머니까지 뒤지더니, 이번에는 온몸을 쓸 듯이 훑기까지 한다.
 날이 새자 젊은 사내는 돌아가고 없었다. 젊은 색시만이 그냥 아무렇게나 몸을 흩뜨린 채 잠이 들어있었다. 술기운이 가신 젊은 색시의 얼굴은 어젯밤 전등불 밑에서 보던 것보다는 사뭇 부석부석하고 누르퉁퉁한 빛이었다. 나이도 더 먹어 보였다.
 밖으로 나왔다. 사금판 쪽으로 걸어갔다. 한때는 금이 막 쏟아져 나온다고 야단법석이던 곳. 지금은 큰 무덤같은 버력더미만을 무수히 남겼다.
 돌이는 거기 한 버력더미 위에 앉았다. 왕모래 섞인 버력흙을 움켰다. 입에 좀 넣어본다. 돌이는 알 수 있을 것같았다. 지난날 아버지가 여기 사금판 삯일을 다니기 시작한 지 얼마 안되어서부터 왜 요강에다 뒤를 보았는지를. 그리고 그것을 물 담긴 대야에다 옮겨가지고 열심히 찾곤 한 것이 무엇이었는가도. 그리고 진눈깨비 내리는 날 아버지가 타고 앉았던 요강에서는 왜 피가 나왔는지도. 그러다가 돌이는 가슴이 섬뜩해졌다. 아버지가 세상을 떠난 지 얼마 안 되어서부터 왜 어머니의 신발 속에 이곳 왕모래가 들어있곤 했는지도 알 수 있을 것만 같았다. 어젯밤 젊은 여인과 사내의 모양이 떠올랐다. 아버지가 세상을 떠난 지 얼마 안 되어, 어머니가 곰보아주머니를 불렀던 일. 그리고 곰보아주머니가 데리고 왔던 코 밑에 팔자수염을 기른 사내의 일. 그때 곰보아주머니의 집은 이 사금판 안에 있었다. 그러나 돌이의 가슴속에서, 아니다, 아니다, 하고 부르짖는 게 있었다. 어젯밤 여인은 날이 밝은 지금까지 곰보아주머니네 집에서 자고 있지 않느냐. 자기 어머니만은 날이 새기 전에 자기한테 와주었다.

너 예 있는 걸 모르구 찾아다녔구나. 곰보아주머니였다. 그러나 지난날 설렁탕집 굴뚝 모퉁이에서처럼 반갑지도 아무렇지도 않은 곰보아주머니였다.

너 울었구나, 왜 어디가 아프냐? 내 널 여관집에다 말해놨다. 요전번처럼 손버릇 사나운 짓 해선 못쓴다. 자, 가자.

돌이는 문득 이 곰보아주머니에게 자기 어머니는 어찌 되었느냐 물으려다 그만두었다. 혹시나 모른다는 말이 나올 게 무서웠다. 그러면서 우선 오늘밤엔 이 곰보아주머니네 집에서 자지 않게 된 것만이라도 다행이라고 생각했다.

여관집 안뜰에 서있는 살구나무가 세번째 꽃잎을 지우기 시작한 어느날 새벽이었다.

뜰을 쓸고 있느라니 곰보아주머니가 치맛바람을 내며 들어섰다. 그동안도 가끔 돌이를 찾아와준 곰보아주머니였다. 와서는 무엇에 급히 쓸 데가 있으니 돈 얼마를 취해달라곤 해, 손님한테 심부름돈 모아두었던 것을 나눠주곤 했다. 그러나 이렇게 새벽에 찾아온 건 처음이었다.

애, 늬 엄마가 왔다. 오래간만에 듣는 곰보아주머니의 상냥한 말소리였다. 그러나 돌이의 귓속은 웬일인지 먹먹해지고 말았다. 손에서 비를 떨구었다. 집어서 살구나무에 기대어 세웠다. 비가 바로 서있지를 못하고 넘어졌다.
 애가 왜 우물쭈물할까, 바루 문 밖에 늬 엄마가 와있다는데……
대문간에 중늙은이 하나가 서있었다. 기름기 없는 머리털이 성글게
흐트러져있었다. 얼굴빛이 아주 노오랬다.
 어때, 그새 어른 다 됐지? 금년 열일곱살이어, 그동안 내 보살
펴주느라구 무척 앨 썼네.
 곰보아주머니의 말에 어머니는 아무 대꾸가 없었다. 움푹 패인
쌍꺼풀진 눈은 눈곱이 낀 채 흐리멍덩하니 돌이 쪽을 바로 쳐다보
는 것같지도 않았다.
 참, 늬 엄마 앓는다, 어서 방에 모셔다 눕혀라.
 참말 걸음도 꼭 앓는 사람의 그것이었다. 구석진 방에 자리를 펴
고 눕게 하였다. 베개에 머리를 얹자 어머니는 눈부터 감았다.
 곰보아주머니가 기다리고나 있었던 듯이 돌이에게 귓속말을 했
다. 어젯밤 늬 어머니 약을 내 돈으루 샀다, 다른 사람같으면 구하
지도 못할 약을 그래두 나기에 구해다 썼다. 그러면서 곰보아주머
니는 돌이 앞에 손바닥을 내밀었다. 이런 곰보아주머니의 손은 지
난날과 다름없이 살결이 고왔다.
 돌이는 어서 의사를 불러와야겠다고 했다. 그제야 어머니가 눈을
감은 채, 의사는 일없으니 이대로 가만히 누워있게 해달라고 했다.
목소리도 갈릴대로 갈려있었다.
 어머니는 아침밥도 별로 뜨지 않았다. 점심도 그랬다. 저녁에는
미역국물만 두어 모금 마셨다.
 이날 돌이는 틈이 나는 대로 어머니 방에 와서는 잠든 듯 꼼짝않
는 어머니를 내려다보곤 했다. 아무래도 지난날의 어머니 모습이
아니었다. 그저 지저분스레 눈곱이 끼고 움푹 꺼진 눈이긴 해도 쌍
꺼풀져있는 것만이 옛모습을 남겼다고 할까. 그러나 돌이는 이 모
든게 어머니가 지금 앓기 때문이라고 생각했다. 그러니 어서 어머
니를 위해 판잣집이라도 장만해 가지고 병구완부터 해드리리라.
 날이 어스레해서 정거장까지 손님의 짐을 들어다주고 돌아와보
니, 어떤 방 손님 하나가 돈지갑을 잃었다고 야단이었다. 잠깐 변
소에 다녀온 것뿐인데 방에 걸어두었던 양복저고리에서 돈지갑이

없어졌다는 것이다.

어머니가 비틀걸음으로 대문을 들어선다. 아주 심한 환자의 걸음걸이었다. 변소를 찾아나갔었다고 한다. 돌이는 아차 하는 생각이 들었다. 요강을 하나 사올 걸 잘못했다. 손님이 돈을 잃었다고 난리를 벌이는 그 경황 속에서도 돌이는 어머니의 요강이 급했다.

사기점에서 그중 좋은 요강 하나를 사들고 돌아오며 돌이는 즐거웠다. 지난날 셋방 안주인이 자기네 요강마저 내갔을 때, 정말 자기 어머니는 돌아오지 않으리라 생각한 것처럼 오늘부터는 이 요강으로 해서 어머니를 완전히 자기 것으로 만든다는 생각에 절로 가슴이 두근거려졌다.

돌이가 들어가자 어머니는 웬 주사약병 하나를 내밀며, 이런 약 하나만 사오라고 했다. 네거리 앞 단골 약방으로 달려갔다.

약방 사환애는 주사약병을 보더니, 이런 주사약은 의사의 증명서가 없이는 팔 수 없다고 했다. 어젯밤에는 곰보아주머니가 와서 하도 조르기에 한 개 팔았다가 주인한테 야단을 맞았다는 것이다. 그리고 실은 좀전에도 어떤 중늙은이 여인이 와서 갖은 사정을 다하는 걸 안 팔았다고 하면서, 대체 이게 무슨 약인지 아느냐고, 이게 바로 아편약이라고까지 일러주는 것이었다.

돌이는 가슴이 뜨끔했다. 어젯밤 곰보아주머니가 사기 힘든 약을 사다 썼다던 말. 좀전에 변소를 찾아나갔다던 어머니의 비틀거리던 걸음걸이. 여관방 어떤 손님이 돈지갑을 잃었다는 일. 그러나 돌이는 그럴 리 없다고 고개를 내져었다.

빈손으로 들어서는 돌이를 보자 어머니는 무슨 기운에 벌떡 일어나 앉기까지 했다. 이 못난 자식아, 그래 그것 하나 못 사온단 말이냐, 당최 너같은 걸 낳아놓기가 잘못이다, 너만 낳지 않았던들 오늘날 난 이모양이 안 됐다, 내 이 배를 좀 봐라, 뱀 허물같은 이 자국을 좀 봐라, 이게 알량한 너같은 걸 낳느라구 그랬다, 그 마음씨좋은 사금관 감독이 뭣 땜에 날 버린 줄 아니? 이 배 때문이다, 다음에 철도 감독이 날 버린 것두 이 때문이구, 얼마 전에 신길이 영감을 하나 만났다, 그 영감마저 날 버릴까봐 영감이 하라는대루 이걸 맞기 시작했다, 이 영감이 그만 며칠 전에 남의 구두를 훔치다가 붙들렸다, 그래 할수없이 너한테 몸을 의탁할까 해서 왔드니 요모양이냐. 그러나 곧 어머니는 애원조로 변하여, 아니다, 애야, 모든게 다 내 잘못이다, 이 배의 허물자국을 볼 때마다 내 피를 물구 나온 널 생각지 않은 때가 없다, 세상 사내란 사낸 모두 매정스럽드라, 애야, 이 어밀 불쌍히 여겨다오, 제발 좀 살려다오, 한 대만 구해 오너라, 그렇지 않으면 이 어민 죽는다.

더 들을 수가 없었다. 돌이는 그길로 병원으로 달려갔다. 그러나 병원에서는 그런 환자가 있으면 곧 경찰에 알려야 한다는 것이었다.

다시 아까의 약방으로 달려갔다. 주인을 만났다. 돈은 얼마든지 낼 테니 한 대만 꼭 파세요. 주인은 눈물어린 돌이의 얼굴을 지그시 바라보다가, 그럼 단골로 늘 약을 팔아주는 값으로 이것 한 대만 준다고 했다.

어머니는 돌이의 손에서 약병을 빼앗듯이 하여 미리 간수해두었던 주사기에 옮기기가 바쁘게, 후들거리는 손으로 가죽만 남은 젖가슴을 찔렀다. 오, 역시 내 아들이구나.

돌이는 슬픈 얼굴이면서도 무엇을 결심한 낯빛이었다. 여관 주인한테 가서, 오늘 저녁 잃은 손님의 돈은 자기가 갚겠노라고 했다.

돌아와보니, 어느새 어머니는 숨소리도 고르게 잠이 들어있었다. 전등을 끄고 자기도 그 곁에 누웠다. 그리고 팔로 조용히 어머니의 목을 안았다. 손이 뿌리쳐지지 않았다. 돌이는 팔에 점점 힘을 주었다. 여윈 어머니의 몸이 목 비틀린 잠자리모양 떨렸다. 숨이 괴로운 것이다. 그러나 돌이는 그냥 팔에다 힘주기를 멈추지 않았다.

1953 시월

맹아원에서

 영이가 없어졌다는 말을 듣고, 문득 그가 고개를 든 곳은 바다 쪽이었다. 문 밖에 섰는 소경애도 그러는 몸짓이었다.
 아직 날이 새기 한참 전이리라. 맹아원 사감실 들창으로 내려다보이는 송도바다 쪽은 그대로 캄캄했다. 목에 와닿는 첫새벽 바람이 제법 차가웠다.
 옷을 갈아입으면서도 그는 이미 영이는 찾을 길이 없으리라는 생각이었다. 어두운 바닷물속으로 가라앉아 들어가는 영이의 모습이 눈앞에 어른거렸다. 영이의 몸뚱어리는 다시 물 위에 떠오르지도 않으리라. 가냘픈 목에는 무거운 돌이 매여져있을 것이었다.
 지난 이월 하순께 어느 찌뿌듯이 흐린 날 저녁이었다. 마침 식당에서 나오던 그가 정문가에 한 소경애를 발견했다. 흐린 하늘 아래 떠오른 창백한 얼굴, 유별나게 가냘픈 목 위에서 검은 눈썹만이 파닥거리고 있었다.
 이번 전란통에 뒤통수에 파편을 맞아 눈이 멀었다는 것이었다. 부모도 그때 잃어버렸노라고 했다. 나이는 올해 열다섯살.
 어려서 눈먼 애와, 커서 장님이 된 애와의 감정 차이란 대단한 것이다. 어려서 먼 애는 자기도 모르는 새 자기 운명에 그대로 좇게 마련이다. 그러나 철이 들어 장님이 된 애는 좀처럼 자기의 운명에 순응하지 않으려드는 것이다. 영이의 경우도 그랬다. 자기의 운명을 수긍하려들지 않았다. 그날 저녁 처음 정문가에서 발견했을 때의 유별나게 파닥거리던 눈썹이 벌써 그걸 말하고 있었다.

영이가 온 지 며칠이 안 되어 같은방 애들 가운데 말썽이 생겼다. 이런 세계에서는 언제나 먼저 들어온 애가 득세를 하는 법이다. 그런데 영이만은 그렇지가 않았다. 들어오는 날로 밤에는 자기 몸에 다른 애의 살결이 와닿지 못하게 이불을 독차지하다시피 했고, 낮에는 낮대로 다른 애들 눈에서 구정물 썩은 냄새가 난다고 야단을 했다. 한방 애들이 사감실로 몰려왔다.

그러지 않아도 이들 소경애들은 벙어리애들과는 또 달라, 먼저 남을 의심하고드는 버릇이 있었다. 자기 피부로 직접 만져지는 것이 아니면 믿지 않으려는 것이다. 서로의 시기도 심했다. 이들 소경애들이 그런대로 한방에서 말썽없이 지나게쯤 되기까지는 적잖은 시일이 필요한 것이다. 이렇게 이루어진 한방 동무들의 분위기를 영이가 들어와 깨뜨려버린 것이다. 응당 사감인 그로서는 영이를 꾸짖거나 타일러 그러지 못하게 해야 옳을 일이었다. 그러나 그는 도리어 같은방 애들을 다른 방으로 옮겨버렸다. 그렇게 함으로써 이 철들어 장님이 된 불행한 소녀의 기를 누그러지게 해보자는 것이었다.

영이의 방에는 숙이라는 애 하나가 남게 되었다. 숙이는 영이보다 어린 애였다. 세살엔가 호된 안질로 앞을 못보게 된 애였다. 철없어 눈먼 때문만이 아닌, 여간 마음씨가 곱고 순한 애가 아니었다. 맹아원 생활을 하는 지도 한 오륙년 되었다. 아버지는 해방 전 징용나간 채 돌아오지 않고, 어머니는 해방 이듬해 세상을 떠나 고아가 된 애였다. 이 애가 맹아원 중에서 제일 점자를 잘 찍었다. 이 애의 소원이란 장차 점자법과 안마를 익숙히 배워 그것으로 같은 소경애들을 위해 일생을 바치겠다는 것이었다.

숙이는 무엇이나 영이에게 양보하는 태도였다. 처음에는 그게 도리어 영이의 비위를 거슬렸던 모양이었다. 요 앙큼한 년아, 내가 너보다 가엾단 게지? 그러나 안될 말이다, 내눈이 보이지는 않드래도 네 눈깔처럼 썩지는 않았다. 숙이는 아무말 안했다. 숙이도 영이의 마음이 사그라지기를 기다리자는 눈치같았다.

이런 숙이라, 영이가 없어졌을 때 그것을 제일 먼저 발견한 사람이 그네일 것은 말할 것도 없었다. 가장 마음의 충격을 받은 사람도 그네임에 틀림없었다. 사감실 문을 두드리는 손이 사뭇 어지러웠다. 그리고 여덟 달 동안이나 같이 살아온 그네가 영이의 간 곳이 어디라는 것을 짐작하는 것도 당연한 일이었다. 그가 바다 쪽으로 고개를 들었을 때, 그네도 따라 그리로 고개를 돌린 것이었다.

그가 옷을 갈아입고 사감실을 나서는 것을 숙이는 초초히 기다리고 있었던 듯,

―선생님, 저도 같이 가요.
―언제쯤 영이가 없어졌지?
―한 시간은 잘 될 거예요.

같이 가서 안된다고 할 필요가 없었다. 바삐 서두를 길도 아닌 것이다. 이미 영이는 일을 본 뒤임에 틀림없으니까.

이 어린 소경애도 이미 영이는 일을 봤으리라는 걸 알고 있는 눈치였다. 그러나 이제 아무리 자기네가 한 가엾은 소녀의 죽음을 막을 수는 없다 하더라도, 그 소녀가 죽은 자리나마 가보고자 하는 것은, 그나 다름없이 숙이의 심정이기도 할 것이었다. 역시 숙이를 데리고 나선 것은 잘했다고 생각했다.

꽤 가파른 내리막길이었다. 아스팔트가 발밑에서 울었다. 그것은 어둠속에서 별나게 날카롭고 차가운 음향이었다.

―제가 그만 잠든 새에…… 한시 치는 소리를 듣고도 한참 만에야 잠이 들었다가 퍼뜩 깨보니 영이언니가 없어지지 않았겠어요? 선생님께 알리려고 나서는데 세시 치는 소리가 들렸어요.

벌써 이 어린 소경애는 영이의 오늘의 일을 미리 눈치채고 있기까지 한 모양이었다.

―무슨 별다른 기색이라두 보였나?
―얼마 전 일이에요. 하루는 영이언니가 저더러 이런 말을 해요. 사람이 어떻게 죽는 게 제일 편하고 남에게 숭한 꼴 보이지 않을까. 자동차같은 데 치어죽는 건 서울 있을 때 자기 눈으로도 보았는데 그 끔찍스러운 꼴은 차마 볼 수 없드라구요. 그리고 목을 매 죽는 게 제일 편하다고 하지만 나중에 목이 늘어나고 혀를 빼물고 하는 게 숭하고…… 결국 물에 빠져죽는 게 제일일 거라고 한 일이 있어요. 그래 밤마다 주의해오느라고 한 것이……

이에 대해서는 그도 들은 말이 있었다.
한 열흘 전 일이었다. 저녁때였다. 좀처럼 밖에 나오지 않던 영이가 사감실로 그를 찾아 왔다. 바다 구경을 나가자는 것이었다. 놀라지 않을 수 없었다. 여름 동안 맹아원에서 해수욕을 갈 때마다 싫다고 하여 혼자 남아있곤 한 영이인 것이었다. 그러나 한편 이것으로 영이의 마음도 어느 정도 가라앉고 누그러지는 징조나 아닌가 싶어 데리고 나섰다.
철 지난 바닷가는 고요했다. 쓸쓸할 정도였다. 모래판에 아무렇게나 엎어놓은 보트의 뺑끼 벗겨진 뱃바닥이 눈에 스며들었다.
물결도 잔잔했다. 저어기 가축 시험소 쪽 산머리 앞 바다에 주황빛 놀이 비끼어있었다. 아름다웠다.
—바다는 끝없이 넓다지요?
서울서 태어나 서울에서만 자란 애라 바다를 모르는 것이었다.
—응. 저 머얼리 하늘과 맞닿은 곳에 수평선이 보인다. 꼭 무슨 노끈을 길게 가로 걸어놓은 것같다. 지금 잔잔한 물머리를 노을빛이 한창 곱게 물들이고 있다.
—배는 안 보이나요?
—응. 저기 기선이 하나 보인다. 다대포 아니면 여수로 가는 배일 게다. 기선이 가는 바로 앞에 흰구름 한 점이 노을빛에 빨갛게 물들어있다. 아, 지금 기선 한복판이 확 불타는 것같다. 노을빛이 유리창에 비친 것이다.
영이는 모래 기슭에 밀리는 물살에 두 손을 잠그고,
—얼마나 아름다운 바다일까.
엷은 놀빛같은 핏기가 뺨 위로 내돋혀있었다. 그 투명한 살갗이 가련하도록 고왔다. 그러나 다음순간 그네는,
—사람이 이런 바다에 뛰어들어 죽는 게 제일 편하겠어요.
자기도 모르게 소름이 끼쳐졌다. 영이의 허리로 눈을 주었다. 거기에는 한 생명의 씨가 커가고 있을 것이었다.
—그러나 물에 빠져죽은 사람의 꼴이란 참 숭허다. 물 먹은 통통한 배라든지…… 참 여잔 그 통통한 배를 물 위에 내놓구 뜨지……
—그건 전에 어른들한테 들어 알고 있어요. 그래서 목에다 큰 돌

을 매달고 빠진다죠?
　―썩은 몸뚱이를 고기란 놈이 또 뜯어먹구……
　더 무서운 말이 얼핏 생각나지 않았다.
　―그저 승한 꼴을 사람의 눈에 뵈지 않으면 고만 아녜요?
　이 당돌한 소녀를 데리고 어서 그곳을 떠나야만 했다.
　―자, 그만 가보자. 저녁바람을 오래 쏘이면 몸에 좋지 않다. 그리구 날두 어두워오구……
　―아녜요. 날은 아직 어둡지 않았어요. 지금 한창 주황빛 노을이 물머리를 어루만지고 있어요. 그것이 내 눈에 뵈어요.
　언제까지나 영이는 바다 쪽을 향한 채 일어설 줄을 모르는 것이었다.
　그는 이 가련한 소녀에게 또하나 다른 바다의 모습을 보여주어야만 할 것을 느꼈다. 그것은 거칠은 바다여야만 했다.
　사흘 후엔가였다. 아침부터 바람이 세었다. 유리창문이 덜컹거렸다. 사감실에 앉아서도 빤히 내려다보이는 앞 바다가 대고 서물거렸다.
　영이를 데리고 나섰다. 날만은 맑게 개어 가을햇살이 눈부셨다. 영이편에서 즐거이 앞장을 섰다. 한번밖에 못 걸어본 길을 잘도 찾아 내려간다. 장님의 특성이었다. 어느새 이 소녀에게도 그 장님의 특성이 자리잡은 것이었다. 어딘가 서글픈 모습이었다.
　파도소리는 바다기슭에 다다르기 전부터 들려왔다.
　―저게 무슨 소리예요?
　영이가 주춤 발걸음을 멈추었다.
　―바닷물 소리다.
　처음에는 믿어지지 않는 눈치였다. 그가 바다기슭까지 손목을 잡고 다가섰다.
　―지금 산데미같은 물결이 막 일어섰다가는 부서지군 한다. 오늘은 저 멀리 수평선까지두 물결에 부서져 종잡을 수가 없다. 배라곤 하나 떠있지 않다. 아마 배가 떴다가는 대번 뒤엎어지구 말 게다.
　물보라가 날아와 두 사람의 옷자락을 적시었다. 영이가 두어 걸음 뒤로 물러섰다.

—밤중에 이 비슷한 소릴 듣긴 했어요. 그러나 그땐 바람소리로만 알았어요.

영이의 얼굴은 해쓱하니 핏기가 걷히어있었다. 그 속에 어떤 말 못할 절망의 빛마저 어리어있었다.

그는 되도록이면 오랫동안 이 가엾은 소녀를 그곳에 머물려두고 싶었다. 한껏 바다에 대한 무섬증을 일으켜줌으로써 이 가엾은 소녀로 하여금 죽음에 대한 무섬증까지 안겨주려고 한 것이었다.

그로부터 영이는 자기 방에만 들어앉아있게 되었다.

간혹 그를 보고, 오늘은 파도가 좀 있잖아요 라든가, 어젯밤은 아주 파도가 굉장했는데 지금은 잔잔하지요? 하고 묻는 것이었다. 과연 영이의 말대로 단풍이 들어가는 버드나무 밑으로 내려다보이는 바다는 약간 파도가 일어나 있거나, 푸른 가을하늘 아래 잔잔히 깔려있거나 하는 것이었다. 이렇게 영이는 바다에로만 귀를 기울이고 있었다.

어떤 소경애 하나는 아침에 자리에서 일어만 나면 하루종일 방바닥을 손끝으로 쓸며쓸며 먼지를 밀어내는 것으로 일과를 삼는 일도 있었다. 시신경이 코와 입과 귀와 피부로 몰리는 것이다. 예삿사람이 못 느끼는 냄새를 맡고, 맛을 알고, 예삿사람이 못 듣는 소리를 듣고, 예삿사람이 못 가리는 감촉을 정확히 가려내는 것이다. 영이가 예삿사람이 못 알아듣는 파도소리를 가려낸다고 해서 그리 기이할 것도 없었다. 그러나 그는 영이가 그때그때의 파도소리를 가려 알아맞히는 것을 참 용한 일이라고 감탄해보이는 것이었다. 그러면서 그는 이 소경애가 이렇게 파도소리에 귀를 기울이고 있는 동안만은 별일 없을 것이라고 생각하는 것이었다. 파도소리에 귀를 기울이고 있는 동안, 이 애의 죽음에 대한 생각도 점차 사그라질 날이 있으리라는 기대를 갖고 있었다.

이렇게 방안에 들어앉아있을 때의 영이의 몸은 더 배가 불러 보였다. 한 생명의 씨가 가련한 이 소녀의 몸에 깃들인 지도 이미 다섯 달이나 되는 것이다.

지난봄, 맹아원 뜰안에 서있는 버드나뭇가지에 파아란 물이 오르기 시작할 무렵이었다. 하루는 밤중에 기숙사를 돌아보고 나서 자리에 누우려고 하는데, 문 밖에서 인기척이 들렸다. 마침 달밤이라 유리창으로 내다보니, 벙어리애 길수가 거기 서성거리고 있는 것이었다. 또 무엇을 훔치러 오지나 않았나 했다. 얼마 전에도 이애가 손님의 구두를 훔친 일이 있는 것이다. 이들 벙어리애들은 이렇게 도벽에 젖기 쉬운 면이 있었다. 소경애들이 음침스럽고 소심한 데 비겨, 이들 벙어리애들은 명랑한 한편 우악스럽고 욕심꾸러기인 것이었다.

그러나 이날밤만은 길수가 무슨 훔침질을 하러 온 것같지는 않았다. 화안한 달빛 속에 다급한 몸짓으로 서성거리고 있는 것이었다. 잠옷바람으로 나가 보았다.

손짓으로 밖에 무슨 일이 일어났다는 걸 알려주는 것이었다. 실은 이들 벙어리애들의 손짓말은 소경애들의 지팡이 사용과 함께 금해오는 터였다. 소경애들에게 지팡이를 금하는 것은 그들이 지팡이 없이도 예삿사람처럼 걸을 수 있다는 자신을 갖게 하려는 것이었다. 그리고 벙어리애들에게는 또 불완전하나마 예삿사람처럼 입으로 의사표시를 하게끔 해오는 터이었다. 그런데 소경애들의 지팡이 사용 금지만은 꽤 잘 실시되는 편이었으나, 벙어리애들의 손짓말 금지만은 철저하지가 못했다. 선생들 앞에서는 손짓말을 않다가도 저희들끼리만 모이면 곧 이 원시적인 손짓말을 예사로이 사용하는 것이었다. 역시 이것이 자기네들 사이에서는 의사소통에 빠른 듯했다. 그것이 급한 경우에는 선생 앞에서도 그만 손짓이 앞서게 마련인 모양이었다.

길수를 따라 정문을 나섰다. 휘영청 밝은 달빛 속을 길수가 앞장서 산등성이길로 내려갔다. 불을 켜 든 부산거리가 저만치 아래로 아름답게 널려있었다.

등성이 한중턱에 보리밭이 있었다. 그 보리밭이 지금 달빛을 받아 검푸른 빛을 드러내놓고 있었다. 보리 이삭이 팰 무렵이었다. 청풀 냄새가 확 얼굴에 끼얹혔다.

길수 소년을 따라가던 그는 밭머리에서 멈칫 걸음을 멈추고 말았다. 바로 앞 보리밭 속에 움직이는 게 있었다. 달빛 아래 그것은 사람의 육체가 분명했다. 그는 어느새 길수의 팔을 잡아끌며 한 손으로는 그 얼굴을 막고 있었다.
　이튿날 그는 조용히 식모를 불렀다. 봉이라는 소경 아들을 데리고 들어와있는 여인이었다.
　여인은 어젯밤 이야기를 듣자 사뭇 놀라고도 슬픈 얼굴이 되었다. 그는 조용한 말로,
　—그래 봉이엄마 생각은 어떻소? 일이 이왕 이렇게 된 바엔 둘을……
　그냥 여인은 슬픈 얼굴을 한 채 앉았더니,
　—그렇지요…… 그저 제가 그것 하나 믿구 살아오는 건 그래두 딴 생각이 있어서 그랬지만……
　이 여인의 딴 생각이란 다른 것이 아닐 것이었다. 두 편 다 소경인 경우에 그 부부생활이란 극히 어둡게 마련인 것이다. 소경과 벙어리와의 부부도 안되는 것이었다. 차라리 벙어리끼리의 부부만은 성립될 수 있었다.
　똑똑하고 참한 소경 계집애일 경우에는 자식이나 보려는 사람의 첩자리로 들어가는 수가 있었다. 사내인 경우에는 안마 기술로 능히 자립할 수 있게 됐을 때, 성한 여자를 아내로 맞아들일 수도 있었다. 봉이엄마도 그것을 바라고 있었음에 틀림없었다.
　좀 만에 여인이 자기 아들을 데리고 다시 사감실을 찾아왔다. 좀 전의 슬픈 빛 대신에 무엇에 흥분한 얼굴이었다.
　—이애의 말이 전혀 그런 일은 없답니다.
　기쁨을 이기지 못해 하는 어조였다.
　—애 봉아, 어서 선생님께 바른대루 말씀드려라.
　—어젯밤 저는 어머니 곁에서 떠나본 일이 없습니다.
　열아홉살 된 애였다. 사내 소경애들 중에서 가장 나이가 많았다. 머리가 아주 총명해서 여러 사람에게 촉망을 받아오는 아이였다.
　—어떻게 생각하셔서 선생님이 저에게 그런 애매한 누명을 씌우려는지 모르겠습니다.
　당돌한 말씨였다. 입가에는 어떤 싸늘한 비웃음까지 떠올라있었다.
　—사실 그런 일이 있었다면 왜 그자리에서 잡아내지 않았나요?

문득 그는 노여움이 북받쳐오름을 느꼈다. 누구나가 자기의 비밀이 탄로되었을 때, 우선 당황한 마음에서 그것을 부인하려드는 것은 상정일 것이었다. 그러나 지금 봉이의 태도는 그와는 달랐다. 세상물정에 씻길 대로 씻긴 사내의 뻔뻔스러운 면같은 게 엿보였다. 이것도 이애가 소경인 데다가 지나치게 머리가 좋다는 데서 오는 것일까.

구태여 이애에게서 어젯밤 일을 자백받을 필요는 없었다. 그저 이애가 영이를 어떻게 생각하는가가 문제였다. 하기는 벌써 이애의 말에서 그 대답을 얻은 셈이기는 했다. 그러나 이자리에서 한번 더 다져둘 필요가 있을 것같아,

―그럼 그 애긴 그만허구…… 만일 말이다, 영이가 널 좋아한다면 너는 어쩌겠냐?

―그런 문제라면 제가 선생님께 똑똑히 말씀드리죠. 전 그 영이라는 애가 누군지도 통 모릅니다.

선량해 뵈는 봉이엄마의 큰 입이 기쁨으로 해서 반쯤 벌어졌다. 그는 그 얼굴을 더 오래 바라볼 수가 없었다.

절로 눈이 봉이 무릎으로 갔다. 거기에는 청풀물이 들어있었다. 그것은 무어 어젯밤 하루만이 아닌 여러날째 든 풀물같았다.

다음날 어머니를 따라 맹아원을 나서는 봉이의 옷은 다른 것으로 갈아입혀있었다. 그러나 영이만은 며칠이고 그냥 등에 청풀물 든 저고리를 입고 있었다.

하루는 밤늦게 기숙사를 돌아보느라니까, 영이가 이 저고리 속에다 보릿대를 한아름 싸안고 거기에 얼굴을 파묻고 있는 것이었다. 들창 너머로 들여다뵈는 영이는 지금 소리없는 울음을 울고 있는 듯했다. 흰 등어리가 전등불 밑에 가늘게 떨고 있었다. 어쩐지 그 도톰한 어깨며 부푼 젖가슴이며가 열다섯살 난 애의 것은 아니었다. 적어도 열일여덟은 됐어야만 했다.

맹아원에 들어오는 애들은 자기의 본색을 감추려는 경향이 있었다. 이름도 바꾸고, 나이도 속이는 것이었다. 그것이 영이같은 애에게 있어서는 더 있을 수 있는 일이었다. 아무래도 지금 동그마니 옆에 고개를 숙이고 앉았는 숙이와 비겨서 한두 살의 차이만은 아

니었다.
 그러한 어느날, 숙이가 사감실로 찾아와, 영이가 조용히 여쭐 말씀이 있단다고 하며, 자기 방으로 가자고 했다.
 방 가운데 고개를 떨어뜨린 채 영이는 잠시 아무말 없었다. 며칠 새에 얼굴이 핼쑥해 보였다.
 ─왜 봉이를 내쫓았어요?
 이리로 쳐드는 영이의 그러지 않아도 헬쑥한 얼굴에서 핏기가 싹 걷히면서,
 ─무슨 권리루 봉이를 내쫓았어요? 눈 성한 사람들이 우리들의 일에 무슨 챙견이에요? 봉이를 찾아주세요.
 다음순간 그는 저도모르게 한 걸음 물러앉았다. 그러나 이미 영이의 몸이 무릎을 와 덮치고 있었다. 그리고는 마구 꼬집어대는 것이었다. 손을 붙들었다. 그러자 이번에는 고개가 들어오며 허벅다리를 물고늘어지는 것이었다. 얼떨결에 떠다밀치고 일어섰다.
 문가에 숙이가 막아 서있었다.
 ─영이언니가 불쌍해요. 어서 봉이를 데려다주세요.
 그처럼 온순하던 숙이의 얼굴이 무섭게 일그러져있었다. 눈의 흰 자위가 크게 드러나 보였다.
 ─이따 조용히들 얘기하자.
 문가로 가, 숙이의 어깨에 손을 얹었다. 비켜달라고 가볍게 손에 힘을 주었다.
 ─아녜요. 지금 당장 약속해주세요. 봉이를 데려다준다는……
 ─그렇게 성급히들 굴지 말구……
 ─문을 열어주지 마라.
 무엇이 와 잔등을 찔렀다. 거기 급소를 노리는 몸짓으로 영이가 숟가락 끝을 이리 향하고 있었다.
 그는 급히 숙이를 한옆으로 밀어팽개쳤다. 그리고 문고리에 손이 가자마자 이번에는 숙이의 고개가 들어오며 손등을 물고늘어졌다.
 이런 일이 있은 뒤로 영이는 좀처럼 자기 방에서 나오지 않았다. 다시는 그를 만나자는 기색도 없었다. 그도 그랬다. 어쩐지 영이와 숙이를 만나기가 겁이 나는 심정이었다. 봉이가 맹아원을 나가기 전

날 취한 태도를 그대로 영이에게 전할 수는 없는것이었다. 같은 사내로서 부끄럼이 앞서는 심사이기도 했다.
　해수욕 계절이 되었다.
　원아들을 며칠 걸러끔 바다로 데리고 갔다. 몸을 씻기 위해서만이 아니었다. 자칫하면 자신들이 불구자라는 느낌에서 비굴해지기 쉬운 면을 조금이라도 덜어주기 위해서였다. 이들 불구아들을 영화관이나 극장같은 데 데리고 가는 것도 마찬가지였다. 보통 건전한 사람이 가질 수 있는 오락을 자기네는 자기네대로 맛볼 수 있다는 자신을 주기 위함이었다. 그러나 영이는 이런 극장이나 해수욕에를 통 따라나서지를 않았다. 혼자 방에 남아있었다.
　해수욕도 한고비 지난 어떤날, 영이는 며칠째 입맛을 잃고 구역질만 하더니, 드디어 자리에 눕고 말았다. 원의를 불러다 보였다. 좀처럼 집중이 안 잡히는 듯, 꽤도 오래 진찰을 하고 나서 눈짓으로 그를 밖으로 불러내었다.
　원의는 몇번이나 고개를 모로 기웃거리다가 나직한 말로,
　—암만해도 모를 일인데요. 진찰 결과는 임신증상같으니.
　놀라운 말이었으나 그는 저도모르게 고개를 끄덕이고 있었다.
　그런 지 며칠 뒤의 일이었다. 밤이 이슥해서 전에없이 영이가 사감실로 그를 찾아왔다.
　—일전의 의사선생님이 뭐라고 그랬어요?
　—며칠 동안만 안정하고 있음 나을 병이라구.
　—저, 여기가 이상해요.
　—응. 그러게 말야, 가만히 안정하구 있음 돼요.
　—사실대로 말씀해 주세요. 조금도 놀라지 않을게요.
　할 수 없었다.
　—저어, 인제 영이는 어머니가 돼요.
　해쑥해진 얼굴에 금세 볼그스름한 핏기가 내돋혔다. 스스로 어머니임을 느꼈을 때의 빛이라고나 할까. 아름다웠다.
　그리고 한 사날 뒤였다. 역시 밤이 이슥해서 다시 영이가 찾아왔다.
　—선생님, 장님의 애는 장님이 되지요?

—아니지.
—그래도 어밀 닮아 눈이 멀 것만 같애요.
—아니다. 장님의 애라구 장님을 낳는단 법은 없다. 더구나 영이는 커서 장님이 된 사람이 아니냐? 조금도 염려할 것 없다.
—참말예요?
—내가 왜 거짓말을 하니. 이제 두구 보지. 두 눈이 초롱같은 앨테니.
이마에 서리었던 불안과 두려움의 그늘이 걷히면서 살폿한 미소가 입가에 떠올랐다.
그리고 다음다음날이었다. 아침 일찍이 영이가 또다시 찾아왔다.
—저, 선생님, 제가 낳는 애는 참말로 장님이 아네요?
—그럼.
그동안 밤잠이라도 못 잔 듯 얼굴이 부석부석해있었다. 그래 다시한번,
—그건 조금두 염려 마라. 이건 나 혼잣생각으루 하는 말이 아니다. 의서에 분명히 그렇게 씌어있다.
—선생님, 전 되레 장님앨 낳았음 좋겠어요.
—건 또 왜?
그러나 이 말에는 아무 대꾸도 없이 자기 방으로 돌아가버리고 말았다.
아마 영이는 이때부터 죽음이란 것을 생각했는지 모를 일이었다. 그래 죽음에 대한 방법을 궁리한 나머지 바다를 택했음에 틀림없을 것만 같았다.……
바다로 나서는 굽잇길을 돌며 숙이가 혼잣말처럼 속삭였다.
—영이언니는 제가 낳을 애가 되레 장님이길 바랬어요.
—참, 왜 그랬을까?
—선생님은 아직 모르시죠? 사실은 영이언니의 부모가 부산에 살고 계세요. 아버지가 어떤 회사 사무원으로 계시구……
역시 영이는 자기의 본색을 감추고 있었구나.
—……서울서 피난 내려오다 수원 어디선가 박격포 파편에 뒤통수를 맞고 쓰러졌다가 이틀 만엔가 정신이 들어보니, 어머니가 자

꾸 자기 이름을 부르시드래요. 그래 아무리 눈을 떠 봐도 어머니의 얼굴이 보이지 않아, 어두우니 불을 키라고 고함을 질렀대요. 그리고는 다시는 앞이 안 보인단 말을 입밖에 내지 않았대요. 자기는 왜 그때 다른 사람들처럼 파편에 맞아 죽지 않았을까 하고, 그저 죽고 싶은 생각만 들드래요. 물 한 모금을 먹지 않았대요. 그랬드니 어머니가, 나 죽을 때 너도 같이 죽자, 그때까지만 살아라 하드래요. 그게 얼마나 반가운지, 참말로 어머니가 세상 떠나는 날 자기도 같이 죽으리라 마음먹고 그때부터 생각을 돌이켰대요. 그후에 대구를 거쳐 부산까지 내려왔다구요. 그런데 하루는 어머니가 동생더러, 이후에 너희가 크걸랑 불쌍한 누나를 보살펴줘야 한다고 하드래요. 그 말을 듣자 어찌나 슬프든지, 갑자기 부모와 자기의 사이가 한없이 멀리 떨어져나가는 것만 같드래요. 왜 어머니는 자기가 죽을 때 같이 죽자든 말을 잊어버렸을까, 한때 그저 불쌍하다는 생각에서 그래본 것일까 하고 속았다는 생각만 들드래요. 밤새도록 혼자 울었대요. 그리고는 다음날 집안사람들 몰래 집을 나와버렸대요. 혼자 사는 날까지 살다 죽으리라 하고요……

그래서 영이는 자기를 찾을지도 모르는 부모와 가족의 눈을 피하기 위해 일체의 외출을 하지 않았던가.

──……눈이 그렇게 되기 전에 누구하고 이야기도 잘 못할 만큼 수줍었대요. 그것이 이번에 변해버렸대요. 자기로서도 어쩌지 못하겠드래요. 공연히 누구에게 대들고만 싶은 심정이드래요. 봉이와의 일만 해도 그랬대요. 소경과 소경이 만나 어쩔 수 없다는 걸 뻔히 알면서도 그일을 저질렀대요. 그런 영이언니가 전 불쌍했어요. 그래서 저도 그때 선생님께 대들었던 거예요. 이번에 어린애 밴 걸 안 뒤에만 해도 그래요. 처음에는 자기가 낳은 애가 소경이 안 된다는 걸 여간 기뻐하지 않았어요. 그러나 차차 겁을 먹기 시작했어요. 성한 사람과 병신은 부모자식 사이라도 종내는 새가 벌어지고 만다는 걸 무서워했어요.

영이가 차라리 성한 애 아닌 소경애를 낳기 원한 까닭은 그 때문이었던가. 이 가련한 소녀는 앞으로 자기가 낳는 애가 자기를 바라볼 눈까지 지레 생각하고 불안해 한 것임에 틀림없었다.

──……그래 뱃속에 들어있을 때 어떻게든지 자기 마음대로 해버려야 한다구요.
 바다로 나섰다.
 고요한 바다였다. 바다만큼 넓은 어둠이 가득 깔려있었다. 기슭에 밀려와 부서지는 물거품만이 희끄무레하니 어둠을 핥고 있었다. 동이 트기엔 아직 시간이 있을 것이었다.
 영이가 파도소리에 귀를 기울이고 있는 동안만은 별일 없으리라 생각한 것은 잘못이었다. 그동안 이 소경애는 이런 조용한 바다를 노리고 있은 것이었다. 그리고 모두 잠든 이런 밤을 노리고 있은 것이었다. 역시 그것이 아무리 어린 사람의 경우일지라도 그 한 사람의 운명과 의지는 다른사람으로서 방관하는 도리밖에 없다는 것일까. 영이의 죽음이라는 게 다시한번 실감을 띠고 가슴에 와 안겼다.
 별안간 옆에 서있던 숙이가,
 ──선생님, 저 소리가 무슨 소리예요?
 하며 무엇에 소스라치듯 했다.
 어디쯤인가도 헤아릴 수 없는 바다 쪽에서 물새의 울음소리가 들렸다.
 ──물새 아냐?
 ──아녜요. 그 소리 말고……
 그가 미처, 그럼 무슨 소리 말이냐고 물을 새도 없이, 숙이는 물기슭을 따라 내달리기 시작했다. 그도 엉겁결에 그 뒤를 따라 달렸다.

 영이는 목에 돌을 매달았다. 신발을 벗었다. 바다로 들어섰다.
 물이 허리까지 올라왔다. 이미 물 차가운 것같은 건 잊고 있었다. 큰 돌을 가슴에 안은 채, 이제 물이 제 키에 차기까지만 들어가면 되는 것이었다.
 물이 가슴 위까지 올라왔다. 그러자 영이는 깜짝 놀랐다. 갑자기 뱃속이 비틀리며 무엇이 꿈틀거리는 것이었다. 아찔했다. 다시 뱃속의 것이 꿈틀거렸다. 이번에는 분명히 연하기는 하나 생기있는 무엇이 가슴을 치받치는 것을 느꼈다.

영이는 그만 저도모르는 새 물기슭으로 기어나오고 말았다. 거기 아무렇게나 쓰러져버렸다. 뱃속에 든 것이건만 벌써 자기 마음대로는 할 수 없다는 생각이었다. 절로 흐느낌이 솟구쳐올랐다. 목에다 그냥 돌멩이를 매단 채 이마를 물모래에 비벼대며 자꾸만 흐느끼고 있었다.

1953 오월

학

 삼팔 접경의 이 북쪽 마을은 드높이 개인 가을하늘 아래 한껏 고 즈넉했다.
 주인 없는 집 봉당에 흰 박통만이 흰 박통을 의지하고 굴러있었 다.
 어쩌다 만나는 늙은이는 담뱃대부터 뒤로 돌렸다. 아이들은 또 아 이들대로 멀찌감치서 미리 길을 비켰다. 모두 겁에 질린 얼굴들이 었다.
 동네 전체로는 이번 동란에 깨어진 자국이라곤 별로 없었다. 그 러나 어쩐지 자기가 어려서 자란 옛마을은 아닌 성싶었다.
 뒷산 밤나무 기슭에서 성삼이는 발걸음을 멈추었다. 거기 한 나 무에 기어올랐다. 귓속 멀리서, 요놈의 자식들이 또 남의 밤나무에 올라가는구나, 하는 혹부리할아버지의 고함소리가 들려왔다.
 그 혹부리할아버지도 그새 세상을 떠났는가. 몇 사람 만난 동네 늙은이 가운데 뵈지 않았다.
 성삼이는 밤나무를 안은 채 잠시 푸른 가을하늘을 치어다보았다. 흔들지도 않은 밤나뭇가지에서 남은 밤송이가 저혼자 아람이 벌어 져 떨어져내렸다.

 임시 치안대 사무소로 쓰고 있는 집 앞에 이르니, 웬 청년 하나 이 포승에 꽁꽁 묶이어있다.
 이 마을에서 처음 보다시피하는 젊은이라, 가까이 가 얼굴을 들여다보았다. 깜짝 놀랐다. 바로 어려서 단짝동무였던 덕재가 아니냐.
　천태에서 같이 온 치안대원에게 어찌된 일이냐고 물었다. 농민동맹 부위원장을 지낸 놈인데 지금 자기 집에 잠복해있는 걸 붙들어 왔다는 것이다.
　성삼이는 거기 봉당 위에 앉아 담배를 피워물었다.
　덕재를 청단까지 호송하기로 되었다. 치안대원 청년 하나이 데리고 가기로 됐다.
　성삼이가 다 탄 담배꼬투리에서 새로 담뱃불을 댕겨가지고 일어섰다.
　"이자식은 내가 데리구 가지요."
　덕재는 한결같이 외면한 채 성삼이 쪽은 보려고도 하지 않았다.
　동구밖을 벗어났다.
　성삼이는 연거푸 담배만 피웠다. 담배맛은 몰랐다. 그저 연기만 기껏 빨았다 내뿜곤 했다. 그러다가 문득 이 덕재녀석도 담배생각이 나려니 하는 생각이 들었다. 어려서 어른들 몰래 담모퉁이에서 호박잎 담배를 나눠 피우던 생각이 났다. 그러나 오늘 이깟놈에게 담배를 권하다니 될 말이냐.
　한번은 어려서 덕재와 같이 혹부리할아버지네 밤을 훔치러 간 일이 있었다. 성삼이가 나무에 올라갈 차례였다. 별안간 혹부리할아버지의 고함소리가 들려왔다. 나무에서 미끄러져 떨어졌다. 엉덩이에 밤송이가 찔렸다. 그러나 그냥 달렸다. 혹부리할아버지가 못 따라올 만큼 멀리 가서야 덕재에게 엉덩이를 돌려댔다. 밤가시 빼내는 게 더 따끔거리고 아팠다. 절로 눈물이 찔끔거려졌다. 덕재가 불쑥 자기 밤을 한 줌 꺼내어 성삼이 호주머니에 넣어주었다. ……
　성삼이는 새로 불을 댕겨문 담배를 내던졌다. 그리고는 이 덕재자식을 데리고 가는 동안 다시 담배는 붙여물지 않으리라 마음먹는다.

　고갯길에 다다랐다. 이 고개는 해방 전전해 성삼이가 삼팔 이남 천태 부근으로 이사가기까지 덕재와 더불어 늘 꼴 베러 넘나들던 고개다.

성삼이는 와락 저도모를 화가 치밀어 고함을 질렀다.
"이자식아, 그동안 사람을 몇이나 죽였냐?"
그제야 덕재가 힐끗 이쪽을 바라다보더니 다시 고개를 거둔다.
"이자식아, 사람 몇이나 죽였어?"
덕재가 다시 고개를 이리로 돌린다. 그리고는 성삼이를 쏘아본다. 그 눈이 점점 빛을 더해가며 제법 수염발 잡힌 입언저리가 실룩거리더니,
"그래 너는 사람을 그렇게 죽여봤니?"
이자식이! 그러면서도 성삼이의 가슴 한복판이 환해짐을 느낀다. 막혔던 무엇이 풀려내리는 것만 같은. 그러나,
"농민동맹 부위원장쯤 지낸 놈이 왜 피하지 않구 있었어? 필시 무슨 사명을 띠구 잠복해있는 거지?"
덕재는 말이 없다.
"바른대루 말해라. 무슨 사명을 띠구 숨어있었냐?"
그냥 덕재는 잠잠히 걷기만 한다. 역시 이자식 속이 꿀리는 모양이구나. 이런 때 한번 낯짝을 봤으면 좋겠는데 외면한 채 다시는 고개를 돌리지 않는다.
성삼이는 허리에 찬 권총을 잡으며,
"변명은 소용없다. 영락없이 넌 총살감이니까. 그저 여기서 바른대루 말이나 해봐라."
덕재는 그냥 외면한 채,
"변명은 할려구두 않는다. 내가 제일 빈농의 자식인 데다가 근농꾼이라구 해서 농민동맹 부위원장 됐든 게 죽을 죄라면 하는 수 없는 거구, 나는 예나 이제나 땅 파먹는 재주밖에 없는 사람이다."
그리고 잠시 사이를 두어,
"지금 집에 아버지가 앓아누웠다. 벌써 한 반년 된다."
덕재아버지는 홀아비로 덕재 하나만 데리고 늙어오는 빈농꾼이었다. 칠년 전에 벌써 허리가 굽고 검버섯이 돋은 얼굴이었다.
"장간 안 들었냐?"
잠시 후에,
"들었다."

"누와?"

"꼬맹이와."

아니 꼬맹이와? 거 재미있다. 하늘 높은 줄 모르고 땅 넓은 줄만 알아, 키는 작고 똥똥하기만 한 꼬맹이. 무던히 새침떼기였다. 그것이 얄미워서 덕재와 자기는 번번이 놀려서 울려주곤 했다. 그 꼬맹이한테 덕재가 장가를 들었다는 것이다.

"그래 애가 몇이나 되나?"

"이 가을에 첫애를 낳는대나."

성삼이는 그만 저도모르게 터져나오려는 웃음을 겨우 참았다. 제 입으로 애가 몇이나 되느냐 묻고서도 이 가을에 첫애를 낳게 됐다는 말을 듣고는 우스워 못견디겠는 것이다. 그러지 않아도 작은 몸에 큰 배를 한아름 안고 있을 꼬맹이. 그러나 이런 때 그런 일로 웃거나 농담을 할 처지가 아니라는 걸 깨달으며,

"하여튼 네가 피하지 않구 남아있는 건 수상하지 않어?"

"나두 피하려구 했었어. 이번에 이남서 쳐들어오믄 사내란 사낸 모주리 잡아 죽인다구 열일곱에서 마흔살까지의 남자는 강제루 북으로 이동하게 됐었어. 할수없이 나두 아버질 업구라두 피난갈까 했지. 그랬드니 아버지가 안된다는 거야. 농사꾼이 다 지어놓은 농살 내버려두구 어딜 간단 말이냐구. 그래 나만 믿구 농사일루 늙으신 아버지의 마지막 눈이나마 내 손으루 감겨드려야겠구, 사실 우리같이 땅이나 파먹는 것이 피난간댔자 별수 있는 것두 아니구……"

지난 유월달에는 성삼이 편에서 피난을 갔었다. 밤에 몰래 아버지더러 피난갈 이야기를 했다. 그때 성삼이아버지도 같은 말을 했다. 농사꾼이 농삿일을 늘어놓구 어디루 피난간단 말이냐. 성삼이 혼자서 피난을 갔다. 남쪽 어느 낯설은 거리와 촌락을 헤매다니면서 언제나 머리에서 떠나지 않는 건 늙은 부모와 어린 처자에게 맡기고 나온 농삿일이었다. 다행히 그때나 이제나 자기네 식구들은 몸성히 들 있다.

고갯마루를 넘었다. 어느새 이번에는 성삼이 편에서 외면을 하고 걷고 있었다. 가을 햇볕이 자꾸 이마에 따가웠다. 참 오늘같은 날은 타작하기에 꼭 알맞은 날씨라고 생각했다.

고개를 다 내려온 곳에서 성삼이는 주춤 발걸음을 멈추었다.

저쪽 벌 한가운데 흰 옷을 입은 사람들이 허리를 굽히고 섰는 것 같은 것은 틀림없는 학떼였다. 소위 삼팔선 완충지대가 되었던 이 곳. 사람이 살고 있지 않은 그동안에도 이들 학들만은 전대로 살고 있은 것이었다.

지난날 성삼이와 덕재가 아직 열두어살쯤 났을 때 일이었다. 어른들 몰래 둘이서 올가미를 놓아 여기 학 한 마리를 잡은 일이 있었다. 단정학이었다. 새끼로 날개까지 얽어매놓고는 매일같이 둘이서 나와 학의 목을 쓰러안는다, 등에 올라탄다, 야단을 했다. 그러한 어느날이었다. 동네 어른들의 수군거리는 소리를 들었다. 서울서 누가 학을 쏘러 왔다는 것이다. 무슨 표본인가를 만들기 위해서 총독부의 허가까지 맡아가지고 왔다는 것이다. 그길로 둘이는 벌로 내달렸다. 이제는 어른들한테 들켜 꾸지람듣는 것같은 건 문제가 아니었다. 그저 자기네의 학이 죽어서는 안된다는 생각뿐이었다. 숨 돌릴 겨를도 없이 잡풀 새를 기어 학 발목의 올가미를 풀고 날개의 새끼를 끌렀다. 그런데 학은 잘 걷지도 못하는 것이다. 그동안 얽매여 시달린 탓이리라. 둘이서 학을 마주 안아 공중에 투쳤다. 별안간 총소리가 들렸다. 학이 두서너 번 날갯짓을 하다가 그대로 내려왔다. 맞았구나. 그러나 다음순간, 바로 옆 풀숲에서 펄럭 단정학 한 마리가 날개를 펴자 땅에 내려앉았던 자기네 학도 긴 목을 뽑아 한번 울음을 울더니 그대로 공중에 날아올라, 두 소년의 머리 위에 둥그러미를 그리며 저쪽 멀리로 날아가버리는 것이었다. 두 소년은 언제까지나 자기네 학이 사라진 푸른 하늘에서 눈을 뗄 줄을 몰랐다. ……

"애, 우리 학사냥이나 한번 하구 가자."

성삼이가 불쑥 이런 말을 했다.

덕재는 무슨 영문인지 몰라 어리둥절해있는데,

"내 이걸루 올가밀 만들어 놀께 너 학을 몰아오너라."

포승줄을 풀어 쥐더니, 어느새 성삼이는 잡풀 새로 기는 걸음을 쳤다.

대번 덕재의 얼굴에서 핏기가 걷혔다. 좀전에, 너는 총살감이라던 말이 퍼뜩 머리를 스치고 지나갔다. 이제 성삼이가 기어가는 쪽 어디서 총알이 날아오리라.
 저만치서 성삼이가 홱 고개를 돌렸다.
 "어이, 왜 멍추같이 게 섰는 게야? 어서 학이나 몰아오너라!"
 그제서야 덕재도 무엇을 깨달은 듯 잡풀 새를 기기 시작했다.
 때마침 단정학 두세 마리가 높푸른 가을하늘에 큰 날개를 펴고 유유히 날고 있었다.

1953 정월

청산가리

닭 몇 마리를 길러보리라는 생각을 해온 것은 실은 지난해 봄부터 였다. 들어있는 학교 사택 주위가 꽤 널따래서 제법 닭같은 것을 기를 만했다.

화동 사시는 아버지는 벌써부터 취미로 닭을 치고 계셨다. 거기에 올봄 들어 마침 안는 닭이 있어서 가져다 안기기로 했다. 알도 싱싱한 놈으로 열아홉 알 골라 왔다. 알마다 아버지가 일일이 낳은 날짜를 적어 솜을 편 바가지에 소중히 받아두었던 것들이었다. 그것을 우리가 가져올 때는 또 하나하나 물에 띄워 온전한 놈으로만 골랐다.

전에 시골 살 때 우리도 한두 번 아니게 병아리를 깨워본 경험이 있었다. 그렇건만 아버지는 우리에게 안는 닭에 대한 주의까지 해주시는 것이었다. 닭에 따라서는 이틀이고 사흘이고 둥우리에서 내리지 않는 종류가 있다. 그런 때는 이편에서 하루에 한 번씩 내려서 모이와 물을 먹여 올려보내야 한다. 그걸 그대로 두어 아주 배가 고프고 목이 마르게 될라치면 품고 있는 달걀을 까먹는 수가 있는데 그것이 버릇이 되면 안는 알을 모조리 다 까먹게 마련인 것이다. 그리고 안는 닭을 내리워줄 때도 조심해서 내려줘야지 자칫 잘못하면 날갯죽지 밑에 끼고 있던 알을 깨뜨리는 수가 있는 것이다. 그리고 한가지 더 주의해야 할 것은 안는 닭의 이를 없애주어야 하는 것이다. 나중에 병아리한테 옮으면 큰일이니까. 지난날에는 벼룩약같은 것을 뿌려주었지만 요즘은 디디티가 있어서 아주 그만이라는 것이다.

다행히 우리가 안긴 닭은 하루에 한 번씩 둥과 모이를 먹으러 내렸다. 우리는 한 댓새 걸러끔씩 닭몸에 디디티 뿌려주기만 잊지 않으면 되었다.

안긴 지 열여드레째 되던 날, 나는 마지막으로 디디티를 뿌려주고는 어쩐지 절로 마음이 초조해짐을 느꼈다. 다 까졌으면 좋겠는데 어떻게 되려나. 전에 시골 있을 때는 스물한 알 안기면 열일곱여덟 마리는 놓쳐보지 않았는데. 그때 누구네는 스물세 알 안긴 것이 재수없게 단 한 마리만 까가지고 어미닭이 데리고 다니는 꼴을 보았는데, 그렇게 되면 어쩌나.

매일같이 한 번씩 내리던 닭이 내리지 않는다. 이쯤되면 아무리 목이 마르고 배가 고파도 달걀을 까먹는 일은 없다. 그저 걱정되는 것은 안는 닭이 기갈이 들어 두서너 마리 깐 병아리 소리를 듣고 그만 아주 내려버리게 되는 일이다. 그렇게 되면 낭패다. 나는 조심히 안는 닭을 내리워 물과 모이를 먹여 올려보냈다.

스무하룻 만에 달걀 속에서 병아리소리가 들렸다. 이날은 닭은 내리우지 않고 물과 모이를 닭 안는 자리에 가져다주었다. 물만 먹고 모이는 한두 번 쪼아보고 그만둔다.

스무이틀 되는 날부터 까기 시작했다. 삐악삐악, 약하나 분명히 새로 탄생한 생명만이 가질 수 있는 알진 목소리. 조알조알, 듣는 사람의 가슴을 행복 그것처럼 간지러 마지않는 속삭임. 조그만 대강이를 밖으로 내밀었다가 무엇에 놀란 듯이 도로 숨어버리는 고 귀여운 동작. 절로 손이 어미닭 품속으로 가진다. 아직 몸이 마르지 않은 놈은 고놈대로 애처롭도록 사랑스런 것이나, 아주 몸이 다 마른 뒤에, 손에 만져지는 아 고 보드랍고도 따스한 촉감 밑에 느껴지는 발랄한 생명의 고동이란. 자주 손을 대서는 안된다는 걸 알면서도 절로 자꾸 손이 어미닭 품속으로 가진다. 이게 처음 병아리를 깨워보는 것도 아니건만.

애들은 애들대로, 아 이쁘다, 아 이쁘다, 하면서 자꾸 병아리를 꺼내달라고 성화다. 나는 한 마리를 꺼내어 차례로 한번씩 만져보게 하고는 일절 병아리에 손을 못 대게 했다. 공연히 꺼내가지고 그러다가 어미닭이 깔 알도 채 안 까가지고 내려버리면 어떡하느냐. 그뿐만이 아니다. 어미닭의 품을 들치고 들치고 하다가 그만 오랫동안 엎드려 앉아있느라 힘이 약해진 발로 병아리를 잘못해 밟아 죽이기라도 하면 어떡하느냐. 그러면서도 나 자신은 달걀껍데기를 꺼내는 척, 필요 이상으로 어미닭 품속으로 손을 넣곤 했다.

까기 시작해서 만 이틀이 돼도, 남은 네 알은 쪼는 기색이 없었다. 종내 아버지가 가르쳐주신 대로 전등불에 비춰 봤다. 멀건 투명체다. 못 깔 알인 것이다. 깔 알은 깜깜한 불투명체여야 한다. 아버지는 이 방법으로 안긴 지 한 열흘 지난 달걀이면 깔 놈과 못 깔 놈을 일일이 가려내신다. 껍질을 깨보니 과연 속이 푸릿하게 썩어있었다. 코를 찌르는 구린내.

열다섯 마리 깐 것만도 다행이라고, 우리는 첫 모이로 이렇게 해야 병아리 밑구멍이 메지 않는다는 깨 섞인 싸래기를 주었다. 그러나 이렇게 해야 병아리가 무엇을 잘 쪼아먹는다는 주둥이 끝 까주는 것만은 그만두었다. 그러다가 공연히 연약한 주둥이를 상케 하기 쉽다는 아버지의 의견을 따른 것이었다.

내리운 지 사흘 되는 날부터 한참씩 밖에 내놓아주었다. 어미닭을 따라 무어라 무수히 속살거리며 모이를 찾아다니는 그 사랑스런 모양. 나는 간혹 시간가는 줄 모르고 서서 바라보곤 했다. 세살짜리 끝놈은 노상 병아리가 되고 싶어서 삐삐 소리를 지르며 앉아 돌아가다 병아리장 속으로 머리만을 디밀고 어깨가 걸리곤 해, 우리를 웃겼다.

병아리를 놓아줄 적마다 으레 누구고 하나 푼수로 지켰다. 고양이 때문이었다.

벌써부터 집안사람들은 가끔 고양이가 지나가는 걸 보았다고 했다. 나 자신 이 고양이란 놈을 여러번 보았다. 아주 진 잿빛으로 된 놈이었다. 크기도 웬만한 개만큼 컸다. 뒤에 인왕산이 있는 데다 터가 궁터 자리라 넓디넓어, 여기저기 숨어사는 도둑고양이임에 틀림없었다. 이 고양이만은 정말 경계해야 한다고 학교 수위로 있는 이도 주의를 해주었다.

그리고 밤에는 또 밤대로 쥐란 놈이 범접을 못하게 신경을 써야만 했다. 어린 병아리는 쥐냄새만 맡아도 죽는다는 것이다.

전에 시골서는 집에 영리한 개가 있어서 고양이는 말할 것도 없고 삵괭이나 족제비같은 것도 얼씬을 못했었는데.

한 열흘 지났을 무렵, 병아리 한 마리가 밑구멍에 똥을 끼고 작은 날개를 늘어뜨리고서는 별나게 삐악거리며 어미를 쫓아다니는 것이 눈에 띄었다. 참기름을 먹여 아랫목에 바가지를 씌워놓았다가 좀 똘똘해지기에 저녁에는 어미 품에 넣어주었다. 그러나 다음날 아침이 병아리는 죽어있었다.

그리고 다시 한 사날 뒤에 전번과 똑같은 병아리가 있어, 혹시 이가 끓은 거나 아닌가 하고, 대강이와 겨드랑 밑을 들쳐봐도 물것 끓은 흔적은 없어서 전과 같이 참기름을 먹여 아랫목에 들여다두었다. 역시 좀 똑똑해졌기에 저녁에는 아무래도 어미 품이 나을 성싶어 병아리장에 넣어주었다.

다음날은 일찍이 병아리장부터 나가 보았다. 요행 어제의 병아리는 살아있었다. 이놈만은 살아나려는가보다 했다. 그러나 결국 실패하고 말았다. 아침에 다시 방안에 들여다 따로 모이를 주고 참기름을 먹이고 했어야 했다. 그걸 괜찮으려니 하고 내버려둔 게 잘못이었다. 저녁때 그 병아리의 그림자가 뵈지 않아, 낮에 병아리들이 나갔던 자리를 돌아보았더니 거기 물오르기 시작한 잠풀 속에 시체가 되어있는 것이었다. 그만 실수했다는 생각에 며칠동안 마음이 언짢았다.

그러한 지 한 주일쯤 되어서였다. 병아리 한 마리가 또 뵈지 않았다. 저번과 같이 병들어있는 걸 미처 돌봐주지 않아 어디 풀속에라도 쓰러져있나 하고 아무리 찾아봐도 없었다. 그러면 고양이한테라도 물려간 것인가. 그러나 그날 집안사람들은 누구 하나 고양이를 보지 못했다는 거다. 전번처럼 단념도 안되고 여러날을 두고 궁금하고 불안했다.

그리고는 죽 아무일 없이 한 달포가 지났다.

닭도 보통 다른 짐승처럼 어린 병아리 때가 제일 귀엽고 이쁘다.

어미에게서 떨어지기 전후해 골격이 잡히느라 아주 몸매가 거칠어지며 밉게 되는 놈, 볼품없는 빛깔로 변하는 놈, 털이라고는 군데군데 조금씩 남고 붉은 살덩이가 흉험게 드러나는 놈, 손에 잡아 쥐어보고 싶은 마음은 아예 일지 않는다. 세살짜리 끝놈도 이제는 잡아주련? 해도 도리질을 했다.

학교 수위로 있는 이가 자기네도 닭을 길러보고 싶지만 사다 놓을 형편이 못 돼서 못 친다는 말을 해, 그중 쏠쏠한 놈을 한쌍 골라 가져가게 하고, 같은 동료로 있는 이도 길러보겠노라고 해서 한쌍 나눠주었다. 그러나 동료가 가져간 병아리 한쌍은 곧 고양이놈한테 물려가고 말았다.

이렇게 해서 남은 여덟 마리를, 사택에서들 가을 채소를 심게 되어, 큰 닭장으로 옮겼다. 이 닭장도 아버지가 먼 사돈뻘되는 사람을 데리고 와서 만들어 주신 것이었다.

제법 닭꼴들이 됐다. 수평아리 중의 한 놈인가는 되지않는 목청으로나마 울기까지 했다. 한 알의 달걀이 한 마리의 온전한 닭이 되기까지에는 숱한 경난을 치러야 하는 거지만, 이제는 사료만 옳게 주면 다 살릴 수 있다는 자신까지도 서게끔 됐다.

사택에서들 내인 밥찌꺼기같은 것을 모아다 주고, 잇대다시피 연한 풀을 썰어 넣어주었다. 부근에 채소 솎은 것이 있을 때는 그것도 들여뜨려주었다. 그리고 조개껍질, 생선뼈 같은 것을 빻아 넣어주는 것도 게을리하지 않았다.

그러한 어떤날 밤이었다. 풋긋 잠이 들었는가 하는데 집사람이, 이 괭이, 하며 쫓아나가는 바람에 번쩍 정신이 들었다. 닭장 쪽에서 께엑께엑 이상한 닭의 비명소리가 들려왔다. 나도 맨발로 달려나갔다. 아니나다를까, 아내의 손에는 닭이 한 마리도 아니고 두 마리씩이나 들리워있었다. 달 없는 밤이건만 그것들이 흰 닭이라는 것을 알 수 있었다. 두 마리가 다 목을 드리우고 있다는 것도. 그리고 지금 그것을 들고 있는 아내의 손이 떨고 있다는 것도. 빨리 뛰어나온다는 게 그만, 하고 지금 손에 든 닭의 봉변이 자기가 늦게 뛰어나오거나 해서 생긴 것처럼 말하는 아내의 목소리마저 어딘가 떨려있었다.
 대체 그놈이 어디루 들어갔을까, 하는 내 말에 아내는 그냥 떨리는 목소리로, 글쎄요, 쫓아나오니깐 시꺼먼 것이 얼핏 저리루 달아나든데, 하며 고개로 어둠속을 가리켰다.
 방으로 들고 들어와 불을 켠 후 물린 자리를 보니 똑같이 멱살을 물렸다. 두 마리가 다 여덟 마리 중에 그것들만이 그중 희고 또한 암탉이어서 우리는 이게 레그혼 종류라 장차 알을 많이 낳을 거라고 좋아해오던 닭들이었다.
 지금 그 두 마리 닭이 마지막 경련을 잦히고 있었다. 살아 기어다닐 때보다 더 어리고 연약한 아직 병아리 그대로의 몸집들이었다. 우리는 차마 더 오래 바라볼 수가 없었다. 애들도 잠이 깨어 불안하고 어두운 얼굴로 어버이들 곁에 바싹 붙어있었다.
 촛불을 들고 닭장으로 나갔다. 남은 닭들은 자기네의 침입자가 물러간 지도 오래건만 공포에 그냥 푸떡거리고들 있었다. 보니 닭장에는 고양이가 들어갔음직한 곳이 한 군데 있었다. 닭장 밑으로 둘러막은 널판자 아래에 틈이 나있는 것이었다. 이것은 우리도 모르는 새 안에서 닭들이 파헤쳐놓은 자리였다. 큰 돌을 하나 굴려다 막아놓았다. 그러면서 나는 좀전부터 고양이란 놈을 없애버릴 궁리를 하고 있었다. 어떻게 맵시있게 없애는 도리는 없나. 그러다가 어느 외국 작가의 작품에 토끼의 생명을 위협하는 고양이를 없애는 데 청산가리를 사용하는 대목이 있는 게 떠올랐다. 우리도 그 청산가리를 사용하리라. 청산가리면 학교 화학실험실에서 얻을 수 있을 것이다.
 방에 들어와 누워서도 나는 몇번인가 내일 청산가리를 얻어다 고양이란 놈을 없애리라 마음을 다져먹었다. 전에 동료에게 준 병아리 한쌍도 그놈이 물어갔음에 틀림없다. 그리고 그 전에 종적없이 사라진 병아리도 필시 그놈이 사람 보지 않는 틈을 노려 물어갔음에 틀림없다. 오늘 맛을 봤으니 또 무슨 틈새를 타서 닭들을 노릴 것이다. 이놈을 꼭 없애버려야겠다.
 다음날 화학실험실로 가, 거기 동료 한 사람에게 청산가리 말을 했더니, 무엇에 쓰겠느냐고 한다. 고양이를 없애련다고 하니까, 사실 고양이 퇴치에는 아마 청산가리 이상가는 게 없을 것이라고 하면서, 아주 간단하다고 했다. 고깃점 속에 그걸 넣어 매달아놓기만 하면 고양이란 놈이 집어물기가 바쁘게 신경이 마비돼 그자리에 거꾸러지고 만다는 것이다.

그런데 이건 웬일일까. 이 간단하다는 일, 그것이 별안간 끔찍이 어려운 일로 생각키워지는 것이었다. 무어 고깃조각같은 것은 따로 사오지 않아도 될 것이었다. 좀 뭣하지만 어제 죽은 병아리의 고기를 이용할 수도 있을 것이었다. 그저 내게 힘든 일로 생각되는 것은 고양이가 그것을 집어물기가 바쁘게 그자리에 꼬꾸라진다는 일이었다. 아침에 나가 닭장 앞에 적은 고깃덩이를 입에다 문 채 죽어있는 고양이의 꼴을 보아야 한다는 점이다. 차마 보기 싫은 장면이다. 고양이란 놈이 그걸 삼켜가지고 어디 뵈지 않는 곳으로 가 죽어 없어진다면 얼마나 좋으랴. 나는 결국 청산가리를 못 달래가지고 실험실을 나오고 말았다.

그날 밤에도 그 다음날 밤에도 다시는 고양이가 닭장에 오는 기색이 없었다. 나는 청산가리를 달래가지고 오지 않기를 잘했다고 생각했다.

그런 지 나흘쨀가 되는 날 밤이었다. 우리는 닭장 쪽에서 들려오는 이상한 비명을 듣고 또 쫓아나가지 않으면 안되었다. 검고 탄력성있는 길쭉한 것이 닭장 한중턱으로부터 쑥 빠져나와 어둠속으로 사라졌다. 예의 고양이 그놈이 틀림없었.

닭장 안에 피꺽거리며 쓰러진 닭이 있어, 들어 보니 역시 멱살이 물려있었다. 더듬어보는 손길에 끈적한 액체가 만져졌다. 고놈은 언제나 이렇게 급소만 노리는 것이다. 그리고 아직 연약한 병아리, 그 중에서도 암평아리만 노리는 것이다. 나는 가슴 한복판에서 분노가 치밀어오름을 어찌할 수 없었다. 그러나 이 분노의 한 부분은 선뜻 청산가리를 가져오지 못한 나 자신에게 대한 것이기도 했다.

손에 들리운 병아리는 피에 젖은 목을 길게 늘어뜨리고 마지막 경련마저 멈추고 말았다. 거기 따라 내 손에 만져지는 체온도 차차 식어가는 것이었다. 그러나 이 차차 식어가는 체온에 반비례하여 내

가슴은 더 달아오르고 있었다.

촛불을 켜가지고 나와 보니, 오늘밤 고양이가 침입한 곳은, 닭장 한중턱 오리목과 오리목 새에 생긴 틈새기로였다. 그것은 닭장의 삼 면을 막은 오리목이 지난번 비에 흠뻑 젖었다가 요즈음 햇볕에 마르면서 양쪽으로 꾀어 생긴 틈새기였다. 그런데 아무리 보아도 그것은 고양이가 드나들 만한 구멍은 아니었다. 며칠 전 판자 밑 구멍 보다도 작았다. 이런 틈새기로 그 작지도 않은 놈이 드나들다니. 그놈의 조화란 이만저만한 것이 아니다. 언젠가 들은 고양이나 삵괭이, 족제비같은 짐승은 급해지면 손가락 하나 드나들 창구멍같은 데로라도 능히 빠져나간다는 얘기가 생각났다. 영악한 놈들이다.

아내가 비춰주는 촛불로 철사를 가져다 틈새기를 촘촘히 얽어맸다. 그리고 이 틈새기보다도 좁은, 그저 오리목이 좀 꾀인 듯한 곳은 모조리 찾아 얽어맸다. 그러면서도 웬일인지 나는 이렇게 하는 것만으론 불충분하다는 생각이었다. 일전의 널판자 구멍만 해도 안에서 닭들이 파헤쳐 생긴 것이라기보다는 그러한 틈새기를 이용해 고양이 편에서 구멍을 만들어 놓았다고 보는 게 옳을 성싶었다. 그리고 그동안 며칠 밤 무사한 것도 무어 고양이란 놈이 오지 않았다느니보다는 매일밤 와서 새로운 틈새기를 찾고 있었다고 보는 게 옳을 듯했다. 그리고 이것은 또 요새와서 비롯한 게 아니라, 전의 병아리장 때부터 계속된 것이라고 보는 게 지당할 것같았다. 그러니 언제 그만한 틈새기가 다시 나지 않으리라고 보장할 수 있으랴.

닭장에서는 지금껏도 남은 닭들이 진정하지 못하고 이리 몰리고 저리 몰리면서 꾸꾸거리고 있었다. 그것은 자기네의 침입자에 대한 공포에서 오는 것이겠지만, 내게는 그것이 나에게 대한 어떤 애소와 항의의 몸짓이요 부르짖음같이만 느껴졌다.

밤마다 어둠에 묻혀 쉬지 않고 닭장 주위를 돌아가는 고양이의 그 독살스럽고도 날렵한 모양이 그대로 눈앞에 빤히 나타나 보였다. 그제야 비로소 나도 냉정히 내 마음의 결정을 들을 수 있었다. 한시바삐 이놈의 행동은 정지시켜야 한다는.

1948 팔월

참 외

안뜰에서,
"할머니이,"
하고 반가워 지르는 끝놈의 소리에 뒤이어,
"오, 잘있었니?"
하는 어머니의 말소리와,
"진아야,"
하는 옥이의 쨍쨍한 목소리가 들려왔다. 광주 방면으로 피난 나가셨던 어머니가 오신 것이다.
"내가 먼저 할머닐 봤다,"
다섯살잡이 끝놈이 앞장을 서 들어오며 누나더러 자랑이다. 느닷없이 공습이 잦던 때라, 문밖에 나가지 말라고 그렇게 야단을 쳐도 어느새 빠져나가곤 하는 말썽꾼이 이 끝놈인 것이다.
"거기 나간 애들은 다 잘 있다."
어머니가 우리 부부에게 하시는 말에 끝놈은,
"나두 갈래, 언니한테 나두 갈래…… 할머니 갈 제 나두 갈래…… 할머니 언제 가? 응?"
"낼 가련다."
"그럼 그때 나두 같이 가?"
"오냐."
어머님네가 피난간 곳은 뚝섬나루를 건너 한 시오리 남쪽으로 가야 하는 일원리라는 마을이었다. 그곳에는 내가 교편을 잡고 있는 학교를 지난해에 졸업하고 사범대학에 적을 둔 박군이 살고 있었다. 피난 나갈 곳을 궁리하던 끝에 아내와 내가 생각해낸 것이 그곳이었다. 박군은 학교를 마친 뒤에도 가끔 우리를 찾아와주곤 했는데, 바로 지나간 유월 초순경에도 하룻저녁 우리집에를 들렀다가 자기네 사는 고장에는 다른 과일은 없어도 참외 수박만은 흔한 곳이니 한번 온 가족이 소풍삼아 놀러 나오라고 한 일이 있었다. 우리는 그것을 생각해낸 것이었다.

그러나 그곳이 우리의 피난처로서 적당한 곳인지, 그리고 피난처로 적당한 곳이라 할지라도 우리가 거처할 만한 방이 있을지가 문제가 아닐 수 없었다. 아버지가 먼저 나가보시기로 했다. 저녁때 돌아오신 아버지의 말씀이 서울서 가깝기는 해도 동네가 생기기를 아주 피난처로 적당하더라는 것이었다. 큰 도로에서도 떨어졌을 뿐 아니라, 주위가 모두 산으로 폭 싸여 퍽 아늑한 곳이라는 것, 박군 어르신네 말씀도 십육대째 근 오백년을 거기서 살아오는 터이지만 큰 난리를 모조리 무사히 겪었노라고 하더라는 것, 아버지는 동네 이름마저 편안 일짜 집 원짜 일원리라 명실공히 피난처라고 하셨다. 그리고 우리가 나가 있을 방만해도 박군집에만은 서울 사는 친척이 들이밀리어 어쩔 수 없지만, 불편한 대로 참을 수 있다면 어느 일가집 곁방 하나쯤은 내일 수 있다더라는 것이다. 이런 아버지의 보고를 들으며, 우리는 아버지가 돌아올 때 박군이 싸주더라는 수박을 온 집안이 맛보았다. 아주 달고 향기로운 수박이었다. 나는 근 십년내에 이처럼 맛난 수박을 먹어보기란 처음이었다.

우선 부모님과 둘째동생네 식구와 세째동생을 그곳으로 내려보냈다. 그때 우리의 큰놈 둘째놈도 같이 딸려보냈다. 그리고 박군에게 다시 우리네의 방 하나를 더 구하도록 부탁해두었던 것이었다. 그랬던 것이 오늘 어머니가 오신 것이다.

"어저께 그 학생(박군)이 저희 육춘네 방 하날 얻어놨대드라."

고맙기 이를데가 없었다.

"그럼 내일이라두 이살 나가야지."

"나가야죠."

아내는 벌써부터 묶어두었던 짐 쪽으로 눈을 주었다.

할머니의 등뒤에서 무슨 보자기같은 것을 뒤적이고 있던 끝놈이 별안간 환성을 질렀다.
"야아, 차미다, 차미!"
어머니는 등뒤를 돌아보며 약간 윗몸을 비키셨다. 끝놈은 입을 벙글거리며 네 귀를 건너맨 보자기 틈으로 참외를 뽑아내고 있었다. 대강이 한부분을 내민 참외는 청참외였다.
"오, 나두 차미, 차미."
끝놈의 누나가 달려가 보자기 한 귀를 잡았다.
"가만, 내 풀어주마."
어머니가 보자기 한쪽 끈을 풀었다. 풀기가 바쁘게 끝놈과 끝놈의 누나가 한 개씩 훔쳐간다. 끝놈은 이내 한 개 더 훔쳐 안는다.
"얘들이 왜 이럴까. 어디 할머님 한 개 깎아드리자."
아내가 남은 참외를 집어 들었다.
"얘들이나 줘라."
어머니가 이마에 땀을 흘리며 일어서 마루로 나가신다. 본디 몸이 약하신 어머니는 겨울이면 남달리 추위를 타시고, 여름철엔 남달리 더위를 못 이기신다.
그새 끝놈은 제가 안고 있던 참외를 한 입썩 베물어 맛을 보고는 무춤히 서서 누나의 것을 건너다보고 있다. 아무래도 참외맛이 덜 입에 당긴다는 눈치다.
"차미가 어디 달 것같지 않다."
지금 아내가 깎고 있는 참외에서도 아직 덜 익은 참외진이 칼이 지나간 자국마다 내돋고 있었다.
사실 수박과 참외 고장에서 더구나 한물 겼을 이즈음 이런 날참외라니 알 수 없는 일이었다. 식량 사정이 하 급한 때라 이런 것이라도 따다 파는 것인지도 몰랐다.
"한 개에 얼마씩 줬니?"
아내가 옆에 앉았는 옥이에게 물었다.
옥이는 잠시 해죽해죽 웃기만 하더니 나직한 말로,
"밭에서 따왔에요,"
한다.

나는 가슴이 섬뜩해짐을 느꼈다. 딴은 그래서 참외에 진흙이 그냥 묻어있었구나. 그래서 어머니가 보자기를 등뒤에 돌려놓고 계셨구나.

혼히 시골서 길가던 나그네가 길옆 참외밭이나 외밭에서 한두 개 따서 목을 축이는 일이 있다. 그건 별반 탓할 일이 아니다. 그것은 비단 한두 개가 아니라도 좋다. 서너 개가 될 수도 있다. 단지 이 경우에 그 나그네는 그것을 그자리에서 먹어야만 하는 것이다. 가져가기 위해서는 단 한 개라도 손을 대서는 안되는 것이다.

어머니가 보자기에 싸온 참외 갯수도 네 개에 지나지않았다. 그러나 그것은 안되는 일이었다. 서울에 있는 어린 손자들을 위해 그런 일을 했다고 해도 안되는 일이었다. 처음에는 그걸 사려고 밭주인을 찾았으나 마침 주인이 없어 하는 수 없이 그랬다 해도 안되는 것이다. 수중에 그것을 살 돈이 없어 그랬다면 더욱 안되는 것이다. 그냥 빈손으로 오시면 되는 것이다. 그랬다면 들고 오신 보자기를 등뒤에 내려놓으시지 않아도 좋았을 것이다.

본시 어머니는 욕심이라곤 전혀 없으신 어른이다. 제 물건을 남 주시긴 좋아하셔도 남의 물건이라면 여하한 물건이건 안중에 두는 일이 없으신 어른이다. 젊어서는 고생도 무척 하신 모양이나 사십줄에 드시면서부터 먹고 입고 지내시기에 걱정없이 되신 뒤에도 당신의 옷가지를 그저 남 주시기 좋아하시는 성미시어서 늘 나들이옷에도 부족을 느끼시는 어머니시다. 이런 어머닐수록 당신이 무슨 이유에서고 오늘같은 일을 하셨다는 것은 여지껏 감춰었던 어머니의 추한 면을 엿보는 것같아 한층더 불쾌한 것이었다.

아내가 밖을 향해, 어머니 들어오셔서 한쪽 드시라고 한다. 어머니는 낯이라도 씻으시는 듯 수도 쪽에서, 어서 애들이나 주라고 하신다.

"그럼, 당신부터 한쪽 드우."

아내가 깎은 참외를 십자로 내리 벤 한 갈래를 내 앞으로 내민다. 나는 나도모르게 그것에서 눈을 돌리고 말았다.

"어서 한쪽 맛보우. 금년들어 처음인데……"

끝놈이 덤벼들어 한 갈래 뜯어가는 모양이었다.

"얘가!"
끝놈의 누나도 한 갈래 떼가는 모양이었다.
"얘들이!"
아내는 남은 두 갈래 중에서 한 갈래를 떼어 앞에 놓인 접시에 담아 내 앞으로 내민다. 나는 먹지 않으리라 마음먹었다. 담배를 피워물었다.
어머니가 들어오신다. 수건으로 씻지 않아 얼굴에 그냥 물방울이 맺혀있다.
"어머니도 한쪽 드세요."
아내의 말에,
"응, 어서 너희나 먹어라."
그러면서 어머니는 무엇을 눈치채신 듯했다. 어머니편을 보지 않고도 그걸 느낄 수 있었다. 그리고 어머니가 옥이편을 내려다보신 듯했다. 그런 어머니의 눈은, 이 계집애가 또 무슨 말을 한 게지, 하는 듯했다.
원래 이 옥이란 애는 어렸을 때 어머니를 여의고 아버지되는 사람이 내버리다시피 한 것을 어머니가 데려다 기른 애였다. 이런 애로서는 희귀하리만큼 명랑한 성격을 타고나, 제편에서도 그렇게 생각하고 따르지만 어머니는 마치 손자딸이나처럼 길러오는 터였다. 단지 이 애의 단점이라면 이것도 명랑한 성격 때문인지 몰라도 다 큰 지금도 지나치게 쓸 말 못쓸 말을 재재거리는 점이다. 그런 일로 늘 어른들한테 주의를 받기도 했다. 그러나 나는 오늘만은 이 옥이의 잘못이 조금도 없다고 생각했다.
무슨 항의라도 하듯이 어머니편으로 고개를 돌렸다. 어머니의 눈이 있다가 내 눈을 받았다. 순간, 나는 나도모르는 새 아주 험악한 소리를 지를 뻔했다. 아니 고함은 이미 쳐진 듯싶었다. 내 눈을 받는 어머니의 눈이 그걸 말하고 있었다.
아내가 새로이 끝놈의 참외를 깎고 있다. 끝놈은 바싹 고개를 들이밀고 붙어앉았다.
"달디?"
아내의 말에 끝놈은 그렇다고 고개를 주억거린다.

참외 69

나는 어린것과 그런 말을 주고받는 아내에게까지 화가 나서 견딜 수가 없었다.

어머니가 더 거기 서있을 수 없다는 듯이 다시 밖으로 나가신다. 씻지 않은 얼굴의 물방울은 그냥 물방울이 아니라 새로 흘리신 땀방울만 같았다. 말할 수 없이 수척한, 말할 수 없이 슬픈 얼굴로만 보였다. 순간 나는 어머니의 몸 전체가 이런 말을 하고 있음을 느꼈다. 아들아, 그 참외는 결코 값없이 손에 넣은 물건이 아니다. 그 값은 넉넉히 갚았다. 이미 갚았을 뿐만 아니고 지금도 갚고 있고 앞으로도 더 갚을 작정이다. 그 값에 지나칠 만큼 그렇게 얼마든지.

문득 내 가슴속에 복받쳐올라오는 것이 있었다. 요 세상에 빼뚤어진 놈아, 어쩌자고 네가 이처럼 어머니 마음을 상해놓느냐. 어서 어머니께 사과를 드려라.

그러나 나는 다시한번 어머니에게 심술이나 부리듯 소리를 질렀다.

"얘, 선차미 그만들 먹어라!"

1950 시월

부끄러움

　부산 피난 가있는 동안 나와 허형은 가끔 오형네 집에를 놀러갔다. 한 달에 한 번쯤, 잦은 때는 한 달에 두세 번씩도 됐다.
　오형은 우리가 매일같이 모이는 다방에는 별로 나오지를 않았다. 아마 집이 먼 탓인지 몰랐다. 오형네 집은 부산진 뒤 경남고녀 옆이요, 우리가 모이는 다방은 광복동 로터리 근처였다.
　그대신 오형은 우리들 보고 자기 집에 놀러 나오라고 했다. 어떤 때는 열여덟 명이 밀려가기도 했지만, 대개는 허형과 단둘인 때가 많았다. 그즈음 허형이 일보고 있는 출판사가 바로 우리 가솔이 들어있는 집에서 멀지 않은 곳이라, 서로 만나 같이 가기가 제일 쉬웠다.
　오형네 집에는 왜돗 여섯장짜리 서재가 있어서, 이 방이 우리의 차지가 되곤 했다. 단칸방에 자식들과 같이 욱실거려야 하는 피난살이라, 오형네 이 서재 그것이 우리들의 심신을 쉬일 수 있는 곳이 되곤 했다.
　동향한 서재 앞뜰에는 향나무랑 사철나무랑 오형이 아끼는 나무들이 몇 그루 서있었다.
　그 사이에 매화가 한 그루 있었다. 이것은 우리가 환도해 오는 해 늦봄에 새로 구해다 심은 것이었다. 꽤 운치있게 생긴 나무로, 오형은 찾아오는 친구에게마다 자랑해 마지않았다. 그러나 우리는 그해 첫가을에 환도했기 때문에 종시 꽃을 단 매화는 보지 못하고 말았다. 유감이 아닐 수 없다.

이쪽 현관 옆에는 또 여러해 묵은 파초가 서있어서, 여름 저녁같은 때 때아닌 빗소리를 들려주어 우리들을 즐겁게 해주었다.
　서재 앞뜰과 나지막한 담장을 격한 저편은 조촐한 채전이었다. 그 한옆에 닭장이 있고, 그 안에는 언제나 너덧 마리의 닭이 들어있었다. 허형도 닭 기르는 취미가 있는 듯, 오형네 집을 찾을 때마다 으레 한번씩은 여기를 들여다보았다.
　그리고 이 닭장 한옆에 감나무 한 그루가 서있었다. 과히 크지 않은 나무였다. 그러나 잎이 다 진 가을날 저녁같은 때, 집으로 돌아오려 방을 나서면서 문득 쳐다보는 달빛 속에 감 열매가 하나하나 그대로 아로새겨져 다시없는 정취를 자아내주기도 했다.
　서재에 앉아서 미닫이만 열면, 채전 너머로 부산 앞바다가 내려다보였다. 여기서 듣는 뱃고동소리는 부산역전 부둣가에서 듣던 것과는 달리 어떤 잊어버렸던 향수같은 것을 되살려주는 것이었다.
　이러한 오형네 서재에서 우리는 문학이야기며 세상이야기며 온갖 잡담을 주고받았다. 허형의 그 열있고도 디테일한 말솜씨와, 오형의 그 수수하면서도 유머러스한 말솜씨는 언제 들어도 싫지 않은 것이었다.
　때로 파초잎을 스치는 바람소리라든가 뱃고동소리가 우리들의 분위기를 한층 북돋아주었다.

　그날도 허형과 나는 오형네 집에 가있었다.
　무슨 이야기 끝엔가 낚시질 얘기가 나왔다. 오형과 허형은 낚시질에도 엔간히 명수인 듯 주고받는 얘기가 모두 어느 경지에 이르러 있었다.
　그러다가 이야기가 사냥이야기로 번져나갔다.
　허형이 새끼곰 잡는 이야기를 꺼냈다. 허형은 평북 태생이라, 거기가 아니면 좀처럼 보고 들을 수 없는 이야기였다.
　어미곰이 곧잘 새끼곰을 데리고 산골짜기로 가재를 줘먹이러 내려온다는 것이다.
　짐승에 따라 다니는 곬과 길이 따로 있어서, 사냥꾼은 미리 그것을 알아두었다가 멀찌감치 몸을 숨겨가지고 지켜있어야 한다.

흡사 집돼지가 새끼를 달고 다니듯, 어미곰이 새끼를 데리고 산골짜기로 내려와서는 가재가 많이 들어있음직한 큰 바윗돌을 번쩍 앞발로 쳐든다. 그러면 새끼곰들이 제각기 대강이를 틀어박고 가재를 주워먹기에 정신이 없다. 제가 먼저 먹겠다고 싸움질도 한다.

  이때를 노려서 불을 놓아야 한다. 그러나 어미곰이나 새끼곰을 겨누고 놓는 것은 아니다. 그저 딴 방향을 대고 한방 쏘는 것이다.

  그러면 뜻않았던 총소리에 어미곰이 그만 젖혀들었던 바윗돌을 탁 놓아버린다. 그리고는 분주히 총소리 난 곳을 찾아 주위를 한바퀴 돈다. 이때 사냥꾼은 절대로 움직여서는 안된다. 설혹 어미곰이 가까이 오더라도 꼼짝 말아야 한다. 어미곰은 자기 새끼가 있는 곳을 중심한 어느 한도의 거리 이상은 벗어나지 않는 것이다. 만약 이런 때 포수편에서 섣불리 굴다가 어미곰한테 들키는 날이면 그야말로 뼈 한조각 살 한점 남지 못하게 되고 마는 것이다.

  주위를 한바퀴 돌고난 어미곰은 새끼들이 있는 곳으로 간다. 바윗돌을 젖혀 팽개친다. 그제야 거기 깔려죽은 자기 자식들을 발견한다. 목을 들어 이상한 울음을 한번 운다. 그리고는 다시 주위를 한바퀴 돈다. 좀전보다 분주히.

  한바퀴 돌고 나서는 다시 새끼들이 있는 데로 와 들여다본다. 어지간히 한참 들여다본다. 자식놈들이 이제 움직이기를 기다리기라도 하는 듯한 눈치다. 그러다가 새끼곰 하나하나를 옮겨놓는다. 그리고는 다시 한참 들여다본다. 이제라도 자식놈들이 살아 움직이기를 기다리는 듯한 눈치다.

  여기서 어미곰은 다시 고개를 들어 이상한 울음을 울고는 주위를 또 한바퀴 돈다. 좀전보다 더 미친 듯이 분주히.

  그리고는 또다시 자식들이 있는 데로 와 들여다본다. 아무리 들여다보았댔자 이미 죽은 자식들이 움직일 리가 없다. 고개를 들어 다시 한번 이상한 울음을 울고는, 그제는 더 못참겠다는 듯이 자식놈들을 하나하나 집어 네활개를 찢어버린다. 그리고 나서 그곳을 떠난다.

  어미곰이 저만큼 산등성이에 올라간 때를 보아 총을 한방 다시 놓는다. 그제야 어미곰은 달아나버린다. 이제는 총소리가 무서워진 것이다.
 이 허형의 어미곰과 새끼곰의 이야기를 듣는 동안, 나는 나도모 르게 가슴속이 찌르르해짐을 느꼈다. 때마침 울려오는 뱃고동소리 마저 전에없이 내 가슴을 떨리게 했다.

 ······나는 결혼하여 얻은 첫 계집애를 돌이 될까 말까 했을 때 잃 어버린 일이 있다. 근 이십년 전 일이다.
 워낙 선병질로 생긴 애였다. 이마와 턱밑은 말할 것 없고 온몸에 파릿한 정맥이 드러나보였다.
 어른들이 미처 못 알아듣는 소리에도 눈을 깜박이며 싫어했다. 그 것이 때로는 귀를 기울여 유심히 들어야 알아들을 수 있는 먼 기차 의 기적소리기도 하고, 먼 말달구지 바퀴소리기도 했다. 장난감도 사다줄 수 없었다. 흔들어서 소리가 나는 것이면, 자기가 잡고 흔 들다가 제바람에 놀라 울곤 했다. 천정에 바람개비같은 것을 매달 아놓아도, 그것이 돌아가기만 하면 자꾸 눈을 깜빡이었다.
 동네 노파들은 애를 너무 소중하게 말짱히 길러서 그렇다고 했다. 오줌똥 싼 자리에도 그냥 재우고, 밖에 업고 나와 눈비도 좀 맞혀 야 한다는 것이었다.
 그러나 우리는 그러지 못했다. 선병질인 애가 흔히 그렇듯이 우 리의 어린것도 밤이나 낮이나 도시 긴잠을 자지 못하는 것이었다. 자주자주 깼다. 그때마다 아내는 기다리고나 있었던 듯이 어린것의 배밑을 만져보고는 조금만 척척한 기운이 있어도 기저귀를 갈아주 는 것이었다. 언제나 머리맡에는 세모기저귀가 몇 뼘씩 쌓여있었다.
 어린것을 업고 밖으로 나가는 것만 해도 그랬다. 날이 궂은 날은 궂은 날대로, 볕이 쨍쨍 나는 날도 어린것을 업고 나가지 못했다. 어린것이 햇볕을 좋아하지 않는 것이었다. 그저 병원같은 데 갈 때 만이 가장 오래 밖에 나가보는 시간이었다.
 그래도 열달이 잡히자 일어서기 시작했다. 자막대같은 것을 쥐고 일어섰다. 그럴 때마다 위태로운 듯이 자꾸 눈을 깜빡이었다.
 그리고 열한 달이 되자 왼쪽발 하나를 한치 가량 내디디는 시늉 을 했다. 역시 이것도 자막대기같은 것을 쥐고 하는 것이었는데, 번번이 시늉뿐으로 주저앉곤 했다.
 한 보름이 지나도 마찬가지였다. 그리고 작막대기를 잡고 일어서서 왼쪽발을 한치 가량 내디디는 시늉을 하다가 주저앉아버리기까지의 그 위태위태해 하며 수없이 눈을 깜빡이는 것도 여전했다.
 그러한 어느날이었다. 밤들면서부터 콧물을 흘리고 온몸이 잘잘 끓으며 앓기 시작했다. 이튿날 아침 아내는 곧 병원으로 업고 갔다. 감기라는 것이었다. 주사 한 대를 맞고 물약과 가루약을 갖고 돌아왔다. 그런데 다음날이 되어도 열은 통 내리지 않았다. 다른 병원으로 가보았다. 홍역이라는 것이었다. 벌써 입안에 발반이 보인다는 것이었다.
 동네 노파 하나가, 홍역에는 신식의사가 소용없다는 말로, 더구나 홍역에 주사는 금물이라고 하면서, 그저 방에다 불을 뜨뜻이 땐 후 가재를 구해다가 짓이겨 그 물을 먹이라고 했다.
 한약국을 몇 집 돌아다녀 그것을 구해왔다.
 그리고 나서도 홍역을 전문으로 하는 한의가 이앗다리(평양경찰서 옆에 있는 동네)에 있다고 해서 찾아갔다. 한약국답지 않은 집이었다. 약재 봉지 하나 매달려있지 않았다.
 아랫수염이 긴 중늙은이 하나가 앉아있다가 내가 찾아온 뜻을 말하니, 궤짝서랍을 열고 약봉지 둘을 내주며 한 봉지는 달여서 먹이고 한 봉지는 온수에 타서 애가 기갈해 할 때마다 한 순가락씩 떠 넣어주라는 것이었다.
 약을 달여 먹이고 나서 한 사십분 지나서였다. 애 기저귀를 갈아주던 아내가, 홍역이 내솟기 시작한다고 했다. 과연 가슴 한가운데에 빨긋빨긋한 것이 내돋혀있었다. 우리는 서로 신기한 것이나 발견한 듯이, 여기도 한 알 내돋았다, 여기도 한 알 내돋았다, 하며 기쁜 빛을 감추지 못했다. 홍역이 여간 힘들지 않다는 것을 늙은이들한테 들어 알고 있었다. 제구실(홍역)을 하기 전에는 자기네 아이라고 할 수 없다는 말까지 듣고 있었다. 이렇게 힘든 홍역을 우리의 돌도 못된 약하디약한 어린것이 시작한 것이다. 어서 속히 활짝 내솟아, 된고비를 넘겨주었으면 하는 마음뿐이었다.
 어린것은 숨결이 좀 높고 꽁꽁 앓는 소리를 하고 있었으나 신통하게 눈을 감고 조용히 누워있었다.
 한 두어 시간쯤 지난 뒤였다. 얌전히 누워있던 어린것이 몸을 뒤치며 보채기 시작했다. 온수에 탄 약물을 떠넣어주었다. 엔간히 속이 타는 듯, 쩹쩹 소리까지 내가며 받아먹는다. 그리고는 잠시 잠잠하더니, 다시 몸을 뒤치며 보채기 시작했다. 약물을 또 떠넣어주었다. 이번에는 반 숟가락도 못 먹고 고개를 내저었다.
 아내가 젖을 물리면서, 아 뜨거워, 했다. 어린것의 입안이 꽤 타는 모양이었다. 젖을 빠느라고 어린것은 또 잠시 잠잠했다.
 어린것의 밑으로 손을 넣었던 아내가 오줌이라도 싼 것을 발견한 듯 기저귀를 갈아주기 시작했다. 그러다가 갑자기 놀란 소리로, 이것 좀 봐요, 했다. 나는 가슴이 철렁해서 고개를 가져갔다. 이게 웬일일까. 가슴에 솟았던 홍역자국이 씻은 듯이 사라져버리고 본래의 창백한 살갗으로 돌아가 있지 않은가.
 아내는 어린것이 몸을 뒤치며 바람을 쐰 탓이라고, 저까지 이불을 뒤집어썼다. 나는 나대로 부엌으로 나가 새로 장작을 한 아궁이 지폈다.
 바깥 날씨도 푸근한 봄철에 이렇게 불을 때놓았으니 방안이 설설 끓었다. 이불을 쓰고 있는 아내는 말할 것 없고 거저 앉아있는 나도 이마의 땀을 훔쳐내야만 했다. 그런데 어린것은 전혀 땀기척을 하지 않는 것이었다. 그러면서 점점 더 심하게 악을 쓰기 시작하는 것이었다.
 나는 그 이앗다리 홍역 전문의한테로 달려가, 좀 와 봐달라고 했다. 중늙은이는 궤짝서랍에서 약봉지 하나를 조끼주머니에 넣더니 일어나 두루마기를 입고 중절모를 썼다. 나는 그 동작이 여간만 더디게 생각되지 않았다. 그리고 거기서 경창문밖까지의 길이 어떻게나 멀어 보이는지. 그당시 평양거리에는 빈 차를 몰고 다니는 택시라곤 하나 없었다. 자동차를 이용하려면 미리 전화로 차부에 연락을 해둬야만 했다. 시간적으로 보아 걷는 편이 유리할 것이었다. 중늙은이도 그닥 느린 걸음은 아니었다. 그러나 나는 저만치 앞섰다가는 중늙은이가 따라오기를 기다려야만 했다.
 집에 돌아오니 아내가 야단치는 어린것을 앞으로 안아 업고 누비

이불로 위를 가려주려고 애쓰고 있었다.
 중늙은이가 아내더러 어린것을 내려놓으라고 했다. 우리는 이 홍역 전문의의 말 한마디 손짓 하나에 온갖 희망을 걸었다. 중늙이는 어린것의 가슴과 잔등을 한 번씩 쏠어보았다. 이 약손이 지나간 자리에 홍역이 그대로 내솟아주기만 바랐다.
 중늙이는 이불을 겹겹이 덧씌워줄 필요가 없다고 했다. 홍역이란 속에서 자연히 내솟아야지 억지로는 안 된다는 것이었다. 그리고 주머니에 넣어가지고 온 약봉지를 꺼내어주며 달여 먹이라고 했다. 우리는 이 전문의의 말을 얼마든지 지당한 말이라고 여기며, 이제 이 약만 달여 먹이면 된다고 생각했다.
 어린것이 약 첫숟가락만은 받아먹었다. 그리고는 두 숟가락째는 푸풋거리며 배앝아버렸다. 그러더니 구역질을 하며 토하기 시작했다. 먹은 약이 몽땅 나왔다.
 아내가 얼른 젖을 물렸다. 그런데도 어린것은 그냥 구역질을 하면서 토해냈다. 약물 아닌 노리끼한 물까지 나왔다. 아내가 가제로 입언저리를 닦아주었다.
 그러다가 아내가, 아, 하고 비명같은 소리를 질렀다. 나는 머리가 오싹했다. 어린것의 얼굴을 들여다보니, 아, 경련이 일고 있지 않은가. 한번, 그리고 또 한번.
 아내가 어린것의 코밑을 비비면서 젖을 물렸다. 그러나 다음순간 아내는 후딱 몸을 움츠리고 말았다. 문지르는 젖꼭지에 피가 내배었다. 물린 것이다.
 어린것이 이를 시리물고 작은 주먹을 오그려쥐면서 사지를 비틀기 시작했다. 우리는 어쩔줄을 몰라 그저 발작이 일어날 때마다 비틀어지는 팔다리를 붙들곤 했다. 어린것의 힘이 어떻게나 센지 몰랐다. 벌써 여러 시간 동안 악을 썼으니 지칠대로 지쳤을 터인데 그 약하디약한 몸에 어디 이런 힘이 남아있었던가 싶었다. 오그려쥔 주먹을 도저히 펴낼 수가 없었다.
 홍역에는 가제 짓이긴 물이 좋다고 일러준 노파가 와서, 이렇게 홍역을 잘못 하려고 얼굴에부터 내솟지 않고 가슴에부터 내돋았다고 하며, 홍역하다 경기를 하게 되면 온몸에 꿀을 발라주는 게 좋

부끄러움 77

다고 했다. 마침 집에 꿀을 구해다 뒀던 것이 있어서 항아리째 내놓고 바르기 시작했다. 요동을 치기 때문에 여간 힘들지 않았다. 그러나 우리는 손톱과 발톱 끝까지 그리고 머리카락 밑을 샅샅이 뒤지어 한군데도 남김없이 발라주었다. 어디 눈에 보이지 않는 조그마한 부분에 꿀이 안 발라짐으로 해서 잘못이라도 생기면 안된다는 생각에.

그러나 어린것의 바람기는 덜해지는 기미가 보이지 않았다. 아내가 몇번이고 숟가락으로 젖을 짜가지고 입술에 가져다대었다. 그때마다 어린것은 위아래 두 개씩 난 이빨로 마구 숟가락을 물어뜯는 것이었다. 숟가락을 떼면 제 혀를 깨물었다.

아내가 보다못해 아까와 다른쪽 젖꼭지를 갖다대었다. 그리고는 이를 악물고 그냥 젖꼭지를 내맡겨두었다. 나는 더 바라볼 수가 없었다.

자리를 일어섰다. 그동안 왜 의사를 불러오지 않았는지 후회가 났다. 이번에는 양의를 불러오리라 마음먹었다. 아무래도 현대에 있어서는 양의라야만 한다는 생각을 몇번이고 되풀이하면서.

양의는 마침 자기의 인력거가 있었다. 저녁그늘이 내리깔리는 길을 나는 또 이 인력거꾼보다 앞서 달리었다.

돌아오니, 방에 전등이 들어와 미닫이가 환했다. 나는 이 미닫이가 환하다는 것같은 데에까지 어떤 희망을 붙여보는 것이었다. 나는 우리의 어린것이 죽지는 않는다고 믿으려 애썼다.

양의는 어린것을 들여다보면서 여기 바른 것이 무엇이냐고 물었다. 꿀이라고 했다. 그러면서 나는 이 양의가 그런 것은 바르지 않을 것을 발랐다고 할까보아 숨도 크게 쉬지 못했다.

다행히 양의는 더 말이 없었다. 그리고 별로 진찰도 해보지 않았다. 그저 어린것의 눈을 뒤집어보고는 가방에서 주사약 한 대를 꺼내어 팔에 놓았다. 어린것은 벌써 아픈 줄도 몰라했다. 아내가 돌아앉아 소리없이 울기 시작했다.

문득 나도 눈앞이 흐려져 지금 꿀이 묻은 손끝을 알콜솜으로 닦고 있는 의사의 손이 보이지 않았다.

어린것의 요동이 차차 수그러져갔다. 나는 이것을 혹시나 증세가 호전하는 게 아닌가 하고 끝내 희망을 버리지 않았다.
 샛하얗던 얼굴이 점점 푸른빛을 떠어갔다. 그저 여전한 것은 발름거리는 콧날개뿐이었다. 역시 나는 우리의 어린것이 죽으리라고는 생각지 않았다.
 코끝에 손을 가져다 대보았다. 손끝에 찬 기운이 느껴졌다. 나는 그 손을 내 코끝에 대보았다. 나는 어린것의 숨결이나 내 숨결의 온도가 같다고 생각하려고 애썼다.
 콧날개의 발름거림도 점점 그 도수가 떠져갔다. 그러나 나는 마음속으로 그렇지 않다고 우겼다. 그러면서 나는 어린것의 얼굴에서 눈을 떼지 않았다. 내가 거기서 눈을 떼기만 하면 정말 어린것의 숨결이 멎어버릴 것만 같아, 흐려지는 눈을 자꾸 크게 떠가며 지켜보았다.
 그러나 내가 지켜보고 있었음에도 불구하고 어린것의 콧날개는 종시 멈추어지고 말았다.
 아내는 소리내어 울고, 나는 흐르는 눈물을 자꾸 목구멍으로 삼켜버렸다. 그러면서 우리의 이 어린것이 죽었으면 죽은 대로 언제까지라도 우리의 한 부분이라는 걸 느끼고 있었다.
 그런데 그렇지가 않았다. 눈물을 삼키다가 문득 어린것의 얼굴을 한번 들여다보려고 고개를 가까이 가져간 순간, 나는 나도모르게 홱 얼굴을 돌려버리고 말았다. 무슨 일인지 몰랐다. 어느새 흙빛으로 변해가고 있는 어린것의 얼굴에서 어떤 무서움같은 것이 왈칵 안겨지는 것이었다.
 아내도 울음 속에서 어린것을 한번 바라보고는 고개를 돌려버리고 말았다. 그리고 우리는 다시는 어린것 쪽을 바라보려 하지 않았다. 무서운 것이었다. 아지못할 어떤 무서움이 자꾸 가슴을 짓누르는 것이었다. 좀전까지 우리의 몸 한 부분처럼만 여겨지던 이 조그마한 몸뚱이가 그럴 수 있는가.
 우리 중의 누가 흰 보자기로 어린것의 얼굴을 덮어버렸다. 그러자 이번에는 이 어린것과 한방에 있는 것조차 싫어졌다. 왜그런지 무서운 것이었다. 그럴 수가 있느냐고 마음을 돌려잡으려 해도 별수 없었다. 어서 날이 밝기만 기다렸다.

이튿날 아침 사람 하나를 사다가 어린것을 내가게 했다. 늙은이들의 말이 어린애 죽은 데는 관을 쓰지 않는 법이라고 해서 가마니에 싸가지고 나갔다. 우리는 아무말 안했다. 어린것이 가마니에 싸이는 것도 보지 않았다. 그러면서 우리는 뒤에 어린것이 생각킬 만한 물건이면 옷이건 무엇이건 모조리 다 싸가지고 나가게 했다.……

허형의 어미곰과 새끼곰의 이야기가 끝나자 오형이,
"그 어미곰이 몇번이고 죽은 자식을 들여다보다못해 나중에는 안타까워 죽지까지 찢어버린다는 건 기맥힌데,"
하니 허형은,
"동물의 애정엔 인간보다 더 격렬한 데가 있지."
그러나 이십년 전 부끄러운 기억을 가진 나는 아무말도 할 수가 없었다.

1954 십이월

몰 이 꾼

애놈 셋이 청계천 속에 들어가 허리를 구부리고 돌아가고 있다. 검은 개천물처럼 땟국에 절은 누더기옷들을 걸쳤다. 누가 봐도 첫눈에 거리의 애들이 분명했다.
대체 무엇들을 하고 있는 것일까. 고기새끼라도 잡고 있는 것일까. 그러고보면 그런 자세들이다.
우리는 간혹 장마 뒤에, 이들 거리의 애들이 저렇게 청계천에서 눈먼 중고기새끼같은 것을 잡아내는 걸 보는 수가 있다. 호독호독 뛰는 작은 생명체를 오무린 손바닥 안에 넣고 들여다보는 애놈들의 눈에도 금세 생기가 돈다. 검은 물속에서 건져낸 빛깔마저 검고 작은 생명체는 호독호독 뛸 때마다 그래도 햇빛에 반짝인다. 애들의 눈도 반짝인다. 앙상하니 갈빗대가 하나하나 드러난 검게 탄 애들의 가슴도 팔딱팔딱 뛴다. 몇번이고 햇볕에 꺼풀이 벗겨져 제법 매끄러운 윤기를 띠운 채. 마치 무슨 그런 비늘을 가진 물고기나처럼. 별안간 이 팔딱이는 가슴이 고함을 지른다. 야, 요것 참 재밌다, 뛴다, 막 뛴다.
그러나 이 거리의 애놈들이 고기잡이하는 것도 때가 있는 것이지, 삼월 초순께인 지금이 어느 때라고 고기사냥일까보냐.
혹 애놈들은 지금 무엇을 줍고 있는 중인지도 모른다.
이것도 우리는 이들 거리의 애들이 이 검은 개천에서 깡통이니 쇠줄이니 못나부랭이같은 것을 들추어내는 걸 가끔 본다. 검은 갯바닥 속에서 이빠진 흰 사기그릇을 파내 들고 이리저리 뒤치어보는 애. 아무래도 이빠진 곳이 아쉬운 듯 에잇 하고 집어던진다. 그러는 애놈의 검은 얼굴에서 흰 이빨이 드러났다 감추인다. 금방 이 애가 집어던진 이빠진 흰 사기그릇 조각이나처럼.

애놈들이 이렇게 검은 개천에서 주웁질하는 것은 별반 철이 정해져있는 것도 아닌 성싶다. 정녕 이 애놈들은 지금 그런 주움질을 하고 있음에 틀림없는 것만 같다.

한 놈이 허리를 굽힌 채 고개만을 들어 동물적으로 빛나는 민첩한 눈으로 좌우를 살폈다 하자 동무들보고 무어라 소곤거린다. 그와 함께 세 놈은 한꺼번에 한곳으로 몰려간다. 거기에는 하수도구멍이 떼꾼하니 아가리를 벌리고 있었다.

앞선 애가 날렵하게 그 아가리 속으로 머리를 디민다.

이 하수도구멍과 조금 엇비슷이 마주 뚫린 골목으로부터 한 중년신사가 걸어나오고 있었다.

무심코 던진 중년신사의 눈에 하수도구멍 아가리로 사라지는 앞선 애의 뒷모양이 비쳤다. 그리고 이 애의 뒤를 이어 들어갈 자세를 취하는 둘째놈의 뒷모양도.

중년신사는, 고놈들이 또 무슨 장난질을 하는고, 숨바꼭질이라도 하는 모양이지, 할수없다니까, 고놈들은 장난질을 해도 꼭 조렇게 더럽게만 하거든, 하며 오른쪽 길로 꺾인다. 그러다가 다시한번 눈이 무심코 개천 건너편에 서있는 빌딩에로 가자 퍼뜩 정신이 들어 발걸음을 멈춘다.

—에끼놈들!

이 소리에 세째놈은 말할 것도 없고, 하수도구멍 속에 거의 다 뒷모양을 감추었던 둘째놈까지 돌쳐나오더니, 좌우로 달려 개천둑을 기어오른다. 돌로 미끈히 쌓아올린 손과 발을 붙일 데가 없는 축대를 마치 사다리나 놓은 듯이 홀딱 기어올라 제각기 골목으로 몸을 감추고 만다.

세 놈 중에서 아직 한 놈은 나오지 않았다.

중년신사는 좀전보다 한층 위엄있는 언성으로,

—이놈, 썩 나오지 못해?

하고 고함을 지른다.
 자전거를 타고 지나가던 사람이 멈춰선다.
 한 놈은 그냥 나오는 기색이 없다.
 ─이눔, 썩 못 나오겠니?
 자전거씨는 이 점잖은 중년신사가 무엇 때문에 이렇게 고함을 지르고 있는지 몰라한다.
 하수도구멍은 그저 검은 아가리를 떼꾼하니 벌린 채 아무 소식이 없다.
 중년신사는 혼잣말 비슷이, 그러나 분명히 자전거씨가 들으라고,
 ─좀전에 말야, 깍쟁이놈이 하나 저 속으루 들어갔는데……
한다.
 그리고는 자기의 말뜻을 이 자전거씨가 미처 알아듣지 못하리라는 생각이 들어,
 ─깍쟁이놈들이 저기 저 서양사람들이 들어있는 집을 노리구 그러거든,
하며 맞은편 둑 안에 서있는 빌딩을 가리킨다.
 그제야 자전거씨는, 요즈음 깍쟁이놈들이 별짓을 다해서 서양사람들의 물건을 훔쳐낸다더니 이거로구나, 그리고 오늘은 그 실지의 장면을 하나 구경하게 되는구나 하며, 하아 하고 감탄스레 고개까지 끄덕인다.
 ─세 놈이 들어가는 걸 내가 고함을 질렀드니, 두 놈은 거미새끼 흩어지듯 달아나버리구 한 놈이 종시 나오지를 않는군.
 지나던 사람들이 모두 발걸음을 멈춘다. 어떤 사람은 벌써 사람들이 모여선 것을 보고, 무슨 구경거리가 생겼다고 빠른 걸음으로 와서는, 무엇이요, 무엇이요? 하며 두리번거린다. 개천에다 무얼 내려뜨리기라도 했나? 혹은 색다른 걸 발견이라도 했나? 요새 흔히 있는 갓난애의 시체같은 것이라도?
 ─깍쟁이놈이 저리루 들어갔어요. 멋허러 들어갔는지 아슈?
 자전거씨는, 모르겠지요? 하는 눈으로 모여선 사람들을 한번 둘러보고는, 하수도구멍을 가리키던 손을 번쩍 들어 건너편 빌딩을 가리킨다.

―저 서양사람들이 들어있는 집을 노리구 그러는 거예요.
　딴은 그렇다고, 모여섰던 사람들이 좀전의 자전거씨처럼 감탄스런 고갯짓을 한다.
　―이눔, 썩 못 나오겠니?
　중년신사가 다시 고함을 지른다. 역시 그걸 제일 먼저 발견한 사람은 예 있다는 듯이.
　모두 하수도구멍으로 눈이 쏠린다. 그러나 하수도는 여전히 검은 아가리를 벌리고 있을 뿐, 아무 소식이 없다.
　―고놈 깍쟁이놈들이 여간 영악스러워야지.
　―말해 뭣해요. 고놈들 참 맹랑한 놈들이지요.
　―글쎄 고놈들을 한꺼번에 싹 쓸어없애는 순 없나? 소매치기니 뭐니 하는 것두 모두 고놈들의 짓이라니깐.
　―여부있어요.
　―어디선가 이런 일두 있었다잖어요? 어떤 할머니가 두부자배기를 내다놓구 팔구 있는데, 별안간 어디서 애 두놈이 달려오드니 바루 할머니가 앉었는 앞에서 싸움을 시작하드란 거예요. 둘 중의 큰 놈이 작은 놈을 넘어뜨려놓구 때리는데, 그냥 내버려두면 당장 죽일 것만 같드래요. 보다못해 할머니가 떼놓지 않었겠어요? 그리구 나서 나중에 두부를 팔구 거스름돈 끄내려구 주머닐 보니까 좀전꺼지 차구 있든 주머니가 온데간데없이 없어졌드래요. 문둥이 뭣 잘라가듯이 글쎄. 그러니 때리구 맞구 하든 게 다 둘이 짜구 헌 연극이 아니구 뭐예요? 고놈들 하는 짓이 하나에서 열까지 여간 영악스러워야죠 원.
　―요새와서는 또 양키물건을 훔쳐내는 데두 기술적으루 훔쳐낸다드군요. 어떤 미군 숙사에서 빈 드럼통이 혼자 떼굴떼굴 굴러가드래요. 굴리는 사람은 통 뵈지 않는데 묘하게 혼자서 잘 굴러가질 않겠어요. 그래 하두 이상해서 보고들 있느라니까, 저만치 굴러가드니 통속에서 뭣이 톡 튀어나와 달아나는데 보니 깍쟁이놈이드라구요. 글쎄 드럼통 속에 들어가 그걸 굴리는데 무슨 운전하는 기계나 달린 것처럼 요리조리 자유자재루 하드래요 글쎄.
　―요새와서는 또 저렇게 하수도구멍으루 들어가 훔쳐내는 법을

발견했다드니……
 이야기가 하수도구멍으로 돌아오자 모두 그리로 눈을 준다. 그러나 아직 하수도구멍 속에서는 아무 기별이 없었다.
 —한번 고놈들 버르장머리를 가르쳐줄 수 없나 원.
 —한번 혼내줍시다.
 보니, 중절모자를 쓴 깨끗한 청년이다.
 어떻게 혼내주려는가 하고, 모두 쳐다본다.
 청년은 거기서 얼마 떨어져있지 않은 다리를 건너간다.
 자전거씨는 좀전부터 가버리고 말까 하다가 하회를 기다리기로 한다.
 —이 간나새끼 빨리 나오나!
 고동색 양키잠바를 입은 청년이 구부정 하수도구멍을 들여다보며,
 —저 간나새끼 놀라서 게바라나오게(기어나오게) 빈 총이래두 한방 탕하니 쐈으믄 좋겠다.
 아마 카빈총이라도 생각한 것이리라.
 거기 모인 청년들도 참 저놈의 하수도구멍에다 대고 총을 한방 요란하게 쏴봤으면 멋이 있으리라는 생각들을 해본다.
 —쏜다, 안 나오믄!
 이번에는 검정 와이셔츠바람의 청년이 고함을 질렀다.
 —앙이 나오믄 쏜다!
 고동색 잠바 청년이 그냥 구부정 허리를 굽힌 채 덩달아 소리를 질렀다.
 과연 이 청년들의 호령이 보람있은 듯, 여태 까맣던 하수도구멍으로부터 금세 무엇이 움직여 나오는 소리가 나더니 쏴아 하고 물이 쏟아지기 시작한다. 그 물이 양동이 하나둘의 뜨물같은 것이 아니고, 누가 소방전을 열어가지고 호스라도 대놓은 듯한 물이다. 마구 줄달아 쏟아져나온다. 아마 중절모 청년이 서양사람들이 들어있는 데로 가 무슨 말을 했는가 싶다.
 모여선 사람들의 호기심에 빛나는 눈들이 바로 하수도구멍을 지킨다. 이제 그 깍쟁이놈도 별수없이 기어나오고야 말리라.
 —한번 맛 좀 봐라.

어느새 돌아왔는지 좀전의 중절모 청년이 말했다.
그냥 물이 쏟아져나온다. 이제는 하수도구멍 안의 구정물이 씻기어 아주 말짱한 물이 그대로 쏼쏼 쏟아져나온다. 그런데도 깍쟁이 애놈은 기어나오지를 않는다.
아무리 간악한 깍쟁이놈이기로서니 이처럼이야 견디어낼 수가 있을까. 철이 철이라 물도 엔간히 찰 텐데. 자칫하면 저 속에 아무것도 없는 것을 가지고 그러는 거나 아닌가. 꼭 그런 것만 같다.
그러나 곧 이런 의문은 지워지고 만다. 하수도구멍으로부터 떠내려온 것이 있었다. 이게 필시 깍쟁이놈이로구나 했다. 그러나, 그것은 두 조각의 걸레였다. 걸레치고도 그리 성하다고는 할 수 없는 걸레였다. 그렇건만, 그게 분명 사람의 옷임에는 틀림없었다.
깍쟁이애놈이 입었던 옷인 것이다. 그러면 깍쟁이놈은?
— 이제 옷두 떠내려오구 했으니 고놈두 쉬 떠내려올 거예요.
자전거씨의 말이다. 보아하니 어느새 중년신사도 가버린 뒤라, 이 일을 처음부터 아는 사람이란 자기 혼자뿐이라는 자랑스런 낯빛이다. 그러면서 자전거씨는 이렇게 된 바에는 끝장까지 보고 가리라 마음먹는다. 그새 늦은 길은 자전거를 좀더 빨리 두르면 되지 않으리.
깍쟁이애놈이 그냥 나오지를 않는다.
— 하하, 고놈 참 맹랑한 놈이로군. ……여러분들은 왜 깍쟁이놈은 안 나오구, 저 입었던 옷만 떠내려보냈는지 아슈? 그게 다 이치가 있어요. 물속에서는 옷이구 머구 몸에 지닌 것이 큰 짐이 되거든요. 그러니까 고놈이 조렇게 옷을 홀랑 벗어 떠내려보낸 거예요.
로이드 안경잡이 청년 하나가 하얀 잇새를 내보이며 미소를 띠우고 있다.
— 조놈 봐라!
과연 고놈이 누굴까. 어디서 왔을까. 지금 떠내려가다 한곳에 걸린 걸레같은 옷을 집어가지고 개천물을 찰박이면서 달아나고 있다. 깍쟁이놈이다. 아까 건너편 골목으로 도망친 애놈 중의 하나인지도 모른다.

검정 와이셔츠 청년이 둑 위로 달려가 앞지른다. 깍쟁이애놈이 휙 방향을 돌린다. 청년이 돌아서서 또 앞을 지른다. 깍쟁이애놈이 또 방향을 돌린다. 청년이 또 앞지른다. 이렇게 청년은 개천둑에서, 깍정이 애놈은 개천 속에서 마주 어른다. 한쪽이 오른쪽으로 움직이면 한쪽이 왼편으로, 한쪽이 왼편이면 한쪽이 오른편으로⋯⋯ 그러는 동안, 깍쟁이애놈의 눈은 동물적으로 형형히 빛나고 동작은 무슨 발랄한 생명체의 약동이나처럼 팔팔해진다. 절로 어떤 장단까지 띠고서.

——이리 못 올라오간?

그러지 않으면 내편에서 내려간다고 내려갈 자세를 보이면, 깍쟁이애놈은 뻔히 내려올 리 만무하다는 걸 알면서도 미리 달아날 형세를 보인다. 그러니 이편에서 다시 자세를 고쳐 앞지르는 수밖에. 그러면 또 날쌔게 방향을 돌릴 뿐. 종내 청년편에서 앞지르기를 그만둔다. 삽시간에 깍쟁이애놈은 다리밑을 빠져 사라져버린다.

그새 물이 훨쩍 줄었다. 그러나 하수도구멍 속에서는 아무 소식이 없다. 고것 참 깍쟁이놈은 깍쟁이놈이로구나.

——고놈이 아직 맛을 들본 모양이로군.

중절모 청년이 잰 걸음으로 다시 다리를 건너간다. 영어마디나 족히 할 청년같다. 사람들은 이 청년이 이번에는 좀더 물을 흠뻑 쏟아 내보내게 말해주었으면 한다.

갑자기 고동색 잠바 청년의,

——요 간나새끼!

하는 목소리와 함께,

——아야야야⋯⋯

하는 비명소리가 들린다.

보니, 고동색 잠바 청년의 손에 애놈 하나가 뒷덜미를 집혔다. 몸에 걸친 주제며, 생긴 모양이며, 키가 꼭 좀전에 다리밑으로 달아난 깍쟁이 고놈이다. 그러면서 또 아주 딴놈같기도 하다. 대체 요 깍쟁이놈들은 누가 누구란 말이냐. 그리고 요놈들은 어쩌자는 것이냐. 먼젓놈은 동무의 옷을 가지러 오고, 요놈은 또 동무의 신상이 염려되어 엿보러 왔더란 말이냐.

―요 간나새끼 가자!
　―아야야야…… 전 아무 죄 없에요. 누구보고나 물어보세요. 아야야야…… 전 아무 죄 없에요. 그저 일루 지나가든 길예요. 아야야야……
　고동색 잠바 청년은 파출소로 가자고 애놈을 잡아끈다.
　그 단단히 그러쥔 누더기옷 깃고대 밑에서 야윈 생명체가 바득거려 마지않는다.
　―아야야야…… 전 아무 죄 없대두요. 누구보고나 물어보세요. 아야야야…… 정말예요. 전 그저 일루 지나가는 길예요. 아야야야…… 옷 다 찢어지네. 아야야야……
　이렇게 깍쟁이애놈의 아야야야 하며 무어라 주절대는 소리와 여전히 바득거려 마지않는 야윈 생명체의 움직임이 차차 멀어져가는 것이었는데, 그러다 문쩍하니 마치 연줄이 한가운데서 끊어져나가듯이 그렇게 청년의 손에서 깍쟁이애놈이 물러나자 팔딱 허리를 펴고 거기 골목으로 달아나 없어진다. 고동색 잠바 청년의 손에다는 걸레같은 누더기 허물을 남긴 채.

　그새 하수도구멍 물이 아주 줄었다. 그런데 물빛이 왜 저럴까. 가만 있자. 저게 바로?
　―피다!
　누군가가 외쳤다.
　그러면 혹시 깍쟁이애놈이 저 속에서?
　―여러분, 염려하실 게 없습니다. 그저 고놈이 아직두 나오지 않으려구 바득바득 손톱발톱으루다 시멘트바닥을 긁어서 나오는 피니까요.
　다 뻔한 일이 아니냐는 듯 로이드 안경잡이가 말했다.
　―참 고놈 더할나위없이 간악한 놈인데.
　이때, 하수도구멍 속으로부터 다시 새로운 물이 쏴아 쏟아져나오기 시작했다. 핏물도 곧 그 물에 씻겨 없어졌다. 그저 쏼쏼 쏟아져 나오는 흰 물뿐.
　그러자 문득 사람들의 마음도 변하고 만다. 여지껏은 이제 깍쟁이놈이 하수도구멍으로부터 기어나오고야 말리라는 데 흥미와 호기심을 일으켜온 대신에, 이번에는 깍쟁아 영악하려거든 끝까지 영악해서 한번 죽는 한이 있더라도 나오지 말아보아라 하고, 좀더 오래오래 견디라는 데 흥미를 붙이는 것이었다.

 그러나, 이 여러 사람의 기대를 저버리고, 깍쟁이애놈의 시들대로 시들은 작은 육체가 하수도구멍 속으로부터 떠내려오고야 말았다. 한갓 검부러기모양.

1948 삼월

매

 마침 어머니는 뒤울안에서 빨래를 하고 있다.
 아이는 책가방을 마루에다 내려놓고 조용히 건넌방 미닫이를 연다. 남쪽 들창밑 테이블 위에는 언제나처럼 숱한 광석이 놓여있다. 공과대학 다니는 아저씨가 모은 것들이다.
 재빨리 수정돌 하나를 골라 집는다. 이만하면 한반 동무의 것같은 건 문제가 아니다. 삐죽삐죽 모가 져 나온 수정부리가 사뭇 크고도 맑다.
 아이는 수정돌을 들고 뜰로 내려선다. 이제 이것을 땅에 묻으리라. 그리고 아침저녁 구정물을 주리라. 그러면 날로 수정부리들이 자라고 새로 애기부리도 생겨나리라.
 아이는 아저씨가 학교에서 돌아와서도 아무말 없는 게 퍽이나 다행스러웠다. 그 많은 돌 중에서 수정돌 하나 없어진 것쯤 모르는 모양이다.
 저녁 뜨물이 나기를 기다려 들고 나온다. 뜰에 뿌린다. 어머니가 아침저녁 먼지를 죽이기 위해서 하는 것을 대신하는 것이다. 골고루 뿌린다. 그러나 수정돌 묻은 데 가서는 듬뿍 부어준다.
 다음날 아침에도 그랬다. 세숫물까지 부어주었다. 그리고는 언제나 할아버지가 서울 오셔서 아침저녁 그랬듯이 뒷짐을 지고 뜰을 한번 거닐어본다. 수정돌아, 어서 커라, 어서 커라.
 부엌에서 어머니가 내다보시며,
 "철이가 아주 어른이 다됐어. 뜰에 물을 뿌릴 줄두 알구."

얼마나 컸을까. 자꾸만 수정돌을 파보고 싶다. 종내 사흘만에 파보았다. 부리가 약간 큰 것도 같고 그대로인 것도 같다. 다시 묻었다. 다음번에는 좀더 오래 있다 파보리라.
하루는 저녁을 먹고 난 아저씨가,
"우리 철이 구경 한번 시켜줄까. 날마다 뜰에 물을 뿌리느라 수고하는 값으루…… 어제부터 요 앞에서 써커스를 하드라."
아이도 안다. 어제오늘 학교 갔다 돌아오는 길에 한참이나 그 앞에 서있다가 왔다. 밖에 말이 몇 필 매여있었다. 말잔등에 원숭이가 올라앉아 이를 잡고 있었다. 여간 재냥스럽지가 않았다.
아이는 아저씨와 함께 구경꾼들 사이에 끼어앉아서도 원숭이 생각뿐이었다. 그놈만 나오면 무척 재미난 놀음을 해보일 게다.
사내 둘이 나와 철봉을 해보인다. 한 사내가 철봉대를 잡고 앞으로 막 획획 넘다가 공중에서 손을 바꿔쥔다. 박수가 나왔다. 아이도 따라 손뼉을 쳤다.
거기에 어릿광대가 나왔다. 얼굴에 커다란 코를 해붙이고 붉은 점이 박힌 통바지저고리를 입었다. 이 어릿광대가 철봉하는 사람의 흉내를 내다가 번번이 엉터리없이 실패하고는 밑구멍으로 횟가루방귀를 꿰었다. 그게 여간 우습고 재미나지가 않았다.
다음에는 말이 나왔다. 말 부리는 사람이 무어라 고함을 지르는 대로 몇번이고 앞발을 꿇고 절을 했다. 어릿광대가 말잔등에 오르려다 미끄러져 떨어지곤 했다. 구경꾼들의 웃음이 터졌다. 말 부리는 사람이 무어라 고함을 지르니까 이번에는 말이 제몸 하나 겨우 빠져나갈 만한 쇠굴레미 속을 빠져나간다. 굴레미에 돌아가며 불이 질러졌다. 그 속을 다시 말이 빠져나간다. 박수가 나왔다. 아이도 따라 손뼉을 쳤다.
다음번에야 원숭이가 나왔다. 땅재주를 넘었다. 어릿광대가 땅재주 흉내를 내다가 너부죽이 나자빠졌다. 그때마다 횟가루방귀를 풀센 꿰곤 했다. 원숭이가 외발자전거를 탔다. 앞뒤로 마음대로 탄다. 아이는 누구보다도 더 오래 박수를 쳤다.
그다음에는 계집애들이 나와 춤을 추었다. 젖가슴과 아래만을 가렸다. 몸집에 비해 큰 엉덩이를 이상하게 놀렸다. 구경꾼들 속에서 휘파람소리와 야릇한 고함소리가 나왔다.
 아이는 문득 아저씨편을 보았다. 아저씨도 윗몸을 약간 앞으로 내밀고 안경 속 눈을 연신 꿈벅이고 있다. 아이는 무엇이 재미있는지 몰라했다.
 그다음에는 몸이 큰 사내 하나가 상당히 긴 통나무 솟대를 안고 나왔다. 솟대를 바로 공중으로 던졌는가 하자 어느새 어깨에 받아 세운다. 손을 대지 않았는데도 솟대는 중심을 잃지 않고 곧바로 서 있다. 빨간 양복 바지저고리를 입은 소녀애 하나가 나풀거리며 뛰어나왔다. 몸이 가냘픈 어린 소녀애였다. 사내가 한 손으로 소녀애를 안아 어깨에 올렸다. 어깨에 오른 소녀는 솟대를 기어올라가기 시작했다. 손과 발에 끈끈이라도 바른 듯, 잘도 기어올라간다. 밑에서 어릿광대가 허공에 대고 기어오르는 시늉을 하다가 미끄러져 엉덩방아를 찧는다. 소녀애가 솟대 끝까지 다 기어올랐다.
 야, 용하다. 아이는 저도모르게 손뼉을 쳤다. 그러나 손뼉을 친 것은 아이 혼자뿐이었다. 대체 다른 사람들은 무슨 재주를 더 바라고 있는 것일까. 사실 소녀애는 거기서 내려오는 것이 아니고, 솟대 끝에 한 발을 짚고 일어서는 게 아닌가. 그리고 남은 한 발과 두 팔을 공중에 짝 펴보이는 것이다. 박수가 나왔다. 아이도 쳤다. 소녀애가 이번에는 허리를 꼬부려 솟대 끝에 가느다란 손을 모으더니 아랫몸을 움직이기 시작했다. 아, 솟대 끝에서 물구나무서기를 하는 것이다. 아이는 저도모르게 숨이 가빠졌다. 박수가 요란하게 울렸다. 그러나 아이는 그만 손뼉치는 것도 잊고 있었다.
 다음에 어른들의 줄타기가 있었다. 그네뛰기가 있었다. 다시 계집애들의 이상한 춤이 있었다. 아이는 그런 구경을 하면서도 좀전에 솟대 타던 소녀애의 일이 자꾸만 눈앞에 사물거렸다.
 돌아오는 길에서 아저씨가,
"철이 넌 무에 제일 재미있디?"
"난 그 나뭇대 끝에 올라가 거꾸루 스는 게 제일 아슬아슬해. ······ 아저씨는?"
 그러면서 아이는 문득 이 아저씨는 **춤추는 게** 재미있었는지 모른다는 생각을 해본다.

아저씨는 잠시 아무말 없이 걷기만 하더니,
"옛날 내가 어렸을 땐 써커스두 참 재미있었다. 그런데 어디 요샛 거야 보잘게 있어야지."

다음날 아이는 학교에서 돌아오는 길에 서커스장 앞에 발걸음을 멈추었다.
밖에는 전과 같이 말이 몇 필 매여있었다. 말잔등에 원숭이가 올라앉아 이사냥을 하고 있었다. 그러나 오늘 아이의 마음을 끄는 것은 원숭이보다도 어젯저녁 솟대 끝에 올라가 물구나무서던 소녀애였다.
아이는 집으로 돌아오자 어머니에게 조용히,
"나 공책이랑 연필 사게 돈 천원만 주세요,"
했다.
"엊그제 사구서 또 무슨 공책이냐?"
"그건 산수공책 아녜요? 오늘 살려는 건 사회생활공책이구."
돈 천원을 받아쥐고 밖으로 나오면서 아이는 가슴을 울렁거린다. 내가 거짓말을 했구나.
그러나 서커스 입장권을 사가지고 구경꾼들 새에 끼어앉자 다른 생각은 없었다. 어릿광대 흉내에 어젯저녁보다 더 웃어댔다. 그러면서 소녀애의 솟대타기 차례가 되기를 기다렸다.
아이는 오늘 소녀애가 솟대를 기어오를 때부터 손에 땀이 쥐어졌다. 물구나무설 때 소녀애의 팔이 가늘게 떨리는 것을 보고는 저도 모르게 숨이 막혔다. 아, 아슬아슬하다. 소녀애가 솟대에서 내려와 상기된 얼굴에 미소 띠운 인사를 하고 들어갈 때에야 아이도 안도의 한숨을 내쉴 수 있었다.
이튿날 아이는 다시 어머니를 졸랐다.
"뜰에 물 뿌린 상금을 주세요."
"얘가 날마다 무슨 돈이야? 그 상금으룬 벌써 아저씨가 곡마단 구경시켜주지 않았냐?"
"아저씬 아저씨구, 어머닌 어머니지 머. 내 날마다 물 뿌릴게요."
"내 그럴 줄 알았다. 네가 무슨 공짜일을 할라구. 옜다. 다시 삯

받을려거든 물뿌리기 그만둬라."

그 다음날은 아이가 학교에서 돌아와 뜰에서 제기를 차고 있는데 밖에 나갔던 아저씨가 들어오며,
"얘, 철아, 너 들어가 테이블 서랍에서 돈 단원만 내다다오."
구두끈을 풀기 싫은 모양이었다.
테이블 서랍에는 십만원묶음 말고도 한 칠팔만원은 넉넉할 돈뭉치가 들어있었다. 일전에 할아버지가 보내주신 돈이리라.
아저씨가 밖으로 나간 뒤에 아이는 어쩐지 자꾸 가슴이 두근거려짐을 느낀다.
좀전만 해도 스물 가까이 차곤 하던 제기가 네댓밖에는 더 안 차진다. 아무리 차봐도 마찬가지다.
방으로 들어가 그림책을 보기로 했다. 늘 보아오는 그림이건만 몇장 넘기고는 무엇을 보았는지 생각나지 않아 되들쳐보곤 했다. 그러기를 몇번이나 되풀이했다.
골목 밖에서 서커스단 나팔소리와 북소리가 들려왔다. 옆집 아이네 집에 가 구슬치기를 했다. 서커스단 나팔소리와 북소리가 자꾸 들려온다. 가슴이 설레였다. 구슬치기에 정신을 모아본다. 그러나 웬일인지 오늘은 잃기만 했다. 주머니를 털었다.
아이는 문득 저도모르게 속으로 부르짖는다. 아저씨의 돈을 천원만 꺼내자. 오늘 하루만 마지막으로 구경을 가자.
그런데 이날 소녀애의 솟대타기가 좀 이상했다. 솟대를 기어오르는 것부터 그랬다. 반도 못 올라가 미끄러져 내려오는 것이다. 웬일인지 손발을 허정거렸다. 가까스로 소녀애가 솟대를 다 기어올랐다. 그러나 한 발을 짚고 서는 품도 어쩐지 위태로웠다. 아이는 벌써부터 숨을 제대로 못 쉬고 있었다. 소녀애가 물구나무를 서려 솟대 끝에 손을 모았다. 좀처럼 아랫몸을 떼지 못한다. 간신히 떼었는가 하면, 팔이 눈에 보이게 떨리면서 도로 아랫몸을 제자리로 가져온다. 웬일일까. 밑에서 솟대 위 소녀애의 흉내를 내던 어릿광대도 이제는 서서 솟대 위만 쳐다본다. 종내 소녀는 물구나무서기를 못하고 내려오고 말았다. 구경꾼 속에서 휘파람이 일고 고함이 질러

졌다. 시시하다. 집어치워라.
 소녀애가 한 팔로 얼굴을 가리고 저쪽 휘장 뒤로 사라져버렸다.
 아이는 마치 자기가 그 일을 당하기나 한 것처럼, 훌쩍 그곳을 빠져나온다. 발길이 절로 휘장을 따라 뒤로 돌아갔다.
"요것아, 오늘은 또 무슨 지랄이냐!"
 굵은 사내의 목소리가 들려나왔다.
 아이는 저도모르게 휘장과 휘장 사이를 맞이은 틈새로 눈을 가져갔다.
 그 우스꽝 잘 부리던 어릿광대가 크게 마주 보였다. 그리고 그 앞에 옴추린 소녀애의 작은 몸이 소리없이 흐느끼고 있었다. 그 외에도 휘장 안에는 여러 사람이 있었다.
"요것아, 그래 누굴 망쳐놀 작정이냐!"
 소녀애가 무어라 울음섞인 말을 했다.
"멋이 어째? 몸이 아퍼?"
 아이는 깜짝 놀란다. 그처럼 우스꽝을 잘 피워 구경꾼들을 웃기기만 하던 이 어릿광대 어디에 이런 무서운 얼굴이 깃들어있었던가. 노기에 찬 부릅뜬 눈과 사납게 다문 입이 사뭇 무섭기만 했다.
"그럼 내 병을 고쳐주지."
 어릿광대는 옆에 걸려있는 가죽회초리를 내리더니 대번 찰싹 하고 소녀애의 엷은 어깨를 내리갈겼다.
 소녀애는 나직한 비명을 지를 뿐, 매를 피하려고도 하지 않았다.
"요것아, 손님을 위해선 떨어져 죽는 한이 있드래두 제 재줄 해보여야 한다는 걸 몰라?"
 다시 가죽회초리가 휙 울었다. 그리고 연거푸 또 또……
 아이는 다시한번 놀란다. 휘장 안에는 적잖은 사람이 있었다. 그러나 모두 이쪽의 일은 알은 체도 않는 것이다. 옷을 갈아입던 사람은 그사람대로, 도구를 나르던 사람은 그사람대로, 화장을 하던 사람은 그사람대로, 그리고 좀전에 어깨에다 솟대를 올려놓고 있던 몸집이 큰 사내는 또 그 사내대로 파이프 담배연기만 내뿜으며 허공 한곳에 눈을 주고 있을 뿐.
 아이는 그만 눈을 거두어가지고 달아나오고 만다.

자기 집 대문을 들어서서 잠시 숨을 돌린다. 그리고 무엇을 생각했는지 뜰 구석으로 간다. 수정돌을 파낸다. 그새 수정부리가 더 자랐는지 어쨌는지는 보지도 않는다.

건넌방 미닫이를 연다. 아저씨가 테이블 앞에 앉았다가 몸을 돌린다.

아이는 수정돌을 내밀며,

"이거 아저씨 몰래 훔친 거예요."

아저씨는 조용히 안경 속 눈을 들어 미소를 띠우며,

"그래 땅에 묻구 물을 줬드니 컸냐?"

"그리구 오늘 아저씨 돈까지 훔쳤어요. 어머니한텐 거짓말해서 돈을 타내구……"

아이는 자기 혁대를 풀어 아저씨에게 내주며,

"자, 이걸루 때려주세요."

아저씨는 더한층 부드럽게,

"괜찮다. 구경갈려구 끄낸 거니…… 그래 써커스 재미있디? 그렇게 재미있음 가기 전에 한번 더 구경시켜주지."

"아녜요. 써커스 구경은 그만할 테에요. 어서 이걸루 때려나 주세요. 아주 세게 때려주세요. 얼른요."

1952 시월

여 인 들

 오랫동안 집을 비웠던 남편이 어두운 밤을 타 돌아왔다.
 저번 돌아왔을 때보다도 한층 남루한 주제였다. 감발한 아랫도리가 또 퍽은 여위어 보였다. 그동안 남편은 또 얼마나 험한 길을 걸어온 것일까. 그저 돌아올 적마다 광채를 더해가는 것은 두 눈뿐이었다.
 아내는 여지껏도 그랬던 거와 마찬가지로 이밤에 방안이 이처럼 밝아진 듯함은, 켜져있는 등잔불빛 때문이 아니라 이 남편의 두 눈으로 해서 그렇다는 걸 느낀다.
 아내와 남편은 별반 말이 없었다.
 아내는 이번에도 남편이 돌아오면 할말이 적잖이 있는 것으로만 생각하고 있었는데, 정작 대하고 보니 할말이 없었다. 그러면서도 아내는 벌써 남편과 자기 새에 할말을 남김없이 죄다 한 것처럼 마음속이 흐뭇해지는 것이었다.
 누구편에서 먼저였을까. 모르는 새 남편과 아내는 아랫목에 잠이 든 어린것에게로 눈을 주고 있었다.
 문득 아내는 이런 말을 지껄이고 싶은 충동을 느낀다. 당신도 이제는 그만 쫓겨다니는 몸이 되어야 하잖소? 저애를 생각해서라도 …… 무어 꿈에라도 내가 고생스럽다든지 해서 그러는 건 아니오. 내몸 하나 고생스러운 것같은 건 아무것도 아니오. 당신이 당하는 고생에 비기면…… 그리고 지금 당신이 하고 있는 일도 그게 어떤 일이라는 걸 모르는 바 아니오. 그저 저애를 생각해서, 저애를 생각해서…… 어리석은 계집의 푸념같소마는……
 이것은 이번 남편이 들어오면 하리라고 하던 말 중의 한토막이기도 했다. 그러나 아내는 종시 이런 말을 입밖에 내지 않는다. 내지 않고 나서 오히려 그리 한 것이 잘했다고 생각한다.
 잠든 어린것이 무슨 재미있는 꿈이라도 꾸는지 깨드득 웃는다. 작은 가슴에 히득히득 물결이 일어, 물결은 아무렇게나 내던진 조그마한 고사리주먹까지 흔들어놓는다. 이 물결에 따라 아내와 남편의 가슴속에서도 다사로운 행복이라고 할 수 있는 것이 흐르고 지나간다.
 갑자기 아내는 겁이 난다. 자기네의 이 행복을 누가 어디서 시기에 찬 눈으로 노리고 있는 것만 같다. 아내는 무서운 눈으로부터 어린것과 남편을 감추기라도 하려는 듯이 등불을 꺼버린다.
 그러나 그밤이 다 새기 전에 그 무서운 눈은 기어코 회중전등을 켜들고 방안에 들어서고야 만다.
 마침 아내가 조반을 다 지어놓고 이제 남편을 깨우리라 하던 참이었다. 이제 깨우리라 하면서도 역시 이런 잠이 오래간만일 남편을 조금만 더 조금만 더 하던 참이었다.
 구둣발째인 두 사내가 양쪽에서 남편의 몸에다 회중전등불을 부었다. 남편의 아랫도리는 어젯밤 감발한 채로였다.
 왜 자기는 진작 남편을 깨우지 못했던가. 걷잡지못할 뉘우침이 아내의 뼛속을 갉으며 지나갔다. 그와 함께 이 뼛속보다 더 깊은 곳으로부터 끓어올라오는 악을 똑바로 느낄 수가 있었다.
 두 구둣발 사내는 남편을 재촉한다. 아내가 달려갔다. 그러나 여기서 아내는 복받쳐오르는 악을 쏟아놓아서는 안된다. 애걸로 바꾸어야만 했다.
 "다 된 조반이니 한술만 뜨게 해주십쇼."
 물론 두 구둣발 사내는 들어줄 리 없었다.
 그것은 남편도 그렇게 생각하는 눈치였다. 일이 이렇게 된 바에 조반 한술 먹고 안 먹고가 문제냐고.
 그러나 아내는 그렇지가 않았다. 매달리시피 애걸했다.
 "시간은 지체 안할 테니, 부디 한술만 뜨게 해주십쇼."

두 구둣발 사내도 생각했다. 이제 자기네의 이 체포한 것을 데리고 가서 다룰 일을. 그걸 생각하면 되레 여기서 밥 한술쯤 먹어가지고 가는 것도 노상 실없는 일은 아닐 성싶었다. 특별히 사정을 봐주는 체 아내의 애걸을 들어준다.

아내는 그제야 방안의 등불을 켠 후, 아랫목 어린것을 안고 부엌으로 나간다. 그새 고놈이 깨있었나? 여태 자고 있는 줄만 알았더니.

부엌에서 아내의 짜증낸 말소리가 들렸다.

"넌 왜 신새벽부터 깨서 이 야단이냐! 젖은 이따 먹구 여기 얌전히 누웠어! 내 물 한동이 길어올 테니."

갑자기 불에 데인 것같은 어린것의 자지러진 울음소리가 일었다. 그 울음소리에 아내의 물동이 들고 나가는 소리는 들리지도 않는다.

애는 자꾸 그악스레 울어댄다. 아직 모든것이 깨어나지 않은 꼭두새벽이라, 그 울음소리는 더 요란하고 시끄러웠다.

구둣발째인 두 사내의 낯에, 어린놈의 울음소리가 빌어먹게 크기도 하다, 에이 시끄러워, 하는 기색이 떠오른다.

이때였다. 남편의 머리에 이상한 계시가 떠오른 것은.

애가 저렇게 우는 것이란 무어 단지 아내가 젖을 안 주고 떼놓고 갔다고 해서 우는 울음 같지만은 않았다. 그렇다면? 당초에 아내가 애를 안고 나갈 적부터 자는 애를 안고 나간 것이다. 그렇다면? 필시 아내가 부러 애를 저렇게 울려놓은 것이다. 어디 꼬집기라도 해서. 그렇다면?

"이거야 시끄러 견딜 수 있나!"

남편이 자리에서 일어섰다. 우는 애를 달래 안고 들어올 참인 듯이.

가물거리는 부엌 등잔불 앞에서 어린것을 안아들며 남편은 노기면 소리를 질렀다.

"요자식아, 울긴 왜 이렇게 울어?"

그러나 이런 소리를 지른 남편의 입술은 그대로 어린것의 눈물젖은 뺨으로 가 비벼대는 것이었다. 아기야, 용서해다오.

그리고는 어린것을 그자리에 내려놓기가 무섭게 좀전에 아내가 열어놓은 뒷부엌문을 빠져 쏜살같이 내달리는 것이다.
우물둑에는 아내의 그림자가 서서 이쪽을 지키고 있는 것만 같았다. 그러나 남편은 그리로 가서는 안된다. 남편은 길 없는 길을 잡아 마구 내달려야 하는 것이다.
이 이야기는 한시절 우리의 독립단이 간도에서 겪은 갖은 수난사 중의 한 작은 에피소드다.

이런 일도 있었다.
어디서 또 무슨 냄새를 맡고 왔는지 일제의 형사대들이 어떤 부락을 습격해왔다. 마침 그집에는 어머니와 애들만이 남아있었다.
먼저 그사람들의 눈에 띄어서는 안될 문서같은 것을 치워버려야 했다. 어머니가 그러한 것들을 들고 제일 적당한 장소를 가리고 있을 즈음에, 벌써 그 사람들의 거칠고 어두운 구둣발소리가 멀지 않은 곳에서 들려왔다.
어머니는 할수없이 어린 아들에게 그것을 주어 뒷문으로 빠져나가게 했다. 그러나 소년은 뒤울안으로 나가기는 했으나 미처 그것을 어디다 숨겨야 할지 몰랐다.
세간을 마구 뒤엎고 굴리며 뒤짐질이 시작되었다. 이런 속에서 소년의 동생되는 소녀가 젖먹이를 업고 있었다.
이것을 본 그중의 한 사내가 혹시 이 갓난애 포대기 속에 무엇이 감추어지지나 않았나 하고 그것을 홱 나꾸어챘다. 젖먹이와 함께 어린 소녀는 뒤로 나가뒹굴밖에 없었다. 감때 사나운 눈초리로 샅샅이 뒤져보고 일일이 주물러보고 나서야 포대기를 내동댕이쳤다.
소녀는 다시 젖먹이를 업고 밖으로 나왔다. 댓돌을 내려 안뜰을 지나 사립문을 나섰다. 그리고는 자장자장 업은 애를 달래며 수수깡울타리를 끼고 집 뒤로 돌아갔다.
소년은 뒤울안에서 지금 자장자장 애를 달래며 이리로 오는 그 목소리가 자기 누이동생이란 걸 안다. 그러면서도 손에 쥔 것을 뒤로 감춘다. 어린것이 철따구니없이 뭣하러 이리로 오는 것일까. 애를 업었으면 저기 다른 데 어디로 갈 것이지. 저러다 내가 여기 있다는 게 드러나기라도 하면 어쩔려고. 그렇다고 소리를 내어 저리 가라고 할 수도 없는 노릇이었다.
 그런데 자장자장 누이동생은 바로 소년이 있는 울타리 밖에 와 서기까지 하지 않느냐.
 소년은 저리 가라고 고갯질을 했다. 그러나 소녀는 비키려는 기색을 안 보였다. 그런 기색을 안 보일 뿐만 아니라, 울타리 틈바귀로 작은 손마저 디미는 것이 아닌가.
 소년은 화가 났다. 이런 때 무슨 장난을 치자는 것인가. 그러는데 작은 누이동생은 장난답지 않게 손짓을 한다. 또 한다. 그제야 소년은 모든걸 알아차릴 수 있었다.
 이렇게 해서 소년의 손에 쥐어졌던 것이 작은 누이동생의 손으로 옮겨져 곱다라니 수수깡울타리 틈바귀로 빠져나간다. 울 밖의 어린 소녀는 또 어린 소녀답지 않은 솜씨로 이번에는 그것을 애 업은 포대기 속에 질러넣는다.

 한번은 이동휘 선생이 경관대에게 쫓기어 어떤 마을에서 다른 마을로 몸을 피하지 않으면 안되었다.
 동이 트기 전이었다. 이렇게 새벽꿈을 깨뜨리며 습격해오는 것이 그자들의 한 상투수단이기도 했다.
 총소리가 몇방 고요한 새벽 하늘을 찢으며 퍼져나갔다.
 선생은 닥치는대로 한 농가의 문을 열었다.
 그집 농민 내외는 아직 자리에 누운 채였다. 잠만은 지금 난 총소리에 놀라 깨었으나.
 선생은 말없이 방으로 들어섰다. 말없이 문을 닫았다.
 그러나 이미 선생과 방안의 내외 사이에는 소리없는 말을 다 한 셈이었다. 선생은 문을 잡아열었을 때, 방안의 내외는 새벽 별빛 아래 선생의 모습을 발견했을 때 이미.
 어둠속에서 여인이 남편더러 조용히,
 "당신은 일어나우,"
 했다.
 가난한 사람들이란 옷이라고 하나 훌떡 꿰면 그만이다. 그것은 또 아무리 어두운 데서라도 할 수 있는 일이다.

그렇건만 여인은 그 시간이 급한 듯,
"어서 들루 나가우,"
하고 남편을 재촉하는 것이었다.
남편이 나가고 여인의 말소리가 다시 들렸다.
"저고리를 벗으세요."
약간 떨리는 음성이었다.
선생은 망설일밖에 없었다.
"어서 벗으세요."
이제는 어떤 단호한 빛을 띤 여인의 음성이었다.
"그리구 이리 들어와 누우세요."
어둠속에서도 여인이 지금 남편이 누웠던 자리를 들치고 있다는 걸 알 수 있었다.
이윽고 거치른 구둣발소리가 가까이 다가왔다.
여인이 좀전에 남편과의 새에 두었던 간격보다도 더 바싹 붙어누우면서 이편의 팔을 끌어다 자기 목에 감았다.
벌컥 문이 열렸다. 동시에 회중전등불이 거침없이 획 방안을 한바퀴 돌아 누워있는 사람들에게로 와 머물렀다.
"에익 고약한 것들, 다 밝은 줄두 모르구."
눈꼴사납다는 소리였다.
여전히 거칠고 어지러운 구둣발소리가 아주 사라진 뒤, 그제서야 여인은 가느다란 안도의 한숨과 함께 낯모르는 사내의 팔에서 머리를 들어 고개를 돌렸다. 여자로서의 부끄러움을 어쩌지 못하는 듯.
그러나 지금 선생의 팔에 스치운 여인의 이마의 땀은 단지 이 여자로서의 부끄러움 그것 때문만은 아닌 듯했다.

1948 구월

사 나 이

 콩나물 지게를 벗다 말고 김서방은 주춤 그자리에 서고 말았다. 절로 숨이 죽여졌다.
 부엌에서 아내가 목물을 얹고 있었다. 한 팔로 자배기를 짚고 한 손으로 연신 물을 떠서 몸에 끼얹는다. 겨드랑 밑이 희게 떠 보였다.
 처음 보는 아내의 육체였다. 결혼한 지 두달이 지나건만 아직 한 번도 가까이 해보지 못한 아내였다. 김서방의 숨결은 어느새 가빠져있었다. 관자놀이가 화끈거렸다.
 시집온 지 한달이 지나도록 아내는 옷을 입은 채로 잤다. 어머니를 사이에 둔 잠자리에서도 그걸 알 수 있었다.
 얼마 전부터 아내는 치마만은 벗고 자는 눈치였다.
 목물을 얹은 날 밤, 아내는 저고리마저 벗고 잤다.
 김서방은 이날밤 잠을 이루지 못했다. 아내와의 사이에 누운 어머니도 잠을 이루지 못하는 눈치였다. 이쪽으로 돌아누웠다 저쪽으로 돌아누웠다 한다. 어머니는 김서방이 스물아홉에 장가라고 든 날 밤부터 아들과 며느리 사이에다 잠자리를 깔았다. 그리고는 누구보다도 먼저 잠드는 법이 없었다. 그래서 그런지 어머니는 전에 없이 곧잘 낮잠을 자곤 했다.
 이날밤, 어머니는 종시 며느리의 홑이불을 코밑까지 씌워주면서,
 "젊은 애가 이게 무슨 잠버릇이람. 허릿동꺼지 드러내놓구……"
 그리고 이쪽으로 돌아누우며,

"넌 또 내일 일찌감치 콩나물을 돌려야지. 어서 자라."
김서방은 어머니 하나 사이에 두고 누운 아내가 한껏 멀리만 생각되었다.

동네 노파가 마을을 왔다.
"어디 편찮수?"
김서방 어머니는 낮잠자던 눈을 비비고 일어나앉으며,
"소년시절에 하두 고생했드니 요즘와서 뼈마디가 안 쑤시는 데가 없구려."
"이제는 며느리두 맞구 했으니 좀 편히 쉬시지. 더구나 댁의 며느님이 일 잘한다는 소문이 자자하든데……"
김서방 어머니는 언뜻 부엌에로 귀를 기울이고 나서 짐짓 큰 소리로,
"이르다뿐이겠소. 요즘 젊은애치구 그만큼 일 잘하는 애가 다시없죠."
부엌에서는 며느리가 콩나물 동이에 물주는 소리가 좌알 하고 들려왔다.
"이제 복둥일 하나 나놓면 성님두 상팔자요."
김서방 어머니는 한층 목소리를 돋구어,
"쟤들이 또 의가 이만저만 좋아야지. 꼭 비둘기 한쌍이구려."
부엌에서는 좀전보다 더 크게 좌알좌알 하고 물소리가 들려왔다.
김서방은 뜰에서 지게멜빵을 고치다 말고 멍하니 하늘만 바라보았다.

며느리가 친정에 다니러 가서 오지 않았다.
어머니는 아들에게 아예 며느리 말을 입밖에 내지도 않았다.
며느리가 친정에 간 지 석달 만에 다른 데로 시집을 갔다는 소문이 들렸다.
이날 어머니는,
"내 그럴 줄 알았다. 시어머니 앞에서두 엉덩이를 회회 젓는 품이 화냥질할 년이드라. 다시는 그런 화냥년 생각지두 마라."

그리고 이날부터 어머니는 살림살이에 신이 나는 모양이었다. 낮잠이라고 자는 법이 없었다.
 이런 어머니가 갑자기 누운 지 닷새 만에 세상을 떠났다. 운명하기 전날 어머니는 아들의 손목을 잡고,
 "나는 사내라군 네 아버지와 너밖에 모른다. 너두 이 어미 말구 딴여잘 믿어선 안된다."

 식당 심부름꾼으로 들어갔다. 콩나물 도가집 주인이 소개해주었다.
 식당에서 김서방이 하는 일이란 식당 안을 소제하는 일이었다. 아침저녁은 말할 것도 없고, 하루종일 식당에 붙어서 식탁 위아래를 깨끗이 쓸고 훔치고 닦는 일이었다. 상심부름 하는 여자는 따로 있었다.
 식당에 온 지 한 열흘 지나서였다. 주인 노파가 조용히 김서방을 불렀다.
 안방으로 들어갔다. 미닫이를 열어잡고 주인 노파가 어서 들어오라는 눈짓을 했다.
 방안에는 웬 병인이 하나 누워있었다. 퀴퀴하고 습한 냄새가 코를 찔렀다.
 주인 노파가 김서방 귀 가까이 속삭였다.
 "지내보니 자네 맘이 하두 착해 배서 하는 말인데, 오늘부텀 이 방 시중 좀 들어주게나."
 그리고 주인 노파는 나가버렸다.
 별안간 어디선가 흐느끼는 소리가 들렸다. 꼭 벽 너머 저쪽 방에서 들려오는 것만 같았다. 그렇게 약하고 어슴푸레한 흐느낌이었다.
 김서방은 가늘게 떨리는 병인의 이불을 내려다보며 그자리에 그러고 서있었다.
 "이리 와서 등 좀 긁어줘요."
 여인의 목소리였다.
 "가려 죽겠으니 어서 등 좀 긁어요."
 이불을 들치니 그것은 다시없는 버커리(노파)의 잔등이었다. 가

죽만이 뼈 위에서 밀리었다.

주인 노파의 딸이었다. 갓서른에 애를 셋씩이나 낳아놓은 채 쫓기다시피 친정에 와있는 여인이었다.
부인병이 고질이 나있었다.
처음에는 식모를 시켜 시중을 들게 했다. 식모가 얼마 있지 못하고 나가고 말았다.
계집애를 사서 달아놓아 보았다. 며칠을 못견디고 가버렸다.
중늙은이 과부를 하나 대보았다. 제일 오래 견디어냈다. 그러나 이 중늙은이 과부편에서 앓아눕고 말았다.
오줌똥을 받아내는 건 문제가 아니었다. 밤중이고 언제고 팔다리를 주물러줘야 하고 잔등을 긁어줘야 했다.
그리고 병인은 조금만 제마음에 거슬리면 곧 흐느끼는 버릇이 있었다.
김서방은 밤중에 풋깃 잠이 들었다가도 이 흐느낌소리에 벌떡 일어나앉곤 했다. 그 약하고 어슴푸레한 흐느낌소리를 알아들을 만큼 선잠을 자야 하는 것이었다.

한번은 밤중에 무슨 기척이 있어 벌떡 일어났다.
병인이 윗몸을 반쯤 일으키고 있었다.
등이라도 긁어주려 손을 내미니, 가만있으라는 손짓을 했다.
무엇을 열심히 듣는 자세였다. 병인의 눈이 전에없이 또렷했다.
윗방에서 소곤거리는 소리가 들렸다. 옆을 꺼리는 듯한 킥킥 소리도 들렸다.
상심부름하는 여자들이 자는 방이었다.
"또 사내놈이 붙었군. 김서방은 저런 소리 듣지 말어요."
병인의 손이 김서방의 손을 끌어다 등허리를 긁게 했다. 자꾸자꾸 세게 긁게 했다.
하룻밤은 또 무슨 기척에 일어나니, 병인이 미닫이에 바싹 붙어앉아 있었다. 김서방더러 떠들지 말라는 시늉을 하면서, 이리 와 보라고 한다.

미닫이 창호지에 구멍이 뚫려있었다. 손가락에 침을 발라 뚫은 구멍이었다.
 지금 옆방에서 새어나오는 전등빛 속에 사내 둘이 엎치락뒤치락 싸우고 있는 것이었다. 자세히 보니, 둘이 다 주방에서 요리하는 사내들이었다.
 "또 새로 기집애가 들어온 모양이지. 저렇게 싸워 이긴 놈이 오늘 밤 제 차지가 되거든. 드러운 것 그만 봐요."
 이튿날 아침, 요강을 가시러 나갔다가 변소에서 나오는 젊은 여자와 마주쳤다. 새로 상심부름하러 들어온 여자였다. 약간 부어있는 눈꺼풀. 그러나 왼쪽 코밑에 녹두알 만한 검은 사마귀가 있는 얼굴은 어젯밤 무슨 일이 있었느냐는 듯이 천연스러웠다.

 요즈음와서 병인의 입에서는 한번도 흐느낌소리가 새어나오지 않았다. 그만큼 김서방편에서 병인의 소원을 미리 알고 돌보아주는 것이었다.
 그러한 어느날 밤이었다. 김서방은 이상한 소리에 일어났다.
 병인이 괴로운 신음소리를 내고 있었다.
 사지를 주물러주려 했다. 병인이 그러지 말고 가슴을 안아달라고 했다.
 뼈만 남은 가슴이 별나게 싸늘했다. 덜컥 겁이 났다.
 주인 노파를 부르려 했다. 병인이 다시, 그러지 말고 그냥 가슴을 안아달라고 했다.
 그리고 병인은 김서방 어깨에 턱을 고인 채 간신히 알아들을 말로 속삭였다.
 "남편허구 자식두 날 버리구 부모꺼정두 날 끄렸지만 김서방만이 끝까지 돌봐줬지. 여기 가락지와 비녀가 있으니 나 죽거든 김서방이 가지우."

 판잣집 하나를 사가지고 가락국수 장사를 시작했다.
 때때로 술을 찾는 손님이 있었다. 술도 받아놓았다.
 그리고 안주로는 빈대떡을 부치기 시작했다. 빈대떡이 먹음직스럽게 크기로 유명했다. 저녁맷손에는 앉을 자리가 없을 만큼 붐비었다.
 단골손님 하나이 이런 말을 했다.
 "주인은 아직 혼자요?"
 김서방이 말없이 멋적은 웃음을 입가에 떠웠다.
 "세상에 흔한 게 계집인데 혼자 살다니…… 이런 장사두 마누랄 하나 얻어가지구 둘이 맞잡아 하면 괜찮을걸. 다락이나 한칸 짓구……"
 사실 혼자서는 손이 모자랐다.
 한창 바쁠 때는 가락국수 남비를 돌보느라고 빈대떡을 태우는 수가 많았다. 사람을 하나 얻어야만 할 것이었다.
 그러한 어떤날, 방물장사 할머니가 빈대떡 한 쪼가리를 받아놓고 앉았다가, 사람 하나 쓰지 않겠느냐고 했다. 지금 어떤 집 식모살이를 하고 있는 여자인데 이번에 그 주인네가 시골로 이사를 가게 되어 자리를 옮겨앉으려는 사람이라고 하면서, 부엌일을 썩 잘해서 이런 장사에는 마춤일 거라고 했다.

 판잣집 위에 새로 다락을 하나 들였다.
 방물장사 할머니가 데리고 온 여자는 아직 나이 스물대여섯밖에 나 보이지 않는 젊은 색시였다.
 그날 저녁으로 예의 단골손님이 김서방 귀에다 대고,
 "오늘은 한턱 내슈. 저런 예쁜 마누랄 얻구두 잠자쿠 있을 테요?"
 김서방은 절로 얼굴이 붉어지며,
 "아닙니다. 마누라가 아녜요. 그저 둔 사람이죠."
 "왜이러슈. 그러면 누가 속을 줄 알구. 겉으룬 얌전한 체하더니 아주 똥구녁으루 호박씨 까거든."
 "그렇지 않습니다. 두구 보세요."
 사실 김서방은 젊은 색시에 대해 무관심했다. 하루종일 가도 별로 말을 건네는 법이 없었다.
 그저 젊은 색시가 빈대떡을 부치고 가락국수 남비를 끓이면 그것을 김서방이 손님들 상에 나르고 나중에 셈을 해 받는 것이었다.

젊은 색시 둔 것이 여간 도움이 되지 않았다. 밤에 빈대떡감 맷돌질을 할 때는 더 그랬다. 혼자 할 때와는 달리 얼마나 수월한지 몰랐다.

하루는 맷돌질을 다 하고 나서 김서방이 자리에 누웠는데 다락에 올라갔던 젊은 색시가 내려왔다.
부엌으로 가더니 남폿불을 켜는 것이다. 그리고 세숫대야에 물을 푸더니 저고리를 활활 벗어젖히는 것이다.
김서방은 숨을 죽이고 있었다. 여인의 목물을 얹기 시작했다. 불빛에 여인의 겨드랑 밑이 희멀건히 떠 보였다.
지난날 아내의 희던 겨드랑 밑이 눈앞에 되살아왔다. 김서방은 절로 얼굴이 달아오르며 목이 탔다.
젊은 색시는 저고리로 젖가슴만을 가리고 남폿불을 끄더니 다락으로 올라간다.
김서방은 불쑥 술을 먹어야만 할 것같은 생각이 들었다. 본시 술 담배를 모르는 사람이었다. 그러나 이때만은 술을 먹어야만 견딜 것같았다.
술병에서 술 한 잔을 가득히 부었다. 반도 못 마시고 구역질을 했다.
문득 지난날의 아내처럼 이 여자도 이제 어디로 가버리고 만다는 생각이 머리를 스치고 지나갔다. 지난날 아내와 자기 사이에는 어머니가 가로막고 있었다. 지금 자기와 이 여자 사이에는 구름다리가 하나 놓였을 뿐이다. 어머니보다는 훨씬 넘기 쉬운 담같았다.
이런 김서방에게 지난날 식당에서 본 일이 떠올랐다. 그 왼쪽 코밑에 녹두알 만한 검은 사마귀가 나있던 젊은 여자를 두고 엎치락 뒤치락 싸우던 두 사내. 그들이 왜 그렇게 싸우지 않으면 안되었는지를 알 수 있을 것만 같았다.
김서방은 무엇에 이끌리듯이 구름다리에 발을 올려놓았다. 자꾸 다리가 떨렸다.
그리고는 깨닫지 못했다. 그저 자기가 어떤 미끄러운 살갗을 부둥켜안았다는 것과 조금 후에는 도리어 자기편에서 이 살갗에게 휘

감겨졌다는 것을 느꼈을 따름이었다.
 젊은 색시가 흐느끼기 시작했다.
 김서방은 아직 꿈속같았다. 이 꿈속같은 속에서 지난날 식당 안방에서 듣던 병인의 흐느낌소리가 되살아왔다.
 그러면 지금 자기 곁에 누워 흐느끼는 이 젊은 여자는 무엇을 원하고 있는 것일까.
 "난 몰라요. 남의 처녀를 건드렸으니 앞으루 어떡허실 작정이세요!"
 흐느낌소리답지 않은 또렷한 말씨였다.

 김서방의 생활에 변화가 생겼다.
 젊은 색시가 김치깍두기 담그는 것만은 제손으로 했으나, 빈대떡을 부치고 가락국수 만드는 것은 가끔 김서방이 해야 하는 것이었다. 그리고 젊은 색시가 그것들을 손님상에 나르고 셈도 제손으로 하는 때가 있었다.
 하루는 젊은 색시가 조그마한 경대 하나를 사들였다. 그 앞에 화장품병이 하나 둘 늘어갔다. 젊은 색시는 일을 하다가도 생각이 나면 다락으로 올라가 눈썹을 그리고 분을 바르곤 했다.
 밤에 맷돌질을 김서방 혼자의 손으로 하는 날이 늘어갔다.
 그러한 어떤날 새벽 김서방이 눈을 떠 보니, 곁에 있어야 할 젊은 색시가 없었다. 언제나 자기보다 늦게 일어나는 색시였다.
 밑 가게에 내려가 보아도 없었다. 다시 다락으로 올라와 살펴보니 경대도 없어졌다. 그 앞에 놓였던 화장품들도 없어졌다. 돈주머니마저 보이지 않았다.
 그날 저녁 예의 단골손님이,
 "왜 마누라가 안 보이우?"
 김서방이 얼굴에 웃음을 띠어보이려 했으나 제대로 되지가 않았다.
 "오오, 딴놈에게 채였구먼. 못나게스레."
 김서방은 정말 제가 사내구실을 못해서 그리 됐으리라는 생각에 부끄럽기 짝이없었다.

"요새 얼굴치레만 허드니…… 그래 그걸 꼭 꿰차지 못허구 놓쳐버린담……"

그러나 한편 김서방은 무엇에서 놓여난 심정이었다.
자기 손으로 가락국수 남비를 끓이고 빈대떡을 부치고 하는 것이 마음편했다. 혼자 가는 맷돌질도 본시 이래야만 한다는 생각이었다.
더우기 자기 손으로 손님과의 셈을 할 때는 잃었던 무엇을 도로 찾은 느낌이었다.
그런데 그렇지만 않았다. 날이 갈수록 어딘가 자기 생활 한구석이 비어진 듯한 느낌이 들었다. 모처럼 손에 넣었던 귀중한 물건을 놓쳐버린 심정이었다. 그것은 젊은 여자를 집에 들이기 전에는 맛보지 못했던 감정이었다.
저녁마다 약간씩 술 먹는 버릇이 생겼다.
아무래도 사람을 하나 또 구해야만 할 것같아, 앞거리 모퉁이에서 목판장사하는 아주머니를 찾아갔다.
"어디 여자 하나 없겠소? 부엌일을 도와줄……"
그리고 김서방은 무슨 변명이나 하듯이 덧붙였다.
"젊은 색시는 말구 나이 좀 지긋한 여자루……"

여자가 하나 왔다. 서른이 지난 여인이었다. 대여섯살 난 계집애까지 하나 딸려있었다.
그날 저녁 익살 잘 부리는 예의 단골손님이 또 김서방 귀에다 대고,
"이번에는 듬까지 하나 달렸군. 주인 취미가 이만저만헌 게 아니거든. 어쨌든 이번에는 꼭 꿰차구 놓치지 말우."
"아닙니다. 그저 둔 사람입니다."
사실 김서방은 여인에게 무관심하려 했다. 하루종일 가도 여인에게 별로 말을 건네는 법이 없었다. 그저 여인을 둠으로써 부엌일에 도움이 되면 그만이라 했다.
그러한 김서방은 저녁마다 마시는 주량이 제법 늘어갔다.

그날 밤에도 대폿잔으로 소주 두 잔을 했다.
빈대떡 맷돌질을 하는데 밑에 있던 여인의 손이 지그시 떠받쳐 올라왔다. 김서방의 손이 점점 밀리어 올라가다가 손잡이 끝에서 빠져나와 밑을 가 잡았다. 이번에는 여인의 손이 지그시 내리누르는 것이었다. 김서방은 다시 손을 빼어 위를 잡았다.
맷돌질이 끝나자 여인은,
"에 덥다,"
하고 저고릿고름을 풀어헤치며 일어서더니, 물통 있는 데로 가는 것이었다.
김서방은 연방 가슴에다 부채질을 했다.
여인이 등어리에 물을 끼얹기 시작했다. 그러자 유난히 김서방의 눈을 쏘는 게 있었다. 여인의 희멀건 겨드랑 밑에 검은 것이 드러나있었다.
김서방은 자기 몸 한 부분에 확 불이 일어남을 느꼈다. 아무리 부채질을 해도 소용없었다. 일어나 다락으로 올라갔다.
올라가놓고 보니 자기가 무엇하러 여기 올라왔는지 몰랐다. 어린 애가 잠이 들어있었다. 그제야 자기는 이 애가 아주 잠이 들었는지 어쨌는지를 보러 올라왔는지도 모른다는 생각이 들었다. 그만 무엇에 쫓기듯이 그곳을 내려오고 말았다.
여인이 저고리를 어깨에 걸치고 젖가슴을 드러내놓은 채 다락으로 올라간다.
김서방은 가게로 가서 술을 대폿잔에다 가득 부었다.
내일 아침이면 이 여자가 또 자기의 생활을 헝클어놓을지도 모른다는 생각이 들었다. 이마에 구슬땀이 내돋쳤다. 잔의 술을 단숨에 들이켰다. 내일 일은 내일 보자.
그리고 떨리는 다리를 구름다리에 올려놓았다.

1953 구월

두 메

두메의 마가을 밤은 바람소리에 깊었다.
—이번엔 무슨 일이 있어두 가티 대리구 가달라우요.
—한 해만 더 참으라구. 내년에 와선 꼭 대리구 갈 게니.
—싫어요. 젠년에 글디 않아시요? 올해 와선 꼭 대리구 간다구. 당신이 이번에 안 대리구 가믄 난 칵 죽구 말갔이요. 데놈의 새냥 총으루 칵 죽구 말갔이요. 총 다루는 법두 다 알아뒀이요.
—칠성네, 그러디 말구 한 해만 더 참으라구. 한 해두 잠깐 디나가디 않으리.
—아니야요. 더 못 참갔이요. ……이제 눈만 와봐요. 자나깨나 뵈는 게라군 그넘의 눈뿐이구…… 겨울 넉달이 사년 맞잽이야요. 그넘의 눈이 녹으믄 또 그넘의 뻐꾸기, 그넘의 소쩍새는 왜 그리 극성인디…… 전엔 그렇디 않았이요. 겨울밤두 그리 길디는 않았이요. 뻐꾸기 소쩍새가 아무리 극성스리 울어대두 아무렇디 않았이요. 그게 젠년 가을 당신이 댕게 간 뒤부터는…… 난 몰라요, 여게 사는 게 죽기부다 더 싫어뎄이요. 남편이 숯귀신같이만 뵈요. 인제 난두 숯귀신이 되구 말 거야요. 싫어요. 날 페양으루 가티 대리구 가달라우요.
—그르케 성급히 굴디 말래두.
—아니야요. 정말이야요.
평양손님이 큰방 쪽으로 귀를 주며.
—이러다 녕감이 깰라.

―바람소리야요…… 녕감쟁이가 그르케 무서운가. 저낙(저녁)술만 놓믄 누가 떠메가두 모르게 자빠데 자는 녕감쟁인걸. 난 이젠 아무것두 무서운 게 없이요.
―자, 밤두 이슥했으니 그만…… 아니 초매는 또 왜 뒤집어쓰는거야? 머이 부끄러워서?
―몰라요.
―이넘의 허리통을 놓구 내가 어뜨케 사노.
―아, 숨이 넘어가는 것같애요. 아니 둥와요. 이대루 죽구파요.

 이즈음 산골 해는 정말 노루꼬리만큼이나 짧아졌다.
 산밑 마을에 땅거미질 무렵에야 칠성네 부부는 홰나무고갯마루에 올라섰다. 숯구이 갔다 돌아오는 길이었다.
 이 홰나무고개에 이르면, 으레 칠성네 부부는 다리쉼을 하여 가게 마련이다. 앞선 남편이 먼저 숯섬을 내려놓으면, 뒤서 오던 칠성네도 숯퉁구리를 내려놓고, 그 위에 걸터앉는다.
 그런데 오늘은 그렇지가 않았다.
 남편이 곰방대에 엽초를 담는데도 칠성네는 숯퉁구리를 내려놓을 생각을 않는다. 남편은 말없이 대통을 다진다. 그것이 오늘도 여기서 잠깐 쉬어가자는 말인 것이다.
 작대영감(칠성네 남편)은 스물아홉에 칠성네 집 데릴사위로 들어왔을 때 이미 뼈만이 드러나 뵈는 겉늙은 사내였다. 해마다 곪아들어가는 귀 뒤에는 그만큼 더 짙은 숯검정이가 앉았다.
 오늘로 칠성네 남편은 만 사십이 된다. 그렇건만 벌써 몇 해 전부터 작대영감이란 별호가 붙어있었다.
 여기 비해 칠성네는 또 칠성네대로 산토끼모양 그늘진 데가 없는 여자였다. 스물셋이란 나이가 오히려 부끄러웠다. 몸도 옹골찼다. 아무리 치마허리를 졸라매도 가슴이 벙을렀다.
 이 칠성네가 눈가에 그늘을 지우기 시작한 것은 작년 가을 평양손님이 다녀간 뒤부터였다. 평양손님이 주고 간 손거울을 들여다보는 습성이 생긴 것도 그 무렵이었다.
 지금도 칠성네는 그늘진 눈을 들어 잎이 진 잡목 새로 자기네 집

쪽을 내려다보며 한마디했다.
　—저낙이 늦어요.
　작대영감은 오늘이 자기 생일날이니 저녁을 일찍 지어먹어야 한다고는 생각지 않는다. 그저 집에 평양손님이 와있다는 데 생각이 미친다. 평양손님이 사냥 온 지도 벌써 보름이 가까워온다. 이 손님이 있는 동안만은 어둡기 전에 저녁상을 들여야 하는 것이다.
　—폐양손님이 내일 떠난대디?
　작대영감은 일어서며 목에 와닿는 재넘이 바람세가 다름을 느낀다. 한 손을 들어 풍기어 본다. 내일쯤 눈이 올 것만 같다. 내일은 아내를 재촉해서 숯 한 가마를 더 구워야겠다.
　비탈길을 내려오면서 칠성네는 그저 자기가 숯귀신이 되어서는 안 된다는 생각뿐이었다. 죽는 한이 있더라도 이번에 평양손님을 따라가야만 한다. 앞으로 어떻게 한 해를, 그 기나긴 삼백예순날을 또 기다린단 말인고. 그러다가 칠성네는 뜻하지 않았던 어떤 생각에 마음이 미치자 깜짝 놀라고 만다. 무서웠다. 절로 숨이 가빠졌다. 그러나 자기가 숯귀신이 되지 않으려면 무슨 짓이라도 해야 한다고 마음을 다져먹는 것이었다.
　집으로 돌아오자 작대영감은 건넌방 문 앞으로 가,
　—오늘은 좀 쐈습네까?
　방안에서는 누워서 하는 평양손님의 목소리로,
　—오늘은 낮잠만 잤쉐다.
　—젠년엔 그래두 멧돼지두 한 마리 잡았는데 올해는 꿩두 멫 마리 못 쏘구…… 메칠 더 새냥을 해보시디요.
　부엌문이 벌컥 젖혀지며 칠성네가 뛰어나와 건넌방으로 들어간다. 그리고 다시 돌쳐나오는 손에는 엽총이 들렸다. 닭장 있는 데로 딜려간다. 총부리에서 불이 토해졌다. 칠성네가 푸덕이는 붉은 수탉의 목을 잡는다.
　—아니 베란간 닭은 왜?
　작대영감이 곰방대를 허리춤에서 뽑다 말고 눈이 휘둥그래진다.
　—오늘이 당신 생일날 아니우?
　칠성네는 닭모가지 잡은 손을 연신 후들거렸다.

―생일날이라구 닭을 잡다니? 더군다나 한 마리밖에 없는 **수탉**을.
　이날밤, 두메에는 첫눈이 내렸다.

　하루 걸러 다시 눈이 내렸다. 저녁때가 가까워 내리기 시작한 눈발이 밤들면서 함박눈으로 변하여 펑펑 쏟아진다.
　산밑 마을 동장네 사랑방에는 마을꾼이 있었다. 모두 꺼멓다. 희미한 등잔불 밑에서 숯무더기만 같다.
　―우리가 공연히 살았다구 그러디.
　―정말 남의 일같디가 않아. 사람이 그르케 맥없이 죽을 수가 있나 원.
　이야기가 또 작대영감 이야기로 돌아왔다. 첫눈 내리는 날 밤 작대영감이 갑자기 세상을 떠나, 이미 눈도 덮이고 해서 오늘 임시로 가매장을 치른 것이었다.
　―그까짓 거 잘 죽었디. 살아서 무슨 낙을 볼라구.
　―그르티 않디. 사람이란 그래두 살구 봐야디. 작대녕감이 올해는 우리들 둥에서 데일 많이 숯을 궜을걸.
　―그른데 참 그 폐양손님 맘이 무던하드군. 밤샘하는 비용을 그 냥반이 다 댔디?
하는 동장의 말에,
　―그러믄요. 성미가 성큼성큼하구 맘이 돟디요.
　―그르나 총질은 하짜야. 어뜨캐서 젠년엔 멧돼지까지 한 마리 쐈디만 총질만은 하짜야. 글쎄 메칠 전에 보니깐 다방솔에서 꿩을 한 무리 닐쿼놓구서 불질을 하는데 한 마리두 못 맞히거든. 총질은 아주 하짜야.
　―아니디, 그게 명포수디. 아무나 눈을 감구 쏴두 한 마리쯤 맞힐 것을 그르케 맞디 않게스리 총알을 피해 보내니 그게 명포수가 아니구 머야.
　결말 잘 쓰고 우스갯소리 잘하는 탄실이아버지 말에 방안 사람들이 한바탕 웃는다.
　―참, 작대녕감 생일날 잡은 닭이 총을 놔서 잡은 거래디? 그 총

알 백힌 닭고길 잘못 먹구 그르케 된 거나 아닌가.
 총이야기에 누가 생각난 듯이 이런 말을 하니,
 ─글쎄 생일날이라구 팔자에 없는 닭고기랑 술을 처먹구 밸이 놀래 뒤집혔는디두 모르디.
 한구석에 무릎을 세워 안고 있던 증손이아버지가 닭고기란 말만 들어도 뱃속의 회가 동하는 듯 뒷간으로 나가며,
 ─어, 내년엔 풍년이 들갔군.
 그새 눈이 자가웃이나 실히 왔다. 증손이아버지는 어제 숯섬을 마저 다 져 내릴 걸 잘못했다고 생각한다.
 디딤돌 밑에서 발에 채이는 게 있었다. 큰 나무토막같다. 왜 이런 데 나무토막을 놓아두었을까. 뒷간에서 돌아오다 발로 퉁기어본다. 그것은 나무토막이 아니고 사람이었다.
 방안에 들여다 눕혔다. 보지 못하던 사람이었다. 한 사십 되어 보이는 장대한 사람이었다. 역시 어디서 숯구이하는 사람이 분명해 살갗에 숯그을음이 배어있었다.
 아직 가슴에 온기가 남아있었다. 눈을 퍼다가 가슴에 문지르고 온몸을 주무르고 했으나 종시 깨어나지를 않았다.
 범고개 너머에 있는 주재소에 알려야만 했다. 이런 일을 곧 알리지 않았다가 나중에 무슨 변이라도 당하면 어떡하느냐. 산 잘 타기로 유명한 곰이형과 오목네오빠가 가기로 했다.
 ─사람 고단해 죽갔는데 이건 또 무슨 팔자에 낯작두 모르는 넘의 송장꺼지 디키게 됐노.

 동장 마누라가 밤참으로 고구마를 쩌가지고 나왔다.
 송장 지키던 사람들이 모두 쓰러져 코를 골고 있다.
 그래도 제일 잠귀가 밝은 증손이아버지가 먼저 일어나 앉으며 혼잣말로,
 ─언제 내가 잠이 들었댔니.
 기지개를 켜고 하품을 깨물던 입을 다물지도 못하고,
 ─아, 송장이!
 거기 있어야 할 시체가 온데간데 없었다.

방안의 사람들을 흔들어 깨웠다. 모두 눈들이 휑해진다. 안방에 들어가 있던 동장도 나왔다.
―우리가 들어다 눕혔든 게 사람은 틀림없었디?
―그러믄요.
송장을 눕혔던 자리만은 그대로 누기가 남아있었다.
―허 참, 귀신이 곡할 노릇이로군.
―이제 주재소에 갔든 사람들두 올 때가 됐는데…… 이일을 어뜨카믄 동담!
이때 탄실이아버지가 무엇을 생각했는지,
―가만있자,
하며 눈을 연신 껌뻑였다.
우스갯소리 잘하고 급할 때 변통수 잘 내기로 유명한 탄실이아버지라, 무슨 좋은 수라도 있나 싶어 모두 그리로 눈을 준다.
―우리 이르케 해보믄 어뜬가?
―어뜨케?
―오늘 장사디낸 작대넝감의 시테가 있디 않나? 그걸 대신 갖다 놓믄 말이야.
―그른 짓이야 어뜨케 하갔나!
사람들은 이번만은 탄실이아버지의 변통수가 그리 신통치가 못하다고 생각한다. 송장을 대신 가져다 놓는다? 안될 말이다.
―그르나 그르케 해서라두 당장 순사한테 당할 욕이나 면해야디.
그 말은 옳은 말이다. 순사의 욕만은 면해야 한다. 말만 들어도 무섭고 싫은 순사다. 할수없이 탄실이아버지의 의견대로 해보는 수밖에 없었다.
그새 밖의 눈발만은 적이 가늘어져있었다.

순사가 와서 시체를 검사하는 동안, 모두 고개를 딴데로 돌리고 있었다. 마음들이 조마조마해 못견디겠는 것이다. 공연한 짓을 했다 싶었다. 경을 칠 때는 쳐도 사실대로 말했던 편이 낫지, 이러디 들키는 날이면 정말 호되게 혼이 날 것이었다. 그러지 않아도 오밤중에 시오릿길이나 숫눈길을 걸어온 순사는 심평이 좋지 않은 안색이었다.
 그러나 다행히 순사는 지금의 시체가 작대영감의 시체라는 걸 모르는 모양이었다. 알 리가 없었다. 시오리나 떨어진 두메 속에서 숯구이하는 사람의 얼굴을 낱낱이 기억하고 있을 리가 없는 것이었다.
 그런데 허리를 구부리고 시체를 살피고 있던 순사가,
 ─이게 뭐야?
하고 소리를 질렀다.
 외면했던 사람들이 모두 깜짝 놀라 그리로 고개를 돌렸다.
 ─등불을 좀 바싹 들이대소.
 순사가 송장 정수리에서 무엇을 하나 뽑아낸다. 큰 못이었다. 그것이 작대영감 숨구멍에 박혀있었던 것이었다.

 순사를 앞세우고 작대영감의 집으로 달려갔다.
 칠성네는 대번 자기가 한 짓이라고 자백을 했다. 남편의 생일날을 평계삼아 닭고기에 술까지 먹인 후 그짓을 했다는 것이었다. 그리고 이런 무서운 생각은 그날 저녁 홰나무고개를 내려오면서 퍼뜩 머리에 떠오른 것이라고 했다.
 칠성네는 모든것을 단념한 빛으로 이런 말도 했다.
 실은 오늘 작대영감의 장례(가장)가 끝난 뒤 평양손님과 함께 도망을 가려고 집을 나섰다는 것이다. 밤차를 탈 예정이었다. 그런데 한 오리 남짓 가서였다. 금세 맑던 하늘이 뽀오얘지면서 희뜩희뜩 눈발이 날리기 시작하더니 함박눈으로 변했다. 삽시간에 온 천지가 눈에 덮이고 말았다. 날까지 저물었다.
 산길에 익은 칠성네가 앞장을 섰다. 시간으로 보아 정거장이 나타날 때가 되었는데도 그냥 깜깜이었다. 낯설은 고개를 수없이 넘었다. 한이 없었다.
 정거장 찾기를 단념했다. 그저 아무데고 인가가 뵈면 찾아들어가기로 했다. 수없이 산모퉁이를 돌고 또 돌았다. 한이 없었다.
 발을 헛짚어 눈구덩이에 푹푹 빠졌다. 서로가 아주 떨어진 곳에서 헤매는 수가 있었다. 소리를 질러서야 서로 있는 곳을 알았다.

그런데 이렇게 지른 자기네 소리 아닌 다른 소리가 뒤따라 들려오기도 했다. 무슨 산짐승의 소리같았다.
　서로 손을 잡았다. 이제는 인가 찾는 것도 단념했다. 그저 이대로 발걸음을 멈추면 얼어죽는다는 생각에 허우적거릴 뿐이었다.
　별안간 칠성네가, 아, 하고 소리를 질렀다. 지금 자기네는 어떤 고개 위에 와있는 것이었다. 그것은 다른 고개 아닌 바로 남편되는 작대영감과 함께 숯섬을 나르면서 다리쉼을 하곤 하던 홰나무고개였다. ……
　칠성네는 여기까지 이야기하고 나서, 잠깐 그늘진 눈을 내리깔았다 들며,
　─그넘의 숯귀신 때문이야요. 아무리 벗어날라구 해두 벌써 내 몸속에 그넘의 숯귀신이 들어앉았이요. 그르나 돟아요. 이대루 살아선 멀해요.
　젖은 저고리 앞섶 새로 아무리 치마허리를 졸라매도 그냥 벙으는 젖가슴이 들먹이기 시작했다.

　이날밤 밝을 녘에, 산밑 마을 동장네 집에는 웬 손님 둘이 찾아왔다. 한 사람은 나이 한 사십줄에 든 건장한 사람이요, 한 사람은 스물 안팎의 젊은이였다.
　인사가 끝나자 나이 든 사내가 입을 열었다.
　─죄송한 말씀을 드레야 하갔습네다. 제가 바루 여게 송장이 돼 누었든 사람이올시다. 눈속에 길을 잃어놔서요. 꼭 죽는 줄만 알았습네다.
　전두 에서 한 이십리 멀어데 있는 오가릿골이란 데서 숯구이를 하는 사람이웨다. 그른데 오늘 당거리(장거리)루 숯을 실어내구서 거게서 술을 먹다가 갑재기 여게 친구 생각이 나디 않갔이요? 그사람을 여게서는 작대넝감이라구 부른다구요? 그사람과는 어레서 가티 자랐습네다. 싸움두 숱해 했습네다만 다정한 친구였디요. 그사람이 이리 이사온 뒤루 한번두 찾아와 보딘 못했디만요. 하기야 우리같은 사람들이 서루 찾아댕기구 어더구 할 헹펜이 됩네까. 그랬는데 말이야요, 바루 그젯밤 꿈에 그사람이 뵈디 않갔이요? 그사람

이 사모관대를 하구 휜 도포를 닙구 큰 상을 받구 앉았는 거야요. 이상한 꿈두 다 있다구 하믄서두 닞어버리구 말았댔디요. 그랬는데 당거리에서 술을 먹다가 퍼뜩 그사람 생각이 난 거야요. 한번 생각 나니까 왜그른디 기어쿠 그날루 한번 찾아가 만나보구파서 못견디 갔두만요.

그래 숯섬 싣구 왔든 달구지를 만제 돌레보내구 이리 행해 길을 떠났디요. 초행길이디만 넘네없이 찾을 것만 같앴이요. 사실 눈만 오디 않았으믄 문데없이 찾아왔디요. 그른데 얼마쯤 오누래니깐 갑재기 하늘이 뽀오애디믄서 함박눈이 쏟아디디 않갔이요? 날두 저 물구요. 이거 큰일났구나 하는 생각이 들드군요. 그르타구 발길을 돌렜댔자 우리집 방향을 알아내는 수두 없구요. 그저 눈속을 허방디방 헤맸디요. 한번은 데쪽 멀리서 사람의 소리같은 게 들리기에 고함을 디르면서 쫓아가 봤드니 아무두 없이요. 이제는 정말 죽었구나 했디요. 그르는데 데만큼에 불빛이 하나 뵈는 거야요. 어머나 기쁘구 반갑든디요. 막 달레갔디요. 그래 불빛 있는 데꺼지 다 왔다구 생각했는데 그만 나두모르게 정신을 잃어버리구 말았이요.

정신이 들어보니 어떤 집 방안에 내가 누워있습데다. 그래 살페 봤드니, 날 죽은 사람으루 알구 밤샘들을 하다가 쓰러데 잠들이 들어있는 거야요. 어드케나 부끄럽든디요. 몰래 빠데나오구 말았디요. 이번엔 집꺼지 가는 길이 환히 생각납데다. 그새 눈발두 적어디구요. 그래 집에 돌아가 오늘밤 니얘길 죄다 하디 않았갔이요? 그랬드니 우리 이 큰녀석이 있다가, 부끄럽다구 그르케 아무말 없이 빠데나오믄 그곳 어른들이 얼마나 놀래갔느냐구요. 어서 가서 사연 말씀을 드레야 한다구요. 그래서 이르케 부랴부랴 찾아왔습네다.

아니, 그사람이 그런 변을 당해서 죽었다구요? 글쎄 꿈자리가 이상하드니, 그리구 한번 만나구 싶어드니깐 죽게 못 참갔드니. 할말이 없습네다. 아마 피차 나믄서부터 숯귀신이 될 신세라 그랬는디요.

1952 팔월

필묵장수

　본디부터 서노인이 필묵장수는 아니었다. 젊어서는 근 이십년 동안이나 글씨공부를 하며 묵화도 쳐온 사람이었다.
　이러한 그가 종내 그것으로 이름을 이루지 못하고 필묵장수로 나선 지도 어느덧 삼십년 가까이 된다.

　서노인은 한 해에 봄 가을 한 차례씩 바닷냄새를 풍기며 험한 산길을 거쳐 울진에서 퍽이나 떨어져있는 이 샛골마을에를 들르곤 했다. 와서는 으레 동장네 집을 찾아드는 것이었다.
　늙은 동장이 언제나 그를 자기네 사랑방에 재워보냈다. 그리고 번번이 붓이라든 먹이라든 팔아주는 것이었다.
　늙은 동장도 지난 세월에는 그러한 것들을 사가지고 아들에게나 손자에게 붓글씨라도 씌워보리라는 생각이었다. 그러나 개화바람이 불어들어와 서당 대신에 보통학교가 서고 어쩌고 하자부터는 굳이 그러한 것을 자손에게 시키려들지 않았다. 그러면서도 자기 자신만은 먹이니 붓이니 하는 것에 대한 미련을 버리지 못해 했다. 서노인에게서 산 필묵으로 처음에는 무엇이고 혼자서 글씨같은 걸 쓰곤 했다. 그러나 그것도 세월이 바뀜에 따라 차차 자취를 감추어버리고, 이제와선 그저 서노인이 가지고 다니는 붓이니 먹이니 하는 것을 대하는 것으로 만족해 했다.
　서노인은 동장네 집에 머물 때마다 족자같은 데 글씨도 써주고 사군자같은 것도 쳐주고 했다. 늙은 동장은 일년에 봄 가을 두 차례 서노인의 이 서화를 대하는 것이 또하나의 즐거움이었다.

그렇지만 동장은 한번도 이 서노인의 글씨나 묵화를 탐탁하게 생각한 적은 없었다. 그저 그것이 붓과 먹으로 씌어진 것이고 그려졌다는 것에 어떤 흥취와 위안같은 것을 느낄 따름인 것이었다.

서노인이 다녀간 뒤에 늙은 동장은 서노인이 남기고 간 글씨나 묵화를 다시한번 펴들고는 언제나 이렇게 뇌까리곤 했다.

"신통하진 못해. 그것두 나이를 먹어가면서 점점 더 못해만 가거든."

그만큼 이십년 가까이 도를 닦은 서노인의 글씨와 그림은 누가 봐도 시원치가 않았다.

처음부터 서노인에게 글씨와 묵화공부를 시킨 것은 아버지의 억지였는지 몰랐다.

서노인의 아버지는 서노인이 어려서 풍병(실은 소아마비)으로 오른쪽 다리 하나를 절게 되자, 앞으로 아들이 앉아서도 할 수 있는 생업을 마련해준다고 해서 택한 것이 이 글씨쓰기와 묵화 치는 일이었다.

그 시절만 해도 남에게 글씨를 가르쳐주고 묵화나 쳐주면서 살아간다는 게 여간 도두뵈고 깨끗한 선비의 일이 아니었다.

서노인의 아버지는 모든것을 이 아들에게 기울였다. 술담배도 모르는 위인으로, 서노인이 다섯살 때 아내를 잃고도 재취를 하려들지 않았다.

살림살이가 먹고 지낼 형편이기도 하여 독훈장을 들여앉힌 후 아들에게 글씨와 묵화를 가르쳤다. 그리고는 틈틈이 훈장과 바둑을 두는 것과 그날그날 아들의 공부를 들여다보는 것이 한 낙이었다.

그러나 원래 서노인은 글씨와 그림에 재주가 없었다. 도무지 늘지가 않았다.

처음에는 아버지가 훈장에게,

"어떻습니까? 싹수가 보입니까?"

하면 훈장은,

"좀 두구 봐야지요,"

했다.
　몇 해가 지난 뒤 아버지가,
"별반 진취한 자죽이 없는 것같은데 어떻소?"
하니 훈장은,
"글쎄 이러다가도 한번에 재질이 나타나는 수두 있긴 한데,"
했다.
　훈장을 바꾸어보았다. 마찬가지였다.
　이번 훈장은 좀 성미가 급한 사람이어서 제편에서,
"이런 돌대가리는 처음 보았소, 그만큼 가르쳤으믄 개발이라두 그렇지는 않겠소,"
하고 다른 데로 가버리고 말았다.
　그뒤에도 몇번인가 훈장을 불러 대보았다.
　그러는 동안 서노인 자신은 용하게도 글씨와 그림공부에 싫증을 내지 않았다. 누구도 따를 수 없을 만큼 부지런하기까지 했다.
　한편 아버지는 첫번 훈장이 말한, 이러다가도 한번에 재질이 나타나는 수가 있다는 말을 믿으려 했다.
　그러나 이 아버지의 기대는 종내 배반을 당하고 말았다.
　임종하는 자리에서 아버지는 아들더러,
"지금 와 생각하니 공연히 내가 욕심만 컸든 것같다, 이후로는 서활랑 그만두구 무어든 너 허구 싶은 일을 해라,"
했다.
　그즈음에는 살림도 말이아니게 돼있었다. 살아나가기 위해서라도 무어든 해야만 했다.
　우선 배운 것이 그것뿐이라 사군자를 친 족자를 팔아보기로 했다. 큰 장을 찾아다니며 펴놓았다. 그러나 장사가 되지 않았다.
　생각 끝에 필묵장사로 나서게 되었다. 아직 각지에 서당이 있던 시절이어서 그것으로 호구하기에는 과히 군색하지가 않았다.
　그러나 개화문명이 들어오면서 여기저기에 서당문이 닫히고 사삿집에서도 필묵을 사주는 사람이 줄어들어갔다.
　이렇게 하여 필묵장수로서의 서노인의 반생이 넘는 세월은 고됨의 연속이었다.

해방이 되자 다시 이곳저곳에 서당이 섰다.
서노인은 어디고 주저앉아 글방 훈장이라도 될까 했다. 그러나 누구 하나 이 허줄구레한 필묵장수 영감을 써주는 곳은 없었다.
그대로 필묵이 든 괴나리봇짐을 지고 다리 하나를 절룩대며 이고장 저고장을 떠돌아다니는 신세일 수밖에 없었다.
그러한 해방된 이듬해 어느 늦가을이었다.
강릉에서 주문진에 이르는, 멀리 바닷물소리가 들려올 듯도 한 어느 산모퉁이에서 비를 만났다. 꽤 차가운 비였다.
마침 멀지않은 곳에 작은 마을이 있어, 한 집으로 비를 그으러 들어갔다.
중늙은이 여인이 혼자 사는 집이었다. 전쟁 때 아들이 일본으로 징용 뽑혀 나가서는 여태 안 돌아온다는 것이었다.
중늙은이 여인은 서노인의 젖은 두루마기를 부뚜막에 말려주었다.
그리고 저녁 후에는 아들이야기를 했다. 아들이 올해 스물셋이 되는데 징용나가기 전에 어떤 처자와 정혼까지 해두었었다는 것이었다. 그런데 그 처자가 징용간 아들을 기다리다가 올가을에 다른 데로 시집을 갔다는 것이다. 그러나 중늙은이 여인은 아들만 돌아오는 날이면 세상에 처녀가 없어 장가 못 들겠느냐고 했다.
이야기 끝에 여인은 아들이 징용 뽑혀 나간 뒤로는 거지 하나도 그냥 돌려보내지는 않노라면서, 서노인더러 이곳을 지나게 되는 때면 아무때고 와 주무시고 가라고 했다.
그러다가 여인의 눈이 서노인의 발에 가 머물렀다. 발뒤축이 보이고 발가락이 드러난 양말짝이었다. 오른쪽 다리를 절기 때문에 그쪽은 언제나 다른쪽보다 덜 해지곤 했으나 그럴 때마다 이쪽저쪽을 바꿔 신기 때문에 양쪽이 다 마찬가지였다.
중늙은이 여인이, 이제 날도 추워질 텐데 버선 한 켤레를 지어주겠노라고 했다. 서노인은 너무 황송스러워 얼른 무어라 대꾸도 하지 못했다.
여인이 서노인의 발을 겨눔해가지고 무명필을 내어 마르기 시작했다.

서노인이,
"그건 댁 아드님 혼숫감이 아니시오? 그걸루 어찌 제 버선을……"
하니 여인은 조용히,
"아들만 돌아온다면 이런 것이 대숩니까?"
했다.
 밤 깊기까지 버선 한 켤레를 다 지었다. 그것을 신어보는 서노인의 손이 절로 떨리었다. 여인이 이렇게 버선을 지어주는 것은 그것이 머언 타향에 가 생사를 모르는 자기 아들을 위한 선심에서 나온 것이라고 하더라도, 서노인으로서는 칠십 평생에 처음 맛보는 따뜻한 정의가 아닐 수 없었다.
 이튿날 아침 서노인은 그곳을 떠나면서 여인에게 매화 한 폭을 쳐주었다.
 중늙은이 여인은,
"이게 벽에다 붙이는 거지요? 아들이 돌아오걸랑 신방에다 붙일라오,"
하며 소중히 말아 궤짝 속 깊이 넣었다.
 서노인은 서노인대로 이 중늙은이 여인한테서 받은 정의를 언제까지나 가슴속 깊이 간직해두었다.

 그후 서노인은 이곳을 지날 적마다 중늙은이 여인의 안부와 아들의 소식을 알아보곤 했다. 집으로 여인을 찾아들어가 묻는 건 아니었다. 그저 만나는 동네사람한테 물어보는 것이었다. 집으로 여인을 찾아들어간다는 것은 어딘지 지난날 자기가 받은 정의를 미끼 삼는 것만 같아 마음이 내키지 않는 것이었다.
 동네사람의 말은 그집 아주머니는 잘 있다는 것이었다. 그리고 번번이 징용나간 아들은 여태 돌아오지 않았다는 것이었다.
 서노인은 그때마다 어서 아들이 돌아와주기를 바랐다. 그리고 성례를 이루어가지고 그 신방에 자기가 쳐준 매화가 붙여지기를 바랐다. 그러면서 그는 이제 정말 마음에 드는 그림이 그려지는 날엔 저번 것과 바꾸어주리라 마음먹는 것이었다.
 한번은 샛골마을 동장네 집에서 묵게 되던 날 밤 서노인은,

"일본사람들이 징용 뽑아갔든 사람들을 왜 안 돌려보낼까요?"
해보았다.
"안 돌려보내긴 왜 안 돌려보내요. 우리 동네서두 두 사람이나 나갔다가 한 사람은 해방직후에 돌아오구, 다른 한 사람은 이듬해 봄에 돌아왔는데요."
"징용나간 곳이 한 고장이 아닌가보지요?"
"어디 한 군데겠소. 구주라는 데두 가구, 동경 근방으루두 가구, 여기저기 나뉘어 갔었지요."
"그럼 고장에 따라서는 여직 안 돌려보낸 데두 있겠군요."
"웬걸요. 돌아올 사람은 다 돌아왔을걸요."
 서노인은 차마, 그래두 안 돌아온 사람이 있던데요, 하는 말은 하지 못했다. 그 말에 대한 동장의 대답이 뻔할 것같고, 그것을 서노인으로서는 차마 들을 수가 없었기 때문이었다.

 6·25 바로 이삼일 전이었다. 서노인이 샛골마을을 찾아왔다.
 동네 개들이 전에없이 더 짖어댔다. 그만큼 서노인의 주제가 말이 아니었다.
 동장네 손자며느리가 개 짖는 소리에 밖을 내다보고는, 이따 저녁때나 오라고 했다. 여러 해 보아온 서노인이건만 늙은 병신 거지로 잘못 본 것이었다.
 그래도 늙은 동장이 서노인을 알아보고 사랑방으로 인도했다.
"아니 안색이 못됐구려."
 서노인은 두 다리를 주무르며,
"그동안 좀 앓았지요."
 사실 주름깊은 얼굴에는 아직 병기가 남아있었다.
"그래서 올해는 이렇게 늦었구려."
 전처럼 동장은 붓 한 자루와 먹 한 개를 팔아주었다.
 서노인이 먹물을 풀었다. 전처럼 이 동장에게 묵화 한 폭을 그려줄 참인 것이었다.
 동장은 서노인이 언제나 하룻밤 재워준 신세 갚음이나처럼 쳐주곤 하는 이 그림을 이번만은 그만두게 하려 했다. 지금의 서노인이 그맛한 힘에도 견디기 어려울 것같은 생각이 든 것이었다.
그러나 이미 서노인은 일종 타성에서나 오는 듯 매화 한 폭을 그리기 시작했다.
그런데 좀 만에 서노인을 바라본 동장이 적이 놀라고 말았다. 서노인의 모양이 달라진 것이었다.
검누렇던 얼굴이 상기가 돼있었다. 눈은 열에 뜬 사람처럼 빛을 띠고 있었다. 그리고 붓을 잡은 손이 사뭇 가늘게 떨리었다.
동장은 이 늙은이가 아직 앓고 있는 중이라고 생각하며, 오늘은 그만 그리라고 했다. 그러다가 무심코 그림에로 눈을 준 순간 동장은 다시한번 놀랐다. 지금 서노인이 그린, 늙어 비틀어진 매화가지에 달린 꽃송이가 호들 하고 살아 움직인 것이었다.
눈을 가까이 가져다 자세히 보았다. 그러자 그것은 여지껏보다 나을 것도 없고 못할 것도 없는 평범한 그림 그것으로 돌아가있었다. 동장은 좀전엔 자기 눈 탓이거니 했다.
그러는데 마지막으로 한두 군데 붓을 대고 난 서노인이 별안간 그림을 움켜쥐고는 밖으로 뛰어나가는 것이었다. 그리고는 그것을 잽싸게 허리춤 속에 집어넣는 것이었다. 이것이다, 이것이다, 여태 내가 그리고자 한 것이 이것이다! 미친사람모양 혼자 중얼댔다.
동장은 무슨 영문인지 몰랐다.
찾아나섰다. 서노인은 동구밖 주막에 가있었다.
"아니 형장은 약줄 못허는 줄 알았는데?"
사실 서노인은 아버지를 닮아 술담배를 모르는 사람이었다. 그러나 웬일인지 이때만은 술같은 것이라도 마시지 않고는 못견딜 심정이었다.
"아직 몸이 퍽 편찮은 것같은데, 열두 있어 보이구……"
그러나 열에 뜬 듯한 서노인의 얼굴 속에는 남모를 어떤 생기가 돋쳐있었다.
"그래 어쩌자구 갑자기 뛰어나오우? 그림은 어쨌수?"
"찢어버렸지요."
"찢어버려요? 왜요?"
"그림이 돼먹었어야지요."

서노인의 턱 아래 흰 수염이 하르르 떨렸다.
"그렇지두 않든데."
"아니오. 안돼먹었어요. 내 다시 그려드리리다."
 서노인은 삼십년 가까이 사귀어온 동장에게 거짓말을 한다는 게 여간 미안하고 죄스럽지가 않았다. 그러나 이 그림의 임자는 따로 있다는 생각이었다.

 이튿날 서노인은 주문진 쪽을 향해 길을 떠났다.
 동장이, 몸이 불편한 것같으니 하루쯤 더 쉬어서 가라는 것을 괜찮다고 그냥 떠난 것이었다. 무거워만 보이던 절름발이 걸음걸이가 전에없이 가벼웠다.
 삼척 못 미쳐서 6·25사변이 일어난 것을 알았다. 거기서부터 삼척 강릉 쪽으로는 사람이 왕래할 수 없다고 하여, 할수없이 거기서 며칠을 묵었다. 남으로 내려오는 낯선 군인들이 보였다.
 닷새쩨 되는 날, 서노인은 참다못해 다시 길을 떠났다. 칠순이 다 된 나이와 남루한 주제가 도리어 도움이 되었다. 별로 이 거지같은 늙은이에게 뭐라는 사람은 없었다.
 사흘 만에 예의 멀리 바닷물소리가 들려올 듯도 한 산모퉁이에 이르렀다. 절룩거리는 다리를 재우쳐 산모퉁이를 돌았다. 그러다가 서노인의 발걸음이 땅에 딱 붙고 말았다.
 처음에는 자기의 눈을 의심했다. 도무지 지금 자기가 찾아가는 그 마을같지가 않았다.
 워낙 작은 마을이라 집이 얼마 되지는 않았지만 거기에는 제 형체를 지닌 집이라곤 하나도 없었다. 동구밖에 서있던 버드나무들도 반 남아 누우렇게 타있었다.
 역시 이것도 폭격을 맞은 것이리라. 망가진 화물자동차 두 대가 아무렇게나 길가에 나자빠져있었다.
 이러한 것이 한눈에 들어오자, 서노인은 그만 오금이 자려 그자리에 풀썩 주저앉아버리고 말았다.

 그로부터 서노인이 다시는 샛골마을에 나타나지 않았다.

그동안 동장도 난리통에 들볶이느라고 서노인이 오고 안 오고 하는 것같은 것은 염두에 없었다.

그러던 중, 올봄 들어 가장 날씨가 화창한 어느날이었다.

동네사람 하나가 장에서 돌아오다 뒷 고갯길에 웬 거지 하나가 죽어넘어져 있는 것을 발견했다.

동장도 나가 보았다. 틀림없이 늙은 거지 하나가 죽어넘어져 있었다. 그런데 동장의 눈에 어딘가 이 늙은 거지의 메고 있는 괴나리봇짐이 낯익었다. 다시 자세히 보니 그것은 다른사람 아닌 서노인인 것이었다.

동네사람들을 시켜 괴나리봇짐을 풀어보았다. 거기에는 팔다 남은 붓과 먹이 들어있는 한편에, 백지로 무언가 찬찬히 싼 것이 있었다.

펼쳐보았다. 돈 얼마큼과 아직 한번도 신지 않은 진솔 버선 한 켤레가 나왔다. 그리고 거기 종잇조각이 있어, 이런 뜻의 글이 적혀있었다.

여기 들어있는 돈으로 장례를 치르어달라, 그리고 그때에는 수고스러운 대로 여기 같이 들어있는 버선을 신겨달라는 것이었다.

동네사람 하나이 이 서노인의 주제와는 통 어울리지 않는 흰 버선을 들고 뒤적이다가 그 속에 곱게 접혀있는 종이 한 장을 끄집어냈다.

펴보니, 언젠가 동장네 집에서 그려가지고 미친사람모양 밖으로 뛰어나간 일이 있는 그 매화였다.

1955 사월

과　부

　　몸에는커녕 머리칼 한 오라기에도 사내의 손을 대보이지 않았다는 게 한씨부인의 자랑이었다.
　　열다섯에 이곳 김진사댁 맏아들과 혼약이 맺어졌다. 아직 정말 부끄럼이 무언지도 모를 나이였다. 그것이 성례도 이루기 전에 신랑 될 사람이 나무에서 떨어진 게 탈이 되어 죽고 말았다. 한씨부인의 아버지 한초시는, 신불사이군이요 여불사이부니라, 즉 남의 신하된 자 두 임금을 섬겨서 안되고 남의 지어미된 자 두 지아비를 섬겨서 안되느니라 하여 딸에게 고스란히 삼년상을 입게 한 후, 남편도 없는 시가로 보내어 칠순이 가까운 오늘날까지 차돌같은 처녀과부로 이름있게 늙어오는 터였다.
　　한씨부인은 언제부터인지 사내를 무슨 더러운 물건이나처럼 대했다. 칠순이 가까운 오늘날이건만 곧잘 사내의 냄새를 맡고는 콧살을 찌푸렸다. 땀냄새를 피우는 사내는 옆에 얼씬도 못하게 했다.
　　한씨부인은 또 어린애도 좋아하지 않았다. 홀가분하게 혼자 살아온 버릇이 몸에 배인 탓인지 몰랐다. 벌써 전에 문중에서 조카아들을 하나 양자로 들이기로 말이 있었으나 싫다고 했다. 한편 애놈들은 또 애놈들대로 자기네의 빠른 육감으로써 자기네를 달가워하지 않는 이 할머니를 좋아 따르지를 않았다.
　　언제인가 조카딸들이,
　　"할머니, 옛날얘기 하나 해주세요,"
하고 졸랐을 때,

"옛날엔 참 무서운 일이 많았단다."
"머가요?"
"밤중에 막 과부색시들을 업어갔지."
"어머나! 누가 업어가요?"
"부랑패들이……"
"멋하러요?"
"그렇게 업어다간 욕을 뵈구 그랬다."
"욕뵈는 게 머예요 할머니?"
"너희들은 몰라두 좋와. ……그래 할머닌 밤마다 무서워서 으떻게나 벌벌 떨었는지 모른다."
"할머닌 왜요?"
"예쁜 색신 막 업어가니깐."
"저렇게 늙은 할머닐?"
"그땐 나두 참 예뻤다. 그래 부러 얼굴에다 숯검정이칠을 허구 그랬지."
"어쩌면!"

그후에도 한씨부인은 손자딸들을 상대로 같은 이야기를 하는 수가 있었다. 처음 몇번은 손자딸애들도 호기심에 말대꾸를 하곤 했다. 그러나 같은 이야기를 거듭 듣는 동안 그만 싫증이 나, 드디어는 이 과부 할머니한테 붙들려 또 같은 이야기의 상대가 될까보아 제편에서 슬슬 피하게쯤 되었다.

그러면 한씨부인은, 요새 계집애들이란 모두 저렇게 앙큼해서 무슨짝에다 쓸지 모르겠다고 자기 방으로 들어가 눕고 마는 것이었다. 방안은 늘 정결했다. 손수 쓸고 또 쓸고 했다. 누구 방을 치워줄 사람이 없어 그러는 것은 아니었다. 단지 혼잣몸으로 늘 제 몸가짐새며 주위를 말짱히 해오는 버릇에서 온 것이었다.

온 집안이 두루(어른들일수록 더욱) 한씨부인을 받들어 모셨다. 부인이 문중에서 제일 연로인 데다가 종가 할머니인 것이었다. 이렇게 곱게 늙어오는 한씨부인은 본시 뼈대가 굵어, 젊어서도 자기 말대로는 애리애리하니 예뻤을 사람은 아니나, 처녀과부로 늙은 사람 특유의, 허리 하나 굽지 않고, 눈도 어둡잖고, 코는 코대로, 귀도 여간 밝은 게 아니었다. 얼굴의 주름도 곱게 잡히고, 손가락 마디도 연할대로 연했다.

한씨부인은 적적할라치면 아랫마을 팔촌동서네 집으로 마을을 가곤 했다.
팔촌동서 박씨부인도 과부였다. 그러나 한씨부인처럼 처녀과부는 아니었다. 열일곱에 한씨부인의 팔촌시동생한테 시집왔다. 신랑이 열두살이었다. 이 신랑이 이태 만에 돌림병으로 죽고 말았다. 그로부터 박씨부인은 소년과부로 이십여년간 시부모를 모시다가 시아버지마저 세상을 떠나자, 이 아랫마을에 초가집 한간을 짓고 나와 호락질 농사를 지으며 살아오는 것이었다. 나이는 한씨부인보다 너덧살 아래였으나, 누가 보나 더 늙어 보였다. 검게 탄 얼굴에는 굵직한 주름살이 패이고, 손도 사내들처럼 매듭져있었다.
한씨부인은 이 팔촌동서 박씨부인네 집에 와서는 혹 박통 타는 것쯤 맞잡아주기도 하고, 물레질을 할라치면 심심파적으로 옆에서 솜을 말아주기도 했다. 혹은 팔촌동서가 피곤해 누워있으면 같이 누웠다 오기도 했다. 특히 이런 때면 한씨부인은, 왜 이사람은 혼잣살림에 이렇게 방안을 지저분하게 늘어놓고 산담, 하는 생각을 하면서.
한번은 그리 춥지도 않은 날, 한씨부인이 아랫마을 이 팔촌동서네 집에 마을을 가 얼마동안 누워있다가 온 것이 빌미가 되어 감기에 들렸다. 곧 오리나 남아 떨어져있는 의원한테서 약을 지어왔다.
조카아들이 약탕기를 들고 들어가자 한씨부인은 불쑥 밑도끝도없이,
"나 죽거든 선산에나 묻어다오,"
했다.
"그런 말씀은 왜 하십니까. 이 약만 잡수시면 곧 나으실 텐데."
그러면서 조카아들은 이런 생각을 해보는 것이었다. 사실 이렇게 나이많은 늙은이란 언제 기름 다한 등잔불처럼 껌벅해버릴는지도 모를 일이 아닌가. 그러면 그런 문제도 이 기회에 밝혀두는 것도 무방하리라고.

"참, 백모님 산수는 돌아가신 백부님 산수와 합장을 했으면 어떻 겠습니까? 백부님 산수가 아주 명당자리라구들 허는데요."
 퍼뜩 한씨부인의 눈이 똑바로 조카아들을 치어다보며,
"난 싫다. 허기야 내 남편 옆이기야 허지. 그렇지만 칠순이 다 되두룩 처녀루 늙어온 내가 이제 멋허러 사내 곁으루 간단 말이냐. 이젠 이미 뼈두 다 썩어서 흔적조차 없긴 허겠지. 그러나 역시 사내가 묻혔든 자리가 아니냐. 아예 다시는 그런 숭헌 소리는 허지 말아라."
 한씨부인은 열 때문만이 아닌 소녀다운 홍조를 볼 위에 내돋치면서 이어 무엇에 놀란 듯이,
"아이구 저리 좀 물러앉거라. 네게서 무슨 냄새가 그리 나냐? 사내자식이란 사내자식은 너나없이 그 몹쓸 냄새 피우니……"
 어서 저리 가라고 손짓을 하면서 콧살을 찌푸리고 제몸부터 돌아눕는 것이었다.
 사흘 뒤에 한씨부인은 자리에서 일어났다.
 어느 따뜻한 날이었다.
 한씨부인은 마고자까지 든든히 입고 팔촌동서네 집에 마을을 갔다. 감기를 앓고 난 뒤로 처음이었다.
 박씨부인은 부엌으로 나가 불을 지핀 후, 아랫목을 쓸고 한씨부인을 눕게 하였다.
"그동안 몸이 편찮으셨다지요?"
"저번 여기 댕겨가서 한 사날 몸살을 앓았지."
"그래두 성님은 정정하셔서……"
"웬걸. 인제 저승에 갈 날두 머지 않었지."
"그래두 저보담은 오래 앉아계실 겝니다."
"그렇게 오래 살면 또 무엇하노. 살아 낙 볼 일이 더 있는 것두 아니구, 죽어 서러울 것두 없는 인생이……"
"그래두 성님이야말루 평생 아무 근심걱정 없이 사셨지요."
"허기야 한평생 누구 부끄럽지 않게 깨끗이야 살었지."
 박씨부인은 잠시 실꾸리만 걷다가,
"같은 소년과부루 성님처럼 살아온 사람두 드물 거예요."

박씨부인은 꾸리 걷던 손을 잠깐 멈추고 무엇을 생각하는 듯하더니,
"글쎄 세상에는 이런 소년과부두 다 있지 않어요?"
하며 한씨부인 쪽을 바라보았다.
한씨부인은 그저 좀전에 쏟아낸 베개 밑이건만 그냥 마음에 걸리는 듯, 혹혹 먼지를 불어내고 나서, 윗목에 널려있는 바가지쪽이며 호박이며 걸레조각에로 눈을 주는 것이었다. 어쩌면 이사람은 혼잣살림에 날마다 이렇게 방안을 지저분하게 늘어놓고 산담.
박씨부인은 무슨 하기 힘든 이야기나 꺼내듯이 적이 망설이다가 다시,
"세상에는 이런 소년과부두 있답니다……"

……시집이라고 와 보니 아기 새서방은 서당에를 다니고 있었다. 글씨를 곧잘 썼다. 남편이라는 데보다도 이 글씨에 더 마음이 쏠렸다. 새서방이 쓴 장지를 차곡차곡 모아 간직해두는 것으로 시집살이 보람을 삼았다.
시집온 지 이태째 되는 여름철에 염병이 돌아 위아랫 마을에서 여러 사람이 죽어나갔다. 거기에 어린 새서방도 앓아누운 지 열흘 만에 숨을 지웠다. 색시는 어른들이 시키는 대로 단지까지 해보았으나 아무 효험을 보지 못했다. 삼년상을 치렀다. 때때로 남편의 장지 글씨를 꺼내어 보며, 이렇게 일생을 살아가는 게 자기의 팔자거니 했다.
시집에서는 꽤 큰 자작농을 짓고 있었다. 시부모를 도와 안팎일을 다 했다.
한번은 심한 가뭄이 들었다. 온 집안이 밤을 새워 앞 개울둑에 있는 논에 물 퍼넣기에 법석들을 했다.
그러한 어떤날 밤중이었다. 잠결에 소년과부가 눈을 떴다. 분명히 자기 방문 소리가 났다고 생각했다. 어둠속에 꼼짝않고 있느니까, 곁에서 사람의 거치른 숨결소리가 들렸다. 소년과부가 소스라쳐 몸을 일으키려 하자 가슴을 와 붙들었다. 억센 사내의 손길이었다. 고함을 지르려 했다. 그러나 꽉 숨결을 가로막는 것이 있었

다. 흙물 냄새였다. 분명히 좀전까지 흙탕물 속에 젖어있던 몸이 풍기는 냄새였다. 소년과부는 그만 온몸의 기운이 탁 풀림을 느꼈다.

틀림없이 그사람이었다. 올봄부터 소년과부의 시집에 사내 손이 하나 늘었다. 먼 시형뻘되는 청년이었다. 일찍 부모를 여의고 타관으로 나돌아다니다가 이번에 고향에 돌아온 사람이었다. 마침 소년과부네 시집에서 어린 시동생 하나로는 손이 부족하던 터이라 붙들어두었다.

키가 훤칠하고 콧날이 선 청년이었다. 당찮은 일에는 좀처럼 입을 열지 않는 성미였다. 어디선가는 여러 해 머슴을 살다가 그만 뜻이 맞지 않아 주인을 논바닥에다 메어치고는 그동안의 사경 셈도 집어치우고 나와버렸다는 말도 있었다.

가끔 마당같은 데서 소년과부는 이 청년과 눈이 마주치는 수가 있었다. 그것은 전에 어린 남편에게서는 볼 수 없던 사나이의 눈이었다. 절로 소년과부의 가슴이 활랑거려지고 얼굴이 달아오르곤 했다.

요새와서 청년은 시아버지와 함께 논물 푸기에 바빴다. 오늘밤만 해도 으레 논에 나가있어야 할 사람이었다.

소년과부는 흙탕물냄새 풍기는 사내의 피부 밑에서, 모든 문제는 자기가 죽으면 그만이라고 생각했다.

사실 소년과부는 죽으려 했다. 물에 빠져 죽을까, 목을 매어 죽을까? 양잿물을 먹으리라.

다음날 아침 소년과부는 헛간으로 갔다. 양잿물 그릇을 들치니 바닥이 나있었다. 그제서야 엊그제 시어머니가 남은 양잿물을 누구에게 꾸어준 일이 생각났다. 오는 장날까지 기다리는 수밖에 없었다.

그날밤 소년과부는 안으로 문을 잠갔다. 잠이 올 리 없었다. 저도모르게 자꾸만 귀가 기울여졌다. 그러다가 추녀끝에서 밤새들이 자리 옮겨잡는 소리에도 깜짝 놀라곤 했다. 소년과부는 종시 잠갔던 문고리를 열어놓고 말았다. 문을 잠가두었다가 누가(사내) 와서 잡아당길 때 그 소리가 안방에라도 들리면 큰일일 것이었다.

다음 장날 꾸어갔던 양잿물이 오자 소년과부는 그날로 빨래를 다 삶고 말았다. 그리고는 언제부터인가 어두운 밤을 기다리는 몸이 되었다.
 앞 냇가에 서있는 버들가지에 새로 물이 오르기 시작할 무렵 소년과부의 몸이 알아볼 만큼 무거워졌다. 자꾸 허리띠를 졸아매었다.
 하루는 사내가 어둠속에서 속삭였다.
 ―이곳을 떠나 다른 고장으로 가 삽시다. 홍수와 가뭄이 심한 여기보다는 수리조합 지대가 훨씬 더 살기 좋을 거요.
 소년과부는 어둠속에서 잠자코 있었다. 그러나 속마음으로는 다져먹고 있었다. 이미 사내에게 좋은 일은 자기에게도 좋은 일이요, 사내에게 궂은 일은 자기에게도 궂은 일이라고.
 그믐밤을 택했다. 사내는 먼저 동구밖 방죽에 나가 기다리기로 했다.
 닭이 두 홰 치기를 기다려 소년과부는 살그머니 자기 방을 빠져나왔다.
 섬돌을 내려서 발자취를 죽여가지고 대문께로 향했다. 그러다가 소년과부는 퍼뜩 발걸음을 멈추고 말았다.
 안방 쪽에서 나지막하나마 엄한 시아버지의 말소리가 귓전을 때린 것이었다.
 ―임자는 잠자쿠 있어. 벌써부터 나두 눈치채구 있었어.
 시어머니의 무어라 대꾸하는 소리가 들리고 뒤이어 시아버지의,
 ―어쨌든 임자는 잠자쿠 있어. 조금이래두 주둥아릴 놀렸단 당장 도끼루 패 없앨 테야. 뒷일은 내 다 처리할 테니 임잔 잠자쿠 있어.
 소년과부는 번쩍 정신이 들었다. 실로 자기는 무슨 행복같은 것을 찾아 떠날 몸이 아니라, 여기 남아서 시아버지의 처분을 기다리는 몸이어야 하지 않는가.
 자기 방으로 되돌아 들어온 소년과부의 가슴은 오히려 여지껏보다 가라앉은 편이었다. 사내만을 떠나보내자. 사내편에서 자기를 기다리다못해 어서 혼자 떠나가 주기만 바랐다.
 날이 새기 전에 사내가 돌아왔다. 어떻게 됐느냐고 묻는 사내의 숨결은 자못 거칠었다. 혹시 시아버지한테 붙들리지나 않았나 해서, 그랬으면 이걸로 영감쟁이를 까죽이고 말려고 했노라 하면서 큰 돌멩이 하나를 내려놓는 것이었다. 소년과부는 이렇게 돌아와준 사내

가 무섭고도 반가워 소리없이 엎드려 울었다.
 다음날 시아버지는 조용한 틈을 타 소년과부에게, 앞으로는 물길러 밖에 나들지 말라고 했다. 어디까지나 부드럽게 타이르는 말씨였다. 그것이 도리어 소년과부에게는 더할나위없이 무섭기만 했다. 어젯밤 말대로 어서 처분을 내려줬으면 했다.
 여름철에 접어든 어느날 밤 소년과부는 드디어 몸을 풀었다. 밖에 조각달이 걸려있었으나, 하여튼 밤중이어서 다행스러웠다.
 가마니 한닢을 깔고 그 위에서 과히 심한 산고도 없이 몸을 풀었다. 소년과부가 제손으로 탯줄을 잘랐다.
 사내가 들어왔다. 그리고는 희미한 등잔밑에 바둥거리는 핏덩이에로 손을 내미는 것이었다. 순간, 소년과부의 손길이 잽싸게 사내의 손을 밀어팽개쳤다. 물론 이제 이 조그만 핏덩이는 어느 깊숙한 산속이나 냇물에 내다버려야 하는 것이다. 그것은 이미 소년과부와 사내 사이에 말없이 약속된 일이었다. 그러나 소년과부는 이 조그만 핏덩이를 그때까지만이라도 살려두고 싶은 것이었다.
 사내가 어린 핏덩이를 가마니에다 말기 시작했다.
 소년과부가 무엇을 생각했는지 장롱을 열고 한 뭉텅이의 종이를 꺼냈다. 전 남편의 장지였다. 아깝다는 생각은 없었다. 마침 이것이 있어주어서 어린 살결을 감싸줄 수 있다는 게 고마울 따름이었다.
 사내가 핏덩이를 싸안고 방을 나갔다.
 섬돌 아래서 사내 아닌 또 한 사람의 인기척이 났다. 시아버지인 것이다. 소년과부의 눈앞에 도낏날이 번뜩이었다.
 소년과부는 그 도낏날은 자기가 받아야 한다고, 허둥지둥 문을 박차고 달려나가 시아버지와 사내 새로 뛰어들었다.
 시아버지가 조용히 손에 들었던 종잇조각 하나를 사내에게 내밀며,
 ─이 편지에 썩어있는 곳으루 찾아가거라. 거기 사는 내 외조카딸이 요새 몸을 풀었다가 애를 잃었다는 소문이 있다. 애는 거기다 맽겨라.
 어디까지나 조용한 말씨였다. 그저 종잇조각을 내미는 손만이 조

각달빛 속에서 후들후들 떨리었다.
　사내는 사내대로 두 눈을 확 빛내이더니 말없이 종잇조각을 받아들고 돌아섰다.
　——아가, 너는 어서 들어가 눠라.
　뒤이어 시아버지가 손수 아궁이에 불 지피는 소리가 들렸다.
　이밤따라 밤새도록 앞 벌에서 개구리가 무성히 울어댔다.
　달포쯤 지난 어떤날 시아버지가 소년과부에게, 거기 보낸 애는 젖도 많고 해서 잘 자라니 그리 알라고 했다.
　제돐이 되자 또 시아버지는, 거기 보낸 애는 며칠 전에 제 아비가 와서 찾아갔다는 말이 있으니 그리 알라고 했다. 그날밤도 하늘에는 조각달이 걸리고 앞 벌에서 밤새도록 개구리가 울어댔다.
　그로부터 이십여년이 지나 시어머니가 먼저 세상을 떠나고 이듬해에 시아버지마저 돌아갔다. 시아버지가 돌아가기 며칠 전이었다. 조용히 소년과부를 옆에 불렀다.
　——내 너한테 큰 죌 지었다. 그때 나는 그저 집안 체면만 생각했다. 후에 내 잘못을 깨닫구 애아비의 행방을 탐문두 해봤지만 통 알 길이 없구나. 앞으루 네 살아있는 동안 얼마나 가슴이 아프겠느냐.
　지그시 감은 시아버지의 움푹 꺼진 눈시울에 이슬방울이 내돋쳤다.
　——아닙니다 아버님.
　소년과부는 이 늙은 시아버지를 그처럼 괴롭힌 것은 다른사람 아닌 자기였다는 생각에 그만 고개를 시아버지 옆구리에 묻고 말았다.
　소년과부는 오른손 무명지마저 단지를 하였다. 시아버지가 회생만 된다면 자기 온몸의 피라도 다 뽑아주고 싶은 심정이었다.
　시아버지가 돌아가자 소년과부는 큰집을 시동생에게 맡기고 자기는 아랫마을에 초가집 한간을 짓고 나와 살았다.
　올 여름이었다. 하루는 캐다 남은 감자를 늦게까지 다 캐고 나서 저녁쌀을 안치려고 할 때였다. 누가 주인을 찾는 소리가 들려 내다보니, 사립문 밖 저녁그늘 속에 웬 중년사내 하나가 서서, 하룻밤 신세질 수 없겠느냐는 것이다. 원체 동구 가까운 집이라 오가는 나그네들이 가끔 하룻밤 묵어가는 수가 있었다.

저녁상을 물리며 나그네는 감자찌개가 유별나게 맛난다고 하면서 담배를 한대 피워물더니, 이 동네에 아무씨 부인이 살고 있지 않느냐고 묻는 것이었다. 소년과부의 가슴이 철렁했다. 떨리는 손으로 등잔불을 돋구었다. 아, 저 우뚝한 콧날이! 소년과부는 저도모르게 등잔불을 훅 꺼버리고 말았다.

나그네는 이 주인할머니가 귀가 어두워 자기 말을 못 알아들은 줄로만 안 듯, 이 동네에 아무씨 부인이 살고 있지 않느냐고 다시 한번 묻는 것이었다.

— 그런 사람은 벌써 전에 죽었소.

소년과부의 목소리가 떨리어 나왔다.

— 언제요?

— 벌써 사십년은 됐갔수.

— 역시 그랬군요. 그후에 바루……

나그네는 한번 길게 담배연기를 내뿜었다.

— 병환으루 돌아가신 게 아니죠?

— 병환이 아니믄?

소년과부의 말이 끊겼다가,

— 그해 몹쓸 돌림병이 돌았는데 그때 그만……

나그네가 급히 담배를 입으로 가져갔다.

소년과부는 문득 등잔불을 꺼버린 게 뉘우쳐졌다. 그러나 다시 켤 용기는 없었다. 사십년 전에 죽어버렸다고 한 말이 뉘우쳐졌다. 이 한마디가 자기에게서 가장 귀중한 것을 아주 잃어버리게 하는 것만 같았다. 그러나 다음순간 역시 잘했다고 생각했다. 세상을 떠나기 며칠 전의 시아버지의 모습이 떠올랐다. — 내가 네게 큰 죄를 지었다. 나는 그저 집안 체면만 생각했다. 앞으루 네가 살아있는 동안 얼마나 가슴이 아프겠느냐. ……아닙니다 아버님, 아닙니다.

소년과부는 밖으로 나왔다. 하늘에는 조각달이 걸려있었다. 앞 벌에서 개구리가 무성히 울어댔다.

나그네도 잠이 오지 않는지 뒤따라 밖으로 나왔다. 한참이나 소년과부 곁에 말없이 앉았더니,

— 이렇게 앉았으니까 돌아가신 아버님 생각이 납니다. 아버지는

이렇게 개구리 울어대는 밤이면 언제나 뜰에 나와 밤이 깊은 줄두 모르시구 앉았는 습관이 있었습죠. 그것이 또 어느새 이렇게 제버릇이 되구 말었습니다.
——아버지께서는 언제 세상을 떠나셨소?
——오늘째 이레 됩니다. 돌아가시기 전날 비로소 제게두 어머니가 계시다는 걸 알려주셨습니다. 그때까지는 그저 어려서 어머닐 여윈 줄만 알구 있었지요. 아무데 사는 아무성 쓰는 이가 네 어머니라구 알려주시드군요. 삼우제가 끝나는 길루 이렇게 달려왔습죠. 그런데 이미 어머니는 이세상 사람이 아니군요. ……노인께서는 저의 어머니를 잘 아시네요.
——알지요……
——분묘라두 찾아가 보구 싶은데……
——분묘?
소년과부는 숨을 모은다.
——지금은 찾아볼 길이 없죠. 이 동네에 묻히지두 않았구…… 아마 인제는 이 동네에서 그분을 아는 사람이라군 나 혼자뿐일 게요. 한 사십년 전 일이니까. 지금 생각해두……
——지금 생각해두?
간신히 소년과부는,
——마음씨가 고왔지요. ……그런데 참, 집에는 어린애가 멫이나 자라오?
——사내자식 셋에 기집애가 둘입니다. 큰녀석이 금년부터는 한몫 일을 허게 되어 좀 편해지실까 했드니, 그만 아버지가 세상을 떠나셨죠. 참말 아버님은 살아생전 저 하나 데리구 고생만 하셨답니다.
새벽녘에야 눈을 붙인 소년과부는 꿈만 꾸었다. 앞 벌에서 울어대는 개구리만큼 많은 손자애놈들이 개구리만큼이나 떠들어대면서 좋아라 할머니를 둘러싸는 것이었다. 할머니되는 소년과부는 그러지 않으리라 마음먹으면서도 자꾸만 이 손자애놈들한테서 도망쳐 달아났다. 그러면서 이러한 자기가 서럽고 안타까워 혼자 울었다.
이튿날 조반을 짓는 동안 나그네는 밖으로 나와 뜰을 쓸어주었다. 그냥 두라고 해도 나그네는 집에서 매일같이 하던 일이라 잠자코 있을 수 없노라고 했다.
  나그네는 다시 뜰에 있는 감자를 가마니에 담아도 좋으냐고 하더니, 흙을 일일이 떨어내어 가마니에 넣어서는 냉큼 헛간에까지 들여다놓는 것이었다. 소년과부는 그러지 않으리라 마음먹으면서도 자꾸만 이런 믿음직스러운 나그네의 모습을 부엌문 밖으로 내다보지 않고는 견디지 못했다.
  나그네가 떠날 때에, 소년과부는 바가지 한쌍을 골라 떼주었다. 나그네는 신세진 것만도 뭣한데 그것까지 어떻게 받아가겠느냐고 하는 것을 이건 지난해 유달리 잘 굳은 박이니 가져다 써보라고 하며 굳이 들리어주었다.
  그리고 소년과부는 종내 사립문을 나서는 나그네를 향해,
  ─잠깐만,
하고 불러세우고야 말았다.
  어젯밤부터 속마음으로 벌러오던 나그네의 사는 고장을 알아두려고 한 것이었다. 그러나 나그네가 걸음을 멈추고 돌아서자, 소년과부는 가까이 가 먼지를 터는 체 잔등을 어루만져보고, 두루마기 깃을 바로잡아주었을 뿐이었다.
  ─아!
하고 나그네가 갑자기 소년과부의 한 손을 덥석 붙들었다.
  ─아버지 말씀이 제 어머님두 왼손 무명지가 없다구 하셨습니다.
  소년과부는 간신히 떨리는 다른 한 손마저 펴보였다.
  ─아, 노인께서는 오른손마저 단지를 하셨군요. ……그리구 무척 고생하신 손이군요.
  그러면서 나그네는 자기 어머니가 지금 살아있대도 꼭 이 노인같으리라는 생각을 해보는 것이었다.
  나그네는 동구밖을 벗어나면서도 몇번이고 이리 고개를 돌렸다. 그러나 소년과부는 이 나그네가 동구밖 고개 굽잇길에서 다시 걸음을 멈추고 고개를 돌렸을 때, 더 오래 그자리에 그러고 서있지를 못하고, 거기 사립문 말뚝을 붙들고 만다. ……

  "……성님 세상에는 이런 소년과부두 있습니다."

꾸리 걷는 박씨부인이 양쪽 다 무명지 끊긴 손을 잠시 멈추고 옆으로 고개를 돌린다.

한씨부인은 어느새엔가 입을 반쯤 벌리고 잠이 들어있었다.

1952 십이월

잃어버린 사람들

잃어버린 사람들/차례

불가사리 · 153
잃어버린 사람들 · 173
山 · 195
비바리 · 223
소 리 · 241

불가사리

 하늘에 뽀오얀 안개구름이 낀 품이 오늘도 꽃바람이 불려는가보다.
 복코는 나귀가 죽을 다 먹기를 기다려 소금짐을 챙겨 싣기 시작했다. 이제 칠십릿길을 걸어야 하는 것이다.
 서분네어머니가 부엌에서 눈곱낀 눈으로 나와,
 "여보게, 돌아오는 길에 들릴래나?"
 "못 들릴 거웨다, 이번엔 함박골을 거체서 까치골루 돌아 내레가야 하니까요."
 "그름 말이웨,"
 서분네어머니는 무엇을 주춤거리다가,
 "갸(서분네)를 예꺼지 오랠 게 없쉐. 혼잣몸두 아니구 애꺼지 달구서 와 멀하갔나. 오디 말래게."
 "그르키두 하디요. 자우간 내년 봄엔 세상없어두 오마닐 모세갈께니 그리 아시소."
 복코는 짐 바를 죄었다.
 서분네어머니는 어젯밤만 해도 딸편에서 유두에는 한번 다녀가겠다고 하더라는 말을 듣고 그래줬으면 하는 생각이었다. 서분네가 소금장수 복코를 따라 시집이라고 간 지도 어언간 이태가 되는 것이다. 처음 약속은 서분네를 데려간 가을에 어머니를 모셔가기로 돼있었다. 그랬던 것이, 복코가 집을 새로 짓게 되어 점을 쳐보니 밖에서 새사람이 들어오면 불길하다고 해서 그해 가을에는 못 모셔가게 됐다는 것이고, 이듬해 봄에 와서는 서분네의 그해 행년점이 동북쪽에 안선방이 섰기 때문에 누가 그쪽에서 새사람이 들어오면 장님이 될 괘라 또 못 모셔가게 됐다고 했다. 그러나 서분네어머니는 딸이 그 낯선 고장에 가서 몸성히 잘있기만 한다면 그깟 한두해쯤 못 봤기로서니 무엇 대단할 게 있으랴 했다. 본디 딸 하나 있는 것을 이런 두메산골에서 고생시키니보다는 낯선 고장이나마 입을것 흔하고 먹을것 풍성한 대처로 보낸다고 소금장수 복코를 따라 보냈던 만큼 딸편에서만 잘있어주면 그만이라고 했다. 그랬는데 어제는 또 사위되는 복코가 와서 하는 말이, 올해는 그만 서분네어머니의 점괘가 사나워 서남쪽에 몸진방이 섰기 때문에 그쪽으로 가면 죽을 괘가 나왔다는 것이다. 그러면서 내년만은 만사형통이라니 세상없어도 모셔가겠다는 말로, 그새 딸이 몸을 풀어 싯멀건 아들을 하나 낳았다는 것, 그리고 그 딸이 유두에는 여기를 한번 다녀가겠다고 하더라는 말까지 했다. 서분네어머니는 이 말을 듣자 금방 딸과 외손자를 보기나 한 것처럼 코허리가 찡해져 코를 풀어내야만 했다. 그러나 밤새도록 곰곰이 생각해보니, 여기서 사백리나 더 떨어져있다는 진남포라는 곳에서 홀몸도 아닌 젖먹이까지 달고 고생스레 와서 무엇하겠느냐, 참아오던 김에 한 해만 더 참자고 마음을 고쳐먹은 것이었다.

복코는 소금짐을 다 싣자, 채찍을 들어 당나귀 엉덩이를 한대 갈겼다.

서분네어머니는 딸처럼 소중할밖에 없는 사위를 향해 다시한번,
"그름 잘 댕게가게, 그리구 애 에밀랑 아예 보내디 말라구 응?"
하고 당부했다.

"그르카디요."

복코는 뒤도 돌아보지 않고 나귀를 몰면서 헛가래를 돋구어 탴 뱉고는, 끝이 붉고 뭉투룩하게 생긴 코를 들어 코방귀를 한번 꿰었다. 흥, 딸년 만날 생각은 생전 말아라, 평양 색주가로 팔아먹은 지가 언제인지 모른다.

재작년 봄에 서분네를 데리다 재미를 보지 못한 기억이 되살아왔다. 한 일년 남아 데리고 살았으니 어느 정도 폭은 됐다고 할 수 있

으나 원체 인물이 덜 좋아, 데려갈 때 들인 밑천을 겨우 뽑은 것이었다. 흥, 그런 아무렇게나 주물러놓은 메줏덩이같은 엠나이를 가지고 뭘 그래, 흥. 복코는 몇번이고 그 끝이 붉고 뭉투룩한 코를 들어 코방귀를 뀌었다. 이 코가 복스럽다고 해서 복코라는 별명이 붙은 것이다.

그러나 이 서분네에 대한 불쾌한 생각도 곧 가시어졌다. 지금 자기가 찾아가는 함박골 곱단이의 자태가 떠오른 것이었다. 이름대로 곱살한 얼굴인 데다가, 지난 가을에는 벌써 옹골찬 앞가슴이 봉긋해있었으니 올봄 들어서는 더 활짝 피어났을 게라.

양쪽 길옆에 빽빽이 들어선 소나무숲 사이를 꽃바람이 소리를 내어 불고, 나무숲이 좀 성깃한 바위 틈바구니에는 진달래꽃이 한창 흐드러지게 피어있었다.

당나귀가 어느 산굽이를 돌다 말고 목을 빼어들더니 껑치쿵껑치쿵 한바탕 울어댔다. 그 소리가 메아리가 되어 돌아오자, 나귀는 두 귀를 쫑긋거리다가 다시금 목을 뽑아들고 껑치쿵껑치쿵 울어대는 것이다.

이놈의 짐승도 봄철이라고 우레를 다 하는구나. 복코는 나귀 엉덩이에다 밉지 않은 채찍을 내렸다. 그러면 다시 골 안을 메우는 낭랑한 방울소리. 복코는 절로 온몸이 훈훈해져옴을 느끼며 낡은 양갓챙을 손가락으로 밀어올리는 것이다.

이번만은 무슨 일이 있어도 그 곱단이년을 떼오고야 말리라. 지난 가을에 벌써 곱단이아버지는 반승락을 하지 않았느냐. 이번에 자기가 곱단이를 떼올 수만 있다면, 영 고것을 데리고 살아도 무방하다. 내 나이 이미 사십을 바라보게 됐으니 인제는 어디 한곳에 자리를 잡고 들어앉을 때도 된 것이다. 그래서 사실은 그동안 번 돈으로 평양에다 소금 도매상 할 자리까지 하나 장만해놓은 것이었다. 무슨 일이 있어도 이번에는 곱단이를 떼와야겠다. 그러기 위해서는 곱단이아버지도 아버지지만 곱단이어머니를 이참에 잘 주물러야겠다고 생각했다. 딸에 대해서는 아버지보다 어머니가 더 살가운 법이니까. 그까짓것 하자고 하면 산골 여편네쯤 못 주물러삶을 것 없을 것이다.

끝이 붉고 뭉투룩한 코언저리에 벙그레 미소가 떠오르며 입에서는 절로 양산도의 한가락이 흥얼거려져 나왔다. 양덕 맹산 흐르는 무울은 부벽루으로 감돌아든다, 에헤에헤야.

양덕이라면 읍에서만도 평양까지는 거의 삼백릿길이요, 성천까지는 백여리, 제일 가까운 장림까지도 칠십리가 좋이 되는 궁벽진 곳이라, 좀더 구석진 두메마을에서는 여름철 뗏목을 타고 평양 방면으로 내려갔던 사람이 날아오는 소금과, 봄 가을 소금장수가 당나귀 등에 싣고 오는 소금에 의해 건건이를 얻는 도리밖에 딴 길이란 곤 없었다.

함박골도 그러한 마을 중의 하나였다. 마을이라고 해도 산굽이 안쪽에 붙어있는 도합 여섯 집밖에 안 되는 곳이지만 두메산골 마을치고는 이것도 적은 편은 아니었다.

봄 가을 소금장수를 기다리다, 누구든 저쪽 제김에 늙어죽은 잣나무가 비바람에 껍질이 벗겨져 흰 살결을 드러내놓고 있는 산굽잇길을 돌아 이리 오는 당나귀를 발견하며는, 소곰당수 온다아! 하고 소리를 지르는 것이다.

이보다 더 반갑고 고마운 소리는 없었다. 모두 지게문을 열어젖뜨리고 나오는 것이다. 애들까지 제발로 걸을 수 있는 애는 제발로, 그렇지 못한 어린것은 어른들이 안고 나온다. 그리고는 곱단이네 앞마당으로들 모이는 것이다. 언제부터인가 거기가 소금장수가 짐을 푸는 장소로 돼있었고, 잠도 곱단이네 집에서 자곤 했다.

이날 소금장수를 제일 먼저 발견한 사람은 곱단이였다. 돼짓물 끓일 좃겨를 가지러 헛간으로 나갔다가 문득 잣나무줄기가 흰 살결을 드러내놓고 서있는 산굽잇길을 돌아 이리 걸음을 재촉하는 당나귀를 본 것이었다.

그러나 곱단이는, 소금장수 온다는 소리를 지르지 못했다. 그저 가슴을 달막거리며 부엌으로 뛰어들어가고 말았다. 이러한 일은 작년 가을 소금장수 복코가 아버지더러 곱단이 자기를 색시로 달라는 말을 건네기 전까지는 없었던 일이었다.

옆집 봇돌이의,

"야아, 소곰당수 온다아!"
하는 쨍한 목소리가 들려왔다. 올봄에는 자기가 제일 먼저 봤다는 자랑스런 목소리였다.

 앞마당에 사람들이 모여드는 기색이고, 멀리 들릴까 말까 하던 방울소리가 점점 똑똑해지며 커지더니 컬컬한 복코의 목소리로,
"그동안 안녕들 하셨쉐까?"
하는 소리가 들렸다.

 곱단이는 나귀 방울모양 가슴을 달막거릴 뿐, 밖을 내다보지도 못했다.

 모여선 사내들이 소금장수와 인사말을 주고받는 동안, 아낙네들은 일단 자기네 집으로 들어간다. 소금과 바꿀 물건을 가지러 가는 것이다.

 복코는 나귀 등에서 짐을 풀고는 그 옆에 앉아 호주머니에서 궐련과 당성냥을 꺼내어 멋있게 담배를 붙여무는 것이다. 호박잎 섞인 잎담배와 부싯돌밖에 모르는 고장에서 궐련에다 드윽 성냥을 그어 붙여문다는 것은 정녕 멋있는 일임에 틀림없었다.

 집으로 들어갔던 아낙네들이 제각기 삼베를 안고 나왔다. 소금과 바꾸기 위해 겨우내 짜모아두었던 물건들이었다.

 복코는 담배를 피우며, 이들 아낙네가 안고 나온 삼베의 흠 잡을 데를 궁리해두는 것이었다. 이것은 너비가 좁다, 색이 사납다, 씨가 덜 먹었다—이렇게 복코는 아낙네들의 삼베를 헐값으로 소금과 바꿔가지고 다시 그것을 팔아넘기는 양목치기장수였다.

 이날 복코가 아낙네들을 살피는 것은, 그러나 장삿속만은 아니었다. 아까부터 거기 보여야 할 곱단이의 모습이 뵈지 않는 것이었다. 어디 몸이라도 편찮아 드러누웠나. 그새 어디로 시집이라도 간 것은 아닌가. 그렇다고 누구에게 물어볼 수도 없는 노릇이어서 적잖이 갑갑증이 일었다.

 복코는 반쯤 탄 담배를 비벼끄고 일어나서는 아낙네들과 아귀다툼하는 것도 대충대충 해 넘겨버리고 곱단이어머니 차례가 되자,
"오만네 그새 별일 없었디요?"
하고 넌지시 물어보았다. 벌써부터 복코는 곱단이아버지나 어머니

보고 아바지니 오마니니 하고 호칭해오는 것이다.
　곱단이어머니는,
"별일 있을 리 있나. 그저 쌍가매가 요 메칠채 몸이 끓어 앓아누 었군."
"그래요? 거 안됐구만요."
　곱단이가 안 뵈는 것은 그때문이거니 생각했다.
　다음 차례인 봇돌이어머니가 그중 삼베를 적게 안고 나와있었다. 본시 게을러빠진 여인이라 길쌈을 잘 안하는 데다가, 그 얼마 안 되게 짠 베라는 것도 그중 품질이 떨어지곤 했다. 그래 대개 이 봇돌이네가 소금과 바꿈질을 하는 것은 남편이 잡은 짐승의 가죽이었는데, 지난 겨울에는 삵괭이 한 마리에 토끼 몇 마리밖에 잡지 못하고 말았다.
"아즈만, 이런 괭이가죽만두 못한 걸 개지구야 어디 소곰을 내놓갔소."
"디난 겨울엔 눈이 덜 와서 잡딜 못한 걸 어뜨카갔소. 내 가죽을 대신 벳길 수두 없구. 그르디 말구 어서 반 말만 더 외상으루 주소."
"어, 이 아즈마니가! 난 당최 외상법은 모릅네다."
"누가 뭐 오늘낼 당장 죽을 사람들인가. 그르디 말구 어서 반 말만 퍼 주소. 그르믄 말이 웨다, 올가을엔 본때있는 영울(여우를) 한 마리 잡아뒀다가 주디요. 내가 벌써부터 눈독을 들인 영우가 한마리 있이요. 한 삼십년은 잘 묵은 암영운데 그넘만 잡아서 아래를 도레내믄 그 값이 한방이 없쉐다레, 알갔소? 그넘만 몸에 차구 댕기믄 무어나 소원성취 안 되는 게 없거덩요. 네자들이 차믄 아무리 난봉이 났든 서방이래두 제 네펜네 궁둥이에서 떨어디딜 못하구, 남뎡들이 차믄 맘에 먹은 색시가 막 품에 게듭네다레."
　본디 애죽애죽 이야기를 잘 새부랑거리는 여인이었다.
　남편되는 사람만이, 저년이 또 무슨 실없는 수작을 지꺼리노, 하고 침을 한번 내뱉으며 외면할 뿐 다른 사람들은 모두 소리내어 웃었다. 그게 처음 듣는 이야기라서가 아니라, 칠팔년 동안 낯을 익혀온 사이라고는 하나 타처에서 온 사내 앞에서 그런 말을 한다는 게 재미있는 것이다.
 복코도 같이 따라 웃으며,
"허, 그르케 동은거믄 아즈머니나 차갔디 날 주갔소?"
"우리같은 거야 이르다 늙어죽을 팔자니 그런 걸 해서 멀하갔소. 김주사나 그걸 차믄 당사두 잘되구 맘에 먹은 체니두 막 품에 게들게 아니웨까."
 다시 동네사람들의 웃음에 복코도 따라 웃었으나 어쩐지 쓴웃음이 돼버렸다. 봇돌이어머니의 말속에 어딘가 자기와 곱단이를 빗대고 하는 말뜻이 들어있는 것처럼 느껴졌기 때문이었다.
 복코는 그만 이 채신머리없는 여편네가 또 무슨 말을 꺼낼지 몰라,
"자 모르갔쉐다,"
하고 소금을 두어 됫박 퍼주면서,
"그르나 그 암영울 잡게 되믄 아즈만이나 차소, 늙마에 넝감이 바람이라두 피믄 야단이니껜,"
하고 눙쳐버렸다.
 다음은 반수영감네 차례였다. 반수영감네는 수양아들 비슷이 또는 수양손자 비슷이 길러오는 곰이가 와있었다.
 여섯 가구 중에서 가장 나이가 많다고 해서 반수할아버지란 칭호를 받는 이 늙은이네 집에 곰이가 덧붙어 살게 된 것은 십여년 전 일이었다. 곰이의 나이 여덟살 때 부모가 전후해서 세상을 떠나자, 자식없는 반수영감네가 맡아 기른 것이었다. 그 곰이가 이제는 스물 한살의 어깨 퍼진 한포락 일꾼이 돼있었다.
 곰이가 두 말 가웃 가량이나 되는 소금자루를 가볍게 한 손에 들고 돌아서려는데,
"이사람이 왜 이르케 덤비나? 잠깐 기다리게,"
하고 복코가 불러세웠다.
 작년 봄까지만 해도 복코는 곰이더러, 여보게니 이사람이니 하는 말 대신에 그저, 애 라는 말을 써왔다. 그러던 것이 작년 가을부터 여보게니 이사람이니 하는 말로 바꿔진 것이었다. 여지껏 털복숭이로만 여기던 곱단이가 작년 봄부터는 갑자기 숙성한 처녀로 보인

불가사리 159

것처럼 이 곰이도 이제는 어린애 취급을 할 수 없다는 점을 발견한 것이었다. 바로 작년 가을이었다. 이 함박골로 오는 도중에 왜그런지 당나귀란 놈이 뒷다리 하나를 절름거렸다. 혹시 발통에 무엇이 박혔나 싶어 소금짐을 부리기가 바쁘게 그쪽 다리를 들여다보기로 했다. 그러나 나귀가 요동을 치는 바람에 어쩔 수가 없었다. 어른들이 몇 고삐를 잡고 목을 그러안고 해도 소용없었다. 그것을 마침 곰이가 보고 있다가 한 손으로 고삐를 잡아쥐고 한 손으로는 갈기를 그러쥐어 요동을 멈추게 한 것이었다. 동네사람들도 새삼스레 놀라운 눈으로 이 떠꺼머리총각의 얼굴을 쳐다보았지만, 복코는 복코대로 과연 곰이란 이름 그대루로구나, 하고 감탄해 마지않은 것이었다. 그로부터 차마, 애 라는 말이 입밖에 나와지질 않았다.

곰이를 불러세운 복코는 거기 한옆에 쭈그리고 앉아 잎담배를 피우고 있는 반수영감에게로 고개를 돌리며,

"하르반네한테는 그동안 신세를 많이 제놔서…… 얼마 안 되디만 갖다 잡수십시요,"

하고 소금을 서되나 실히 되게 자루에 부어주었다.

반수영감은 물고 있던 장죽을 빼들고 일어서면서,

"아니 그 귀한 소곰을 그르케…… 어디 님자가 우리 신세진 거 머 있나? 우리가 님자 신셀 겠디."

"아니디요. 이르케 칠팔년 동안이나 당골루 덩해놓구 댕기게 된 것 두 다 하르반같으신 분의 덕택 아니웨까."

"원 벨말을…… 님자가 철따라 와주는 것만두 어디게……"

그리고 반수영감은 저녁이나 자기 집에 와 같이 하자고 했다.

복코는 몇번 사양을 하다가 마지못하는 체하고 응낙을 했다.

남은 소금가마니를 챙겨놓고 나서 복코는 따로 싸가지고 온 보자기를 들고 곱단이네 집으로 들어갔다.

마침 곱단이어머니가 부엌문 앞에서 소금의 티를 골라내고 있었다.

복코는 그 앞에다 보자기를 펴놓으며,

"이거 벤벤티 않디만 입성감 하나썩 끊어 왔쉐다. 이 멩디(명주)는 오마니 저구릿감이구요, 이 옥양목은 아바지 두루매깃감, 그리

구이 하부다에(일본산 견직물의 일종)는 곱단이 저구리하구 초맷감이웨다."
 그것뿐만이 아니었다. 곱단이의 것이라고 하면서, 손거울과 크림통까지 내놓는 것이었다.
 곱단이어머니는 무슨 영문인지 몰라 입을 반만큼 벌리고 복코의 얼굴만 바라보았다. 그러는 그네의 바람과 볕에 그을려 자줏빛 도는 얼굴에는 어떤 불안한 빛이 어리어있었다.
 "오마니, 달리 생각하실 거 없이요. 이번에 난 이넘의 당살 집어치우구 도매상을 하나 채례놓게 됐이요. 그래 그동안 이래더래 폐두 많이 끼티구 했길래 정표루써 조꼼 사온 거니 머 달리 생각 마시라우요. ……그럼 오마니, 세수하게스리 물이나 좀 주시소."
 호주머니에서 종이에 싼 비누를 꺼내들었다.
 아직 곱단이어머니는 제정신이 아닌 듯 그대로 잠시 멍하니 앉았다가야 겨우 부엌 쪽을 향해,
 "얘, 곱단아, 김주사어른 세숫물 드레라."
 목소리마저 떨려나왔다.
 그때까지 곱단이는 다 끓고도 남은 돼짓물을 주걱으로 헤저으며 가슴만 달랑거리고 있었다. 어쩐지 복코와 대면하기가 무섭기만 한 것이다. 그러나 어머니의 세숫물 뜨라는 말을 듣고도 그냥 있을 수는 없어, 바가지에 물을 뜨려다 말고 얼핏 정신이 들어 질자배기에다 떴다. 언제인가 바가지에 세숫물을 줬다가 비눗물이 배어, 며칠 동안 밥이며 냉수에서 고약한 냄세가 가시지 않아 애먹은 일이 있었던 것이다.
 세숫물 자배기를 들고 나오는 곱단이는 제대로 얼굴도 들지 못했다. 그러다 이리 부어지는 복코의 시선을 이마에 느끼며 자배기를 내려놓는가 마는가 그만 부엌으로 되돌아 들어가고 말았다.
 복코는, 허 이애가 이제는 내외도 할 줄 알고 제법이야, 그새 허리통도 더 굵어지고…… 만족스러워 비누를 두 번썩이나 풀어 세수를 했다.
 산골의 저녁은 빨랐다. 가뜩이나 안개구름으로 해서 흐릿하던 산그늘이 짙어지면서 그것이 그대로 땅거미로 변해버리는 것이었다.

저녁그늘이 내리덮이기 시작하는 때가 이 두메에서는 그중 떠들썩한 때이기도 했다. 깃을 찾아가는 산새들의 지저귐소리와 날갯짓소리, 산비둘기의 울음소리, 제일 시끄러운 까치소리, 그 위로 솔바람이 저녁그늘을 몰고 불었다.

복코는 곱단이아버지와 함께 토방에 앉아 궐련을 나눠 피우면서, 좀전에 잠깐 곱단이어머니에게 내비추인 대로, 자기의 이 장사도 이번이 마지막 행보라는 것, 앞으로는 소금 도매상을 하여 사업을 한번 크게 벌여보겠다는 것, 따라서 자기 혼자로서는 도저히 손이 모자라기 때문에 맞잡아 도와줄 남정네가 꼭 하나 필요하다는 것, 이러한 것을 하나하나 설명해 들려주는 것이었다. 거짓말이 아니었다.

그러다가 곱단이어머니가 부엌에서 당나귀 죽함지를 안고 나오는 것을 보고는 얼른 달려가 그것을 옮겨받았다. 전처럼 곱단이가 죽함지를 들고 나오고 자기가 그걸 옮겨받기를 은근히 기대하고 있었던 것인데, 오늘은 그렇지가 못해 서운했다. 역시 나이 찬 처녀라 내외를 하느라고 그러거니 했다.

당나귀에 죽을 주고 섰느라니까, 곰이가 와서 반수할아버지가 오란다고 했다.

그리 가려던 참이었다. 이번 길을 떠나면서부터 복코는 반수영감과 조용히 이야기할 틈을 만들려고 생각했던 것이다. 그래서 아까 소금을 그렇게 퍼주었던 것이고, 반수영감편에서 저녁이나 같이 하자고 했을 때, 마지못해 하는 척하면서도 속으로는 마침 잘됐다고 기뻐했던 것이다.

복코는 계획대로 일이 돼나가는 것이 흡족해 앞서 가는 곰이보고,
"자네 이 궐련 한대 피워보게,"
했다.
"못 피워요."
곰이는 뒤도 돌아보지 않고 대답했다.
"언젠가 피우는 걸루 봤는데?"
"못 피워요."
어째 볼멘소리였다.

이자식이 주인영감한테 욕이라도 얻어먹은 모양이로구나 하며, 너

도 앞으로 이 산속에서 손발이 닳고 등허리가 벗겨지도록 일이나 하다 죽을 신세로구나 생각하니 거기 비해 자기는 무척 행복한 사람같이 느껴졌다.
 반수영감네 집에는 아주까리 등잔불이 켜져있었다. 원래 두메에서는 이렇게 일쩍 불을 안 켜는 법이지만, 설혹 켠다고 해도 관솔불인데 오늘 저녁엔 손님이 온다고 해서 대사때에나 쓰는 아주까리 등잔불까지 켜놓은 것이었다.
 "어서 들어오게. 다 아는 터디만 우리가 사는 몰골은 이르타네."
 소나무를 깎아 무어서 만든 밥상이 들어왔다. 겸상이었다. 산나물 무친 것과 도토리묵을 담은 그릇도 집에서 만든 목기요, 밥그릇만이 녹이 슨 놋그릇이었다. 밥은 좁쌀이 섞인 강냉이밥인데, 그래도 손님이라고 복코의 것은 좁쌀이 더 들어있었다.
 "자, 한술 떠보게. 산골루 댕기느래믄 강목(고생)을 츠야 하느니."
 "이거 다 별음식이 아니웨까."
 "하긴 기름진 걸 자시다가 이런 걸 먹어보는 것두 괜티않디,"
하고는,
 "참 어디선가는 누구가 피양 가서 첨으루 니팝(쌀밥)을 먹구 밥이 내려가디 않아 혼쌀이 났대두구만,"
하며 반수영감은 관솔연기에 그을은 듯한 검누르게 된 흰 수염 사이로 입을 벌려 웃었다.
 복코는 한 그릇 다 먹을 수 있는 것을 권에 못이겨 더 드는 척하면서도 체면을 생각해서 조금은 남겼다.
 상을 물리자 반수영감에게 궐련 한대를 권하고 자기도 한대 피울까 하다가, 웃어른 앞에서 예모가 없이 보여서는 안된다고 그만두었다.
 "허, 담배맛 참 달다. 이건 담배 속에 쳉밀(꿀)을 넸나 어뜨캤나."
 복코는 군트림을 한번 하고 나서 자기의 소금 도매상 이야기를 또 했다.
 반수영감은 그 소금 도매상이라는 게 어떤 것인지는 몰라도, 그저 이 복코가 큰 부자가 됐다는 것만은 알 수 있을 것같았다.
 "그래 김주사가 그르케 잘됐다니 기쁘긴 하웨. 그르나 그르케 되

불가사리 163

문 여겟사람들이 소곰구경하기가 힘들게 됐네게레."
 반수영감은 그것이 걱정이었다. 복코가 오기 전 단골로 다니던 소금장수영감이 무슨 일로인지 갑자기 발을 끊게 되어 장림까지 사람이 가서 지금의 이 복코를 데리고 오느라고 고생스러웠던 일이 생각킨 모양이었다.
"그건 념네 놓으시소. 제가 앞으루 부릴 소곰당수가 하나둘이 아니니까요. 제가 데일 돟은 소곰을 골라 보내드리디요."
 이것도 거짓말만은 아니었다. 그렇게 해주고 싶은 심정인 것이다.
"그르믄야 오죽 돟으리."
 복코는 이쯤에서 자기가 할 말을 꺼내도 상관없으리라고 생각하며,
"데, 하르반,"
하고 좀더 의논성스런 말씨로,
"한가지 하르반과 상의할 일이 있는데요,"
했다.
 반수영감은 새삼스럽게 이사람이 자기와 상의할 일이 무엇일까 하고 복코를 건너다보았다.
"곰단이 말이웨다, 그 체니가 무슨 병은 없쉐까?"
 반수영감은 그 말의 뜻을 몰라 그냥 복코의 얼굴만 건너다보다가,
"그 애가 무슨 병이 있을 리 있나."
"상판이 까맣게 죽어있길래 말입니다."
"거야 타서 그르티. 어디 여겟사람티구 상판 흰 사람이 있나. 그 앤 본시 살갗이 해서 덜탄 목시디."
 그것은 복코 자신도 다 아는 사실이었다. 그러나 지금에야 비로소 그것을 안 듯이,
"그르타믄 몰라두요,"
하고는,
"쌍가매가 앓아 누웠구 해서 그 체니두 무슨 병이나 있디 않나 했디요."
 반수영감은 그냥 이사람이 무엇 때문에 이런 말을 하나 싶어 복코의 얼굴을 건너다보다가 문득 손가락 끝에서 아깝게 타들어가는

궐련에 생각이 미치자 몇 모금 들이빨았다.
 "그름 말시웨다, 제가 그 체닐 색시루 얻을까 하는데 어뜨쉐까?"
 반수영감은 적잖이 놀라 입으로 가져간 담배를 제대로 물지를 못했다.
 "아니 님자 상게 혼잣몸인가?"
 "그름요. 돈 모는 재미에 상게 당개두 안 들구 있었디요. 어디 마참한 자리두 없구 해서요."
 "이런 산골 앨 대레다 멀하나?"
 "아니야요. 전두 무던히 생각해 봤이요. 첫째 이른 데 체니는 맘이 고와서 둏구요. 그르구 이른 데서 죽두룩 고생을 한 체니래야 남펜을 하늘터름 공대할 줄두 알거뎡요. 그르티 않습네까 하르반?"
 "그야 그르티."
 그러나 반수영감은 담배꽁다리를 대통에 꽂아 빨면서, 아무래도 서로 나이에 층이 지지 않을까 생각하는데 복코펜에서 다시,
 "그르구 이건 또 제가 제 말을 하는 것같애서 멀하웨다마는 사실은 저만치나 나이가 들어야 네펜네 귀애할 줄두 아는 법이웨다."
 딴은 그렇기도 하다고 반수영감은 연신 고개를 주억거리며,
 "암 그르티."
 "그름 하르반께서 한번 곱단이아바지와 오마니한테 말씀해봐 주실랩네까? 이런 건 당사자가 말하는 것보담 하르반같은 어른이 말씀하는 게 데일이니까요."
 "그르카디. 이른 둥매(중매)야 열번인들 못하리."
 복코는 다시 소금 도매상 이야기로 돌아가, 앞으로 크게 사업을 벌이려면 아무래도 자기 혼자로서는 손이 모자란단 말로, 곱단이아버지같은 이가 맞잡아 도와주면 얼마나 좋을지 모르겠노라고 했다.
 반수영감은 곱단이아버지네가 딸자식 하나 길렀다가 큰 덕을 본다는 생각과 함께, 만약 이런 자리에다 딸을 주지 않는다면 들어오는 복을 방망이로 때려쫓는 격이라고 생각했다.
 복코가 반수영감네 집을 나온 것은 밤이 이슥해서였다. 하늘에는 그냥 엷은 안개구름이 끼어있어, 초아흐렛달이 어렴풋이 비치고 있었다.

바람만은 자, 사방은 그저 고자누룩한 어둠에 묻혔는데, 한껏 먼 어느 산골짜기에서 접동새 울음소리가 꿈속에선 듯 아련히 들려왔다. 길잃은 산새 한 마리가 복코를 향해 날아들다가 어깨를 스치고는 다시 어둠속으로 사라져버렸다.
 복코는 즐거웠다. 모든 일이 뜻대로만 돼가는 것이 만족스러웠다. 이렇게 거의 곱단이네 집 가까이까지 이르러서였다. 문득 부엌 뒷모퉁이 어둠속에 사람의 그림자가 보였다. 발소리를 죽여 그리 다가가기 시작했다. 곱단이면 무슨 말이고 한마디 건네어보고 싶은 흥감스런 기분이었다. 손목을 잡아도 좋다. 그래놓면 이런 산골처녀는 나중에 딴전을 못 부리는 법이다. 재작년 서분네를 손아귀에 넣을 때도 그렇게 한 것이다. 이런 생각을 하며 가만가만 걸음을 옮겨놓던 복코는 그만 흠칫하고 놀라 거기 돌배나무 뒤에 몸을 붙이고 말았다. 곱단이긴 한데 혼자가 아닌 것이다.
 "……어뜨칼래, 응?"
 나지막하나 무엇을 다짐해 묻는 것은 사내 목소리였다.
 "난 모르갔어……"
 좀 사이를 두어 역시 목소리를 죽인 곱단이의 애타하는 말소리가 들렸다.
 "모르긴 멀 몰라, 지금 소곰당수녀석이 우리 할반한테 와서 하는 소리가 이번엔 널 꼭 대레갈래는가부드라. 이대루 있다간 넌 끌레가구야 말아."
 복코의 가슴이 한층 더 뚝딱거렸다. 곱단이와 수작하는 놈이 다른놈 아닌 곰이놈인 것이다.
 "정말 어뜨칼래, 응?"
 곰이가 재우쳐 물었다.
 곱단이는 어찌할 바를 몰라하는 듯 가늘게 흐느끼기 시작했다.
 "오늘밤으루 도망가는 수밖에 없다. 언젠가두 말했디만, 동탕지벌 (양덕온천이 있는 곳)루 가기만 하믄 논농사두 질 수 있구, 밭농사두 질 수 있다. 다 알아봤다. 오늘밤으루 우리 그리 가자."
 곱단이는 그냥 가냘프게 느끼기만 했다.
 "너 그새 맘이 벤한 건 아니디?"

곱단이의 느낌소리가 뚝 그쳤다.
"너 정말 맘이 벤하딘 않았디? ……그르믄 우리 오늘밤 도망가자."
곱단이는 느낌을 멈춘 채 아무말도 없었다.
"오만 아반 걱정은 말아라. 우리가 만제 가서 자리를 잡구 모세가 갔구나. 난두 제 자식터름 길러준 할마니 할반 내버리구 가기가 가슴 아프다. 그르나 우리가 가서 자리잡구 모세들 가믄 되디 않니?"
곱단이는 그냥 아무 대답이 없었다.
"오늘밤 닭이 첫홰 울믄 떠나기루 하자. 닛디 말구 있다가 닭이 첫홰 울거든 나오너라. 그때 나두 올께니."
곱단이는 다시 가늘게 흐느끼기 시작하며 떨리는 목소리로,
"난 모르갔어, 어뜨카믄 동을디."
"모르긴 멀 모르니? 내 말대루 하자."
"나만 소곰당수한테 시집 안 가믄 되디 않니? 그르믄 우리가 도망을 안 가두 되구……"
"모르는 소리 마라. 너의 오만 아반이 우기믄 넌 안 가구 못겐디다. 오늘밤 도망을 가야디 그르티 않으믄 우린 영 헤디구 마는 거야."
곱단이는 가슴이 벅차오는 듯 다시 잠시 동안 느끼기만 하다가,
"난 모르갔어…… 자꾸 무서운 생각만 들구……"
"이제 맘만 결덩하믄 무섭디 않다. 나두 첨엔 자꾸 무서운 생각이 들드니 이젠 일없다."
그러나 곱단이는 가늘게 느끼기만 할 뿐, 또 아무말도 없었디.
"그름 닭이 첫홰 울 때꺼지 맘을 덩해개지구 나오너라. 내 여게 와 기다릴께니."
그 말에 곱단이는 흐느낌소리를 뚝 끊고,
"여긴 안돼…… 그르다가 누구 통세(변소)라두 나왔다가 들키믄 어뜨카니? 지금은 오마니 아바지가 집에서 니얘길 하구 있으니 괜티않디만……"
그리고 약간은 마음을 다져먹은 듯 또렷한 목소리로,
"그르디 말구, 전에터름 앞마당 몽석 속에 들어가 숨어있어라."

불가사리 167

"그름 그르디. 너 닭이 첫홰 우는 거 닛디 마라."
 복코는 돌배나무에 몸을 붙인 채 뜻않았던 광경에 가슴을 울렁거리고 있었지만, 나중에 가서는 그 끝이 붉고 뭉투룩한 코언저리에 미소같은 것을 떠올리는 것이었다. 무슨 좋은 궁리라도 있는 듯한 웃음이었다.
 방안에서는 아까부터 곱단이아버지와 어머니가 관솔불을 켜놓고 앉아 딸에 대한 공론을 하고 있었다.
"여보, 난 암만해두 갤 대처루 보내는 게 겁이 나오."
 앓아 누워있는 애 곁에 쪼그리고 있던 곱단이어머니가 벌써 몇번째나 같은 말을 되뇌는 것이었다.
"건 난두 알아. 통세쥐는 통세에만 살게 매른이구, 텅깐쥐는 텅깐에만 살게 매른이디. 그르나 말이야, 소곰당수 그사람이 두구보니 긴 사람이 괜티않아. 나이가 좀 짝이 디디만 그편이 곱단이두 사랑받구 여러가지루 둏디 않갔어?"
"글쎄요……"
 곱단이어머니는 무엇을 머뭇거리는 눈치다가,
"난 암만해두 갸에겐 곰이같은 새스방이 알맞을 것같은데."
 언제부터 남편에게 한번 하려던 말이었다.
 거기에는 그럴 만한 까닭이 있었다. 바로 지난해 봄 이맘때였다. 하루는 저녁에 봇돌이어머니가 놀러왔다가 이런 말을 하는 것이었다. 낮에 나물을 하러 산에 올라갔더니, 다래덩굴 속에서 별안간 암노루 한 놈이 뛰어나오더라는 것이다. 그래 깜짝 놀라 바라보고 있느라니까, 같은 덩굴 속에서 이번에는 수노루 한 놈이 또 후닥닥 뛰어나와 달아나더란 것이다. 이 말을 듣고 있던 곱단이어머니가, 그러면 봇돌이아버지를 시켜 거기다 덫을 한번 놓아보면 어떠냐고 했다. 그랬더니 봇돌이어머니는 애죽거리며 곱단이어머니의 귀에 입을 대다시피 하고, 그게 산노루가 아니고 인(사람)노루더라고 하며, 한 놈은 곱단이노루요 한 놈은 곰이노루더라는 것이다. 그리고는 하는 소리가, 아츰에 곱단이더러 나물하러 가자구 했을 때는 오늘은 집에서 배(베)를 좀 짜야갔다구 하드니, 아마 뒷산 다래넝쿨 속에 들어가서 배를 짜든 모양이디? 하고는 새실새실 웃기만 하는 것이다. 그뒤 곱단이어머니는 열일곱살이란 딸의 나이를 생각하며 곰이녀석의 거동을 눈여겨보았더니 과연 둘이의 사이가 범연하지 않았다. 곰이가 품앗이로 일을 하러 오는 날같은 때도 딸년이 곰이의 밥그릇을 한사코 꾹꾹 눌러 담는 것이 아닌가. 그로부터 곱단이어머니는 속으로 곰이를 사윗감으로 점쳐두고 오는 터였다.

곱단이아버지는 아버지대로 역시 이 근방에서 사위를 고른다면 곰이밖에 없다고 생각하고 있었다. 그리고 자기네 집에 일하러 와서는 꼭두새벽부터 저녁 늦게까지 수격수격 일을 잘 해주는 것도 곱단이 때문이거니쯤 알아차리고 있었다. 그러던 것이 소금장수가 사윗감으로 나타나면서부터 곱단이아버지의 마음은 흔들리고 만 것이었다.

"곰이한테 시집보내믄 무난하기야 하디. 그르나 그르케 되믄 그저 우리터름 이넘의 산속에서 죽두룩 고생이나 하다 마는 거야."

"어디 그름 참새가 갑재기 황새걸음을 할 수 있나요."

"그르티만두 않아. 사람에겐 운이라는 게 있거덩."

곱단이아버지는 좀전의 변소 쥐와 광의 쥐 이야기하던 때와는 달리 광대뼈가 드러난 얼굴을 들고 열을 내어,

"소곰댱수 그사람이 이번에 소곰 도매상을 하나 채레놓게 됐대. 그른데 혼자서는 돌볼 수가 없어서 손잡아 도와줄 사람이 하나 있어야겠다구 나를 덥적는 눈치야. 아마 여겟일터름 힘들 것두 없을 거구, 나라두 한몫 할 수 있갔디. 자우간 이참에 어떤 술 내야디 안돼."

"그래두 난 그넘의 대처란 데가 도무디……"

"그리구 말이야, 데것의 앞날두 생각해야디,"

하고 곱단이아버지는 아랫목에 앓아 누워있는 애를 턱으로 가리켰다.

이 말에는 곱단이어머니도 아무런 대꾸를 할 수가 없었다. 참말 대처로 가서 아들딸이 잘될 수만 있다면, 지금 자기가 꺼려하고 겁내는 것쯤 아무것도 아니라는 생각이 들었다.

"난 이번에 그사람이 곱단이 니얘길 하믄 주기루 작덩이야."

곱단이어머니는 아까 저녁때 복코가 가져다준 옷감들이 딸의 예장이 될는지도 모른다는 생각에 문득 곰이의 일이 떠올라 몸을 한번 떨었다.
곱단이는 곰이를 보내고 나서 부엌으로 들어와 방안의 이야기를 엿듣고 있었다. 곰이의 말대로 자기가 소금장수한테 시집을 안 가겠노라고 부모에게 졸라보았댔자 소용없으리라는 걸 깨달았다. 부모와 동생을 위해서 자기가 소금장수의 아내가 되는 수밖에 다른 도리가 없는 것이었다. 곱단이의 가슴은 달막거리다못해 그저 확확 달아올랐다.
마침내 누구네 집에선가 닭 첫홰 우는 소리가 들렸다. 곱단이가 발딱 부뚜막에서 몸을 일으켰다. 저도모를 일이었다. 별안간 자기에게는 부모나 동생보다도 더 소중한 것이 있어서 그것을 잃어버려서는 안될 것만 같았다. 그리고 자기는 이제 자기가 가야 할 데로 가야 할 것만 같았다. 부엌문에 손을 내미는데 방에서 누가 나오는 기척이 들렸다.
곱단이아버지였다. 닭 첫홰가 울도록 소금장수 복코가 돌아오는 기색이 뵈지 않아 궁금해서 나온 것이었다. 칸을 막아놓은 윗방으로 가 들여다보니 사실 아직도 돌아와있지 않는 것이다.
나온 김에 오줌이나 누고 들어가려고 섬돌을 내려서며 무심코 앞마당으로 눈을 준 곱단이아버지는 깜짝 놀라고 말았다. 지금 서산 마루에 걸린 희미한 달빛 속에, 누가 앞마당 한옆에 접어 뉘어놓은 멍석 밑으로 기어들어가고 있는 것이 눈에 띈 것이었다.
곱단이아버지는 그게 무슨 일인지 알 수가 없었다. 그저 몸집과 거동으로 보아 그게 사내인 것만은 분명했다. 그러자 퍼뜩 곱단이아버지의 가슴에 와 짚이는 게 있었다. 오오라, 네놈이 곰이놈이로구나, 그동안 이렇게 해가지고 우리 딸을 후리고 있었구나. 곱단이아버지는 온몸의 피가 머리로 거슬러올라옴을 느꼈다. 몽둥이 하나를 찾아들었다.
그리고 막 멍석 있는 데로 발을 옮겨놓으려는데, 저쪽 당나귀 곁에 또 사람의 그림자가 어른거리는 게 보였다. 소금장수가 지금에야 반수할아버지네 집에서 돌아오다 나귀를 돌보고 있는 것이리라.

혹시 저사람이 무슨 말이라도 건네어 여기 사람이 있다는 걸 알리면 어쩌나 하고 있는데, 나귀 곁의 그림자가 변소에라도 들르려는 듯 그쪽으로 사라져버리는 것이다.

그러자 곱단이아버지는 무엇을 생각했는지 몽둥이를 내려놓고, 이번에는 헛간 기둥에 걸려있는 참바를 벗겨들었다. 그리고는 발소리를 죽여 조심조심 멍석 쪽으로 걸어가는데, 멍석 쪽에서도 이편이 가까이 오기를 기다리고 있었던 듯이 쑥 손이 하나 나와 발목을 잡는 것이었다. 그러나 그때는 이미 곱단이아버지의 몸이 멍석을 덮쳐누르면서,

"이새끼, 꼼짝 마라, 그르티 않으믄 담박 박살시케놓갔다,"
하고 숨죽인 목소리로 엄포를 놓고 있었다.

뒤이어 멍석허리로 돌아가며 밧줄을 찬찬 감으면서 중얼거렸다. 이새끼 너두 힘깨나 쓰더라만 나두 한때는 웬만한 등소(중소)의 한 바리짐이나 되는 나무를 등짐으로 져 나르군 했다, 그래 이 턴하 못된 놈의 새끼 어디 맛을 좀 봐라, 오늘밤은 첫닭두 울구 했으니 이 대루 예서 고생 좀 해보구 낼 아츰 동네사람들 앞에서 한번 톡톡히 혼 좀 나봐라, 아예 네깟놈의 새끼 이 동네에 붙어살디두 못하게 하구 말갔다.

이윽고 초아흐렛달이 서산을 넘은 어두운 산길을 걸음을 재촉해 내려가는 당나귀 한 필이 있었다. 목에 방울도 달려있지 않은 나귀 고삐를 젊은 사내가 잡았는데, 여자가 하나 올라타있었다.

사내가 때때로 채찍을 들어 나귀 엉덩이를 갈겼다. 어딘가 그 채찍질하는 솜씨나 고삐를 잡고 나귀를 다루는 솜씨가 서툴러 보였다. 그러면서도 이들은 이미 가야 할 방향을 정해놓은 듯, 송진냄새 풍기는 어두운 산길을 헤치고 그냥 앞으로 내려가는 것이었다.

1955 시월

잃어버린 사람들

순이가 서젯골 박참봉의 소실로 들어간 것은 지난해 동짓달이었다.
석이가 앞 방죽 위에 올라가 저기 산모롱이를 돌아 꼬리를 감춘 뿌우연 한길을 바라보는 버릇이 생긴 것도 그때부터의 일이었다. 순이가 가마를 타고 간 듯이 언제고 돌아올 날이 있으리라는 기대에서였다.
그러나 해가 바뀌어 올 정월달이 다 지나도록 순이는 근친을 오지 않았다. 순이가 박참봉의 소실로 들어간 것이 보통 경우와 달라, 영감의 병간호를 위한 것이니 추위에 병세가 더쳐서 못오는 것이거니 했다.
그 순이가 단오가 되어도 오지 않는 것이었다. 예년과 같이 동네에는 씨름판이 벌어지고 그넷줄이 매어졌다. 석이는 집속에만 박혀 있었다. 창포에 머리감아 빗고, 천궁이 향기 풍기는 동네처녀들 속에 있어야만 할 순이의 모습이 없는 때문이었다.
동구 안길 늙은 수양버들에 매어졌던 세겹메기 동아줄 그네가 풀어진 지도 며칠이 지난 어느날, 석이는 앞 방죽으로 나갔다. 순이가 오리라는 기대에서가 아니었다. 단오께 안 왔으니 이제는 유두께나 기다리는 수밖에 없었다. 그러면서도 버릇처럼 산모롱이 쪽을 바라보았다. 그러는 석이의 얼굴이 알아보게 축져있었다.
석이는 얼마 전부터 곧잘 어수선한 꿈에 시달림을 받곤 했다. 순이가 가마를 타고 돌아오는 것이다. 그 가마가 시집갈 때 타고 간

잃어버린 사람들 173

가마가 아니고 흰 가마인 것이다. 박참봉 영감이 돌아갔음에 틀림없었다. 그러나 돌아왔던 순이는 잠깐 자기 집 앞에 가마만 멈추었다가 곧 되돌아서 가는 것이다. 삼년상을 치르자는 것이리라. 혹은 청상과부로 늙자는 것인지도 모른다. 석이는 더 참을 수가 없었다. 박참봉네 드높은 돌담장에 무명필을 걸고 넘어가 순이를 업어내는 것이다. 때로는 순이가 석이 하는 대로 다소곳이 좇기도 하고, 때로는 몸부림을 쳐 항거하기도 했다. 이렇게 순이를 업고 박참봉네 드높은 담장을 뛰어내리면서 꿈은 깨지곤 했다.

석이는 내심 박참봉이 죽기를 바라게까지 된 자신이 부끄럽기도 했다. 왜 자기는 순이가 박참봉의 소실로 들어가기 전에 진작 무슨 변통을 못 냈던가. 그러한 자신이 그지없이 밉기도 했다.

갑자기 써늘한 바람이 휙 지나가더니, 석이가 서있는 방죽 위에 회오리바람을 일으켜 뽀오얀 먼지기둥을 세워놓았다. 뒤미처 어두운 그늘이 덮였다. 마을 뒷등성이 너머에서 비 머금은 검은 구름이 밀려오고 있었다.

한 소나기 쏟아지려는가보다고 급히 방죽을 내려오다가 그자리에 서버렸다. 저도모르게 다시한번 눈을 준 저기 산모롱이를 돌아서는 것이 틀림없는 가마인 것이다. 먼 눈에도 흰 가마 아닌 보통가마였다.

툭툭 굵은 빗방울이 듣더니 대번 쏴아 하고 소나기가 내리기 시작했다. 비안개에 가려 가마의 그림자가 지워졌다. 석이는 한자리에 선 채 그쪽만 지켜보고 있었다.

바로 삼년 전에도 석이는 들판에서 소나기를 만난 일이 있었다. 개울에 미역감으러 나갔을 때였다. 가까운 순이네 원두막으로 들어섰다. 막을 보고 있던 순이가 귀밑을 물들이며 동그스름한 턱을 반쯤 돌려 외면을 하고 일어섰다. 그러는 순이의 적삼깃에 묻은 기름때가 문득 눈에 크게 들어왔다. 순이가 이제는 어린애가 아니라는 생각이었다. 벌써 사오년 전부터 집모퉁이라든가 우물가에서 마주치면 눈을 내리깔고 외면하는 순이기는 했다. 그러나 이때처럼 그네가 어린애가 아니라는 걸 느껴보기는 처음이었다. 댕기를 앞으로 돌려잡고 막을 내려가더니, 참외 몇개와 낫을 올려놓고는 그대로 동네 쪽을 향해 들어가는 것이었다. 어느 밭두렁에서 호박잎 하나를 따서 머리 위에 얹었다. 그러나 이미 젖은 옷이 몸에 찰딱 달라붙어, 도톰하니 굴곡진 몸매가 그대로 드러나보였다. 석이는 순이가 이제는 어린애가 아니란 걸 다시한번 느꼈다.

가마는 비안개에 가리워졌다 보였다 하며 점점 동네 가까이로 들어왔다. 그러다가 동구 안길 늙은 수양버들 밑을 지나 집 사이에 뵈지 않게 되고 말았다.

석이는 그때까지 한자리에 서있었다. 빗물이 등골과 가슴으로 목이 져 흘렀다. 그것이 석이에게는 조금도 싫지가 않았다.

서젯골 박참봉네와 석이네와는 세교가 있는 사이였다. 마침 박참봉네 토지가 석이네 마을에 있어서 추수때같은 때 오게 되면 으레 석이네 집에서 묵었다. 그러나 석이 자신이 박참봉과 직접 인연을 맺게 된 것은, 석이가 삼년 동안이나 박참봉 밑에서 글을 배운 뒤부터였다.

석이할아버지 홍진사가 무슨 여의치 않은 일로 해서 하동땅 우물골 마을로 낙향해 온 후로 외부와의 접촉을 전혀 하지 않고 여생을 마쳤다. 어린 석이의 손목을 잡고 농삿일을 돌보는 외에는 사랑방에 들어앉아있을 뿐이었다. 이런 석이할아버지는 아들(석이의 아버지)의 출세나 행세같은 것도 염두에 두지 않는 태도였다. 앞으로 농감이나 하며 지내라는 심산같았다.

그러나 석이아버지의 생각은 그렇지가 않았다. 자기는 부모의 뜻을 거역치 못해 시골구석에서 썩지만 석이에게만은 다시 어엿한 행세를 시키겠다는 것이었다. 홍진사가 세상을 떠나자 석이아버지는 아들에게 줄찬 공부를 시키기 시작했다. 물푸레 채찍 한 묶음이 언제나 사랑방에서 떠나지 않았다.

열다섯살 되던 해, 석이는 아버지의 분부대로 서젯골 박참봉 밑에 글공부를 갔다. 박참봉 집에도 석이보다 한 살 위인 아들이 있어서 한 방에서 자고 먹고 공부를 했다. 박참봉은 젊어서 몸이 약해 한약을 많이 쓴 탓이라는 흰 머리와, 홍조가 떠나지 않는 얼굴을 하고 있었다. 석이에게는 그것이 도리어 아버지의 꾸지람이나

잃어버린 사람들 175

채쩍보다 더 어렵고 돋보이었다.
　석이가 여름날 소나기를 만나 순이네 원두막에를 들른 것은 이 박참봉 밑에서 삼년 동안 글공부를 마치고 돌아와서의 일이었다. 그 동안에 순이는 완연한 처녀가 돼있는 것이었다.
　어려서 석이는 순이와 놀다 아버지한테 들켜 한두 번 아니게 초달을 맞은 기억이 있었다. 아들의 글공부 열을 돋우기 위해 먹을것은 죄다 아버지가 맡아가지고 그날 공부가 끝나야만 내주곤 했다. 그런 대추나 밤 감같은 것을 들고 나가 순이와 나눠먹다가 아버지한테 들켜 그런 천한 집 자식과 얼려 논다고 종아리를 얻어맞곤 한 것이었다. 그러나 그것은 한갓 어린 시절의 꿈같은 기억에 지나지 않았다.
　석이가 새로운 눈으로 순이를 바라보게 된 것은 역시 원두막의 일이 있은 다음부터였다. 단오에는 다른 누구에게보다도 순이의 몸에서 더 향그러운 창포와 천궁이 냄새를 느끼고, 추석에는 달빛 속에 강강수월래를 도는 순이의 자태만이 한결 어여뻐 보였다. 기어이 길목을 지켰다가 손목을 잡았다. 잡힌 손이 가늘게 떨며 따뜻한 피가 만져졌다. 손목을 잡아끌었다. 뿌리칠 듯하면서도 말없이 따랐다. 뒷등성이 상수리나무숲으로 올라갔다. 서로의 가슴이 가빴다. 밝은 달이 싫었다. 어서 그늘진 데로 들어가고만 싶었다.
　지난해 봄에 서젯골 박참봉 아들이 놀러왔을 때였다. 같이 들구경을 나갔다가 순이를 만났다. 점심광주리를 이고 나오다가 밭고랑으로 내려서 길을 비켰다. 박참봉 아들이 그 처녀가 뉘집 처녀인지 뛰어나게 이쁘지는 않아도 눈매가 곱고 귀가 깨끗한 게 좋다고 했다. 그리고는 석이에게, 그 처녀의 눈치가 아무래도 자네를 달리 생각하고 있는 것같은데 어떤가고 하면서, 그 도톰한 아랫입술이 한번 누구를 생각하기 시작하면 좀처럼 놓아줄 성싶지 않으니 조심하라고 했다. 석이가 웃으며 언제 그렇게 관상공부를 했느냐고 했더니, 박참봉 아들은 넌지시 석이의 얼굴을 바라보며, 아니 그 처녀뿐이 아니고 자네편에서도 못지않게 그 처녀를 생각하는 얼굴이라고 하며 소리내어 웃는 것이었다. 석이는 실없는 소리 말라고 하면서도 절로 얼굴이 달아올라 슬쩍 고개를 돌려버렸다.

그리고 그해 보리이삭이 누렇게 익어갈 무렵이었다.
서젯골 박참봉이 병환으로 누웠다는 소문이 들렸다. 석이아버지가 병문안을 갔다 와서 하는 말이 젊어서 풍으로 앓은 일이 있는 요통이 도졌다는 것이었다. 그래 집안사람들이 밤낮을 대번해서 허리를 주무르고 있다는 것이다.
며칠 후에 아버지가 석이더러 병문안을 가라고 했다. 군사부일체니 스승의 은덕도 부모의 은덕처럼 생전 저버려서는 안된다는 것이었다. 석이가 갔을 때는 박참봉의 그 보기 좋던 홍안이 적잖이 창백해져있었다.
그해 가을 사랑문 밖에 서있는 벽오동잎이 질 무렵해서는 박참봉의 요통은 멎었으나 그대신 하반신을 못 쓴다는 소문이 들렸다. 석이가 다시 병문안을 가 보니, 병자가 하반신을 못 쓸 뿐만 아니라 그 못 쓰는 아랫도리가 자꾸만 식는다는 것이었다. 그동안 병자의 얼굴은 누르퉁퉁해지고, 희던 머리는 윤기를 잃어 잿빛으로 변한 데다가 꺼진 눈가에 검버섯이 내돋혀있었다.
그즈음, 어떤 명의의 약방문이라고 하면서, 그 병에는 식어가는 아랫도리를 덥게 해야 하는데 그것도 다른 것으로는 안 되고 젊은 여자의 따뜻한 몸기운으로 덥게 해야 한다는 것이었다. 거기에 택해진 것이 순이였다.
순이네는 본디 박참봉네 소작인이었다. 순이를 데려가는 대가로 논 다섯 마지기를 주었다. 그리고 박참봉이 죽은 후에는 순이가 혼자 곱게 살아갈 수 있게끔 따로 땅을 떼어주기로 돼있었다.
된서리 내리는 동짓달 어느 아침에 순이는 가마에 실리어 서젯골로 갔다. 가기 전전날 밤, 석이는 귀동이(순이의 남동생)을 시켜 순이를 뒷등성이 상수리나무숲으로 오게 했다. 순이는 울기만 했다. 석이도 어쩔 수 없다는 생각이었다. 박참봉 병구완을 위해서라면 하는 수 없었다.
그러나 날이 갈수록 석이의 마음은 괴롭기 시작했다. 한마을에 있다고 해서 매일같이 보던 얼굴도 아니건만 헤어지니 안타까이 보고 싶었다. 서젯골까지 가자고 하면 하루에도 두세 번 오갈 수 있는 시오릿길밖에 되지 않았다. 그러나 한 번도 가지를 못했다. 병문안 평계삼아 간다 해도 박참봉 아들이 자기를 바라볼 눈이 무섭기도 했지만 그보다 거기 가서의 자기 몸가짐이 어색할 게 미리 질리는 것이었다. 하염없이 순이가 돌아올 날만 기다렸다.
 아버지는 이삼년내로 과거를 보도록 하라는 독촉이었다. 밤늦도록 책과 마주앉아있는 것이나 눈은 먼 곳만 좇고 있었다. 그러다가 자리에 누우면 또 어지러운 꿈이었다. 비로소 석이는 순이가 자기에게 있어 다시없이 소중한 사람이란 걸 깨달았다.
 이렇듯 그리움에 여위어가는 석이 앞에 순이가 돌아온 것이다.
 순이는 근친온 다음날 점심때가 가까워 석이네 집에 인사를 왔다.
 어머니도 반가운 모양이었다.
"아이고마나, 니가 왔다카는 말 들었다. 안그래도 한븐 가 볼라든 참이다. 어서 예 앉거라."
 석이는 자기 공부방에 있었다. 오늘 순이편에서 인사 오리라는 걸 짐작하고 있었다. 그러나 그처럼 그립던 사람이건만 차마 지금은 보러 나갈 수가 없는 것이었다.
 밖에서는 다시 어머니의 목소리로,
"그래 요새 영감님 병환은 좀 어떻노?"
"그만 그러심니더."
 순이의 나지막한 목소리였다.
"그 병이 하로이틀에 날 병이 앙인갑드라. 그래 병구완하기가 고생이 되재? 얼굴이 몬보게 됐다."
 순이는 대답이 없었다.
"운제 갈라카노?"
"낼 갈라요. 하로도 내가 움씨믄……"
 말끝이 흐려졌다.
"그렇재. 병이 다른 병하고 달라나서 하로도 니 움씨믄 안될끼라."
 좀 이따 순이는 자리를 일어서는 모양이었다. 내일 다시 인사 못 오더라도 안녕히 계시라는 말소리가 들렸다. 어머니가 점심이나 지어먹고 가라 해도 집에 가봐야겠다고 그냥 돌아가버렸다.
 저녁때 석이는 조용히 안방으로 어머니를 찾았다.
"어머이, 돈 있거든 좀 주이소."

어머니는 갑자기 무슨 영문인지 몰라했다.
"어데 좀 갔다올라카는데예. 돈 있거든 좀 주이소."
"어데 갈라꼬?"
"외가로 해서……"
"외가에 가는데 돈은 무신 돈?"
 석이의 외가는 진주였다.
"외가로 해서 서울꺼정 갔다 올람니더. 바람이나 쐬이로에."
 어머니는 새삼스러이 아들을 한번 쳐다보았다. 본디 얼굴이 기름한 편이었으나 이즈음 볼이 꺼져 눈만이 더 커 보이는 아들이었다.
"니가 말을 안해 그르치 어데 아픈 데 있능기나 앙이가?"
 석이는 아무렇지도 않다고 했다. 그렇다면 공부로 해서 축이진 아들을 이참에 제마음대로 바람을 쐬고 오게 하는 것도 좋을 성싶었다. 그러나 이러한 문제를 자기 혼자 의사로 결정지을 수 없다는 생각에,
"느 아부지한테는 말해 봤나?"
"아부지한테는 외가에 갔다온다캤심더."
 남편이 외가에 다녀온다는 것을 허락했다면 아들의 생각대로 서울까지 바람을 쐬러 보내는 것도 무방할 것같아,
"그라믄 운제 갈 요랑이고?"
"낼 갈람니더."
"오기는 운제 오고?"
"가바서 이실만 하몬 좀 이실람니더."
 어머니는 장롱 깊이 간직해두었던 전대를 꺼내어 은전 쉰냥과 엽전 열닷냥을 내주었다. 그리고 객지에서 노자가 아쉬워도 안될 것이라고, 시집을 때 갖고 온 패물까지 쥐어주는 것이었다.

 그날밤, 석이는 귀동이를 시켜 순이를 뒷등성이 상수리나무숲으로 오라고 했다. 진종일을 두고 생각한 나머지였다. 만일 밤 안으로 순이가 오지 않을 때는 내일 서젯골 가는 길목을 지켰다가 아무짓이라도 할 참이었다.
 밤이 이슥해서야 순이가 올라왔다. 순이는 이제 석이를 만나 한

번 마음껏 울어나보고 싶은 생각뿐이었다.
　손목을 와잡는 석이의 손길이 사뭇 세었다. 그리고 순이가 미처 울음을 터뜨릴 새도 없이 잡아끄는 것이었다. 상수리나무숲을 지나 고개로 올라섰다.
　순이는 더럭 겁이 났다. 석이의 차림새가 먼 길을 걸을 행색인 것이었다.
　여기서 동북쪽으로 서젯골을 지나 삼천포까지 이르는 구십여릿길과 서남쪽 하동으로 가는 삼십여릿길은 산길이었다. 지리산 본줄기에서 적잖이 떨어져있는 지경이건만 험한 두멧길이었다.
　석이는 하동 쪽으로 길을 잡았다. 보름 가까운 푸른 달이 중천에서 좀 기울어있었다. 순이는 가슴이 떨리었다. 그러면서도 이제 자기는 석이를 따라 어디까지라도 좇아가야만 한다는 생각이었다.
　길옆 숲속에서 산새들이 놀라 푸드덕 날아나곤 했다. 어느새 순이는 석이에게 손목을 잡히지 않고도 걸었다. 이제는 산새 날아나는 소리도, 푸른 달빛도 무섭지가 않았다.
　해돋이 전에 하동이 바라다뵈는 곳까지 다다랐다. 둘이는 몸차림을 고쳤다. 석이는 처음으로 상투를 틀어올리고 두루마기를 꺼내 입었다. 순이도 머리를 새로 빗고 옷매무새를 고쳤다.
　어느 객주집에서 며칠 묵은 후, 주인의 주선으로 집을 하나 구했다.
　그리고 해물 되넘기장사를 시작했다. 물계도 잘 모르고 있는 장사라 속기가 일쑤였으나 그믐에 셈을 해보면 신기하리만큼 별반 밑진 것은 없곤 했다. 그것으로 두 사람은 얼마든지 즐겁고 흡족스러웠다.
　이듬해 해토머리였다.
　하루는 석이가 밖에서 들어오니 순이가 기다리고 있다가 옆으로 다가와 앉는 것이었다. 낮에 우물터에서 빨랫감을 주무르고 있으려니까 어떤 젊은 사람 하나이 지나가다가 유심히 보더라는 것이다. 그래 자기도 어디서 분명히 본 듯한 사람이어서 겁이 나 빨래도 하는둥 마는둥 집으로 돌아오는데 그사람이 이번에는 자기의 뒤까지 밟는 기색이더라고 하며, 사뭇 불안스러운 낯빛을 해보이는 것이었다.
 그로부터 나흘이 지난 해거름때였다. 누가 밖에서 찾는 소리가 들려 순이가 문틈으로 내다보고는 깜짝 놀라며, 일전의 그 사람이라고 했다.
 석이가 나갔다. 알 사람이었다. 서젯골 박참봉의 오촌조카되는 청년이었다.
 박참봉 오촌조카는 석이더러, 할말이 있으니 저리 좀 나가자고 했다. 순순히 따라나섰다. 미리부터 이러한 일이 있으리라는 불안을 안고 살아오는 석이었다.
 박참봉 오촌조카가 데리고 간 곳은, 고을에서 퍽이나 떨어진 어느 밭두렁이었다. 거기에 몇 사람의 청년이 서있었다. 박참봉네 집안청년들로 그 속에는 박참봉 아들도 섞여있었다.
 석이가 가까이 가자 박참봉 아들이,
 "나는 생전 니를 안 볼라캤다. 그른데 메칠 전에 우리 재종형이 여기 볼일 보로 와서 니 있는 곳을 알고 안 왔나. 니 있는 곳을 알고는 가만있을 수가 움썼다."
 의젓한 말씨였으나, 벌써 그건 지난날 서로 흥허물없이 주고받던 친구 사이의 말은 아니었다.
 "니도 아다시피 울아부지가 그 여자를 소실로 대리온 것은 보통 경우와 안 다르나. 호강할라고 대리온 기 앙이고, 약 요량치고 대리온 기다. 그르니 니가 한 짓은 울아부지 약을 빼아신 기나 하나 다를끼 움다."
 좀전부터 마음에 걸리던 박참봉 아들의 상복이 다시한번 눈에 들어왔다. 그새 박참봉이 세상을 떠났음에 틀림없었다. 마음에 안되었으나 자기가 한 일은 어쩔 수 없는 일이었다는 생각이었다.
 같이 온 청년들이 격한 언성으로, 당장 목줄기를 뽑아놀 자식이니, 정강이를 부러뜨릴 자식이니, 떠들어댔다.
 박참봉 아들이 다시,
 "내 니 심정 모르는 배 앙이다. 그르나 사람이라카는 것은 지가 징키야 할 도리가 있는기라. 그 여자가 울아부지 소실로 들어왔으니 누가 뭐라캐도 울아부지 소실이고 내한테는 서모 앙이가. 그것

잃어버린 사람들 181

을 니가 몬할 짓 한 건 스승의 사모와 친구의 어머이를 해꾸지한 기나 똑같다."
　다시 집안청년들이 격한 언성으로 욕설을 퍼붓기 시작했다.
　잠시 후에 박참봉 아들이 다시,
"그르나 나는 전부 덮어둘라캤다. 기냥 니를 생전 안 보몬 그만이 다 싶었다. 좋지 못한 소문을 깔아갖고 피차간에 가문을 안 더럽힐라고 해서 말이다. 그르나 이르케 니 있는 곳을 알고는 자식된 도리로써 가만있을 수 움써서 왔다. 니도 알겠재?"
　집안청년들이 다시금 험한 욕설을 퍼부으면서, 이번에는 구체적인 행동으로 나와, 상투부터 잘라버리자느니 코를 베어버리자느니 하고 덤벼댔다.
　석이는 처음부터 자기에게 어떤 횡포가 가해지리라는 것은 각오하고 있었다. 그러나 코를 베인다든가 하는 흉한 일이 있으리라고는 생각지 못했다. 어떻게 해서든지 이 자리를 피해야만 할 것같았다. 그러나 설혹 자기가 이 자리를 피해버린다 하더라도 흥분한 청년들이 그대로 가만있을 리 없을 것이고, 그렇게 되면 그 화가 순이에게까지 미칠 것이라는 생각이 들었다.
　석이가 어떻게 하면 좋을지 결정을 못 짓고 있으려니까 박참봉 아들이 또 입을 열어,
"상투는 다시 키우몬 그만이고, 코는 사람한테 하나밖에 움써니 안되고, 니 한쪽 귀를 짤라 줄끼다. 쪼맨해서부터 귀에 못이 배키도록 들어온 삼강오륜을 몬깨우친 니 한쪽 귀를 짜릴란다."
　그리고는 허리춤에서 장도칼을 뽑았다.
　석이는 저도모르게 몸을 빼치려 했으나, 이미 청년들이 그의 몸을 둘러싸고 붙들고 있었다. 항거하면 일이 더 시끄러워진다는 생각이 다시한번 석이의 머리를 스치고 지나갔다. 차라리 하는 대로 맡겨두어 직성을 풀어주리라고 눈을 감아버리고 말았다.
　석이의 오른쪽 귀 하나가 도려졌다. 그것을 밭 한가운데 집어던진 박참봉 아들은 끝으로,
"인자부터 니하고 내하고는 마주막이다. 니도 날 다시 볼 택이 움고, 나도 니를 평생 안볼 참이다. 그른데 또 한가지 할말이 있다.

니가 이 하동땅에 살고 있는 기 내 맘에 걸리니께 어데 소문 안 날 딴데로 가서 살아라."

그 말이 아니더라도 석이는 여기 더 머물러 살 생각이 아니었다.

이날밤, 석이는 잠을 이루지 못했다. 잘리운 귀가 쑤시는 것도 쑤시는 거지만 이제 자기네가 옮겨앉을 곳 궁리에 절로 눈앞이 말개지는 것이었다. 그러다가 새벽녘에 풋낏 잠이 들려고 하는데 방문 여닫는 소리가 나 다시 눈을 떴다. 곁에 있어야 할 순이가 뵈지 않았다. 아직 조반하러 나가기에는 이른 시각이었다.

부엌으로 난 샛문을 열어 보았다. 어두운 부엌 한구석에 희끄무레하니 순이의 모양이 떠보였다. 달려나갔다.

순이의 손에서 사발이 떨어지면서 깨지는 소리를 내었다.

"머꼬?"

순이는 온몸을 화들화들 떨 뿐 대답이 없었다.

부엌 바닥에 떨어진 사발조각을 더듬어보았다. 손바닥에 미끄러운 액체가 만져졌다. 잿물이었다.

"이 문딩이가요!"

까닭모를 울화가 치밀어 벌떡 일어나 순이를 떠다밀어팽개치며,

"이 무신 짓꼬!"

순이는 풀썩 그자리에 쓰러져, 마치 온몸의 떨림이 등어리로나 몰린 듯 어깨에 물결을 일으키며 흐느끼기 시작했다.

"지가 움씨몬 어제 일도 안 일어났을끼고……오늘이라도 당신은 집으로 돌아가소."

"택도없는 소리 한다! 바아라, 이 살림이 싫거들랑 너나 니 갈 데로 가아라."

순이는 소리내어 울기만 했다.

"울긴 와 우노. 니 갈 데로 가 살몬 안 되나. 팔 것 다 팔몬 쉰냥 돈은 될끼다. 그거 갖고 니 갈 데로 가 살람 살아라."

순이가 와락 석이의 무릎을 와 안았다.

"앙이요. 암데도 안 갈라요."

젖은 얼굴을 석이의 무릎에 비벼댔다.

석이네가 손도를 당해 옮겨앉은 곳은 사천에서 서남쪽으로 한 십리 떨어진 양짓골이란 마을이었다. 꽤 아늑한 동네였다.
 거기에다 열 마지기 남짓되는 논밭을 사고 소도 한 마리 사 매었다.
 마침 한동네에 또야아버지라는 가난한 농군이 있어서 이편에서 소를 빌려주는 대신 저편에서 이쪽 논밭을 갈아주기도 하고 힘든 일을 맡아 해주기로 했다.
 이 또야아버지가 처음으로 석이의 한쪽 귀가 없는 데 놀라고, 다음에 손을 보더니,
 "아이고, 본께네 이 분겉은 손이 농사 질 손이 앙인대,"
 하며 길쭉길쭉한 이가 드러나도록 입을 벌리는 것이었다.
 석이는 저도모르게 손을 허리춤에 질러버렸다.
 순이만은 그래도 제 앞감당을 하는 일꾼이었다. 품앗이를 할 때도 순이면 받아주었다.
 석이는 자기네 논밭 일에만 나갔다. 그것이 웬만한 아이의 한몫도 못하는 것이었다. 김을 맬 때도 처음 한 이랑은 다른 사람한테 반 이랑 정도밖에 안 떨어지나, 나중에 가서는 남이 세 이랑 네 이랑 맬 때 반 이랑도 채 못 매는 것이었다. 그러고도 밤에는 고되어 앓는 소리를 했다.
 순이가 보다못해,
 "집에서 소나 돌보이소,"
 했으나,
 "아따, 내가 머 예닐곱살 된 머스만가, 소멕이는 데는 열살도 몬 된 머스마하고 나이 묵은 할배뿐 앙이가,"
 하고 듣지 않았다.
 한번은 더위를 먹고 몸살로 한 사날 드러누웠다 일어난 석이가 그동안 볕에 익어 껍질이 이는 어깨를 문지르며,
 "어이고, 암만캐도 내사 어린앤갑다, 이르케 껍풀을 벗는 걸 보니께, 게도 클라몬 허울 벗재,"
 하고 우스갯소리를 했으나 순이는 따라 웃을 수가 없었다.
 가을이 되어 마당질도 끝날 무렵에는 그런대로 석이의 희던 이마

가 제법 구릿빛으로 변하고 말랑거리던 손바닥에 굳은살이 박혔다.
 소에 낟알을 싣고 사천장으로 가는 길에 또야아버지가 석이더러,
"거 참, 아까운 손 배렸다, 분결이 곱더마는,"
하고 이번에는 거칠어진 석이의 손을 애석히 여기는 것이었다.
 석이는 전처럼 이 농사꾼 앞에서 손을 감추지 않아도 좋게 된 것만도 다행스럽게 생각했다.
 또야아버지는 뒷허리춤에서 곰방대를 뽑아 잎담배를 재워 물며,
"농사꾼 손은 저눔의 소 발톱하고 다를 끼 움쟤. 한창 바쁠 때는 손톱 클 새도 움씨 닳아버리거덩. 그때는 저눔의 소 발톱겉이 신을 신키야 똑 맞일 상싶쟤."
 석이도 뒷허리춤에서 곰방대를 뽑아들었다. 얼마 전부터 곰방대를 피우기 시작한 것이었다. 그러나 아직 대를 다루는 솜씨가 어색할 뿐 아니라, 독한 잎담배가 기침을 돋구어 제대로 빨지도 못하는 것이었다.
"그른대 참, 아무리 바도 농사 질 사람은 양인갑는대 우째서 이르케 심든 농사 질 생각이 내꼈소?"
 또야아버지는 못내 그것이 궁금해 못견디겠는 것이었다.
"어데 이세상에 농사 질 사람하고 안 질 사람하고 따로 있답디까?"
"암, 따로 있고 말고. 오매 뱃속서브텀 뼉다구가 그리 생기갖고 안 나오는가베."
 또야아버지가 가슴속 깊이 들이삼켰다 내뿜는 담배연기를 바라보며 석이는,
"울 할배 적브텀 농사는 안 지있심꺼."
 말을 해놓고 보니 왜그린지 지금 석이에게는 그것이 거짓말로만 생각되지 않았다. 어려서 자기의 손목을 잡고 농삿일을 돌보던 할아버지의 모습이 어쩌면 농사꾼의 그것과도 같은 생각이 드는 것이었다.
 한 삼년 동안 농사를 짓는 사이에 석이도 제법 농군티가 잡혀갔다.
 하루는 저녁상을 물리고 나서 순이에게 이런 말을 했다. 일손을

잃어버린 사람들 185

쉬고 좀 한가히 지내는 겨울날 저녁이었다.
"이바, 이 손 좀 바, 나도 인자 손톱이 크몬 전신이 근질근질해서 못견디겠거덩."
순이도 이제는 석이의 매듭진 손을 바라보며 미소를 지을 수 있었다.
그리고 순이가 참말로 소리를 내어 웃을 수 있은 것은, 어느날 석이의 담뱃대 다루는 것을 보고서였다. 뒷허리춤에서 곰방대를 뽑는 거며 잎담배를 재우는 거며 부싯돌을 치는 거며 하나하나가 여실 또야아버지의 그것인 것이었다.
순이의 웃는 소리를 듣고 석이가 돌아다보고는, 왜 웃는지를 알아채고 여느때보다 더 깊이 담배를 빨아삼켰다 내뿜어 보였다. 이러한 살림에도 두 사람은 어느덧 자리가 잡힌 것이었다.
사년째 되는 봄에는 아들까지 하나 낳았다.
그리고 그해 가을이었다. 예년과 같이 소에다 낟알을 싣고 사천장에를 갔다. 또야아버지도 같이였다.
흥정을 끝마치고 돌아서려는데 웬 사람 하나이 석이에게 허리를 꺾고 절을 하는 것이었다. 보니, 자기네 집 늙은 하인이었다.
"되련님…… 아니 되련님, 우째 이리 되있심니꺼?"
하인은 눈물 반 말 반으로, 벌써 두 장거리째나 석이를 찾았다는 것이다. 석이를 이곳에 와 찾게 된 것은, 진주 석이의 외갓집 곁에 사는 사람이 언제인가 사천장에 왔다가 석이같은 사람을 보았다는 말을 석이외삼촌이 듣고 알려준 것이라 했다. 그리고 하인은 오늘 석이의 모습이 하도 변해서 얼른 알아보지 못했노라고 하면서, 지금 마님의 병환이 위독하여 모시러 왔으니 곧 가보셔야 한다고 했다.
석이는 또야아버지한테 소를 맡기고 그달음으로 하인과 같이 길을 떠났다.
도중에 석이가 어머니의 병환은 언제부터 생겼느냐고 하니, 병이 위독해지기는 얼마 전부터지만 벌써 이삼년래 음식을 제대로 드시지 못한다는 것이었다. 석이는 어머니의 병 시초가 어쩌면 자기 때문에 생긴 것인지도 모른다는 생각이 들었다. 그러나 지난날 자기가 한 일은 그럴 수밖에 딴 도리가 없었다는 생각이었다.
 걸음을 재우쳐 걸어 늦저녁때쯤에는 동네가 내려다보이는 앞 고개에 이르렀다.
 그런데 고개를 내려가다 말고 하인이 문득 걸음을 멈추며 석이더러 잠깐 기다리라는 것이다. 무슨 까닭인지 몰랐다. 하인은 다시 무슨 말을 할 듯하더니, 곧 다녀오겠다는 말만 남겨놓고 내려가버렸다.
 석이는 알 수 있을 것같았다. 자기를 찾아나서게 한 것은 아버지가 아니요 어머니인 것이다. 그래 지금 하인은 자기가 여기까지 와 있다는 것을 어머니한테 알려, 다음 분부를 받으러 가는 길일 것이었다.
 이미 집집마다 저녁짓기가 끝난 듯한데, 자기 집 굴뚝에서만 연기가 줄지어 오르고 있었다. 몸채와 사랑채로 드나드는 사람들의 그림자가 먼발치로 보였다. 어머니의 병환이 이만저만 위급한 게 아닌 모양이었다.
 사랑 대문 앞, 거의 다 잎이 진 벽오동 사이로 붉은 감이 저녁그늘 속에 드러나 보였다. 그러자 석이의 귀에 어렸을 때 듣던 할아버지의 대통 털어내는 소리와 함께 기침소리가 들렸다. 뒤이어 어머니가 조심스럽게 자기를 부르는 음성이 들렸다.
 그것은 어느 저녁 무렵이었다. 계절만은 가을철이었는지 이른 봄철이었는지 기억나지 않으나, 하여튼 아침저녁으로 쌀쌀하던 때였다. 그날도 석이는 순이와 놀다가 아버지한테 종아리를 맞고 집 뒤 굴뚝 모퉁이로 돌아가 울고 있었다. 얼마를 거기 그렇게 옹크리고 앉았었는지 모른다. 몸이 혼혼히 녹아오는 맛에 그만 잠깐 졸은 모양이었다. 그러다가 코가 싸아해서 눈을 떠보니, 저녁불을 때고 있는 것이었다. 일어서는데 눈앞에 무엇이 반짝이었다. 거미란 놈이 실을 뽑으며 내려오고 있는 것이었다. 그때 앞마당 쪽에서, 석아, 석아, 하고 부르는 어머니의 조심스런 음성이 들려왔다. 그러나 석이는 대답지 않고 눈앞에 반짝이는 거미줄만 바라보고 있었다. 그저 그러고 서서 어머니의 음성을 듣고 있는 게 좋았다.
 지금도 어머니는 병석에 누워 자기의 이름을 부르고 있을 것만 같왔다. 석이는 자기가 지금 이러고 있을 때가 아니라는 생각이 들었다. 초조한 마음에 몇번인가 앉았다 일어섰다 했다.
하인이 돌아왔다. 얼굴에 눈물자국이 나있었다.
"그만 마님께서……"
"응?"
"오늘 점심때 운멩하셨다캅니더."
석이는 창졸간에 눈물도 나오지 않았다.
하인편에서 새로이 눈물을 흘리며,
"그래서 영감마님께 예쭈어 봤심니더마는……"
"알겠소!"
아버지는 패륜한 자식에게 돌아간 어머니조차 대면시키지 않으려는 것이었다. 석이도 차라리 살아계신 어머니를 못 뵈올 바에는 그것이 잘됐다는 생각이었다.
"먼 길에 오셨다가 어데든지 들어가시서 하룻밤 쉬어가시야 안 되겠심니꺼."
"어대요."
발길을 돌렸다.
하인이 뒤따라왔다.
"인자 그만 들어가소."
그러다가 순이네 집 생각이 나,
"귀동이 집안은 우째 지내요?"
"그냥 잘 있심니더. 박참봉 어른한테서 받았든 땅은 도로 돌리주고, 시방은 기뎅이(귀동이)가 일꾼이 다 되서 농사짓고 있심니더."
그리고도 하인은 석이를 따라왔다. 석이가 걸음을 멈추고,
"패니 내 가는 길만 늦어지요. 인자 그만 들어가소."
그제야 하인은 마지못해 서며 잠시 무엇을 망설이다가,
"저, 말씸디리기 에럽심니더마는 영감마님께서 하시는 말씸이 다시는 사천 근방에……"
"알겠소."
석이의 음성이 떨려 나왔다.
"되련님, 이 일을 우짜몬 좋겠심니꺼."

"염려 말고 어서 돌아가소."
 하인도 돌아가고 혼자가 되어 어두워가는 산길을 걷는 석이의 다리가 마구 떨렸다. 여지껏 참았던 울음이 터질 것만 같아 길가에 풀썩 주저앉아보았으나, 좀처럼 울어지지도 않았다.

 다음으로 석이네가 옮겨앉은 곳은 지리산 속이었다.
 소에다 씨앗과 먹을 양식 얼마큼과 연장을 싣고 떠났다. 또야아버지는 도무지 석이의 하는 일을 몰라했다. 사년 전에 어디서 농사라고는 지어보지도 못한 듯한 사내가 떠들어왔다가, 이번에는 또 겨울을 앞둔 절기에 더구나 논밭을 모조리 자기에게 떠맡기고 어디로 떠나버리는 것이다. 이렇게 석이는 사년 동안이나 가까이 지내온 또야아버지한테도 자기가 어디로 간다는 것을 알리지 않았다.
 산으로 들어온 날부터 통나무를 찍어 움막을 짓고, 부대앝(화전)이 될 만한 곳을 가려 불을 놓았다. 그리고는 나뭇등걸이 그냥 남고 돌부리가 박힌 비탈을 갈아 보리를 심었다. 모두 그동안 농사지어본 경험의 힘이었다.
 낮과 밤으로 보이는 것은 산마루요, 들리는 것은 산골짝 물소리와 바람소리, 그리고 날짐승 길짐승의 울음소리뿐이었다. 뜻않았던 때 한뼘이 넘는 지네가 떠르르르 울며 움막 벽을 기어 지나가는 수도 있었다.
 둘이는 버섯도 따고 도토리도 주워들였다.
 간혹 약초 캐러 올라오는 사람이 있었다. 사람을 만나는 반가움에 품을 놓아가며 진종일 따라다닌 적도 있었다.
 겨울이 되어 약초 캐러 오는 사람의 종적도 그치자, 긴긴 밤에 바람소리와 짐승의 울음소리만이 더 거칠게 들렸다.
 이듬해, 잎샘 추위가 아직 한창일 적부터 부대앝을 매만져 감자와 강냉이와 조를 심었다.
 갖고 온 양식도 있고 지난 가을 주워들인 도토리도 있었으나, 햇보리가 나기까지 대려면 무던히 아껴야만 했다. 다행히 송기를 벗길 수 있고, 고사리 도라지 두릅 더덕 취같은 산나물이 지천으로 있어서 크게 양식보탬이 돼주었다.

건건이와 결칠 옷감같은 것도 이렁저렁 마련되었다. 이른봄부터 약초 캐러 올라오는 사람이 있어서 이편에서 미리 약초를 캐 두었다가 소금이니 무명이니 하는 것과 바꿀 수가 있는 것이었다.
먼저 익은 보리이삭을 잘라다 비벼보니, 이삭은 작은 대로 알맹이가 제대로 또릿또릿했다.
첫 보리밥을 해먹는 날 저녁, 벌써부터 밥알을 탐내하는 어린것에게 우선 한술 떠넣어주며 석이가,
"올 가실에는 보리를 더 많이 심어야재."
"아이고 그른 심이 어데 있소."
"거 머, 할라카몬 몬할끼 머 있노. 멋보담 요것을 바아서도 농사는 더 지야 할끼라. 앙그래?"
석이는 오물오물 보리알을 씹고 있는 어린것을 내려다보며 오래간만에 웃음을 지었다.
"그렇긴 그렇소."
순이도 웃음을 머금고 어린것의 볼을 꼬집는 시늉을 했다.
감자나 강냉이나 조도 이삭은 작고 알은 잘지만 수확이 괜찮았다.
이번에는 순이편에서,
"멩년에는 감자하고 강냉이도 많이 심어야겠소,"
했다.
한번은 석이가 산 깊이 들어가 머루를 한 다래끼 따 왔다.
세 식구가 같이 앉아 먹다가 문득 석이가,
"요것 똑 눈이 머루겉네,"
하고는 머루알을 어린것의 눈가에 가져다대며,
"그렇재?"
"당신도! 우리 아 눈이 머루 닮았나, 머루가 우리 아 눈 닮았재."
같이 웃었다.
그뒤부터는 어린것을 머루눈이, 머루눈이, 하고 불렀다.
이제는 바람소리며 짐승의 울음소리도 귀에 익어 전처럼 싫지는 않았다. 뼘이 넘는 지네가 지나가도 그닥 겁내지도 않았다.
그해 가을에는 새로 산판에 불을 놓아 보리농사터를 늘리고, 다음해 봄에는 감자며 강냉이며 조를 더 많이 심었다.

그리고 봄도 지나, 강냉이수염이 패기 시작한 어느날 해거름때였다.

석이가 움막에 앉아있으려니까, 아래 샘터로 물뜨러 갔던 순이가 째지는 듯한 외마디 비명을 지르는 것이었다. 맨발로 뛰어나가 보니, 순이가 샘터 곁에 쓰러져 두 손을 허공에 허위적이고 있는데, 저만치 숲속에 커다란 늑대 한 놈이 어린것을 물고 내빼는 것이 아닌가. 눈앞이 아찔한 대로 거기 도끼를 집어들고 뒤쫓아 달려갔다.

저만치 늑대가 보였다. 있는힘을 다해서 뒤쫓아갔다. 그러나 늑대편에서 그리 세차게 내빼는 것같지도 않건만, 조금도 거리는 줄어들지 않는 것이었다. 온 산이 울리도록 고함을 질러보았다. 그러면 늑대가 생각난 듯이 이편을 한번씩 돌아볼 뿐, 입에 문 것은 놓을 염을 않는 것이었다.

얼마나 그러고 쫓아다녔는지 모른다. 어느덧 사위가 어두워져 늑대의 그림자가 보이지 않게 되었다. 그래도 석이는 그냥 숲속을 헤매어 달렸다. 어둠속에 불을 켜든 눈알이 있어 같이 불을 켜든 석이의 눈과 마주치곤 했다. 달려가 도끼로 찍어냈다. 그러나 번번이 나무줄기에 도낏날이 박히거나, 바윗등을 헛때릴 따름이었다. 바위와 부딪칠 때는 거기서도 불이 일곤 했다.

불을 켜든 눈알도 다시는 찾아볼 수 없게 됐다. 어느새 짧은 여름밤이 새인 것이었다.

석이가 얼굴이며 팔이며 정강이며 발바닥이며 할것없이 온통 피와 땀으로 범벅이 되어 돌아왔을 때 순이는 어제 그자리에 그냥 실성한 사람처럼 앉아있었다.

그뒤로 순이는 샘터에를 나가지 못했다. 그리고 심상한 바람소리에도 깜짝깜짝 놀라곤 했다. 어디서 늑대 울음소리라도 들릴라치면, 아 우는 소리, 아 우는 소리, 하고 두 귀를 막고는 온몸을 사시나무 떨 듯하는 것이었다. 그럴 때마다 석이는 미친 사람모양 도끼를 집어들고 산으로 달려올라가곤 했다.

갑자기 두 사람은 늙은 것같이 보였다. 얼굴에 주름살이 깊이 패이고, 머리에 흰 터럭까지 희끗거리기 시작했다.

산을 버리고 내려오는 수밖에 없었다.
단성골에 들러 소를 팔았다.
소장수가 소코뚜레를 잡으면서,
"어, 공동묘지로 갈 소가 우째 일로 왔노,"
하고는 소 입을 벌려 보고,
"아직 여듭인대 이르키나 뻭다구만 남았노."
사실 소도 주인처럼 갑자기 더 늙고 살이 빠져있었다.
소장수가 부르는 값을 그대로 받아가지고 삼천포로 나왔다. 거기서 배를 타고 통영으로 갈 참이었다.
통영을 찾아가는 것은 무슨 별다른 목적이 있어서가 아니었다. 지난날 하동에서 해물장사를 할 때 전복이니 갈치니 하는 생선을 순이가 좋아하던 것을 생각하고, 다시 해변가로 가서 살아보리라는 것뿐이었다. 해변가라면 삼천포도 그만이겠지만, 되도록 아는 사람의 눈에 띄지 않게끔 더 멀리 가기로 했다.
석이네가 탄 배는 그리 크지 않은 돛배였다. 석이네 외에 네댓명의 손님이 있었다.
바다로 나가자 돛을 다루던 배꾼이 심심한지 이사람 저사람에게 말을 건네다가 석이에게도 말을 붙이는 것이었다.
"아재는 어데서 오는 길임니꺼?"
나이가 석이와 엇비슷한 서른 안팎의 사람이었다. 이 사람이 석이더러 아재라는 것이었다.
대꾸를 안 할 수 없어서,
"산중에서요,"
했더니,
"아주 이사가시는 길인갑네예, 산중에서는 살기가 에럽지요?"
하며 다시한번 석이의 행색을 살피는 것이었다. 아마 석이의 한쪽 귀가 없고 초라한 꼴이 배꾼의 눈을 끈 모양이었다.
"그라몬 통영에는 아는 연줄이라도 있어서 감니꺼?"
석이는 잠잠히 앞바다만 내다보고 있었다.
배꾼은 석이가 잠자코 있는 것으로 무슨 의지할 곳이 있어 찾아가는 길이 아닌 걸로 알아챈 듯,

"머니머니캐도 농사꾼은 농사가 젤임니더. 울아부지가 에리서브터 내한테 하는 말이 있소. 송충이는 갈잎을 몬 묵는기고, 바다 사는 깔매기는 육지서는 몬 산다캅디더. 그렁깨네 내한테는 딴 생각 말고 배나 잘 부리고 살라카지 안컸심니꺼."
 통영에 닿아서는 해평나루에다 거처를 정했다.
 순이가 즐겨하는 생선을 골라 사들였다. 별로 이웃과는 사귀지도 않았다.
 갖고 있는 돈이 거의 다 떨어지자 석이는 친히 바닷가로 나가 고깃그물을 끌어주고 얼마만큼씩 나눠주는 생선을 받아가지고 들어오곤 했다.
 지니고 있던 패물마저 다 팔아버리자 생각끝에 고기잡이배를 따라 바다로 나가기로 했다. 석이가 바다로 나가기 전 날, 순이는 석이어머니의 물림으로 받은 패물 중에서 단 한 가지 남은 은가락지를 팔았다. 석이에게 곰방대와 잎담배를 사주기 위해서였다. 산으로 들어가자부터 잎담배를 구할 도리가 없어 담배를 끊고 있었던 것이었다.
 바다로 나갔던 배가 돌아올 날짜가 되었다. 그런데 그 날짜에서 이틀이 지나고 사흘이 지나도 돌아오지 않는 것이었다. 그사이 큰 풍랑이 인 것같지도 않았는데 이상한 일이었다. 바다로 나간 사람의 가족들이 헛되이 바다만 내다보다 돌아가곤 했다. 다른 사람들이 다 돌아간 뒤에도 순이는 자리를 뜰 줄 몰랐다. 나루 건너편 미륵섬의 검은 그림자가 자꾸만 더 검어 보였다.
 나흘째 되는 날 배를 타고 나갔던 젊은 어부 한 사람이 돌아왔다. 해미를 만나 배가 바윗부리에 부서졌다는 것이었다. 요행 젊은 어부만은 그때 부서진 뱃조각을 붙들 수가 있어서 지나가는 배에 구원을 받았다는 것이다.
 곡성이 온 나루터를 뒤덮었다. 그러나 순이의 눈에서는 눈물도 흐르지 않았다.
 이튿날 젊은 어부를 앞세우고 바다로들 나갔다. 소용없는 줄 알면서도 혹시 죽은 사람들의 시체나마 찾아볼까 해서였다. 순이도 그 배에 올랐다. 며칠 새에 머리카락이 더 세어 보였다.

잃어버린 사람들　193

배가 깨어진 자리까지 가보았으나 거기에는 역시 나뭇조각 하나 떠있지 않았다.

하는수없이 뱃머리를 돌리는 수밖에 없었다. 그러자 누군가 바다로 뛰어드는 사람이 있었다. 다른사람 아닌 순이였다. 이렇게 한번 물속으로 들어간 순이의 몸은 다시 물 위로 솟지도 않았다.

이때 살아 돌아온 젊은 어부가 생각난 듯이 중얼거렸다.

"참, 죽은 그 아재꺼정 벨쭉스러웠심니더. 엽초를 피아싸암서 우째 그리 담배맛이 육지서 피우든 거하고 다리다 안캐싸컸심니꺼. 그래 얼매 동안 배를 타몬 담배맛이 제대로 돌아오느냐쿠멘서 하는 소리가, 이븐에 고기를 잡거덜랑 대구나 두어 마리 살리갖고 돌아갈끼라고 안캐싸컸심니꺼."

——통영 해평나루 맞은편 미륵섬 올라가는 왼편 길가에, 이끼 낀 조그마한 단갈이 하나 서있다. 〈古海坪烈女紀實碑〉. 그리고 지금도 통영에는 다음과 같은 간단한 이야기가 전해져 내려오고 있다. 옛 해평나루터에 어디서 떠들어왔는지 모를 부부가 살았는데, 성씨와 나이도 분명치 않고 이웃과 별로 사귀는 일도 없이 그저 양주의 의만이 자별나게 좋던 중, 하루는 생계를 위하여 남편되는 사람이 어선을 따라 바다로 나갔다가 배가 깨어졌다. 이를 안 아내되는 사람이 남편이 빠진 곳을 찾아나아가 물에 몸을 던졌더니, 이튿날 이곳을 지나는 배가 있어, 물 위에 떠있는 시체 둘을 발견했다. 남편의 시체를 안고 있는 여인의 시체였다.

1955 십일월

산

오늘도 덫에는 아무것도 걸린 게 없었다. 이런 가을철에는 으레 토끼 한두 마리와 꿩 몇 마리는 갈데없었는데 웬일인지 올가을에는 그렇지가 못한 것이었다. 그동안 짐승종자가 다 없어졌단 말인가. 바우는 올가미와 덫치기를 다른 목으로 옮겨놓았다.

이길로 바우는 도토리를 주우러 가는 참이었다. 가까운 곳에 떡갈나무가 없는 것은 아니나 도토릿골로 가야만 떡갈나무숲이 있어서 알 굵은 도토리를 힘 안 들이고 주워올 수가 있는 것이었다.

산에는 단풍이 들어있었다. 산 중턱까지는 검푸른 전나무와 잣나무 소나무로 둘리고, 그 위로는 하아얀 자작나무와 엄나무 피나무 느릅나무숲인데, 그 사이에 단풍나무가 타는 듯이 물들어있는 것이었다. 그리고 이 검푸르고 하얗고 누렇고 붉은 빛깔은 가까운 산에서 먼 산으로 멀어짐에 따라 그 선명한 빛깔을 잃어가다가 나중에는 저쪽 하늘가에 뽀오야니 풀려버리고 마는 것이었다. 어디를 보나 마찬가지 산이요 또 산이었다.

길이란 게 있을 리 만무했다. 그러나 길 없는 길만 걸어 버릇한 바우에게는 조금도 불편스럽지가 않았다. 외로운 줄도 몰랐다. 본시 사람들과는 아무 교섭 없이 살아온 바우였다.

바우가 부모 아닌 딴사람을 본 것은 일곱살엔가 나서 처음이었다. 부모를 따라 부대앝에 나가있느라니까, 어디서 사람의 목소리가 들려왔다. 보니 저 아래에 웬 사람이 하나 서서 이리 소리를 지르고 있는 것이었다. 흰 두루마기에 검정 갓을 쓴 사람이었다. 아마 그 앞을 지나가다가 길을 묻는 모양이었다. 아버지가 일손을 멈추고 돌아섰으나 미처 무어라고 대답을 못했다. 오랫동안 누구와 이야기를 주고받는 일 없이 살아왔기 때문에 갑자기 말문이 열리지 않는가보았다. 지나가던 사람편에서 더 소리를 지르지 않고 그냥 가버렸다. 그 걸음이 무척 빨랐다. 왜그런지 이쪽을 무서워하는 눈치같았다. 바우는 아버지 어머니와 같이 그사람이 저쪽 산굽이로 희끗거리며 사라질 때까지 서서 바라보았다. 마침내 그림자가 아주 뵈지 않게 되자 별안간 아버지가 그쪽을 향해 목청껏 소리를 질렀다. 어어이. 어디선가 메아리가 되어 돌아왔다. 어어이이. 이 어어이이 소리를 다시 어디서 받고 그 다음에 또 어디서 받고 하면서 멀리 꼬리를 감추어버렸다.

훗날 바우는 아버지의 시체를 묻고 나서 어린 마음에도 가슴이 답답해 목청껏 소리를 질러보았다. 어어이. 어어이이.

바우의 아버지가 죽은 것은 산돼지한테 받힌 것이 덧나서였다. 바우가 열세살엔가 났을 때의 일이었다. 아침에 나간 아버지가 돌아올 때가 지났는데도 안 돌아왔다. 덫을 들고 나간 것으로 보아 어디 무엇하러 갔는지는 알 수 있었다. 그날 바우도 따라나갔을 것인데 전날 밤부터 배탈이 나서 못 따라나간 것이었다. 어머니와 함께 찾아나섰다. 아버지는 앞산 벼랑 한중턱에 떨어져있었다. 산돼지한테 빗받혀 굴러떨어지다가 거기 벋어나온 소나무에 걸린 것이었다. 피나무 밧줄을 가져다 간신히 끌어올렸다. 상처는 오른쪽 옆구리가 약간 찢어졌을 뿐 대단치 않았다. 그 상처가 날이 갈수록 아물지 않고 썩기 시작한 것이다. 느릅나무 뿌리를 캐어다 짓이겨 붙여도 별 효험이 없었다. 아버지는 자리에 눕자 같은 말을 되뇌었다. 내가 실수를 하느라고 그날 산돼지 길목이 바뀐 줄을 모르고 어름거리다가 새끼 샘하는 어미돼지한테 이 봉변을 당했다, 앞으로 산에 사는 동안은 큰짐승을 조심해라, 그리고 아예 이편에서 먼저 큰 짐승을 건드릴 생각을 마라. 사실 아버지는 평상시에 큰짐승이 걸릴 허방다리같은 덫은 놓지부터 않았다. 겨울 아침에 집앞을 지나간 호랑이 발자국이 눈 위에 나 있을 적도 있었지만 호랑이가 집앞에서 어정거렸거나 집안을 엿본 흔적은 없는 것이었다. 아버지는 다시 말했다. 산에서 살려면 큰짐승을 한식구로 생각해라. 이러한 아버지가 죽기 며칠 전에는, 이제 자기가 죽거들랑 이곳을 떠나 큰짐승이 덜한 곳으로 가 살라고 했다. 끝내 산을 떠나라는 말은 하지 않았다. 이 아버지의 말을 좇아 바우네는 지금 사는 싸릿골로 옮겨앉은 것이었다.

전나무숲 사이에서 노루가 일어 거불거불 달아났다. 그때 풀섶에서 푸드득 꿩이 날아났다. 그러면 그렇지, 꿩종자가 없어질 리야 있나. 이제 덫에도 와 붙을 테지.

높고 낮은 등성이를 몇 넘어 귀룽나무가 서있는 고개에 올라섰다. 그 밑이 돌자갈물이 흐르는 졸졸잇골이요, 그곳을 지나 오리나무숲을 돌아서면 바로 도토릿골인 것이다.

바우는 고개 밑으로 내려가 손으로 물을 움켜 마셨다. 그리고 손등으로 입술을 훔치다 말고 물속을 들여다보았다. 오늘 아침 어머니가 한 말이 생각난 것이다. 하루종일 가도 별로 말이라곤 주고받는 법 없이 살아오는 어머니와 아들이었다. 그것은 아버지가 살아있을 때도 마찬가지였다. 연장을 들면 부대앝으로 나가자는 말이 됐고, 어느편에서고 일손을 멈추면 좀 쉬자는 말이 됐고, 해를 보아 연장을 둘러메면 그만 돌아가자는 말이 되곤 했다. 그러던 것이 아버지가 세상을 떠나자 어머니와 아들은 더 말이 없는 사람들이 됐다. 그 어머니가 오늘 아침 아들의 머리를 가위로 깎아주며 불쑥, 너 아버지 닮았다, 한 것이었다. 그때 바우는 아무 대꾸도 하지 않았다. 지금 물속에 비친 제 얼굴을 들여다보며 바우는 머리의 수건을 벗겼다. 아버지의 머리는 상투였는데 자기 머리는 이렇게 깎아버린 게 다르다. 그뿐 아니고 아버지는 검은 턱수염이 있었는데 자기는 없다. 바우는 도시 어머니의 말뜻을 알 수가 없었다.

바우가 도토리 한 광우리를 손쉽게 주워담아가지고 벗어놓은 지게를 가지러 가는데, 퍼뜩 대여섯간 저 앞에 이상한 것이 눈에 띄었다. 처음에는 무슨 짐승이나 아닌가 했으나 자세히 보니 사람인 것이다. 이쪽을 바라보며 서있다. 그리고 이 사람이 한 손을 등뒤로 돌려 흔들자 불쑥불쑥 사람들이 몇 일어서는 것이다. 모두 다섯

명이었다.
 바우는 산속에서 처음으로 이렇게 많은 사람을 대하는 것이었다. 싸릿골로 온 뒤에도 고작해야 일년에 한두 사람의 그림자를 보나마나 했다. 그것도 가까이서가 아니고 먼 산모퉁이를 돌아 사라지는 사람의 그림자인 경우가 대개였다. 그저 바우로서 사람을 제일 많이 대해보는 건 봄철에 한 번씩 벌마을에 갔을 때뿐이었다. 사십리가 넘는 길을 복령, 고사리, 도라지, 송이버섯, 느타리 같은 것을 갖고 가서 소금 등속과 바꿔오는 것이었다. 마을이래야 네 집밖에 되지 않았다. 그러나 바우로서는 사람을 가장 많이 만나보는 즐거운 한때였다. 혼자서도 외로운 줄 모르고 자란 바우였으나 역시 여러 사람을 대한다는 건 즐거운 일이 아닐 수 없다.
 다섯 사람이 바우를 와 둘러쌌다. 똑같이 흙투성이가 된 푸르딕딕한 옷을 입고 양쪽 어깨와 등허리에다는 마른 풀과 나뭇가지를 꽂고 있었다.
 처음에 이쪽을 향해 섰던 사내가 바우 앞으로 다가서며 구멍 뚫린 쇠뭉치같은 것을 들이대면서 딱딱하게 말했다.
 ─뭣하는 사람야?
 바우는 사내가 들이댄 것이 언젠가 아버지와 함께 만난 사냥꾼이 갖고 있었던, 한 방이면 곰이고 호랑이고 단박에 눕혀놓는다는 그 총이라는 걸 알자 몸이 후들거렸다.
 바우가 미처 대답을 못하고 있으려니까,
 ─어디 살지?
 이번에도 바우는 얼른 대답이 안 나왔다.
 ─이게 벙어리 아냐?
 이때 누가,
 ─저 도토리 봐라,
하고 광우리 쪽으로 달려가며 소리질렀다.
 ─어 밤도토리다.
 다른 사람들도 모두 그리 몰려갔다.
 바우는 총대가 치워져 비로소 숨을 돌려쉴 수 있었다.
 다섯 사람이 광우리 둘레에 펄썩 주저앉더니 제각기 도토리를 집어 까먹기 시작했다.
　바우는 바삐들 입놀림을 하고 있는 그들의 행색을 새로이 살펴보았다. 그 무서운 총대를 든 사람은 하나뿐이었다. 그리고 그중의 한 사람이 자루주머니같은 것을 짊어졌을 뿐 모두 빈손이었다. 얼굴의 수염들이 거칠대로 거칠었다. 그런데 한 사람만이 머리는 긴데 전혀 수염이 없었다. 몸집이 제일 작았다. 나이도 그중 어려보였다.
　한참 도토리를 먹고 나더니, 송곳니에 덧니 난 사내가 바우더러,
　——이봐, 샘물이 어디 있지?
했다.
　바우는 이번에는 왜 그런 것까지 묻는지 몰라 잠자코 있으려니까,
　——저게 아무래두 벙어리야,
하면서 총잡이사내가 손으로 물을 떠 마시는 시늉을 해보이며,
　——이거 몰라?
　그제야 바우는 그들이 무엇을 바라고 있다는 것을 알아채고,
　——졸졸잇골루 가야……
　——벙어린 아니군. 그래 거기가 어디야?
　——바루 요기 돌아가믄……
　바우가 집으로 돌아가는 길에 그들을 거기까지 데려다주려고 광우리를 지게에 올려놓는데,
　——지게는 여기 놔두구 가.
　덧니박이사내가 말했다.
　졸졸잇골 돌물소리가 들리자 제각기 달려가 엎드리더니 꿀꺽꿀꺽 소리를 내며 물들을 마셨다. 수염 없는 젊은 사람만이 손으로 움켜 마셨다. 한 차례 물을 먹고는 얼굴과 발을 씻었다.
　덧니박이사내가 오리나무 뒤로 돌아가 오줌을 누고 돌아왔다. 그때 바우는 이사람 허리에 손바닥만한 가죽 주머니가 달려있는 것을 보았다.
　덧니박이사내가 돌아오더니 주머니에서 종이 한 장을 꺼내어 무릎 위에 폈다.
　총잡이사내가 마주 와 앉으며,

—소대장님, 여기가 어디쯤 될까요?
하고 물었다.
 그 말에는 대답 없이 종이만 들여다보던 덧니박이사내가 바우에게로 고개를 들며,
—이봐, 여기가 무슨 군 무슨 면이지?
했다.
 바우는 또 그 말을 알아듣지 못했다.
 총잡이사내가 갑갑한 듯이,
—허 참, 어디 말이 통해야지. 자네 사는 동네 이름이 뭐냐 말야?
—싸릿골이란 데유.
—게가 어디야?
—예서 한 십리 되는데유.
—허, 그래 몇 집이나 사나?
—우리집 하난데유.
—자네네 집 하나뿐야? 그래 이 근방에 사람 사는 동네가 없단 말야?
 바우가 고개를 끄덕였다.
 이러한 말을 듣고 있던 일행은 일시에 맥이 풀렸다. 처음 바우를 만났을 때는 그래도 여기 어디에 부락이 있는 줄만 알았다. 지금 자기네에게는 소총 한 자루와 권총 한 자루가 있다. 그것이면 자기네가 원하는 것을 얻을 수 있으리라고 들피진 몸에 그래도 희망이란 걸 붙일 수 있었다. 그랬는데 그 희망마저 끊어지고 만 것이다. 이 산골내기가 산다는 곳이 여기서 십리나 떨어져있는 단 한 집뿐인 데다가 이렇게 도토리를 주우러 여기까지 오지 않으면 안된다는 살림 형편이 그들로 하여금 절망감을 느끼게 한 것이다.
—소대장님, 이만큼에서 좀 쉬어가는 게 어떨까요? 모두 녹초가 된 모양이니.
 총잡이사내의 말에 덧니박이사내가 폈던 종이를 접으면서,
—그러면 산으루 올라가보지. 그놈의 쌕쌕이한테 잘못 걸렸단 큰일나니까.

─여기두 전투기가 오나?
 총잡이사내가 바우에게 물었다. 바우는 또 그 말이 무슨 말인지 못 알아듣는다.
 ─쌔액, 쌔액……
하고 총잡이사내가 오른쪽 손바닥을 펴가지고 자기 이마 앞 허공을 두어 번 찌르고 나서,
 ─이런 거 오지 않나?
 그제야 바우도 알아채고,
 ─봤어 유.
 벌써 작년 여름철 부대앝에서 풀을 뜯어주다였다. 난데없는 세찬 바람소리에 놀라 고개를 드니 크나큰 날개를 가진 물건이 걸핏 머리 위를 지나가 저도모르게 밭고랑에 머리를 틀어박고 말았다. 그 뒤에도 이 세찬 바람소리를 들을 적마다 어디다 고개를 묻곤 했는데, 그 놀라운 것을 자기도 보았다는 생각에 바우는 한번 벌썬 웃었다.
 ─허, 이게 웃어, 멋두 모르구. 아직 맛을 못봤구나.
 누웠던 사람들이 부시시 일어났다.
 수염 없는 젊은 사람은 아까부터 혼자 떨어져앉아 앞 고개허리만 바라보고 있다가 맨 나중에 일어섰다.
 다시 물을 한 차례씩 마셨다.
 ─물을 좀 떠가지구 가지.
 자루주머니같은 것을 메고 있던 사내가 그 속에서 뚜껑 달린 쇠통을 꺼내어 물을 담았다. 그것을 수염 없는 젊은 사람이 들었다.
 도토릿골로 돌아와서도 그들은 바우를 돌려보내지 않았다. 그들은 광우리를 지게에 지운 바우를 앞세우고 산으로 오르기 시작했다. 소대장은 앞으로 바우를 길잡이로 삼을 참인 것이었다.
 전나무숲과 자작나무숲이 잇닿은 어름에서 걸음을 멈추었다. 자루주머니같은 것에서 자그마한 삽을 하나 꺼내었다.
 바우는 그 주머니 속에 별게 다 들어있다고 생각했다.
 바우더러 굴을 파라고 했다. 그리고 자기네들은 다시 도토리를 까먹기 시작했다. 그러다가 한 사람 두 사람 드러누웠다. 수염 없

는 젊은 사람만이 나무에다 등을 기대고 앉아 깍지낀 무릎 위에 이마를 얹고 있었다.
 소대장은 다시 지도를 꺼내어 무릎 위에 펴놓고 손가락 끝으로 태백산맥 줄기를 더듬으며,
 ─여기가 아마 오대산일거야.
 혼잣말을 중얼거리고는 주머니에서 꽁초를 하나 꺼내었다.
 꽁초에 불을 붙여 한 모금 빨아 내뿜기가 무섭게 누웠던 사람들이 번쩍 정신이 드는 듯 일시에 윗몸을 일으켰다. 소대장은 아차 실수를 했다고 생각했다.
 ─소대장님은 예비심두 많으셔.
 총잡이가 목줄떠뼈를 움직이며 말했다.
 ─이게 마지막이야.
 ─그렇다면 더더구나 한모금 빨아봅시다.
 소대장은 마지못해 담배를 건네었다.
 먼저 총잡이가 빨고, 다음에 노랑수염이, 끝으로 배낭메기에게로 건네어갔다. 수염 없는 젊은 사람만이 빠졌다.
 배낭메기가 빨자 이제는 빨간 불꽃만 남은 담배꽁다리를 노랑수염이 냉큼 빼앗아다 입술이 탈 만큼 한 모금 더 빨아삼켰다. 그리고는 머리가 핑 도는 듯 눈을 감고 드러누워버렸다. 몸을 모로 뒤치면서 눈을 떠보았다. 바우가 굴 파던 손을 쉬며 머리의 수건을 벗겨 얼굴을 닦는 게 보였다. 그게 우스웠다. 저놈의 머리 깎은 꼴 좀 보라고 곁의 사람에게 알려주고 싶었다. 까마귀가 뜯어먹다 남긴 꼴이 아닌가. 그렇지만 노랑수염은 담배에 취하여 아무말도 할 수가 없었다. 아무말을 하지 않아도 그저 쩨릿하니 행복스러워 다시 눈을 감아버리고 말았다.
 바우는 날이 저물기 전에 마른 풀 한 짐과 삭정이 한 짐을 해왔다. 삭정이에 불을 피운 후 마른 풀잎 속에 다시금 몸들을 눕혔다.
 소대장이 몇번 고개를 들고 화광이 너무 멀리 비치지 않게끔 조심하라고 일렀다. 수염 없는 젊은 사람만이 불가에 옹크리고 앉아 깍지낀 무릎에 이마를 얹고 있다가 어느새 이 사람마저 허리를 구부리고 누워버렸다. 자꾸들 불곁으로 다가들었다. 이제는 누구 한

사람, 화광이 너무 멀리 비치지 않게 조심하라는 말을 하는 사람은 없었다.

이튿날 아침은 바우가 구워주는 도토리로 요기들을 했다. 날것보다 더 떫었으나 연한 맛에 많이 먹혔다.
바우는 이렇게 산속에서 많은 사람들을 만난 게 그저 반가웠다. 그리고 이 사람들을 위해 자기가 무엇이고 도와줄 수 있다는 게 즐거웠다. 집에서 기다릴 어머니생각도 잊을 정도였다. 바우는 어제 다 못 판 굴을 어서 파야겠다고 잽싸게 삽을 놀렸다.
노랑수염이 허리춤을 여미며 돌아와,
—이거야 밑구멍꺼지 메서 살 수 있나,
하니 총잡이가,
—그런 말 말어. 먹는 것 없이 자꾸 싸내기만 하면 어떡허게. 난 허연 쌀밥에 고깃국을 한번 잔뜩 먹구서 아예 밑구멍에다 콩쿠리를 해버렸으면 좋겠어. 다시는 영 배가 고프지 않게 말이야. 정말이지 난 요새 아무것두 뵈는 게 없어. 예펜네와 애새끼의 상판대기두 잊어버렸어. 그저 눈앞에 뵈는 건 김이 물물 오르는 밥그릇뿐이야. 쌀밥이 아니래두 좋아. 보리밥이래두 고봉으루 담은 거면 돼.
그러다가 소대장이 지도를 꺼내어 펴자 그리로 목을 뽑으며,
—어디쯤 인가가 있음직한 곳이 없습니까?
했다.
—에에, 이 서남쪽으루 가야 마을이 있을 것같은데.
—그럼 좌우지간 어서 가서 찾아봐야지요. 정말 이러다간 허리춤의 이 굶겨죽이기 꼭 알맞겠어요.
소대장이 지도에서 눈을 들며,
—저어 이봐,
하고 노랑수염에게,
—자네가 오늘 이쪽으루 가서 마을이 있는가 보구 오게. 두서너 집만 배두 곧 돌아와 알리게.
길잡이로 바우가 같이 가기로 되었다.
이따끔 짐승의 똥까지 섞여있는 습기찬 썩은 낙엽에 푹푹 발목이

빠지는 나무숲 속은 대낮에도 오히려 어두컴컴했다. 밑은 잔잔하고 고즈넉한데도 나무숲 꼭대기는 오옥오옥 바람소리가 설레었다. 혹 나무숲이 그쳤는가 하면 벼랑이어서, 곧장 가면 얼마 안 될 곳을 한참씩 돌아가야만 했다. 이런 산속에서 노랑수염은 바우한테 뒤져지기가 일쑤였다.

한 이십리 남짓 걸었다.

어느 산굽이를 돌며 노랑수염은,

―여보게 좀 천천히 가세,

하고 이런 때 서로 무슨 말이라도 주고받아야 심심파적도 되고 다리 아픈 것도 좀 잊을 것 같아,

―자네 이름이 뭐지?

하고 말을 붙였다.

―바우에유.

―바우? 응, 바우, 그래 식구는 몇이나 되나?

―어머니와 단 둘뿐이에유.

그러나 되도록이면 말수를 늘이고자,

―그럼 아버진 세상을 떠났나?

―그래유.

―동생두 없구?

―네.

그러다가 노랑수염은,

―그런데 참, 자네 나이가 몇인가?

바우는 얼른 대답지 못했다.

―올해 몇살이냐 말야?

바우는 그것이 알쏭달쏭해서 잘 모르겠는 것이다. 싸리순이 돋을 무렵 어머니가, 너도 이젠 스물두살이 됐다는 말을 한 일이 있는데, 그것이 작년 일인지 올봄의 일인지 분명치가 않은 것이었다. 그러나 잠자코 있을 수만도 없어서 그저 스물둘이라고 해두려는데,

―이게!

하고 노랑수염이 픽 웃고 나서, 새삼스럽게 바우를 한번 훑어보는 것이다. 그 눈이 아랫도리에 가 머물렀다. 정강이 위까지 걷어올린

잠방이 밑으로 드러난 구릿빛 다리가 걸음을 옮길 때마다 장딴지의 핏대가 꿈틀거렸다. 다 클대로 큰 장정인 것이다.
　——그래 세 군데 털난 녀석이 제 나이두 몰라?
　노랑수염은 어이가 없어 이번에는 소리까지 내어 웃었다. 그 웃음소리가 외진 두메에 별나게 크게, 그리고 공허스럽게 울렸다. 그 것을 느끼자 그는 퍼뜩 웃음을 끊고 말았다.
　다시 말없이 길을 걷는 동안, 그는 전쟁마당에서도 죽지 않고 살아난 자기가 이 제 나이도 모르는 바보가 살고 있는 산속을 벗어나지 못하고 죽고 말 것만 같은 생각에 가슴이 답답해지는 것이었다.
　그럭저럭 한 삼십리는 족히 걸었을 즈음이었다. 이대로 돌아가는 수밖에 없다고 마음속으로 뇌까리기 여러번, 어느 고갯마루에 올라서니 저쪽 맞은편 언덕 기슭에 인가가 보였다. 모두 세 집이었다. 노랑수염은 한숨을 후우 내쉬고 나서,
　——자, 여기를 다시 찾아올 수 있지?
　바우는 말없이 사면을 한번 둘러보았다.
　굴 있는 데로 돌아오니 그새 굴을 다 파놓았다.
　도토리를 구워 나눠들 먹고 곧 길을 떠났다. 수염 없는 젊은 사람만이 남아 굴을 지키게 되었다. 노랑수염이 자기도 몸이 고달파 못견디겠다고 했으나, 소대장이 지금이 어느때라고 그런 호사스런 소리를 하느냐고 앞세우고 나섰다. 바우더러는 빈 지게를 가지고 가도록 했다.
　십리 가량 가니 날이 저물었다. 그러지 않아도 침침한 산속에서 걸핏하면 나뭇가지에 면상을 찢기우고 벼랑에 발부리를 미끄러치곤 했다. 노랑수염이 이쪽으로 가야 한다고 해서 한참씩 헤매다가 결국은 바우의 말을 좇아 바로 들어서곤 했다. 그래도 스무날께 달이 떠주어서 길 찾기에 적이 도움이 되었다.
　가까스로 낮에 왔던 고개턱이라고 생각되는 데까지 이르렀다. 맞은편 언덕기슭에 반딧불같은 불빛이 보였다. 그런데 불빛이 하나뿐이었다. 혹시 딴곳으로 잘못 오지나 않았나 하면서 가까이 가 보니 역시 낮에 보아두었던 그곳이었다. 관솔불이 한 집에만 켜져있었던 것이다.

바우는 같이 온 사람들이 어둠속에서 벌려 서는 것을 알아보았다. 그리고 덧니박이사내가 허리에 찬 가죽주머니에서 무엇인가 빼어들 었다고 생각됐다. 그러자 거기서 불꽃과 함께 탕 하고 밤하늘을 울 리는 소리가 터져나왔다. 뒤이어 총잡이사내의 손에서도 불꽃과 함 께 요란한 소리가 터져나왔다. 그것은 덧니박이사내의 것보다 더 요란한 소리였다.

켜졌던 관솔불이 놀란 듯이 꺼졌다. 그러나 누구보다도 놀란 것 은 바우였다. 사지가 떨리고 눈앞이 어지러워 어둠속에 벌어진 난 장판을 도시 뭐가 뭔지 알아차릴 수가 없었다.

왈칵왈칵 문을 잡아젖히는 소리. 꼼짝 말어, 쏜다! 쌀은 어디에 있니? 강냉이와 감자뿐이라구? 그거라두 내라, 쏜다, 쏜다! 아 이구 사람 살리슈! 어둠속에 뒤범벅이 된 사람들의 그림자. 지게 는 어디 있느냐 지게는? 누가 달려오더니 바우의 볼때기를 쥐어박 는다. 이 바보야! 어서 지게에다 싣지 못해? 솥두 하나 빼내라! 식칼두 잊어버리지 말구 가지구 가자! 소금은 어디 있냐? 힘센 놈을 한놈 끌어다가 이걸 지워라! 어느 집에선가 입을 틀어막히운 애 울음소리.

성기게 타갠 강냉이에 감자를 썰어넣고 한 밥이었으나 맛이 대단 했다. 솥째 내려놓고 나뭇가지로 만든 젓가락으로 아구아구 먹어댔 다. 반찬은 소금이었다.

―야, 소금맛이 이렇게 달았었나?

좀전까지만 해도 제일 맥을 못추고 쓰러져있던 노랑수염이 이제 는 기운을 좀 차린 듯이 한마디 했다.

―소금이 달구 쓰건 간에 자네는 그만 먹어두지.

총잡이가 농말을 건네자,

―내 걱정은 말구 너나 작작 처먹어. 공연히 빈 속에 지나치게 처먹구서 배탈이 나면 어쩔려구?

―허, 배탈이 나? 어디 실컷 먹구 배탈이 나 죽어봤으면 한이 없겠다. 그러면 내 무덤 폿말에다 이렇게 쓸 수 있거든. 일천 구백 오십일년 시월…… 참, 오늘이 메칠날이야?

누구 날짜를 제대로 아는 사람이 없었다.
 ─허 이거참, 세월 가는 것두 모르구 사는군. 하여튼 구월달은 아닐 거구, 일천 구백 오십일년 시월 아무날 아무곳에서 운 아무개는 밥을 너무 많이 먹구 배탈이 나 죽었느니라. 어때?
 ─그 머저리같은 소리 작작해.
 소대장이 힐끗 총잡이를 노려보았다. 강냉이밥이나마 오랜만에 배불리 먹고 나니까 기운이 좀 나는 것이다. 아무리 낙오병이라 규율이 해이해졌다 하더라도 명색이 소대장인 자기 앞에서 너무 말을 함부로 하는 게 못마땅했다. 그는 자기의 위신을 갖추기 위해서라도 다시한번,
 ─이런 땔수록 정신무장을 단단히 해야 해,
 하고는 먼저 젓가락을 놓고 자리를 떴다.
 소대장이 저쪽으로 사라지는 것을 기다려 노랑수염이,
 ─정말 이런 산골에서 살다간 세월 가는 줄두 모르구 있다가 죽구 말겠어. 글쎄 저 친구는 자기 나이껴정두 모르지 않어?
 어제 일이 생각나 바우를 가리키며 우스갯소리로 한 말이었다. 그만큼 배가 부른 것만으로도 살아났다는 기분들인 것이다.
 바우와 어젯밤 짐을 지고 온 장정 먹으라고 솥밑에 붙은 밥을 남겨두고 모두 물러앉은 뒤, 바우는 누룽지를 섭으면서도 자꾸 한 곳에만 눈이 갔다. 총이었다. 대체 저 쇠몽치 어디에서 그처럼 요란한 소리가 터져나올 수 있단 말인가. 그리고 큰짐승도 퍽퍽 넘어간다니. 생각할수록 신기하고 무서운 물건으로만 보였다.
 장정은 통 아무것도 먹을 생각을 않고 웅크리고 앉아 먼 산만 바라보고 있었다.
 솥에서 물러나 앉았던 총잡이가 갑자기 무슨 생각이 들었는지 훌 일어나 좀전에 소대장이 사라진 쪽으로 빠른 걸음을 놓더니 좀 만에 돌아와,
 ─허, 사람의 욕망이란 건 더럽구 치사한 거야. 글쎄 오래간만에 음식이라구 뱃속에 집어넣었드니 담배생각이 나드라구. 그러구보니까 소대장이 지금 우릴 피해 어디루 간 것두 혼자 몰래 담밸 먹으려구 그랬구나 하는 생각이 나지 않겠어? 그래 쫓아가 봤드니 아

니나 다를까 담밸 피구 있는 거야. 그런데 내 치사해서. 내 발소릴 듣구선 어느틈에 담배꽁다릴 감춰버렸는지 깜쪽같이 없는 거야. 그리구는 어제루 담배는 아주 떨어졌다나. 글쎄 내가 이 눈으루 금방 피우는 걸 봤는데두. 에이 참, 이런 때 그놈을 한모금 빨아봤으면 죽어두 한이 없겠다.

 모두 그렇다는 듯이 목줄떠뼈가 한번 오르내렸다.

 그러나 그들은 곧 양지바른 곳에 몸을 눕혔는가 하자 대번 코를 골기 시작했다.

 뒷설겆이는 젊은 사람이 맡아서 했다.

 바우도 나무 한 짐과 물 한 솥을 길어다놓고는 아무데고 쓰러져 잠이 들어버렸다. 얼마쯤 자다가 귀를 째는 소리에 놀라 벌떡 일어났다. 잠결에도 그 소리가 어젯밤에 들은 그 소리임에 틀림없었다. 다른 사람들도 그 소리에 깬 듯이 두리번거리다가 소리 난 곳으로 달려가는 것이었다. 바우도 뒤따라갔다.

 덧니박이사내가 이쪽을 등지고 서있었다. 그리고 그 앞에는 어젯밤 짐을 지고 온 장정이 거꾸러져있었다.

 ─화근이 될 건 일찌거니 없애버리는 게 상책야. 달아나두 재미없구, 살려두면 괘니 양식만 축낼 거구.

 거꾸러진 장정의 팔다리가 후들거리다가 잠잠해지고 말았다. 흙물이 오른 적삼 잔등에 피가 괴어 흘렀다.

 바우는 덧니박이사내의 손에 들려있는 조그마한 쇳덩이를 바라보며 자꾸만 사지가 떨려 어쩔 수가 없었다. 기다란 총 못잖게 무서운 물건 같았다. 바우의 떨림은 덧니박이사내의 분부를 받아 시체를 묻는 동안에도 그칠 줄을 몰랐다.

 저녁에 굴속에다 마른 풀을 깔고, 한옆에 불씨도 들여다 묻어놓았다. 성냥도 아낄 겸 굴안의 냉기를 덜려는 것이었다.

 이날밤 굴 한구석에 박혀 잠이 들었던 바우는 무슨 소리에 또 잠이 깨었다. 어젯밤 일이 있고 오늘 낮의 일이 있는 뒤라 그런지 절로 잠귀가 밝아진 것이었다. 누가 부스럭거리며 일어나는 모양이었다. 조금 뒤에 굴아가리로 나가는 사람의 그림자가 보였다. 두 사람이었다. 굴 밖 어룽진 달빛으로도 한 사람은 덧니박이사내요, 다른 한 사람은 언제나 말없이 있는 젊은 사람이란 걸 알아볼 수 있었다. 순간 바우는 가슴이 철렁해짐을 느꼈다. 덧니박이사내가 한 손으로는 젊은 사람의 손목을 잡고 한 손에다는 그 작은총을 꺼내들고 있지 않은가.

바우는 이제 그 무서운 소리가 들려오거니 했다. 그러나 밖은 나무숲 지나는 바람소리와 그 사이로 벌레 우는 소리만이 끊일락 이일락 들려올 뿐이었다.

한참 만에야 나갔던 두 사람이 돌아왔다. 바우는 그들이 무사히 돌아온 게 여간 반갑지가 않았다.

이튿날 밤에도 바우가 부스럭거리는 소리에 눈을 뜨니 어젯밤처럼 덧니박이사내가 한 손으로는 젊은 사람의 손목을 잡고 한 손에다는 작은총을 빼들고 굴 밖으로 나가는 것이었다.

이날은 굴 안의 다른 사람들도 잠이 깬 듯 총잡이사내의 목소리로,
——이런 땔수룩 정신무장을 단단히 하라구? 흥, 누가 할 소린지 되지못하게스리. 어차피 이 산속을 벗어나지 못할 바엔 마지막으루 무슨 짓이라두 다 해보자는 거지?

어둠속에서 두덜거리는 소리였다.

바우는 이사람들이 무엇을 가지고 그러는지 알 수가 없었다.

나갔던 두 사람은 한참 만에 또 무사히 돌아왔다.

바우가 이 밤마다 끌려나갔다 돌아오는 젊은 사람이 실은 사내가 아니고 여자라는 것을 안 것은 그 다음날이었다. 물을 길러 졸졸잇골로 내려가다가였다. 졸졸잇골에서 연기가 피어오르기에 보니 젊은 사람이 팔다리가 다 드러난, 몸에 착 달라붙은 옷만 입고 앉아서 모닥불을 쬐고 있는 것이었다. 그 옆에는 옷을 빨아 널어놓은 게 보였다.

바우는 사내의 몸이 저렇게야 휠 수 있을까 했다. 그러면서 젊은 사람의 가슴패기에 눈이 갔다. 불룩 솟아오른 젖통이가 아무래도 사내의 것은 아닌 것이었다. 머리를 어깨 위에서 싹뚝 잘라버리긴 했으나 사내가 아니고 여자임에 틀림없었다. 바우는 못볼 것이나 본 것처럼 발걸음을 돌리고 말았다.

이곳에 그냥 있느냐 그렇지 않으면 달리 행동을 취해 보느냐 하는 것이 문제였다. 총잡이는 여기를 떠나자고 했다. 이제는 피로도 얼마쯤 회복되었으니 한 발자국이라도 더 본부대를 찾아 나서자는 것이었다. 더구나 식량이 좀 남았을 때 떠나야 한다는 것이다. 그렇지 않았다가는 이 산속이거나 어느 사람모를 고장에서 굶어죽지 않으면 얼어죽고 말리라는 것이었다.

그러나 소대장의 의견은 그렇지가 않았다. 찾아나서보았댔자 소용없다는 것이다. 이미 자기네와 본부대 사이는 적에게 점령을 당하고 있는 터이니 섣불리 찾아나선다는 것은 도리어 화약을 지고 불로 들어가는 격이라는 것이다. 그보다는 이만큼 깊은 산속에서 형편을 좀 보고 있는 게 상책이라는 것이었다.

─그럼 앞으루 닥쳐올 추위와 굶주림은 어떡헙니까?

─자네두 참 딱하군 그래. 부대를 찾아나선다구 하루이틀에 만난다는 보장 있어? 양식만 해두 그렇지. 그동안은 뭘 먹구 사나? 그러지 말구 여기서 마을이나 뒤지는 게 실속있는 일이야. 그러면서 아군이 반격해오는 걸 기다리는 게.

소대장은 그 문제를 더 토론할 필요가 없다는 듯이 자리를 떠 저쪽으로 가버렸다.

자기네끼리만 되자 총잡이는,

─마음속 편한 소리 하구 있군. 이러다가 적의 수색대라두 만나는 날이면(둘째손가락으로 방아쇠 잡아당기는 시늉을 해보이며) 모두 이건 줄 모르구. 내 다 알지. 그저 그놈의 엉뎅이에 붙어서 사는 날까지 에서 살아보자 이 심뽀지.

그리고는 무엇에 울화가 치민 사람처럼 휙 총을 들고 일어나는 것이었다.

이날 총잡이는 노루 한 마리를 쏘았다. 그는 요 며칠째 걸핏하면 산을 싸돌아다니기가 일쑤였다. 어떤 육체의 욕망을 주체할 수 없어서 그것을 삭이기 위해서라도 무엇이고 딴짓을 하지 않고는 못배기는 모양이었다. 이날도 이렇게 산속을 싸돌아다니다 우연히 지나가는 노루 한 마리를 쏜 것이었다.

수노루였다. 바우가 지게로 져다가 가죽을 벗기고 각을 떴다. 허리 한가운데 살과 내장이 으깨어져있었다. 바우는 며칠 전에 죽은 장정생각이 났다.
　저녁은 아주 성찬이었다.
　노랑수염이 생각난 듯이,
　——이런 때 술이라두 한잔 있었으면 제격이다,
하니 총잡이가,
　——허, 참 술맛이 어땠지? 그게 쓰든가 달든가 맵든가? 난 술맛뿐 아니구 맛이란 맛은 다 잊어버린 지 오랬어.
　그리고는 슬쩍 추잡스런 눈초리로 젊은 여자 쪽을 훔쳐보았다.
　그날밤도 소대장은 젊은 여자와 같이 굴을 빠져나갔다. 이날 젊은 여자는 소대장에게 손목을 잡히지 않고 스스로 앞장을 섰다. 이제와서 일일이 손목을 잡힐 필요가 뭐냐는 단념한 태도였다. 그런데 두 사람이 굴아가리를 나서자마자 총소리가 들렸다. 어찌된 일인지 몰라 모두 기어나갔다.
　소대장과 젊은 여자가 거기 서있었다.
　——뭡니까?
　총잡이가 묻는 말에 소대장은,
　——저게,
하며 권총 든 손으로 앞 나무를 가리켰다.
　거기에는 아까 낮에 걸어놓은 노루대가리가 걸려있었다.
　소대장의 말이, 굴을 나서자 무엇이 눈앞에서 번쩍 하기에 봤더니 노루 눈알이 이쪽을 노려보고 있더라는 것이었다. 그리고 금방 뿔을 이리 향하고 달려들 것만 같더라는 것이다.
　——저게, 사람을 놀라게 해!
　소대장이 다시 두덜거렸다.
　이튿날 그는 남은 다른 고기는 나중에 먹기로 하고 우선 대가리부터 삶게 했다.
　오래간만에 기름것을 먹어서 그런지 설사들이 났다.
　총잡이만이 예사로웠다. 조반이 끝나자 그는 총 분해소제를 시작했다.
　바우가 그 구경을 했다. 볼수록 신기해서 견딜 수가 없었다. 조각이 난 이 쇠붙이 어디서 그런 요란한 소리가 나고 사람이나 노루를 단번에 죽일 만한 힘을 가졌단 말인가.
 총구 소제를 하던 총잡이가 중얼거렸다.
 ─이젠 총알이 한 알밖에 안 남았는데…… 이걸 어디 요긴히 써야 할 텐데……
 뒤를 보러 갔던 노랑수염이 돌아왔다.
 총잡이사내가 바우 쪽을 힐끗 쳐다보면서,
 ─뭣을 그렇게 들여다보는 거야? 보면 알겠어? 저리 물러나.
 바우는 좀더 앉아서 조각난 쇠붙이를 도로 맞추는 걸 구경하고 싶었으나 하는 수 없었다.
 바우가 자리를 뜨자 총잡이는 새삼스레 주위를 한번 살피고 나서,
 ─저 이봐, 자네는 어떻게 생각해? 죽은 노루대가리가 눈깔을 부릅뜨구 사람한테 대들 수 있다구 봐? 그저 뭣이 달빛에 한번 번뜩한 걸 가지구 괘니.
 노랑수염은 이친구가 어젯밤 이야기를 하는 모양인데 무슨 뜻으로 그런 말을 하는지는 알 수가 없었다.
 ─글쎄 겉으루만 큰소리를 하면서 이만저만 겁쟁이가 아니거든. 그렇잖어?
 노랑수염은 총잡이의 흰자위 많은 눈과 마주치자 저도모르게 고개를 끄덕거렸다.
 ─그러니 그런 겁쟁일 믿구 어떻게 따라다닌단 말야?
 문득 노랑수염은 이제 무슨 일이 일어나는구나 했다.
 노랑수염이 생각한 대로 그날 저녁때 일은 일어나고야 말았다. 전나무숲 사이에서 총소리가 나 달려가 보았더니 소대장이 쓰러져있는 것이었다.
 총잡이가, 쓰러진 소대장이 찼던 권총을 풀어 자기 허리에 차고 주머니에서 지도를 꺼내어 제 주머니에 넣으면서 혼잣말처럼,
 ─노루새낀 줄 알구 쐈드니 그만.
 그러다가 죽은 소대장 주머니 속에서 꽁초가 나오자,
 ─이것 보지, 예비심이 오죽 많은가.

그리고는 주머니밑 담배가루까지 샅샅이 긁어모아 종이에 말아가지고 노랑수염과 배낭메기와 더불어 맛있게 나눠 피웠다.
이번에도 송장은 바우가 묻었다.
날이 어둡자 노랑수염은 굴 안에 묻어놓은 불씨에서 관솔불을 댕겨놓고서 나뭇가지 셋을 총잡이 앞에 내밀었다.
——이게 뭐냐?
——제비.
——제비? 제비는 무슨 제비?
노랑수염이 다 알면서 뭐 그러느냐는 듯이 젊은 여자 쪽을 눈짓해 보였다.
——허, 이거 왜이래?
총잡이는 아까 소대장 시체 곁에서 담배를 나눠 피우던 때와는 달리 우악스럽게 노랑수염이 내민 나뭇가지를 후려쳐버렸다. 그리고는 젊은 여자의 손목을 끌고 굴 밖으로 나갔다.

그동안 두 차례나 인가를 찾아나섰다가 허탕을 치고 말았다. 한 번은 바우가 배낭메기와 갔었고, 한 번은 노랑수염과 갔었다. 그러나 두 번 다 삼사십릿길을 더듬어보았으나 인가라고는 하나 볼 수가 없어 그냥 돌아오고 말았다. 그렇지만 바우는 자기가 아는, 봄철이면 소금을 바꾸러 가는 벌마을은 가르쳐주지 않았다. 한 번은 그쪽 방향으로 접어들려는 걸 그쪽은 낭떠러지투성이라고 말하여 피했다.
바우는 어머니생각이 났다. 그동안은 산속에서 여러 사람을 만난 반가움과 신기하고도 무서운 이 사람들의 행동이 그의 마음을 붙들어놓고 있었던 것이었다.
어머니는 자기가 광우리를 지고 나왔으니 도토릿골로 온 줄은 알 것이다. 그러면 필시 자기를 기다리다못해 도토릿골까지 찾아와 보았을 것이다.
바우는 거기 나무 위로 올라가 집 쪽을 향해 목청껏 소리를 질러보았다. 어어이. 어디선가 이 소리를 받았다. 어어이이. 이 어어이 이 소리를 다시 어디서 받고 그 다음에 또 어디서 받고 하면서 멀리 꼬리를 감추어버렸다. 바우는 다시 어어이 소리를 질렀다. 그러나 이번에는 이 어어이 소리를 어디서 받으면서 꼬리를 감추기도 전에,
—이새끼가 미쳤나, 누굴 부르는 거야? 썩 내려오지 못하겠어?
총잡이사내가 작은총을 빼들고 바로 나무 밑에 와있었다.
바우는 이 사내의 손에 들리운 물건이 얼마나 무서운 물건이란 걸 아는 터이므로 당장은 자기가 집으로 돌아갈 수 없다는 걸 느끼면서 나무에서 내려오고 말았다.
한참 뒤에 총잡이가 지도를 펴놓고 있는데 배낭메기가 겁에 질린 얼굴로 달려왔다. 지금 저기 낯모를 사람이 보인다는 것이다.
—한 놈이야?
—얼핏 보기엔 한 놈같은데.
—군복을 입었어?
—응, 군복을 입은 것같애.
—총은?
—못 봤어.
지도를 접어 호주머니에 넣는 총잡이의 손이 떨리었다.
하여튼 저쪽의 거동을 살피기로 했다.
좀 만에 낯모를 사람편에서 먼저 이쪽을 향해 걸어왔다. 보니 같은 군대의 사람이었다.
마찬가지로 패잔한 낙오 중대의 한 사람으로서 오늘 이 방면으로 탐색을 나왔다가 누가 여기서 고함을 치기에 와 봤다는 것이다. 그리고 자기 중대는 여기에서 동쪽으로 한 시오리 떨어진 산속에 있다는 거며, 대원이 여덟 명이란 것을 알려주었다.
총잡이는 이 사람을 만나게 된 것이 조금도 달갑지가 않았다. 이쪽 소대장에 관한 것을 물을까보아 가슴이 막막했다. 누가 찌를지도 모른다는 겁도 났다. 그래서 아무도 이 중대에서 온 사람과 이야기할 틈새를 주지 않도록 애썼다. 그러다가 중대에서 온 사람과 단둘이 되자,
—혹시 권총알 좀 없을까요?
해보았다.

실은 죽은 소대장의 허리에서 권총을 옮겨 찰 때 벌써 총알이 하나도 남아있지 않은 것이었다. 좀전에 낯선 군인이 보인다는 보고를 듣고 지도를 접어넣는 손이 떨린 것도 상대편이 적인 경우에 대비할 총알이 하나도 없다는 생각 때문이었다.
—있을 리가 있소. 지금 거기두 중대장님의 권총 한 자루와 소총 두 자루가 있지만 총알이 부족해 큰일이오. 되레 여깃것이 있으면 좀 빌려가야 할 형편이오.
중대에서 나온 사람이 다행히 이곳 소대장에 관한 것은 묻지 않았다. 그리고 다음 지시가 있기까지는 여기를 지키고 있으란 말을 남기고 돌아갔다.
그런데 이 사내가 저만큼 가는데 무엇을 눈치챈 듯 노랑수염이 뒤쫓아가는 것이었다.
총잡이는 등골이 싸늘했다. 소대장 이야기를 찌르러 가는구나 했다. 다음순간 그는 노랑수염이 그런 말을 일러바치기만 하는 날이면 맨주먹으로라도 때려죽여 없애버리리라 마음먹었다.
노랑수염이 입가에 웃음을 띠우고 돌아왔다.
—권총알두 떨어졌다면서?
—그래. 총알이 좀 남아있는 줄 알았드니 그게 아니야. 그때 노루대가리 쏜 게 마지막 알이었어.
그리고 총잡이는 총알이 없어도 이걸 가지고 있는 게 좋을 거라고 권총을 노랑수염에게 건네고 나서 자작나뭇가지 세 개를 꺾어 기분좋게 들어보이며,
—오늘밤부터 제비 뽑기다.
이튿날 어제 왔던 중대의 사내가 다시 왔다. 중대장님이 여기의 여군을 보내란다고 했다. 그리고는 다시 연락이 있을 때까지 여기를 지키고 있으란 말을 남기고 젊은 여자군인과 같이 돌아가버렸다.

얼마 남지 않은 알강냉이를 삶아 조반을 치르고 났을 때였다. 난데없는 폭음소리와 함께 제트기 한 대가 쌔액 하고 지나갔다. 모두 굴속으로 허둥지둥 몸을 피했다.
바우도 얼른 나무 밑으로 몸을 피했으나, 도무지 영문을 알 수가

산 215

없었다. 지금 지나간 그 물건이 이 사람들까지 겁내할 만큼 그렇게 무서운 물건인가.

이날 바우는 배낭메기와 함께 인가를 찾아나섰다.

서북쪽으로 한 이십여릿길은 실히 되게 가보았으나 인가라고는 찾아볼 수가 없었다. 그저 보이느니 언제와 같은 산뿐이었다. 산중턱까지는 검푸른 전나무와 잣나무 소나무숲이 둘리고, 그 위로는 하아얀 자작나무에 엄나무 피나무 느릅나무숲, 그리고 그 사이사이로 물든 단풍, 그 단풍이 거의 막물이 되어 검붉은 빛깔로 변해 있었다. 그러한 검푸르고 하얗고 검붉은 빛깔은 멀어질수록 차차 제각기의 빛을 잃어가다가 나중에는 뽀오얀 잿빛으로 풀려들고야 마는 것이었다.

양쪽이 깎아세운 듯한 절벽에 싸인 계곡에 이르렀다. 아까부터 푸른 하늘에는 솔개 한 마리가 떠서 맴을 돌고 있었다. 배낭메기는 그것이 솔개 그림자인 줄 뻔히 알면서도 머리 위를 지나칠 때마다 이상한 감정에 사로잡히곤 했다. 전쟁마당에서 귀를 먹먹하게 하는 포탄의 작렬음과 함께 바로 머리 위를 스칠 듯이 지나가며 아무런 구별없이 마구 퍼붓던 제트기의 기총소사. 그러나 그때는 오히려 공포조차 잊어버린 순간순간에 무의식중에나마 어떤 아지못할 의지에 의하여 움직일 수 있은 몸이었다. 그것이 지금에 와서는 온전히 의지가지없는 혼잣몸이 됐다는 느낌이었다. 어째서 자기는 그 지긋지긋한 전쟁터를 헤매다가 급기야는 이런 곳에까지 쫓겨와야만 했던가. 지금 자기가 의탁할 곳이라곤 아무데도 없는 것이다. 같이 패잔해 온 축들이 그렇고, 지금 눈앞에 걸어가고 있는 이 바보녀석이 그렇고, 게다가 주위의 산은 자기가 의지하기에는 너무나 벅차게 서먹서먹한 존재인 것이다.

한 삼십릿길을 걸었다. 오늘도 종내 허탕을 치고 돌아가는 수밖에 없다고 단념하려는데 저쪽 후미진 산기슭에 인가가 보였다. 두 집이었다.

굴로 돌아왔을 때는 이미 늦저녁때였다. 서둘러 저녁들을 먹고 길을 떠났다.

그믐 가까운 달이 좀처럼 뜨지를 않아, 검은 나무숲 사이로 별빛만이 부스러져 드러나 보였다. 그 하늘이 바로 나무숲 위인 듯 낮은 별들이었다.
 얼마큼이나 걸었을까. 검은 나무숲 사이로 부스러져 쳐다보이던 별빛도 무엇에 가려졌는지 보이지 않는다 싶자, 나무숲 꼭대기의 바람소리와는 또 다른 바람소리같은 게 밑으로 향해 쏟아져 내려왔다. 비였다. 나뭇잎에 맞아 방울져 떨어지는 물방울이 목덜미에 차가웠다.
 할수없이 나무그늘에들 웅크리고 앉아버렸다. 비에 젖은 나무줄기들이 어둠속에 둔탁한 빛을 발했다.
 거기서 밤을 새우게 되는가보다 했더니 그래도 비가 그치고 다시 검은 나무숲 사이로 별빛이 엿보이기 시작했다. 또들 걸었다. 아무래도 길을 잘못 든 것만 같았다. 낮에 지나친 일이 있는 절벽이 나타나지 않는 것이었다.
 총잡이는 몇번이고 바우더러 길잡이를 잘못했다고 욕지거리를 했다. 그러는데 바우가 문득 발걸음을 멈추었다. 모두 귀를 기울였다. 과연 바람소리 사이로 아스란히 들려오는 소리가 있었다. 개짖는 소리였다.
 개짖는 소리가 가까워지자 바우는, 총잡이사내가 어깨에 메고 있던 총을 내려 옆구리에 끼고, 노랑수염사내가 허리에서 작은총을 빼드는 걸 보았다. 그리고 얼마 전 어느곳에서 벌어졌던 것과 거의 같은 광경이 벌어진 걸 보았다.
 저번과 다른 것은 총잡이사내가 옆구리에 끼고 있는 총과 노랑수염사내가 빼들고 있는 작은총에서 아무런 소리도 터져나오지 않은 점이었다. 그리고 저번에는 장정을 하나 붙들어 짐을 지워가지고 돌아왔는데, 이번에는 처녀를 하나 끌고 돌아오게 된 것이 달랐다. 어둠속에서 처녀의 악쓰는 소리가 귀를 찔렀다. 총잡이사내가 잡아끌고 있었다. 그러다가, 이 옘병할 년이 사람을 문다, 하는 총잡이사내의 부르짖음과 함께 철썩 하는 소리가 들렸다. 총잡이사내가 처녀에게 손을 물려가지고 그네의 뺨을 후려갈긴 것이다. 뒤이어 총잡이사내의 소리로, 이 우라질년 다시 한번만 물었단 봐라, 당장 쏴죽이구 말겠다. 그리고는 처녀의 울부짖음만이 들렸다.
 이런 속에서 무엇보다도 저번과 달라진 것은 바우 자신이었다. 저번에는 온몸이 떨리고 눈앞이 어찔해서 무어가 무언지 분간을 못했었는데 이날밤만은 누가 와서 볼때기를 쥐어박기 전에 제손으로 강냉이며 감자 광우리를 지게에 올려놓을 수가 있었다. 그리고 지게를 지고 돌아오는 길에도 이것저것 생각을 할 만한 여유까지 생긴 것이었다.

먼저 오늘밤 총에서 그 요란하고 무서운 소리가 터져나오지 않은 것은 남았던 마지막 알을 그 덧니박이사내 죽이는 데 써버렸으니 그럴 것이라고 생각했다. 그러면 지금 노랑수염사내의 허리에 매달려 있는 작은총도 오늘밤 아무 소리를 내지 않은 것은 그것마저 마지막 알을 다 써버린 탓이 아닐까. 그렇다면 좀전에 처녀더러 다시 물면 쏘겠다고 한 것은 말뿐의 엄포일 것이다. 그렇기만 하다면 무서울 것이 없다. 인제는 집에 돌아갈 수도 있을 것이었다.

바우는 지금 끌고 오는 처녀에 대해서도 생각해봤다. 아직도 흐느낌을 멈추지 않고 있는 처녀의 나이가 몇 살이나 될까. 어둠속에 눈어림으로 본 키로서는 꽤 나이가 찬 처녀같았다.

그러자 바우는 지난날 어머니의 이야기가 생각났다. 아버지가 세상을 떠난 뒤 바우가 제법 철이 들자 하룻저녁 어머니가 해준 이야기였다. 아버지는 본시 백정의 아들이었다는 것이다. 그래서 아무리 아버지가 어머니를 좋아했어도 같이 살 수가 없었다는 것이다. 하는 수없이 아버지가 어머니를 업고 이 산속으로 도망해 들어왔다는 이야기.

그믐께 가까운 달이 뜰 무렵에는 처녀의 흐느낌도 멎고, 그네의 허리께까지 늘어진 검은 머리가 분간되었다. 바우의 몸에서는 아까 맞은 찬비가 김이 되어 서리어올랐다.

탄 강냉이에 감자를 썰어넣은 밥을 지어 먹고는 모두 여기저기 드러누워 잠이 들었다. 바우도 한옆에 아무렇게나 쓰러져 코를 골았다. 아침해가 퍼져있었다.

이 중에 헛잠을 자고 있는 사람이 하나 있었다. 총잡이였다. 그는 자는 체 눈을 감고서 이것저것 궁리에 골몰해있는 것이다. 아직까지는 자기가 소대장을 죽인 사실이 중대장에게까지 알려지지 않고 있으나 언제고 드러나고야 말 것이다. 지금쯤은 그 여군의 입을 통해 이미 알려졌을지도 모를 일이다. 그러고보면 자기가 이러고 있다는 게 어리석게만 생각되었다. 처음에 그는 마지막 판이라 자기도 할 짓을 다 해본 후 죽는 날엔 그저 죽고 말자는 생각이었었다. 그러나 그게 이제와선 달라진 것이다. 살 길만 있다면 어떻게든 살아보자는 것이다. 그러기 위해선 우선 이 산을 벗어나야만 한다고 생각했다.

다른 축이 다 곯아떨어져있는 걸 안 그는 슬그머니 자리에서 일어났다. 그리고 조심스러이 저쪽에 혼자 얼굴을 감싸고 앉았는 처녀에게로 갔다.

처녀는 인기척을 듣자 부은 눈을 들고 입술을 떨기 시작했다.

―무서워할 거 없어. 난 널 좋게 해줄 사람이니까. 너두 죽지 않구 살구 싶지?

총잡이는 나지막한 말소리나 다짐조로,

―살구 싶으면 말이다, 나 하라는 대루 해야 한다. 알겠지?

처녀는 파랗게 질린 입술만 떨고 있었다.

―그럼 너 지금 곧 저기 뵈는 바위 밑에 가서 숨어있어. 그랬다가 나 하라는 대루만 해. 살려줄 테니.

총잡이는 처녀의 턱을 한 손으로 쳐들어 저쪽 나무 사이로 보이는 큰 바위를 가리키고 나서, 이어 처녀의 팔을 잡아일으켜 그쪽으로 밀었다.

처녀가 마지못해하는 걸음으로 바위 쪽으로 가는 것을 본 총잡이는 그길로 바우가 누워있는 데로 가 조심스레 그를 흔들어 깨웠다. 그리고는 귓속말로, 할 얘기가 있으니 지게를 지고 잠깐 저리 좀 가자고 했다.

바우는 무슨 영문인지 몰랐으나 총잡이가 하자는 대로 지게를 지고 따라나섰다.

큰 바위가 있는 곳과 엇비스듬히 떨어진 곳까지 가서 총잡이는 걸음을 멈추며,

―자네 그동안 수고 많이 했네. 이젠 집에 가구 싶지?

바우는 그렇다고 고개를 끄덕였다.

─그럼 내 집으루 돌아가게 해주지. 그리구 그동안 수고한 값으루 이 양복을 줄게 자네가 입은 그 해진 옷 벗구 이걸 갈아입구 가라구.
 총잡이는 이제 바우의 옷을 바꿔입고 지게까지 진 후 처녀를 데리고 도망을 갈 참인 것이었다.
 물론 바우는 이 총잡이사내의 속셈을 알아차릴 리가 없었다.
 ─뭐 생각해볼 것두 없어. 자네야 평생가야 이런 양복구경을 해보겠나? 그동안 수고한 값으루 주는 거니 아무 생각 말구 입구 가라구. 그리구 이것두 내 선물루 주지. 이 소총까지.
 바우가 저도모르게 한번 벌씬 웃었다. 옷을 바꿔입고 어깨에 총까지 멘 자기의 모습을 눈앞에 그려본 것이었다. 어쩐지 그러한 자기 모습이 부끄러워 고개를 돌렸다.
 그것이 총잡이에게는 마다는 뜻으로 보였다. 이새끼가 이쪽의 속을 알고 있는 것이나 아닌가. 그는 여간 마음이 초조하지가 않았다. 잠든 동료들이 깨기 전에 어떻게든 해야 한다는 생각이었다. 마침내 그는 마음을 놓고 서있는 바우의 손에서 지게작대기를 나꿔채가지고 그의 어깻죽지를 향해 내리쳤다.
 지게를 진 채 바우는 두어 발 굴러내려갔다.
 총잡이가 쫓아내려가며 이번에는 골통을 겨누고 내리쳤다. 그러나 너무 다급히 쫓아내려가느라고 알맞은 거리에서 서지를 못하고 몸을 뒤틀었다.
 바우가 지게를 벗고 일어났다. 그리고는 양손에 지겟다리를 잡고 마구 내둘렀다. 마른 나무와 나무가 부딪는 소리를 내며 총잡이의 잡고 있던 작대기가 저만큼 가 떨어졌다. 그리고 다음순간 그의 몸뚱어리마저 픽 하고 꼬꾸라지고 말았다.
 ─사람 죽인다아!
 그 소리에 노랑수염과 배낭메기가 잠이 깨어 달려내려왔다. 그러나 바우의 살기오른 기세에 눌려 범접을 못했다.
 바우는 이마에서 흘러내린 피가 눈에 드는 것도 모르고 죽어넘어진 상대편을 내려다보다가 그 두 다리를 잡아끌고 산허리를 돌아갔다.

바우가 시체를 산골짜기에 굴려 떨구어버리고 돌아오니 노랑수염이,
—참 힘이 장살세,
하고 치켜세우는 말을 했다.
배낭메기는 오금이 자려서 아무데나 대고 오줌을 깔겼다.
그날밤 노랑수염은 불씨에서 관솔불을 댕겨놓고 배낭메기에게 제비를 내밀었다. 오늘밤 처녀를 차지할 차례를 정하자는 것이었다.
누웠던 바우가 벌떡 일어나 앉았다. 낮부터 충혈된 눈이 관솔불빛에 확 타올랐다.
—참 자네두 있었지.
노랑수염이 나뭇가지 하나를 더 꺾어쥐고 바우 앞에 내밀었다.
그러자 바우는 제비를 내미는 노랑수염의 팔을 쳐팽개치고는 구석으로 가 처녀의 손목을 잡고 굴 밖으로 나섰다.
그 뒤로 노랑수염이 식칼을 집어들고 쫓아나가려는 것을 배낭메기가 말리며,
—안돼. 넓은 데서는 그새끼를 못 당해. 바본 줄만 알았드니 여간내기가 아냐. 이따 돌아오거든 여기서 해치워야 해.
바우는 처녀의 손을 마구 잡아끌었다. 무엇이 그렇게 하는지 자기도 몰랐다.
한 곳에 이르러 바우는 주춤 걸음을 멈추었다. 처녀가 무엇을 느꼈는지 잡힌 손을 비틀어 빼려 했다. 그러자 바우는 주먹을 들어 처녀의 어깻죽지를 내리쳤다. 그리고는 쓰러진 처녀를 끌어당겨 등에다 업었다.

1956 유월

비 바 리

　바다 위에서 보면 제주도란 그저 하나의 커다란 산으로밖에 보이지 않는다. 배를 타고 저쪽 바다 한끝에 엷은 보랏빛으로 채색된 윤곽이 하나 얼룩질라치면, 아 제주도다, 하고 소리들을 지르는 것이지만, 기실 그것은 섬이라기보다는 오른쪽에다 큰 봉우리를 두고 왼쪽으로 낮은 봉우리를 연이어놓은 하나의 크나큰 산이란 느낌밖에 주지 않는 것이다. 제주도란 곧 한라산 그것으로 된 화산도인 것이다.
　자연 포구나 촌락도 거의 모두가 한라산 기슭이자 바닷가에 붙어 있게 마련이다. 그래도 제주읍만이 산기슭에서 퍽이나 멀어진 평지에 있다는 인상을 준다. 그러나 이것도 따지고보면 한라산 기슭이 이쪽으론 가장 완만스러이 흘러내려왔다는 것뿐이다. 읍 바로 잔등이 언덕과 고개요, 이 언덕과 고개가 그대로 골짜기를 이루면서 한라산 본봉우리 밑까지 주름잡혀있는 것이다.
　본봉우리는 웬만한 날에는 대개 머리에다 구름이나 안개를 휘감고 있다. 이만큼 크고 높은 산이면 으레 골을 따라 물이 흐를 법도 하건만 한라산은 달랐다. 제주도에 물이 귀할 수밖에 없다. 흔히 제주도에서 아이들이 대로 엮은 구덕이라는 바구니 속에 허벅이라는 물항아리를 지고 다니는 걸 본다. 어디서나 물을 보기만 하면 여기 퍼담게 마련인 것이다.
　이러한 제주도에서 서귀포만이 예외였다. 한림이나 모슬포나 그밖의 다른 포구와 촌락들처럼 산기슭에 붙어있는 것만은 마찬가지다. 도리어 어느 포구보다도 더 산기슭에 바로 붙어있는 갯마을인 것이다. 그런데 이곳만은 다른 데서 볼 수 없을 만큼 물이 흔한 것이다. 맑고 깨끗한 산골짝물이 여러 갈래로 나뉘어 집 뒷모퉁이를 돌아 마당귀를 스쳐 제법 돌물소리까지 내면서 흐른다. 이 물이 마을 뒤곁 석벽에는 목물터를 드리워놓고, 바다에 면한 돌벼랑에 이르러서는 그대로 작은 폭포를 이루어 밑에다 물안개를 피우기까지 하는 것이다.

준이가 어머니와 함께 제주읍에서 서귀포로 옮겨온 것은 1·4후퇴를 한 그해 여름철이었다. 본디 준이는 음식을 가려먹는 버릇이 있었다. 그래서 그런지 스무살이 지난 오늘날도 목덜미가 소녀모양 희었다. 이 준이가 또 곧잘 물을 탔다. 1·4후퇴 때 배편이 수월하다고 해서 어머니와 같이 인천에서 탄 배가 부산에는 들르지 않고 제주도에 대었을 때 첫째 준이를 괴롭힌 것이 이 물이었다. 몇번이나 몸에 두드러기가 돋혀 살갗이 벗겨지도록 소금으로 문질러야만 했다. 어머니가, 좋다는 물을 품을 놓아 쫓아다니며 길어다가 그것도 일일이 끓여서만 먹였다. 서귀포 물이 좋다는 말을 여러 사람한테서 들었다. 그러나 이제 자기네는 피난 때 트럭으로 먼저 내려간 삼촌의 기별이 있는대로 곧 육지로 나가야 한다는 생각에 제주읍에서 엉거주춤하고 반년 남짓을 보내고 말았다. 그동안 이리저리 수소문해보았으나, 웬일인지 삼촌의 거처조차 알 길이 없었다. 그렇다고 무턱대고 육지로 찾아나가는 수도 없어서 주춤거리다가 우선 준이에게 물이라도 갈아먹여야겠다고 서귀포로 옮긴 것이었다. 어머니가 누구한텐가 제주도 물에는 철분이 부족해서 꼽추와 절름발이가 많이 생긴다는 말을 듣고는 더 참을 수가 없었던 것이었다. 피난때 갖고 온 물건 중에서 값나가는 물건을 골라 팔았다.

준이네가 서귀포로 오던 날은 며칠째 비가 뿌리다가 날이 들면서 바람이 좀 치는 날이었다. 버스에 실리어 4·3사건 당시 쌓아올렸다는 두 길 세 길이 넘는 성벽에 둘린 촌락을 지나며, 그저께인가도 동제주도 어느 부락에 빨치산이 출몰했다는 소문을 상기해보면서 서귀포에 닿은 것은 거의 낮때가 되어서였다. 말로 듣던 서귀포가 여긴가 싶게 한산한 고장이었다. 오는 길에 버스 차창으로 내다본 모슬포의 부산스런 모습은 찾아볼 수가 없었다. 그 어마어마한 성벽도 둘려있지 않았다. 준이는 잠시 어떤 예기했던 일이 어긋났을 때 느끼는 어리둥절함을 맛보았으나, 곧 여기야말로 한동안 쉬어갈 수 있는 곳이란 생각이 들었다. 발밑을 스치는 실개천을 대했을 때 더욱 그랬다. 참으로 오래간만에 대하는 서늘한 물이었다. 며칠 동안 내린 비에도 더럽혀지지 않고 그냥 맑고 깨끗하기만 했다. 발목을 벗어 물에 담그며 지금 약간 나부리를 일으킨 바다 쪽을 내다보았다. 여태 보아온 어느 바닷물보다도 남빛으로 푸르고 맑았다. 무심코 고개를 돌리니, 한라산 봉우리에는 바람에 밀려오다 걸린 구름으로 해서 서북쪽은 흐리고, 이쪽 동남쪽은 파아란 하늘이 호수모양 그대로 드러나있었다.

준이는 밀짚모자바람으로 매일같이 거의 밖에서 살았다.
마을 남쪽 끝에 단추공장이 하나 있었다. 흰 회를 바른 단층 함석집으로 앞바다에서 나는 조개껍데기 소라껍데기 전복껍데기 따위를 이용해서 단추를 만드는 곳이었다. 제주도에서도 이 서귀포에서 나는 패각류가 제일 결이 곱다는 것이다. 공장 한옆에는 제품을 만들고 버린 패각류 부스러기가 더미로 쌓여있었다. 어쩐 일인지 공장은 쉬고 있어서 언제 보아도 조용하기만 했다. 울타리 대신으로 두른 협죽도가 한창 연분홍 꽃을 달고 있었다.
이 단추공장을 옆에 끼고 돌면 조그만 방파제로 나서게 된다. 이 방파제 앞 바로 손에 닿을 듯한 곳에 조그만 섬이 하나 가로놓여있다. 새섬이라는 섬이다. 가장자리로 돌아가며 나무가 약간 서있을 뿐 한가운데는 그저 민민하다. 이 섬 바로 저편에 문섬이라고 하는, 새섬보다도 약간 작은 섬이 얌전하게 솟아있다. 이것이 서귀포 제일 남쪽 끝인 것이다. 이 섬은 도리어 꼭대기에 나무가 좀 서있고, 둘레에는 바위가 박혔다. 이 문섬과 새섬 사이가 목이 좁고 물살이 아주 빨라서 잠녀(제주도에서는 해녀를 이렇게 부른다)들도 가까이 가지 못하는 곳이다.
방파제에서 돌아서 바다를 끼고 크고 작은 속돌이 깔린 해변가로 돌아오면 저만치 앞에 숲섬이라는 역시 자그마한 섬이 건너다보인다. 크기는 새섬 정도일까. 그런데 위에만 나무가 서있고, 둘레로 돌아가면서는 바위투성인 것은 문섬 비슷하다. 백도라지와 약초가 나는 것으로 이름있는 섬이다. 그리고 여기가 서귀포치고도 잠녀들이 가장 많이 모여드는 장소이기도 한 것이다. 오월경 미역 딸 절기가 되면 사방에서 잠녀조합원들이 모여드는 것이다. 가장 가까운 보목리는 말할 것도 없고, 십리 남짓 떨어진 동홍리, 멀리는 이십리나 떨어진 법환리에서까지 떼를 지어 이 숲섬가로 모여드는 것이다. 준이네가 온 때는 마침 농삿일이 바쁜 때라 그처럼은 잠녀가 들끓지 않았지만, 그래도 매일 칠팔 명의 잠녀가 숲섬 근방에서 떴다 잠겼다 하는 것이었다. 그 독특한 휘파람소리, 그리고 선돛대라 불리우는 이들 잠녀가 자맥질할 때 물 밖으로 곧추세우는 두 다리의 모습. 준이는 해변가에 앉아 지금 자맥질해 들어간 잠녀가 나올 위치를 눈으로 점쳐본다. 대개는 점친 위치와는 딴데서 솟구쳐나와 휘파람을 부는 것이다. 이번에는 자맥질해 들어간 잠녀가 얼마나 오래 있는가를 재어본다. 자기도 숨쉬기를 멈춘다. 그러나 준이가 참다못해 세번째 숨을 쉴 때까지도 올라오지 않는 수도 있었다.

다음으로 준이는 작은 폭포가 떨어지는 곳으로 가서 한참 앉아있기도 한다. 그러다가 더위가 느껴지면 마을 뒤곁에 있는 자구리 목욕터로 가는 것이다. 준이는 이곳 사람들이 자구리 목욕탕이라고 부르는 그 자구리라는 말이 어디서 온 것인지를 모른다. 원래 제주도에 와서 처음 듣는 말이 굉장히 많았다. 어디 갑니까를 어디 감수꽈, 어디 보낼 것이오?를 어디 보낼 거우꽈, 좀 앉읍시다를 좀 앉이쿠다 하는 말들은 그래도 짐작이 가는 사투리지만, 돼지를 도새기, 닭을 독, 달걀을 독새기, (병아리는 따로 뼁아리라는 말이 있다) 마을을 콕대사니, 무우를 놈삐, 성냥을 곽, 먼지를 구듬, 처녀를 비바리, 노처녀를 작산비바리라는 따위는 처음 듣고서는 통 무슨 말인지 알 수가 없는 것이었다. 이 자구리 목욕터만 해도 이곳 사람들이 자구리 목욕탕 자구리 목욕탕 하기에 무슨 공동 목욕탕이라도 가지고 그러는 줄 알았더니, 마을 뒤곁에 있는 천연 목욕터를 그렇게 부르고 있는 것이었다.

넓이가 열대여섯간쯤 되는 웅덩이였다. 이쪽 둑에는 둥굴둥굴한 검은 바위가 아무렇게나 굴러있고, 웅덩이 속도 돌자갈이 깔렸는데, 깊은 데라야 어른들 배꼽노리에도 차지 않는 물이었다. 그러나 이 곳이 여름철 목욕터로서 유례없는 조건을 갖추고 있는 점은, 웅덩이 물이 원래 맑고 찰 뿐 아니라 웅덩이 안쪽으로 병풍처럼 둘린 석벽 위에서 언제나 맑고 깨끗한 물이 쏟아져내리는 것이다. 웅덩이 물보다도 아주 더 차가운 물이었다. 처음에 준이는 그 석벽 밑으로 목물을 맞으러 들어갔다가 대번에 흑 느끼고는 그대로 뛰쳐나오고 말았다. 어찌 물이 찬지 뛰쳐나와서도 한참 온몸에 소름이 돋쳐 위아랫니가 떡떡 맞부딪쳤다. 그 후에 여러 차례 이를 악물고 들어가 참아보았으나 여태껏 열을 세지 못하고 뛰쳐나오곤 하는 것이다.

이날도 준이는 웅덩이에서 세수를 하고 몸을 한번 담갔다가 석벽 밑으로 들어섰다. 처음으로 열셋까지 세고 뛰쳐나왔다. 그리고는 웅덩이 둑에 있는 바위로 나와 햇볕을 쬐는 것이다. 흰 살갗이었다. 벌써 한 주일 가까이 햇볕을 쬐건만 좀처럼 타지 않는 살갗이었다. 본래부터 햇볕을 먹지 않는 살갗인 듯했다. 동그스름한 어깨와 잔등이 약간 분홍빛으로 물들었을 뿐 겨드랑 밑과 허벅다리 안쪽은 그냥 희고 투명한 살결 그대로였다.

준이네가 들어있는 집은 중늙은이 내외가 어린 손자 하나를 데리고 사는 집이었다. 아들은 4·3사건 때 의용군으로 뽑혀나갔다가 죽었다는 것이었다. 준이 어머니가 이웃집 부인한테 들은 말에 의하면 며느리되는 사람이 유복자를 낳고 애 첫돌이 되자마자 어디론가 종적을 감추어버렸다는 것이다. 뒤에 들리는 소문이 성산포에 사는 어느 남자와 배가 맞아 거기 가 산다는 것이었다. 이런 소문이 있건만 중늙은이 내외는 한번도 며느리를 찾아나서는 일 없이 젖도 채 안 떨어진 어린 손자를 자기네 손으로 키워온다는 것이었다.

언제나 말이 적은 조용한 내외였다. 밭농사 조금과 돼지 한 마리에 닭 십여 마리를 쳐서 생계를 이어가고 있었다. 제주도의 풍습대로 장날이 되면 마누라가 그동안 받아두었던 달걀을 채롱 속에 담아가지고 내다 팔았다. 밭농사도 거의 마누라가 짓는 눈치였다. 닭에게 조개껍데기같은 것을 빻아준다든가 돼지우리에 풀을 베어다 들여뜨려주는 일까지 마누라가 도맡아 했다. 영감은 그저 어린 손자나 보는 게 일인 것같았다. 애를 재울 때는 뜰에 서있는 멀구슬나무 그늘 밑에 광우리를 내다놓고 그 속에 어린것을 눕히고는 대고 흔들어대는 것이다. 생각하기에는 들었던 잠도 깰 듯싶은데 곧잘 어린것이 잠이 들어버리곤 했다.

　이렇게 한가한 영감이라 준이와 같이 낚시질을 시작한 것도 무어 찬거리나마 장만해보겠다는 뜻에서가 아니고, 그저 심심파적에서 온 것이었다.

　밀물이 들어왔다 나간 뒤 해변가에 깔려있는 돌 밑을 들치면 육지의 지렁이보다 약간 가늘고 야무진 갯지렁이가 나온다. 그것을 병에 넣어 소금으로 죽여가지고 미끼로 삼는 것이다. 낚시터로는 숲섬을 택했다. 배를 빌려 타고 섬으로 건너가 그 한귀퉁이에 자리를 잡고 낚시를 던져보았다. 그러나 준이는 처음 해보는 낚시질이니 그만두고라도 주인집 영감도 무던히 낚시질에는 서툴러서 둘이 잡은 고기를 합쳐도 고작 고맹이새끼나 술맹이새끼 몇 마리썩밖에 되지 않기가 일쑤였다. 그저 준이는 해변가에서 멀찌감치 보고듣던 잠녀의 휘파람소리와 선돛대를 눈 가까이 대할 수 있는 것만도 그때그때의 심심풀이가 되는 것이었다.

　그날도 낚시질은 허탕을 치다시피 하고, 둘이는 섬 꼭대기로 올라가 백도라지꽃이 핀 풀섶에 누워 한잠썩 자고 나서 집으로 돌아오는데, 누가 뒤에서 쫓아오는 기색이 있었다. 고개를 돌렸더니 웬 잠녀 하나가 따라오고 있는 것이었다. 금방 물에서 나온 물기가 가시지 않은 어깨에 감물 들인 헝겊조각을 하나 걸치고는 한 손에다 전복과 소라가 들어있는 망태기를 들고 있었다. 그 전복이나 소라를 팔아달라는 것이었다. 늘 낚시질에 재미를 못보고 돌아오는 준이를 보아두었다가 이날은 이거라도 사서 대신하라는 눈치같았다. 망태 안에 들어있는 전복과 소라가 큼직하고 먹음직스러웠다. 원래 준이의 식성은 육류보다도 어류를 좋아했다. 더우기 이번 제주도에 온 후로는 돼지고기같은 것은 통 사들이지도 못하게 했다. 이곳 돼지우리는 변소와 서로 통해있는 것이다. 사람이 변소로 가까이 오는 기색만 보여도 벌써 더러운 것을 받아먹으려고 눈깔을 희번덕거리며 변소구멍으로 대가리를 들이미는 것이다. 준이는 미처 뒤도 채 못보고 뛰쳐나온 적이 한두 번이 아니었다. 평생 돼지고기는 입에 대지 않으리라는 마음까지 먹었다. 그대신 제주도의 생선은 좋았다. 그중에서도 서귀포 생선은 물이 맑은 탓인지 더욱 살이 싱싱하고 야드르르했다. 이날 준이는 젊은 잠녀를 집으로 데리고 와 전복과 소라 얼마를 팔아주었다.

그 뒤로 준이네는 따로 생선을 사러 나가지 않아도 되었다. 그 젊은 잠녀가 자기 손으로 잡은 해물을 갖고 오곤 하는 것이었다. 그때마다 소용되는 것을 팔아주었다. 잠녀는 연일 들를 때도 있고 하루이틀 거르는 때도 있었다. 아마 좋은 것을 잡지 못하는 날은 거르는 모양이었다. 갖고 오는 물건도 전복과 소라뿐만 아니고 붉바리라는 생선도 있었다. 농어같이 생겼으나 입이 좀더 크고 몸에 주홍색 잔 점이 얼룩져있는 생선이었다. 물속에서 작살로 잡는다는 것이었다. 작살로 잡는 것으로 다금바리라는 생선이 또 있었다. 이것도 농어같이 생겼는데 붉바리보다 더 입이 크고 등쪽은 담청색이고 배쪽은 은백색인 고기였다. 이 다금바리나 붉바리는 작살에 맞고도 좀처럼 죽지를 않아 도마 위에 올라서도 펄떡거렸다.

준이네는 어느새 이 단골로 드나드는 젊은 잠녀를, 그 처녀니 그 해녀니 하는 대신에 제주도 말로 그저 비바리라는 것으로 통했다. 나이는 딱이 알 수 없으나 아직 스물 안팎의 비바리임은 틀림없었다. 이 비바리가 하루는 물건을 팔러 와서 전에없는 짓을 했다. 다금바리 한 마리를 팔고 돌아가면서 큼직한 전복 한 개를 덥석 준이의 손에 쥐어주는 것이었다. 준이는 얼김에 받기는 했으나, 받고 나서 이것을 그냥 받아야 옳을지 어떨지 망설였다. 그동안 적잖이 물건을 팔아준 게 고마워 덤으로 주는 것이라고 생각할 수도 있었다. 그러나 그런 뜻으로 주는 것이라면 흥정할 때 어머니에게 어엿이 내놓았어도 좋을 것이었다. 준이는 새삼스러이 비바리의 나가는 뒷모양을 바라다보았다. 옹골찬 몸매에 구릿빛으로 윤나는 피부가 새롭게 눈에 스며들었다. 그러면서 공연히 얼굴이 달아오름을 느꼈다.

그 이튿날이었다. 이날도 숲섬으로 건너가 물리지 않는 낚시를 드리워놓고 있느라니까 오래간만에 찌가 쑥 물속으로 들어가는 것이었다. 준이가 한눈파느라고 미처 보지 못한 것을 주인집 영감이 보고 알려주었다. 낚싯대를 잡는 순간 벌써 엔간히 큰 것이 물렸다는 걸 알 수 있었다. 낚싯대가 마구 휘었다. 주인집 영감이 달려와 맞잡아주었다. 둘이서 조심조심 끌어올렸다. 그러나 낚시에 물린 것이 얼핏 물 밖으로 나타나는 것을 본 준이는 그만 낚싯대를 내던지면서 뒤로 털썩 주저앉아버리고 말았다. 사람의 머리인 것이다. 그러나 자세히 보니 그것은 죽은 사람의 머리통이 아니요 산 사람의 것이었다. 머리 다음에 동체가 드러나고 그 다음에 둑으로 올라서기까지 하는 것이었다. 잠녀였다. 잠녀 중에도 다른사람 아닌 비바리인 것이었다. 입에 낚시를 물고 있었다. 입술 새로 피가 번져나왔다. 비바리는 옆에 누가 있다는 것은 아랑곳않는 듯이 준이만을 바라보았다. 검은 속눈썹 속의 역시 검은 눈이 흐리지도 빛나지도 않고 있었다. 이윽고 비바리는 제손으로 낚시를 뽑더니 그 피묻은 입술에 불현듯 미소같은 것을 띠우고는 그대로 몸을 돌려 바다로 뛰어들었다. 그리고는 맵시있는 선돛대를 보이면서 물속으로 사라져버렸다. 준이는 어리둥절했다. 사람이 낚시에 걸려 나오는 것을 보고 놀라기도 했지만 비바리가 이쪽의 실수를 나무라듯 바라보는 동안은 온몸을 옹송그리고 있을밖에 없었다. 그러다 비바리가 피묻은 입술에 미소같은 것을 띠우고 돌아서는 것을 보고야 자기 낚시가 실수를 해서 잘못 입술을 꿴 것이 아니고 비바리편에서 장난을 치느라고 자기 낚시를 와 물었다는 걸 알 수 있었다. 절로 얼굴이 달아오름을 느꼈다. 그러면서 바다로 눈을 주었을 때는 이미 비바리가 저쪽 잠녀들이 떠있는 가까이에 솟구쳐오르며 휘파람을 부는 소리가 수면을 타고 건너왔다.

주인집 영감이 낚시를 거두어 챙겼다. 비바리의 소행이 괘씸하다는 적이 일그러진 얼굴빛이었다. 준이도 따라 낚싯대를 거두었다. 그러나 웬일인지 비바리의 소행이 밉게만 여겨지지는 않았다. 좀전에 낚시를 물고 반나체의 젖은 몸으로 자기 앞에 나타났다가 도로 물로 뛰어들어간 비바리가 하나의 크나큰 생선모양 생각되기도 하는 것이었다. 그리고 그것은 비록 다시 물로 뛰어들어갔다고는 하더라도 잡았던 고기를 놓쳐버린 뒤의 심정이 아니요, 이제 물린 고기를 들어올릴 때의 가슴 두근거려지는 그런 느낌이었다.

 이날 집으로 돌아오는 길에 준이는 주인집 영감한테서 비바리에 대한 놀랍고도 무서운 이야기 하나를 들었다. 좀전의 비바리의 행동이 그처럼 괘씸했던지 본시 말수가 적던 영감이 배에 오르자 준이에게 해준 이야기였다. 비바리가 자기 오빠를 죽인 여자라는 것이다. 비바리네는 원래부터 서귀포에서 동쪽으로 한 오리 가량 멀어져있는 벌목리라는 곳에 살았다. 4·3사건 때였다. 어쩐 일인지 오빠가 빨치산에 끼여 산으로 올라가고 말았다. 토벌전이 전개되었다. 올케가 어린 자식들을 남기고 누구의 손엔지 모르게 죽임을 당하여 한라산 기슭에서 발견된 것도 이 무렵이었다. 토벌전도 거의 다 끝나 이제 산속에 남은 잔당이 서른 몇으로 세이게쯤 된 어느날 밤이었다. 오빠가 산에서 내려왔다. 비바리가 그 오빠를 죽인 것이다. 잠깐 뒷간에 다녀 나오는 오빠를, 그가 갖고 온 장총으로 쏘아 죽인 것이다. 비바리가 이렇게 자기 오빠를 죽인 것은 어린 자식 둘 달린 올케를 죽게 하고 집안꼴을 그르쳐놓은 게 분해서 한 짓일 거라고 했다. 혹은 그때 오빠가 노략질을 하러 내려왔기 때문에 그것이 드러나는 날이면 정말 집안을 망쳐놓을 게 두려워서 한 짓일 거라고도 했다. 이야기 끝에 주인집 영감은 한마디 덧붙였다. 한때 사람들은 비바리의 한 짓을 겉으로는 장한 일을 했다고 하면서도 내심으로는 꺼려서 통 상대도 안했다는 것이었다. 준이는 알 수 있었다. 주인집 내외가 그렇게 자주 집에 드나들건만 이 비바리와는 인사말 한마디 건네는 법 없고, 아까 비바리가 낚시에 장난을 쳤을 때만 해도 그처럼 성미가 온유한 이 영감이 자못 괘씸해 못견디겠다는 얼굴빛을 한 것도 실은 그 때문일 것이었다. 주인집 영감의 얘기를 다 듣고 난 준이는 문득 까닭도 없이 그 작살에 맞아 피멍이 들고도 오히려 펄떡이는 붉바리나 다금바리의 모습이 눈앞에 떠오름을 어쩌할 수가 없었다.

 하루는 낮이 좀 기울어 자구리 목욕터에서 미역을 감고 내려오다가 비바리와 마주쳤다. 우연히 마주쳤다느니보다는 비바리가 거기서 기다리고 있었음이 분명했다. 이날은 일쩍 집으로 돌아가는 길인 듯 팔굽과 무릎이 드러나는 감물 들인 무명 고의적삼을 걸치고, 한 손에다는 둠박이며 망태기같은 바다에서 쓰는 도구를 들고 한자리에 선 채 이쪽을 바라보고 있는 것이었다. 언제나처럼 검은 속눈썹 속의 흐리지도 빛나지도 않는 눈 그대로였다. 준이는 알은 체를 해야 할 것이라고 생각했다. 그러나 그만 저편의 시선을 피하면서 그냥 그곁을 지나쳐버리고 말았다. 저쪽에서 자기를 기다리고 있은 눈치인 바에는 먼저 저쪽에서 무슨 말이고 붙이거던 이쪽에서 대꾸를 하리라는 생각이 퍼뜩 지나간 것이다. 비바리는 길을 비키는 법도 없이 한곳에 선 채 아무말도 없었다. 준이는 걸음을 재게 놀렸다. 그러면서 자기는 자기 집 영감한테 비바리가 제 오빠를 죽인 여자라는 말을 듣고 나서부터 그네를 무서워하는 게 아니냐는 생각을 해보았다. 그렇지는 않다고 마음 한구석에서 대답했다. 집에 돌아오니 어머니가 전복회를 앞에 가져다놓으며, 좀전에 비바리가 와서 널 찾는 눈치더라고 하면서 네가 있었으면 또 무엇을 하나 주고 가려고 그랬는지, 하고 웃는 것이었다. 어머니는 서귀포에 온 뒤로 아들의 건강이 좋아진 것이 기뻐 못견디겠는 것이다. 그러나 준이는 이 어머니의 우스갯말은 우스갯말대로 좀전에 자기가 그처럼 멋없이 비바리를 대할 필요는 무엇이었는가 하는 생각에 절로 얼굴이 달아올랐다.

 그런 지 이삼일 뒤였다. 본시 제주도의 기온이란 아무리 여름철 더운 고비라 하더라도 해가 기울기 시작하면 바다에서 시원한 기운이 풍겨와, 새벽녘같은 때는 육지의 가을 맞잡이되는 냉기가 몸에 스며들기도 하는 것이다. 그런데 이날만은 저녁때가 다 되었는데도 더위가 가시지를 않아 느지막하게 자구리 목욕터로 올라갔다. 마침 다녀갈 사람은 모두 다녀간 뒤인 듯, 석벽에서 물 쏟아져내리는 소리만이 크게 들렸다. 이제 저녁들이 끝나고 날이 어스레해지면 여인패가 이곳을 차지하게 되는 것이다. 준이는 늘 하던대로 웅덩이로 들어가 낯을 씻고 물속에 몸을 담가 땀을 밀어낸 후 석벽 밑으로 들어섰다. 이날도 열 몇밖에 세지 못하고 나오고 말았다. 나오다 웬 사람이 웅덩이로 뛰어들기에 쳐다봤더니 바로 비바리였다. 뜻밖의 일에 놀라 얼른 하체부터 물속에 가리고 앉은걸음을 치는데 비바리는 웅덩이에 몸을 담그는 법도 없이 다짜고짜 석벽 밑으로 들어서는 것이었다. 그 틈을 타서 준이는 둑으로 올라와 옷을 꿰입었다. 노타이 단추를 채우며 언뜻 돌아다보니 아래와 젖가슴만 가리운 몸으로 그냥 쏟아져내리는 물속에 서있는 것이다. 준이는 저도모르게 하나 둘을 세었다. 스물까지 세고는 그만 자기편에서 온몸에 한기가 끼얹혀져 그만두었다. 동굴동굴한 바위 틈을 지나 샛길을 내려오느라니까 어느새 뒤따라왔는지 비바리가 젖은 머리를 쥐어짜면서 곁으로 오더니 불쑥, 귤나무 구경하러 안 가겠냐는 것이다. 자기네 마을에 귤나무가 많다는 것이다. 준이는 제주도에 유명한 이 귤나무를 아직 제주읍에서나 서귀포에서 보지 못한 것이었다. 그러나 너무나 당돌한 제안에 선뜻 가겠다 안 가겠다는 대답은 못하고 그저 서쪽 하늘을 한번 쳐다보았다. 비바리는, 이따 날이 저물면 바래다주겠노라고까지 하는 것이다. 그리고는 준이의 대답도 기다리지 않고 앞장서 걷는 것이었다.

비바리네가 사는 보목리도 바로 산기슭이자 앞에 숲섬을 둔 바닷가 마을이었다. 한 오리 남짓 동쪽으로 걸어 마을이 있는 해변가에 이르자 비바리는 여기가 자기네 동네라고 하면서, 저것이 귤나무라고 손을 들어 산그늘진 한 곳을 가리켰다. 마을 한옆에 잎새가 검푸른 나무들이 늘어서있어, 거기에 갓난애 주먹만큼씩한 파아란 열매가 조롱조롱 달려있는 것이었다. 준이는 여름귤이 아직 조만큼밖에 크지 못하냐고 의심스러워했다.

이때 마을 쪽에서 예닐곱살쯤 나 보이는 계집애 하나가 이리 달려오는 게 보였다. 맨발이었다. 어린것의 발바닥이 용히도 깔린 순비기나뭇가장이에 찔리지 않는다고 생각됐다. 이 애가 비바리에게 오더니 무어라 조잘거렸다. 비바리의 조카애인 것이다. 말뜻을 새겨들으니 내일 육지로 팔기로 된 말 한 필이 어디로 갔는지 뵈지 않는다는 것이었다. 비바리는 준이더러 예서 잠깐 기다리라고 하고는 조카애와 함께 마을 쪽으로 들어갔다. 원래 제주도에서는 말들을 놓아 기르다 일년에 한두 번씩 거둬들이곤 했는데 4·3사건과 6·25

동란을 겪고 난 후로부터는 저녁마다 끌어들인다는 말을 준이도 들어서 알고 있었다. 아마 이날 어린것이 말을 몰아들이다가 그중의 한 마리가 없어진 걸 발견한 모양이었다.
  준이는 거기 앉았다. 바닷물소리가 멀지 않은 곳에서 어떤 일정한 간격을 두고 들려왔다. 어느쪽이 바다라는 건 이 일정한 간격을 두고 들려오는 바닷물소리가 아니더라도 알 수가 있었다. 거기에 깔려있는 순비기나무들의 휘어진 방향으로써 알 수 있는 것이다. 바닷가 식물 특유의 쿠티큘라가 발달된 동글납작하고 등뒤에 흰 털이 돋친 잎새와 짙은 자줏빛 조그마한 꽃송이를 소복이 달고 있는 이 일년초와도 같은 가련한 난쟁이나무들이 자라나는 동안 해풍에 불리어 모조리 바다와는 반대 방향으로 누워있는 것이다.
  이윽고 마을 쪽에서 좀전의 어린 계집애가 달려오더니 준이에게 파아란 열매 두 개를 내밀어주고는 다시 온 길로 달아나버렸다. 귤열매였다. 한 줌 안에 들고도 모자라는 작은 열매였으나 솜털이 나 있는 거죽이 도들도들한 게 그래도 귤모양을 하고 있었다. 준이는 양손에 한 개썩을 쥐고 번갈아가며 코에다 대고 냄새를 맡고 바닷물소리를 듣고 하는 동안에 어느덧 땅거미지기 시작한 주위가 으스레해졌다. 이따금 마을 쪽에 어른거리던 사람들의 그림자와 집과 귤나무들이 차차 어스름속에 자취를 감추어버리고 말았다. 뒤이어 바다와 뭍도 서로서로 한빛으로 이어졌다. 거기에 초닷새 가는 달이 떴다. 사뭇 먼 달이었다.
  마을 쪽 어스름 속에서 인기척소리가 들렸다. 처음에 준이는 여러 사람이 이리 몰려오는 줄만 알았다. 그러나 초닷새 달빛 속에 나타난 것은 비바리와 두 필의 말이었다. 비바리는 준이 있는 데로 오더니 데리고 온 한쪽 말의 목을 쓰다듬어주며, 너는 내일 육지로 팔려간다, 하고는 다른 한쪽 말 뒤로 끌어다 세우는 것이었다. 그쪽 말은 어스름 속에서도 몸에 흰 점이 보이는 얼룩말이었다. 준이는 비바리가 무슨 생각으로 말을 끌고 왔는지 알아차릴 수가 없었다. 뒤로 간 말이 별안간 코를 불며 번쩍 앞굽을 들어 앞말의 뒤를 덮쳤다. 준이는 이 갑작스런 광경에 흠칫했다. 초닷새 으스름달빛 속에서 커다란 두 몸뚱어리가 한덩어리가 된 것이다. 비바리가 몸을 돌려 준이의 손목을 와 잡았다. 그리고는 끌고 내달리는 것이다. 이 말들은 말들대로 돠돠야 한다는 듯이. 바닷기슭에 이르렀다. 거기서 비바리는 몸에 걸친 것을 홀랑 벗어던지더니 바다로 뛰어들었다. 그리고는 준이더러도 어서 들어오라는 것이다. 준이는 얼굴만 화끈거릴 뿐 어인 영문인지를 몰라 주춤거렸다. 비바리가 바다에서 올라왔다. 준이에게 다가오더니 대뜸 노타이 앞섶을 좌우로 잡아헤치면서 옷을 벗기는 것이다. 노타이 단추가 뚝뚝 뜯어져나갔다. 양손에서 귤알이 떨어졌다. 어스름 속에 준이의 희멀건 육체가 드러났다. 비바리의 손길이 탐내듯이 준이의 몸을 돌아가며 어루만지기 시작했다. 준이는 그만 몸을 빼야 한다고 생각하면서도 아지못할 힘에 이끌려 그냥 내맡기고 있었다. 점점 비바리의 손에 힘이 주어지며 입가에 어떤 미소같은 게 지어졌다고 생각되는 순간, 뜨거운 입김이 준이의 목줄기를 와 물었다. 그리고 뿌듯한 어떤 무게에 가슴을 눌리면서 그 무게와 함께 나뒹굴어졌다. 순비기나뭇가장이가 몸에 찔렸으나 아픈 줄을 몰랐다. 먼 조각달이 한번 휘뚝하고 눈앞에까지 다가왔다가 도로 제자리로 올라갔다.

이 초닷샛달이 밤마다 커서 둥글게 찼다가 다시 이울어 조각달이 될 때까지 준이는 매일밤 이곳에서 비바리를 만났다.

그믐께 가까운 어느날 밤, 비바리를 만나고 돌아온 준이는 그대로 자리에 눕고 말았다. 미열이 나고 팔다리의 뼈마디가 쑤셔서 기동을 할 수가 없는 것이었다.

당황한 것은 어머니였다. 서귀포로 와 물을 갈아먹은 후부터는 아들의 몸에 두드러기도 내돋지 않고 몸도 충실해져 여간 기꺼이 여기지 않던 차에 그만 덜컥 자리에 눕게 된 것이었다. 어머니는 그동안 아들이 밤마다 어디 무엇하러 간다는 걸 짐작은 하고 있었다. 그러나 그것을 발설하여 아들을 타이르지는 못했다. 아들의 비위를 조금이라도 거슬릴까 저어한 것이다. 언제나 그랬다. 어려서 준이는 무척 오징어를 좋아했다. 잘 때에도 머리맡에다 오징어 한두 마리를 놓고야 잠이 들었다. 한번은 이것이 없혀서 까무러친 일까지 있었다. 의사의 말이 아예 다시는 오징어를 집에 들이지 말라고 했다. 그러나 준이가 조를라치면 어머니는 우는 낯을 하면서도 그것을 치마폭 밑에 사들고 오게 마련이었다. 이런 어머니라 이번에 준이가 자리에 눕게 됐어도 아들보고는 아무말 못했으나, 그 앙갚음을 비바리에게 했다. 다른 데서 생선을 사들이고 통 비바리의 물건은 팔아주지 않는 것이다. 너무 한 사람 물건만 팔아주었더니 그것을 기화로 요새는 아주 좋지 않은 것을 가져다 떠맡긴다는 것이다. 물론 생트집이었다. 이런 어머니의 입에서는 어느새 비바리라는 말까지도 사라져버렸다.

비바리는 그래도 전과 다름없이 준이네 집에를 들렀다. 그날 잡은 전복이니 소라니 붉바리니 하는 것들을 들고 왔다. 와서는 흥정이 안 된 채 방안에 누워있는 준이를 먼발치로 바라보고 돌아가는 것이었다. 언제나처럼 흐리지도 빛나지도 않은 그런 눈이었다.

준이는 준이대로 처음에 미열이 나고 팔다리가 쑤시는 동안은 아무 생각도 없었다. 그동안의 자기 생활이 남의 일같이만 생각됐다. 거의 날마다 드나드는 비바리를 거들떠볼 마음도 나지 않았다. 그러나 어머니가 제주읍까지 가서 지어온 약을 먹고 몸조섭을 하는 동안 차차 미열도 떨어지고 몸의 피로도 풀리게 되자, 지난날 비바리와의 관계가 무슨 향수나처럼 다시 가슴 한가운데에 자리잡는 것을 어쩔 수가 없었다. 하루는 비바리가 갖고 온 붉바리 한 마리를 사게 했다. 어머니는 마음이 내키지 않았으나 아들의 청이라 거역치를 못했다. 준이는 바닷물을 떠오라고 했다. 그리고는 거기다 붉바리를 넣는 것이었다. 등허리에 작살을 맞아 피멍이 든 채로 붉바리는 아가미를 뻐끔거리고 지느러미와 꼬리를 활발히 내저었다. 용하다고 생각했다. 그러나 잠시 후에 붉바리는 제 몸을 가누지 못하고 한옆으로 기울어졌다. 애써 몸을 바로잡았다. 그러나 곧 다시 한옆으로 기울어지고 말았다. 시간이 갈수록 그 기울어지는 각도가 더해갔다. 준이는 그만 어머니를 시켜 붉바리가 든 버치를 밖으로 내가게 했다. 이날 저녁 준이는 그 고기를 먹지 않았다.

한 보름 지나, 이제는 준이도 바깥바람을 쐬일 수 있게끔 된 어느날, 육지에 있는 숙부한테서 편지가 왔다. 준이네가 서귀포로 오기 전 제주읍에 있을 때 알 만한 사람이 육지로 나갈 적마다 숙부의 거처를 수소문해달라고 부탁을 해두곤 했던 것이 지금에야 연락이 닿은 것이었다. 편지 사연은, 피난올 때의 계획으로는 부산에다 자리를 잡으려고 했었으나 형편상 대구에 주저앉게 됐다는 것과, 지금 거기에 연합대학이란 게 생겨 개강을 시작한 모양이니 곧 나오라는 것이었다. 그러지 않아도 숙부에게서 무슨 기별이 오기만 이젠가 저젠가 고대하던 어머니는 편지를 받자 그달음으로 짐을 꾸리면서 내일 아침 첫 버스로 떠나자고 했다.

이날 준이는 오래간만에 밀짚모자를 쓰고 밖으로 나섰다. 마을 남쪽 끝에 있는 단추공장 옆도 거닐어보았다. 공장은 여적 일을 하지 않고 쉬는 듯 고즈넉한 주위에는 협죽도만이 끝물꽃을 피우고 있었다.

방파제로 나가 새섬이며 문섬 쪽도 바라보고, 바다를 끼고 돌아오다 돌자갈이 깔린 해변에서 숲섬 쪽도 건너다보았다. 이날도 잠녀 네댓 명이 섬 근방에서 자맥질을 했다 떠올랐다 하며 휘파람을 불고 있었다.

실개천물은 그새 더 맑아지고 차 보였다. 폭포수도 무척 야무져 보였다. 자구리 목욕터로도 가 보았으나 도무지 미역감을 엄두는 나지 않았다. 웅덩이 안쪽 병풍처럼 둘린 석벽에서 쏟아져내리는 물만 보아도 절로 몸속까지 써늘해지는 것이었다. 고개를 드니 한라산 높은 봉우리 끝이 푸른 하늘에 선명한 선을 긋고 있었다. 목덜미에 쬐는 햇살도 쨋쨋하면서도 매끄러운 촉감이었다. 이렇게 계절은 준이가 누워있는 동안에 어느덧 가을로 접어들고 있는 것이었다.

준이는 그길로 보목리 쪽으로 발을 옮겼다. 실은 집을 나서면서부터 그 생각을 하고 있었던 것이다. 마지막으로 비바리를 만나야 한다는 생각이었다. 천천히 걷는 걸음인 데다가 해도 또 짧아진 탓인지 보목리 마을이 바라뵈는 해변가에 이르렀을 때는 산그늘이 벌써 마을을 온통 덮고 있었다. 마을 한옆에 서있는 귤나무의 열매만이 전보다도 드러나 보였다. 이제는 웬만한 어른 주먹만큼씩한 열매가 누르께한 물이 오르기 시작한 채 주렁주렁 산그늘속에 두드러져 보이는 것이었다. 준이는 거기 순비기나무가 깔린 해변가에 앉아 비바리가 돌아오기를 기다리기로 했다. 멀지 않은 곳에서 바닷물소리가 어떤 일정한 간격을 두고 밀려왔다는 밀려갔다.

　마을사람 몇이 말을 몰고 내려오는 것이 보였다. 꽤 길을 들인 말이어서 그다지 사람들을 애먹이지 않는 성싶었다. 혹시 그 속에 비바리 조카애라도 끼어있지 않나 하고 눈여겨 바라보았다. 그러다가 지금 어떤 얼룩말의 등에다 한 손을 얹고 한 손으로는 말의 배를 쓰다듬으면서 마을로 들어서는 한 여자의 모습이 눈에 띄었다. 바로 비바리였다. 그리고 그네가 배를 쓰다듬어주고 있는 얼룩말은 언제밤엔가 본 그 말이 틀림없었다. 아마 비바리가 오늘은 일을 나가지 않았든가 잡히는 것이 없어서 일찍 돌아온 것이리라. 준이는 몸을 일으켰다. 비바리 뒤에 긴 채찍을 들고 따라오던 조카애가 먼저 알아보고 비바리에게 무어라 이르는 눈치였다. 비바리가 번쩍 고개를 들어 이쪽을 보더니 곧장 이리 걸어오는 것이었다. 준이는 다시 거기 앉아버렸다.

　비바리는 반가이 준이의 손을 잡고 어루만지면서 인제는 병이 다 나았느냐고 했다. 그러는 검은 속눈썹 속의 검은 눈동자는 언제나처럼 흐리지도 빛나지도 않은 그대로였다. 준이는 절로 얼굴이 달아오름을 느끼며 자기네는 내일 아침 첫 버스로 여기를 떠난다고 했다. 그리고 뜻밖의 말까지 해버렸다. 비바리더러도 같이 가지 않겠느냐고 한 것이다. 이 말은 아무런 준비도 없이 실로 그 순간에 퍼뜩 그의 입에서 튀어나온 말이었다. 그러나 정작 해놓고 보니, 어쩌면 자기는 이 비바리를 남겨두고는 갈 수 없을 것같은 생각이 드는 것이었다. 어머니한테는 자기가 조르기만 하면 어떻게든 응낙을 얻을 수 있을 것이다. 준이는 잡힌 손에 힘을 주며 다시한번 다짐하듯이 말했다. 우리 육지로 나가 살자. 비바리는 잠시 그냥 그 흐리지도 빛나지도 않은 눈으로 준이를 바라보고 있더니 고개를 좌우로 내저었다. 그리고는 말하는 것이었다. 아무리 준이를 따라가고 싶어도 자기는 육지로 나가지 못할 몸이라는 것이다. 그래서 자기는 어느때고 준이가 육지로 나가는 날은 잠자코 보내주리라 마음먹고 있었다는 것이다. 뒤이어 준이는 이 비바리의 입으로부터 얼핏 이해하기 힘든 놀라운 이야기까지 들어야만 했다. 그네가 자기 오빠를 죽인 것은 세상사람들이 말하듯이 오빠가 그모양이 됐기 때문에 다른 가족마저 못살게 될까봐 그랜 건 아니라는 것이다. 어려서부터 오빠를 누구보다도 좋아한 것은 자기라고 했다. 오빠가 산으로 올라간 뒤에도 온갖 위험을 무릅쓰고 사람들의 눈을 피해가면서 식량이니 옷이니 하는 것을 날라다 준 것도 자기라고 했다. 그 오빠가 하룻밤 산에서 내려와 이제 자기는 일본으로 도망치는 도리밖에 없이 됐다고 했다. 그러나 그때 이미 오빠는 산에서 병을 얻어 겨우 운신이나 할 수 있는 몸이었다. 도저히 그 이상 더 고역을 견디낼 수가 없는 형편이었다. 자수를 권해보았다. 오빠가 한참 말없이 이쪽을 바라보고 있더니 들고 있던 장총을 놓고 변소로 들어갔다. 그때 그네는 알아차렸다는 것이다. 이 오빠를 다른 사람 아닌 자기 손으로 제주도땅에 묻어야 한다는 것을. 그리고 또 그것을 지금 오빠편에서도 바라고 있다는 것을. 아마 그때부터 자기는 무슨 일이 있어도 제주도를 떠나서는 안될 몸이 됐는지도 모른다고 했다. 마지막으로 비바리는 자기 이야기에 끝이라도 맺듯이 앞으로 육지로 나가는 말을 볼 적마다 준이를 생각하겠노라고 하며, 좀전에 얼룩 암말의 배를 쓰다듬던 솜씨로 자기의 배를 몇번 쓰다듬고는 그 손으로 준이의 목을 와 안는 것이었다.

1956 구월

소 리

 지금 덕구는 밧줄에 목이 매여 어느 산비탈을 끌려내려가고 있었다. 험준하기 이를데없는 낯선 산비탈이었다.
 엎어져 끌릴 때는 턱주가리와 가슴과 무릎이 돌부리며 나무그루터기에 마구 절리고 째이어 쓰라리고 아프다못해 그저 얼얼하기만 했다. 번듯 뉘여져 끌릴 때는 또 등어리와 뒤통수가 갈리고 찢겨서 금방 산산조각이 나는 것만 같았다.
 이대로 끌려가다가는 죽는 수밖에 없었다. 소리를 질렀다. 밧줄을 놔라, 난 산 사람이다, 죽은 사람이 아니다!
 그러나 덕구의 피투성이된 큰 몸뚱어리는 그냥 험준한 산비탈을 끌려내려가는 것이었다.
 전쟁마당에서는 미처 시체 운반할 손이 모자랄라치면 노무자들이 시체의 목을 매어 끌어내리는 수가 있었다. 덕구가 이런 광경을 처음 본 것은 그가 일선으로 나간 지 석달쯤 뒤였다. 밤낮없이 이틀 동안이나 고지 하나를 사이에 두고 밀고올라갔다 밀려내려왔다 하기를 무려 아홉 번이나 거듭한 호된 싸움 끝이었다.
 덕구는 거기 있는 너럭바위 한끝에 아무렇게나 등을 기대고 주저앉아있었다. 어떤 허탈감이 왔다. 언제나 치열한 전투 끝에, 아직 나는 이렇게 살아있다는 희열과 흥분이 뒤섞인 긴장이 풀리면서 오는 증세였다.
 멀지 않은 산봉우리에서 아침해가 솟아올랐다. 재넘이바람이 초연과 피비린내와 부상병의 신음소리를 쓸어왔다. 이미 덕구의 신경

소 리 241

은 이러한 냄새와 소리에는 무뎌있었다. 그런 것에 익어버린 것이다.
　너럭바위 한끝에 기대앉은 덕구의 눈꺼풀이 맑은 아침 햇살에 점점 무거워져갔다. 졸음이란 허기보다도 무서웠다. 적진을 향해 행군을 하면서도 졸아야만 했다. 순간순간 정신이 들었다가도 다시금 깜박 졸곤 하는 것이 마냥 졸면서 걷는 셈이었다.
　덕구는 이때도 껀떡 졸다가 무슨 소리에 눈을 떴다. 금방 잠이 들었다가도 번쩍 눈을 뜨곤 하는 것이 또 그가 일선으로 나오면서부터 몸에 붙인 버릇이었다. 이전에 시골서 농사지을 때는 눈만 붙이면 누가 떠메어가도 모를 만큼 깊은 잠이 들곤 했었는데.
　무슨 소리에 눈을 뜬 덕구는 흠칫하고 놀랐다. 바로 발앞에 시체 하나가 와 머물러있는 것이다. 그러나 그것으로 놀란 것은 아니었다. 시체의 목에 줄이 매어져있는 것이다. 그리고 줄이 잡아당겨지자 몸뚱어리가 무엇에 걸린 듯 목이 움쩔하고 늘어난 것이다. 그와 함께 위로 치켜뜬 시체의 두 눈알이 고운 아침 햇빛에 번뜩거리고, 이빨이 반쯤 드러나게 벌어진 턱주가리가 들썩거렸다.
　덕구는 그만 몸을 움츠리며 외면해버렸다. 옆에 있던 김중사가 히힝 하고 예의 독특한 웃음을 터뜨리면서, 이 겁보야 죽은 사람을 처음 보나? 그리고 한다는 소리가, 사람의 모가지란 저렇게 편리한 거야, 산 사람이거나 죽은 사람이거나 모가지만 잡아매어 끌면 쉽게 끌리거든, 첫째 모가지는 잡아매기에 알맞게 생기구, 한번 잡아매면 좀처럼 벗겨질 염려가 없구, 게다가 늘었다 줄었다 해서 좋아, 무엇에 걸려두 끄는 편에서 뻑뻑하지가 않거든, 저것 좀 보지, 또 무엇에 걸렸군, 모가지가 늘쩍늘쩍하는 게. 그러나 덕구는 그리로 고개를 돌리지 못했다.
　김중사의 말대로 덕구는 본디 겁이 좀 많은 편이었다. 처음 일선으로 나와 적과 대전을 하는 날, 그는 바짓가랑이를 온통 척척하게 적신 일이 있었다. 그리고 처음 전우의 시체를 보고는 울음을 터뜨리고 말았다. 슬픔보다도 무서움이 앞섰던 것이다. 호 속이 무덤 속만 같았다.
　사람이란 그러나 여하한 일에라도 익어버리게 마련인 것이다. 수

많은 시체를 거듭 목격해오는 동안 덕구는 이제는 아무런 충격도 받지 않게 되었다. 시체의 사지가 따로따로 달아나버리고 내장의 어느 한 부분이 나뭇가지에 걸려 바람에 불리는 것을 보고도 자기의 배를 한번 쓸어내리면서, 아직 나는 이렇게 살아있다는 희열을 맛보게쯤 된 것이다. 그러는 동안 방아쇠 잡아당기는 손가락의 굳은살만이 두꺼워져갔다. 그랬던 덕구가 이날 목에 줄이 매여 끌려내려가는 시체를 보고 그처럼 놀란 것은, 그 시체의 눈알과 덕주가리에서 살아있는 자기와 별반 거리가 멀지 않은 모습을 발견한 때문이었는지 몰랐다.

그날밤 그는 호 속에서 김중사에게 속삭였다. 이후에 자기가 부상을 당해 채 죽지 않았을 땐 아예 죽여달라고. 그러면서 그는 슬쩍 자기 목을 한번 어루만졌다. 김중사는 히힝 하고 예의 웃음을 웃고 나서, 그때 내 총알이 남았으면 소원대루 해주지, 했다.

그런 지 얼마 뒤였다. 어느 또 격전 끝에 시체의 목을 매어 끄는 광경을 본 덕구는 총개머리로 노무자를 후려갈겼다. 갑작스레 분노가 치밀었던 것이다. 김중사가 히힝 하고 덕구의 어깨를 툭 치면서, 임마 흥분하지 말어, 전에 난 저런 놈의 정강이를 총으로 쏜 일까지 있어, 허지만 생각해보니 그럴 게 아니거든, 죽은 후에야 모가지를 매어 끌건 뒷다리를 매어 끌건 무슨 상관야, 그저 까마귀밥 안 되는 것만두 다행이랄밖에.

사실 덕구는 차차 이런 것에도 익어지고 말았다. 시골서는 큰 돌멩이나 나무토막을 밧줄에 매어 끌어내린다. 전쟁터에서의 시체란 그런 돌멩이나 나무토막과 다를 바 없다고 생각됐다.

그 뒤 어느 능선을 둘러싸고 적 대부대와 사투가 벌어졌을 때, 덕구 자신이 날아오는 유탄에 맞아 쓰러졌다. 그저 요행스럽게도 탄환이 코 위를 지나 왼편 눈알을 파가지고 그쪽 눈꼬리뼈를 뚫고 지나간 것이었다.

한참 만에 히힝 하는 웃음소리가 귓결에 들렸다. 이때처럼 이 히힝 하는 웃음소리가 반가운 적은 없었다. 김중사, 난 죽었다, 내 머리가 달아났다. 다시 히힝 하는 김중사의 웃음소리와 함께, 대가리가 달아났음 입은 어디 붙었게 그런 소릴 하나? 덕구는, 정말이다, 머리가 달아났다, 아무것두 뵈지 않는다, 하고 소리쳤다. 왼쪽 눈에서 흐른 피가 성한 오른쪽 눈까지 덮어버린 것이었다.
　김중사가 덕구 귀 가까이 입을 가져다대고, 염려 마라, 달아난 건 한쪽 눈뿐야, 그런데 임마, 전에 나헌테 부탁한 일이 있지? 지금 꼭 내게 총알 한 알이 남았다, 이걸 사용해줄까? 그리고는 예의 히힝 하는 웃음을 더 소리높여 웃어대는 것이었다. 덕구는 저도모르게 다급히, 으 아니다, 아니다, 소리를 연거푸 질렀다.
　그후 두달 만에 덕구는 제대를 했다. 그러한 그가 지금 어느 낮도 모르는 험준하기 이를 데 없는 산비탈을 밧줄에 목이 매여 끌려 내려가고 있는 것이다.
　이제는 턱주가리와 무릎이 거의 다 닳아 없어지고, 뒤통수와 등어리도 갈릴대로 갈려 아프다는 감각조차 모르겠다. 영락없이 죽은 것이다. 그런데, 대체 어떤 놈이 이렇게 산 사람의 목을 잡아매어 끈단 말인가.
　가까스로 고개를 쳐들어 밧줄 끝을 더듬어보았다. 깜짝 놀랐다. 지금 허리를 구부정하고 밧줄을 끄는 사람은 다른사람 아닌 덕구 자신인 것이다. 얘, 이 죽일 놈아, 밧줄을 놔라, 나다 나야, 덕구다 덕구, 그래 내가 안 보이느냐, 한쪽 눈마저 찌부러졌단 말이냐? 그러자 밧줄을 끌던 덕구 자신의 모양은 사라져 없어졌다.
　이제야 살았다 하는데, 그냥 밧줄이 끌려내려가는 것이다. 보니 이번에는 밧줄 끝에 사람의 주먹만한 것이 붙어서 굴러내려가는 것이다. 붉은 핏덩어리였다.
　이 핏덩어리가 굴러내려가면서 눈덩이처럼 점점 커지는 것이다. 거기 따라 끄는 속도도 차차 더 빨라졌다. 주먹만하던 것이 메줏덩이만큼, 그리고 큰 호박덩어리만큼이나 커졌다.
　거기에 문득 깎아지른 듯한 된비알이 눈앞에 가로질러있는 것이다. 이제는 정말 죽었다. 마지막으로 안간힘을 써 목청껏 부르짖었다. 사람 살류우!
　자기가 지른 소리에 자신이 놀라 잠이 깨었다.
　마을 뒷산 기슭이었다. 저 멀리 서산 마루에 저녁해가 기울어있었다. 하늘 중천에 솟아있을 때보다 윤곽이 선연하니 크고, 빛이 사뭇 붉은 해였다.

 덕구가 군대에서 돌아왔을 때 마을사람들이 놀란 것은 그 한쪽 눈이 보기에 무섭도록 움푹 찌부러져 들어간 때문만은 아니었다. 성품이 달라진 것이다.
 본래 덕구는 마을에서도 빠지지 않을 만큼 근실한 농군이었다. 밭갈이 논갈이 때만 두어 집 건너 이웃에 사는 삼돌이아버지네 소를 빌려올 뿐이고, 그 외에 거름이나 추수같은 것은 자기 등짐으로 져 날랐다. 무어나 사람이 할 수 있는 일이면 제몸으로 하는 것이다.
 그러나 덩치와 달리 소심하고 인색한 데가 있었다. 언젠가 돼지 한 마리를 기르다가였다. 어쩌다 동네 돼지 하나가 하룻밤 사이에 죽자, 이거 돼지병이 도는가보다 하고, 시세의 반값도 못 받고 자기네 돼지를 팔아버렸다. 동네 돼지가 죽은 것은 먹이를 잘못 먹은 탓이란 게 알려졌다. 그렇건만 그 뒤로 덕구는 돼지를 안 기르는 것이다.
 술 담배도 입에 대지 않았다. 그것들이 몸에 맞지 않아 안 먹는 건 아니었다. 누구네 집에 대사같은 것이 있어 가게 되면 곧잘 눈가장자리가 빨개지도록 막걸리사발을 기울이곤 하는 것이다. 결국 공짜면 먹는 것이다. 이렇게 마음이 좀 인색하기도 한 편이었다.
 이 덕구가 한번 된통 혼이 난 적이 있었다.
 소집돼 나가기 전에 겨울이었다. 그날 덕구는 나락 얼마큼을 팔아가지고 장거리 한옆에 있는 주막에를 들렀다. 물론 그가 거기 찾아들어간 것은 무어 막걸리라도 한 사발 들이켜기 위해서는 아니었다. 집에서 싸갖고 온 꽁보리밥을 뜨끈한 술국에 말아 먹으려는 것이다. 이 토장국만은 거저 얻을 수 있었다.
 덕구가 마악 김이 서리는 토장국 사발에다 굳은 꽁보리밥덩이를 넣으려고 하는데, 거 덕구 아닌가? 하는 소리가 들렸다. 보니 거기 붙어있는 방 유리쪽에 얼굴이 하나 비쳤다. 얼마 동안 마을에서 자취를 감추었던 용칠이었다. 덕구편에서도 모르는 체할 수가 없어서 어설픈 웃음을 지어보였다. 그뿐이었다. 덕구는 근실한 농군이라 이 난봉꾼이요 노름꾼인 용칠이에게 그 이상 더 친밀한 기색을 보일 필요가 없는 것이다.
　그런데 용칠이편에서는 문까지 열어잡더니 추운데 방으로 들어오라는 것이다. 그러지 않아도 찌뿌듯이 흐린 날씨가 술청 안에서도 등골이 으스스하니 춥던 참이긴 했으나, 여기서 좋다고, 했다.
"아따, 사람이 왜 저리 당나귀 뒷발통처럼 딱딱할까 젠장. 추운데에서 들어오라니까."
　너무 남의 호의를 거역할 수가 없어서 방으로 들어갔다.
　방안에는 용칠이 외에 웬 낯모를 청년이 하나 술상을 사이에 놓고 마주앉아 있었다. 덕구는 그저 뜨뜻한 방안에 들어가 자기 국밥이나 먹을 생각이었다.
"그까짓 밥이야 하루 세끼 먹는 거, 자아 이걸루 우선 몸을 좀 녹이게."
　술잔을 건네는 것이다.
　따지고보면 덕구는 언제나 하루 세끼 밥을 먹는 건 아니었다. 겨울철 해가 짧을 동안은 아침 저녁 두끼만으로 때우는 것이다. 그것이 이날은 장에 오느라고 특별히 점심을 싸갖고 온 것이다. 그렇지만 이렇게 날씨가 춥고 뱃속이 출출할 때는 밥도 밥이지만 노상 한잔 생각이 없는 것도 아니어서 못이기는 체 받아 마셨다.
　약주였다. 시골구석에서 먹던 그 텁텁한 막걸리에 비겨 얼마나 산뜻한 맛인지 몰랐다. 안주로 상에 놓인 낙지회를 집었다. 잇사이에서 매끄럽고 졸깃거리는 게 사뭇 달았다. 처음으로 낙지회를 먹어보는 것이다.
　뒤이어 낯선 청년이 잔을 건네었다. 덕구는 한 잔으로 몸이 풀렸으니 그만두겠다고 했다.
　청년이 잔을 내민 채 입가에 미소를 지어보인다. 묘한 웃음이었다. 입술만 살짝 들었다 놓을 뿐, 눈이나 그밖의 얼굴 부분은 통 움직이지 않는 것이다. 청년이 그런 미소를 다시한번 지어보인다. 그러지 말고 어서 잔을 받으라는 표시다.
　생각해보니 누구의 잔은 받고 누구의 잔은 안 드는 수도 없어서 청년이 건네는 잔도 받아마셨다. 명치끝이 따끔거리더니 뱃속이 후

끈해진다. 술이란 이때가 제일 입에 당기는 법이다. 거기에 용칠이가 후래삼배라고 하면서 또 잔을 건네는 것이다.
"머니머니 해두 추위에는 이게 제일이야. 겉에 솜옷 껴입는 건 소용없어. 그저 이걸루 창자 속에 솜을 넣어야지."
그러나 덕구는 그 이상 더 술잔 받기를 망설일밖에 없었다. 흔히 시골서는 술좌석에서 누가 술 얼마큼을 사면 다음 사람이 또 얼마큼을 사게 마련인 것이다. 지금 덕구는 자기에게 건너오는 잔이라고 넓죽넓죽 받아 마시다가는 나중에 그냥 밍밍하게 물러앉기가 난처한 것이다. 그래 슬그머니 숨을 들이쉬어 오늘 나락 판 돈이 들어있는 허리춤의 돈전대를 뱃가죽으로 한번 밀어보고 나서,
"해 있어서 집에 나가봐야지."
그리고는 자기 국밥그릇을 앞으로 잡아당기는데 용칠이가,
"아따 경치게두 집집 허네. 그렇게 에펜네 궁둥이가 그리운가."
덕구는 장가든 지 일년밖에 안 되지만 그동안 아내한테 혹해 빠져본 일은 없었다. 그저 아내편에서도 살림이 헤프지 않고 존절하게 해주는 것이 대견스러울 따름이었다.
"그럼 왜 그러나? 자네더러 술값 치루랄까봐 겁이 나나?"
이번에는 덕구의 아픈 데를 때리는 것이다.
"염려 말게. 이래 봬두 용칠이 주머니에 술값 떨어져본 적은 없네. 자, 꾸물거리지 말구 어서 잔이나 내게."
그러나 이런 경우에 대개 소심한 사람이란 한번쯤 딴말을 하게 마련인데 덕구도,
"그런게 아니라……"
엊그제 술을 좀 지나치게 마셨더니 뱃속이 좋지 않아 그런다는 말을 하려는 것이다. 사실 엊그제 이웃에 사는 삼돌이아버지의 생일이라고 해서 막걸리 두 탕기를 얻어먹긴 했다. 그러나 생각같아서는 곱배기로 한 사발 더 마시고 싶었지만 원체 구두쇠인 삼돌이아버지라 술을 더 내놓지 않아 못 먹었던 것이다.
용칠이가 덕구의 말을 채 듣지도 않고,
"그런게 아니긴 뭐가 그런게 아니야. 에펜네보담은 친구가 낫구, 친구 중에서는 술친구가 제일이야, 자아."

이렇게 되어 마침내 술잔이 새로 오가게 됐다. 빈 주전자가 두 번이나 나갔다가 술이 채워져가지고 들어왔다.

덕구는 눈가장자리뿐만 아니고 코끝과 귀언저리까지 빨개졌다. 그리고 말이 많아졌다. 흔히 평소에 말수가 적던 사람이 술에 취하면 많아지는 수가 있는 것이다. 그리고 소심한 사람일수록 큰소리를 하는 것이다. 이 근동에서는 누구누구 해야 용칠이 자네만한 활량이는 없다, 사내대장부루 태어난 바에는 나두 자네만한 활량이가 한번 돼보구 죽었으면 한이 없겠다, 아무리 뼈가 휘두룩 농사를 지어봤댔자 별수 없더라, 용칠이 이사람아, 지금까지두 한동네 사는 친구였지만 앞으루는 좀더 가까이 지내자, 사실 말이지 에펜네보다야 친구가 낫지, 그래 옛말에두 있잖나, 에펜네 팔아서 친구 산다구.

낯선 청년은 덕구의 말끝마다 맞장구치듯이 그 입술만 살짝 들었다 내리는 웃음을 짓곤 했다.

세번째 주전자가 비자, 용칠이는 좀 쉬었다 먹자고 하면서 주머니에서 돈을 한줌 쥐어내어 셈을 했다. 시퍼런 천원짜리뿐이었다. 필시 어느 노름판에서 한손 쥔 게 틀림없었다.

용칠이와 낯선 청년이 골방으로 들어간다. 덕구도 뒤를 따라 들어갔다. 거기서 용칠이와 낯선 청년은 노름판을 펴놓는 것이다. 시퍼런 천원짜리가 마구 판에 나와 쌓였다.

얼마동안 어깨 너머로 두 사람의 노름하는 것을 구경하고 있던 덕구가 슬쩍 돌아앉아 허리에 찬 전대를 풀어냈다. 그리고 십원짜리 한 장을 꺼내어 판에 나와있는 천원짜리 곁에다 놓았다. 소위 노름판에서 쓰는 말로 찌른다는 것을 해보려는 것이다.

청년이 그 입술만 살짝 들어뵈는 웃음을 지으면서 덕구가 내다붙인 십원짜리를 두 손가락으로 냉큼 집어팽개치는 것이다. 이번만은 그 웃음이 사람을 얕보는 웃음이라는 걸 알 수 있었다.

용칠이도 덩달아,

"자넨 그만두게,"

하고 어린 사람 타이르듯 하는 것이다.

이쯤되면 덕구는 술기운 탓도 있어서 은근히 약이 오를밖에 없었다. 사람을 넘봐도 푼수가 있지.

　백원짜리 두 장을 댔다. 다음번에는 석 장, 다섯 장. 마음이 커진 것이다. 가다가 판에 댄 돈이 제곱을 물고 들어오는 수가 있었다.

　그러나 밤이 이슥해서 술기운이 깨었을 즈음에는 돈전대가 거의 비어있었다. 바짝바짝 가슴이 타고 진땀이 흐르건만 돈 잡은 손만은 추위를 못견디는 사람처럼 부들부들 떨렸다. 그리고, 내가 왜 이것에 손을 댔던가고 뉘우칠 때는 벌써 빈털터리가 돼있었다.

　죽고 싶었다. 그자리에 앉은 채로 죽어버리고 싶었다.

　용칠이가 술상을 청해 왔다. 덕구는 제 손으로 술을 따라 연거푸 마셨다. 죽고 싶었다. 술을 잔뜩 먹고 정신을 잃은 채 쓰러져 그대로 깨어나지 않았으면 했다.

　그러나 술이란 이상한 물건이다. 몇잔 술에 뱃속이 후끈해지면서 마음도 누그러지는 것이다. 사내대장부가 노름을 해서 그까짓 돈 몇푼 잃었다고 옹졸스레 이럴 게 뭐냐. 누구는 노름에 살림을 온통 망쳐놓고도 살아가지 않더냐.

　덕구는 고개를 들어 용칠이와 청년 쪽을 번갈아 바라보며,

"그 돈으루 엿만 사먹지들 말게,"

했다.

　이것은 제법 노름꾼다운 말투인 것이다. 오늘 판 돈을 없애지만 않으면 언제고 봉창을 할 날이 있다는 것이다. 그리고 의젓하게 자리에서 일어났다. 날이 밝거던 가라는 것을 굳이 우기고 밖으로 나섰다. 두 사람한테 자기의 호기를 보이고 싶었던 것이다.

　장거리에서 마을까지는 먼 이십릿길이었다. 달도 없는 추운 밤길을 걸으며 덕구는, 오늘은 비싼 술을 먹었다, 그래 한번쯤 비싼 술을 먹었기로서니 어떠냐고, 혼자 중얼거렸다.

　찬바람이 술기운을 쉬 날려버렸다. 문득 집에서 기다릴 아내의 모습이 떠올랐다. 나락 판 돈을 어쨌느냐고 할 것이다. 친구와 얼려서 술 사먹었다? 안될 말이다. 용칠이 그녀석이 입으로는 여편네보다는 친구가 낫고, 친구 중에서는 술친구가 제일이라 했겠다? 그래 그런 친구의 돈을 몽땅 따먹어야 옳단 말이냐. 이 천하의 날

도둑놈같으니라고. 그리고 고 낯짝 모르는 자식의 웃는 꼴이란 꼭 삵괭이 웃음이었겠다? 그러나 결국 그런 놈들한테 걸려든 자기가 어리석었다는 뉘우침이 가슴에 와 안겼다.

목구멍에서 커컥 울음이 솟구쳐올라왔다. 그런데도 눈에 눈물이 나오지 않았다. 그게 더 가슴 답답하고 안타까웠다.

마을 어귀에 이르러 점박이아주머니네 술막 문을 두들겼다. 부시시 눈을 비비며 나온 점박이아주머니는 덕구를 보고 깜짝 놀라며,
"조서방 이게 웬일이우, 오밤중에?"
"장에 갔다 도둑을 만났어요."
"아유, 저런 변이 있나. 어서 들어오우."
"글쎄 난데없이 두 녀석이 달겨들어 골통을 치지 않겠어요? 그 자리에서 정신을 잃구 쓰러졌다가 나중에 깨어나 보니 나락 판 돈을 홀딱 훔쳐갔군요."
"큰일날 뻔했네. 그래두 사람 상허지 않은 게 다행이지."
"막걸리 한 사발만 주슈."
한 사발이 아니고 두 사발을 마셨다.
"술값은 나중에 주리다."
덕구라면 얼마든지 외상을 놓아도 좋은 것이다.
"그 걱정은 말구 어서 집으루나 가 보우. 오죽이나 집에서 기두릴라구."

막걸리 두 사발을 마셨건만 어쩐 일인지 머릿속이 말똥말똥해지기만 했다. 아내에게는 역시 길에서 도둑을 만났다고 하는 수밖에. 그러나 아무리 생각해봐도 틀린 생각만 같았다. 도둑이나 강도를 만나 설혹 자기가 죽임을 당하는 일이 있더라도 돈만은 살아 돌아와야 할 것같은 생각이 드는 것이었다. 다시금 죽고 싶었다. 자기 집 사립문을 들어서면서 돈전대로 목을 맬까 했다.

거기 장독이 눈에 띄었다. 저놈을 퍼먹고 죽으리라. 달려가 간장 한 바가지를 듬뿍 퍼냈다. 그러나 다섯 모금도 못 마시고 그 자리에 엎으러져 토하기 시작했다. 장거리에서 먹은 것까지 게워버렸다. 공연히 간장 한 바가지마저 헤실이 간 것이다.

사흘 동안이나 자리에 누워있었다. 몸이 아파서가 아니라 자기가

한 짓에 속이 상했던 것이다.
 그후부터 마을에는 덕구에 대한 놀림말 하나가 생겼다. 금년에 간장이 모자라지 않나? 하는 말이다. 그러면 덕구는 아무말도 못하고 얼굴이 새빨개져야만 했다.
 이렇던 덕구가 군대에서 돌아오자 아주 달라진 것이다.
 돌아온 날로 마을에서는 추렴을 하여 환영회를 열어주었다. 그 자리에서 덕구는 술이 별반 취하지 않고 한마디 한 것이다. 전쟁터에서는 사람의 죽음같은 것은 길가에 굴러다니는 돌멩이나 나무토막과 조금도 다를 바 없다는 것이다. 그래서 시체를 봐도 눈곱만큼도 끔찍하다든가 언짢은 생각은 들지 않는다는 것이다.
 동네사람들이 적이 놀라는 빛을 하자, 덕구는 한번 히힝 하는 웃음을 웃었다. 김중사의 웃음을 본딴 것이다.
 덕구가 대구 육군병원에서 치료를 받고 있을 때 김중사가 전사했다는 소식을 들었다. 그때부터 덕구는 이 웃음을 자기것으로 만들었던 것이다. 이때도 덕구는 히힝 하는 웃음과 함께 한쪽만 남은 눈을 들어 동네사람들을 둘러보고 나서, 그러니 살아생전에 먹고 싶은 것 다 먹고 하고 싶은 짓 다 해야 한다고 했다.
 실지로 이 말을 행동에 보이기라도 하려는 듯이 덕구는 날마다 점박이아주머니네 술막에서 살았다. 그리고 술이 취해가지고는 전에없이 농말까지 거는 것이다.
 "아주머니 올해 몇이시우?"
 "벼란간 남의 나이는 왜? 올해 서른 일곱이라우."
 "참 딱하게 됐군. 다섯살만 덜 먹었어두 내가 한번 데리구 살아보는걸."
 "저사람이 환장을 했나."
 "아뇨. 정말 아주머니의 그 귀밑의 사마귀가 정이 들거든요."
 점박이아주머니는 눈을 한번 흘길 뿐 더 대꾸를 하지 않았다. 저렇게 사람이 못되게 변할 수 있을까 하면서도 군대에서 갓 돌아온 덕구의 비위를 거스르고 싶지 않는 것이다.
 용칠이도 덕구를 대하는 품이 전과는 판이했다. 덕구를 한수 높이 보는 것이다. 소집영장이 나올 적마다 어떻게 묘하게 그것을 피해내는, 근동에 둘도 없는 난봉꾼이요 노름꾼인 용칠이가 제대하고 돌아온 덕구한테는 한풀 꺾이는 눈치였다. 되도록이면 덕구를 앞세우고 다니려 했다.

둘이는 재 너머 술집에도 갔다. 재 너머 큰 마을에는 목포집이라는 제법 술집다운 술집이 하나 있었다. 목포에서 왔다는 늙수그레한 여인이 경영하는 술집으로 서울서 데려온 색주가 하나 푼수로 늘 떠나지 않는 집이었다. 젊은 축들은 이 목포집 색주가가 손수 따라주는 술을 한번 받아 먹어봤으면 하고 은근히 바라고 있다. 그것을 용칠이만이 뻔질나게 드나들었는데 이제는 덕구를 이끌고 가 밤을 세워가며 술을 마셔대는 것이다. 물론 술값은 용칠이가 맡았다.

그리고 둘이는 장거리에도 나갔다. 거기서 덕구는,
"약준 싱거워서 안됐어. 정종으루 해야지."
그러면 따끈히 데워진 정종이 들어오는 것이다. 안주는 낙지회 따위만이 아니었다. 불고기며 갈비같은 것이 상에 오르기가 일쑤였다.

이전의 그 입술만 살짝 들었다 내리는 웃음을 웃는 친구도 만났다. 덕구는 아무 꺼리낌없이 이 청년을 쏘아줄 수 있었다.
"그 삵괭이 같은 웃음 작작 웃어라."
그러면 그뒤부터 이 청년은 덕구 앞에서 그런 웃음을 삼가는 것이다.

그러는 동안 덕구의 한쪽만 남은 눈은 술로 해서 붉게 충혈된 채 맑아질 날이 없이 언제나 눈꼬리에 비지가 끼게 되었다. 하루 세 끼의 밥보다도 술을 더 부르는 것이다. 그리고 이런 덕구의 행색이 정말 건달패의 한 사람으로 보이게 했다.

한번은 놀라운 소문이 하나 마을에까지 전해졌다. 장거리에서 덕구가 어떤 사람을 때려서 이빨을 모조리 부러뜨려놓고도 무사했다는 것이다.

그날 용칠이와 어떤 사람이 예의 주막집 골방에서 노름을 시작했다. 덕구는 술이 거나해서 구경을 하고 있었다.

용칠이가 판의 돈을 거의 다 거둬들였을 즈음이었다. 갑자기 상대편 사내가 용칠이의 손에서 투전장을 빼앗아다 펴 보더니 대뜸 일어나며 용칠이의 멱살을 잡는 것이었다. 여지껏 속임수를 썼다는 것이다.
 주먹과 발길이 오가고 엎치락뒤치락 큰 싸움이 벌어졌다. 상대편 사내도 호락호락하지가 않았다. 그냥 내버려두면 용칠이편이 녹아 떨어졌을지도 모를 일이었다.
 덕구가 용칠이를 깔고 앉은 상대편 사내의 면상을 냅다 발길로 질러버렸다. 사내가 벌떡 뒤로 자빠지며 입을 푸푸거리더니 피거품과 함께 이빨 두어 개를 배앝았다.
 지서로 끌려갔다. 그러나 덕구가 상이군인인 데다가 술이 취해 가지고 한 짓이라 하여 그리 시끄러운 일 없이 풀려나왔다.
 다시 술자리를 만들자 덕구는,
 "언젠가 나허구 할 때두 속였지?"
 용칠이가 어색한 웃음을 흘리면서,
 "지난 일은 말허지 마세. 우리 피차 사내자식이 아닌가."
 그리고 손에 잡히는대로 돈 얼마를 꺼내어 덕구 주머니에 찔러주며,
 "참 오늘 자네 아니었드면 큰코 다칠 뻔했네."
 그러면 덕구도 짐짓 사내답게,
 "그래서 친구가 좋다는 거지. 더구나 한동네 사는 술친구가."
 이런 덕구의 생활이 지난해 여름 제대해가지고 돌아와 이듬해 해토 무렵까지 계속되었다.
 물론 그동안 대개 용칠이와 어울려다니면서 거저 얻어먹고 지낸 셈이긴 했다. 그렇다고 전연 자기 비용이 안 드는 것도 아니었다. 제대하면서 여비로 받아갖고 나온 얼마큼의 돈은 한푼도 살림에는 보태 써보지도 못하고 죄다 날려버린 것은 말할 것도 없고, 아내가 혼자 고양이 낯짝만한 토지에서 애써 거둬들인 곡식톨마저 한 되 두 되 퍼내가지 않으면 안되었다.
 본시 아내는 살림에 강박한 여자였다. 이 아내가 그러나 남편의 하는 짓을 일일이 타박하고 악을 쓰려 하지는 않았다. 그 험악한 전쟁터에서 무사히 살아 돌아와준 것만도 과분할 만큼 감사한 것이

다. 그것도 팔이나 다리가 아니고 한쪽 눈만 상해갖고 돌아와준 것이 여간 고마운 게 아니었다. 한쪽 눈이 없어도 농사를 지을 수 있으니 말이다. 그리고 아내는 남편을 믿고 싶었다. 언제까지나 남편이 지금과 같은 대로만 있지 않으리라. 그래서 남편이 밖에 나가 떠돌아다니다가 지쳐서 돌아온 날 밤은 해어진 남편의 군복 바지저고리를 꿰매면서 이것이 이렇게 닳아 떨어져나가듯이 남편의 거치른 마음씨도 차차 가시어주기만 바랐다.

좀처럼 가라앉을 줄 모르던 덕구의 심정이 장거리에서 어떤 사내의 이빨을 부러뜨리고 나서는 약간 변해진 듯했다. 군대에 있을 때는 그까짓 사람의 이빨쯤 아무것도 아니었다. 사람을 죽이기 위해서 얼마든지 힘 안 들이고 총알을 날려보낼 수 있었다. 그렇지 않으면 이쪽이 죽는 것이다.

그러나 장거리에서 어떤 사내의 이빨을 부러뜨린 것은 그렇게 하지 않으면 이쪽의 생명이 위태로워서 한 짓은 아닌 것이다. 그래도 술이 취했을 동안은 자기가 한 짓이 자랑스럽기까지 했다. 난 용칠이 네녀석과는 다르다, 네녀석은 언젠가 내 나락 팔아가지고 돌아가는 돈을 몽땅 속여먹었지만 난 그렇지 않다, 네녀석처럼 딴주머니는 안 차고 다니는 사람이다, 한동네 사는 친구를 친구로서 알아보는 사람이다, 하는 심정이 되어.

그런데 술이 깨어 생각해보니 아무래도 자기가 한 짓이 마음에 개운치가 않은 것이다. 서로 처지를 바꿔놓고 본다면 그 편에서 얼마나 분해할 노릇이겠는가. 어디서고 그 사내를 만날 것이 남몰래 겁이 났다. 자연히 장거리에 드나드는 도수가 뜸해졌다. 본래의 소심하고 겁이 좀 많던 상태로 얼마간 돌아간 듯했다.

마을에 있을 때에도 전처럼 점박이아주머니네 술막에 가 붙어있지를 못했다. 그동안의 외상 술값이 적잖이 밀려 더는 술을 주지 않는 것이다. 이제는 더이상 집에서 들고 나갈 물건이나 곡식도 없었다. 아침저녁 시래기투성인 보리죽으로 간신히 끼니를 때우는 형편인 것이다.

동네에서들은 벌써 금년 농사를 위한 거름을 내고 있었다. 그런데도 덕구는 선뜻 일손을 잡지 못하고 있었다. 그동안 전쟁터에서

방아쇠 잡아당기던 손가락의 굳은살은 다 풀렸건만 제대하고 돌아와서부터 계속된 생활이 그로 하여금 자연 그렇게 만드는 것이었다. 어쩐지 자기가 일손을 잡는다는 것이 동네사람들 보기에 겸연쩍은 것이다.

 그러할 즈음에 얼마 동안 마을에서 자취를 감추었던 용칠이가 돌아왔다. 곧 또 점박이아주머니네 술막에서 얼렸다. 술이란 끊었다가 마시면 더 빨리 취하는 법이다. 어느새 덕구는 눈가장자리가 빨개져가지고,

"머니머니 해두 이게 제일야. 이것만 들어가면 근심 걱정이 씻은 듯 없어지거든."

 점박이아주머니가 한마디,

"집의 마누라는 어떡허구?"

"난 술이나 먹구 에펜넨 그거나 멕이면 되죠 머."

 곁에서 용칠이가 그 말을 받아,

"그렇지. 애에겐 젖이나 멕이구, 개는 똥이나 멕이구."

"아니 우린 애두 없구 개두 없으니깐 그 걱정은 안해두 돼."

 점박이아주머니는 술 취한 놈들의 허튼 수작이라 참견을 안 하려다가 그래도 한마디 더,

"조서방두 인제 곧 아버지가 될걸."

"그깐놈이야 머 내가 나오래서 나오는 놈인가. 저 먹을것 달구 나오면 사는 거구 그렇잖으면 죽는 거지."

 입으로는 이렇게 지껄이지만 속으로는 노상 켕기지 않은 바도 아니다. 언젠가 동네사람한테 들은 말이 있었다. 자기네 집안은 자손이 바르다는 것이다. 소집돼 나갈 때만 해도 덕구는 자기네에게 애라도 하나 있어줬으면 마음이 좀 든든할 것같은 생각을 가져본 기억이 있었다. 그것이 이번에 아내가 임신하여 이미 여덟 달째 접어든 것이다. 요즈음와서는 아내가 바느질감을 잡고 앉아서도 거북하게 어깨숨을 쉰다. 대견하지 않을 수 없었다. 그렇건만 덕구는 어지러운 생활 속에 이 문제를 잊어버리기가 일쑤였다.

 이날밤 덕구는 집으로 돌아오며 자기는 이제 여러가지 것을 한꺼번에 생각하지 않으면 안된다는 걸 느꼈다. 그것은 오래 전부터,

적어도 제대하고 돌아와서부터 밀려오던 생각들이었다. 그러나 그 어느 한가지도 이렇다 하고 갈피를 잡아 결정지을 수는 없었다.
 오줌이 마려웠다. 거기 아무데서나 누려다가 문득 깨달아지는 게 있었다. 오줌만이라도 자기네 집 오줌독에다 누어야 한다는 생각이다. 이것만은 다른 생각에 앞서 또렷했다.
 그로부터 덕구는 조금씩 집안일에 손을 대기 시작했다. 짚신도 삼고, 산에 올라가 나무도 해오고, 이제 밭갈이할 때는 누구네 소를 빌려달라고 할까 하는 궁리도 하게끔 된 것이다.
 그런데 한 스무날 전이었다.
 마을에 상스럽지 못한 일이 하나 생겼다. 뒷산 밑 대추나뭇집 할머니네 씨암탉 한 마리가 없어진 것이다. 그날 아침에도 분명히 있었는데 저녁녘에 홰에 오를 때 보니 온데간데 없어진 것이다. 원래 족제비나 삵괭이가 나도는 동네가 아니었다. 필시 누구 사람의 짓이 틀림없었다. 그리고 그 누구라는 것이 은연중에 누구를 가리키고 있다는 것도 서로 알았다. 덕구인 것이다. 그로부터 집집에서는 제각기 닭 간수에 조심을 했다.
 마침 그즈음 마을에 돌아와있던 용칠이가 덕구와 함께 점박이 아주머니네 술막에서 술을 마시다가 무슨 말 끝엔가,
 "덕구 자네 그런 줄 몰랐드니 아주 내숭스런 사람이드군."
하여 덕구가 뭐냐고 하니까,
 "혼자 몰래 재 너머 목포집만 찾아댕기구."
 용칠이는 다 안다는 듯이 눈을 연신 꿈쩍거리면서,
 "그래 어떻든가. 이번에 서울서 새로 색주가가 왔다면서? 이쁘든가? 저번것은 상판대기는 반반했지만 몸뚱이가 글러먹었어. 볼기짝에 어디 살거리가 있어야지. 그래 이번것은 몸두 쓸 만하든가."
 여기서 용칠이는 약간 목소리를 낮추어가지고,
 "통닭을 삶아놓구 단둘이 술잔을 건네면서 노는 맛이 괜찮지?"
 그제서야 덕구는 용칠이의 말뜻을 알아차리고 예의 히힝 하는 웃음을 한번 웃었다.
 "맘대루 지꺼려!"
 이 덕구가 변명같은 걸 할 줄 알어? 난 네녀석과 다르다!

조금 이따 덕구는 그동안 술기를 끊어 맑아졌던 오른쪽 눈에 핏줄을 세우고 술청 밖으로 나서면서 동네 안쪽을 향해 외쳤다.
"이봐라아, 닭 조심만 해선 안된다아! 소 조심두 해라아, 소 조심을!"
그리고 바로 어제였다.
어디 가있던 용칠이가 또 마을로 돌아왔다. 덕구와 점박이아주머니네 술막에서 어울렸다. 닭사건이 있은 후로 덕구는 다시금 일에 손이 붙지 않고 있는 것이다.
밤이 어지간히 깊어 술들이 취해가지고 술막을 나오면서 용칠이가,
"참 분해서 못견디겠네,"
하는 것이다.
장거리에 웬 놈팽이 하나가 돈을 무지하게 많이 갖고 나타났는데 이것을 따먹지 못하게 됐다는 것이다. 놈팽이의 말이 이쪽의 밑천도 보고야 노름을 하겠다고 한다는 것이다.
"글쎄 다 잡은 고기를 놓치는 것두 푼수가 있지, 제발루 굴러들어오는 돈뭉치를 눈앞에 두구 마다구 하는 격이 됐으니. 그래 내 오늘 여기 온 것두 다른 게 아니라, 삼돌이네한테서 돈 얼마를 빌려갈려구 왔어. 그랬는데 그 영감쟁이가 막 쏜외 보듯이 대꾸두 안하지 않겠어?"
덕구는 취중에도 이 친구가 정신이 나가지 않았나 싶었다. 삼돌이아버지가 다른 사람도 아닌 용칠이같은 노름꾼에게 단돈 한푼인들 내놓을 리가 만무한 것이다. 그것을 용칠이 자신이 모를 리가 없다. 그러고보면 이 친구가 장거리에 나타났다는 놈팽이한테 돈을 잃고 그것을 봉창하기 위해 눈이 뒤집혔는지도 모를 일이었다. 어쩐지 아까부터 용칠이의 안색이 전과 달리 수심빛이 껴있는 것같고, 무언가 조바심하는 듯한 기색이 엿보이더라니.
그러나 덕구는 그런 낌새를 눈치챈 내색을 보일 필요가 없어서,
"그 영감쟁이가 누구라구. 구두쇠라두 이만저만 구두쇠라야지. 글쎄 일전에 나두 보리쌀을 좀 꾸러 갔다가 퇴짜를 맞았어."
사흘 전에 덕구는 보리쌀 한 말을 꾸러 삼돌이네 집에를 간 일이

있었다. 마을에서는 이 삼돌이네가 그중 오붓한 농사꾼인 것이다. 그랬더니 삼돌이아버지가 대뜸, 전의 헤실간 간장 생각을 다시 하게 된 다음에 오게, 하는 것이다. 지난날 덕구가 나락 판 돈을 노름에 잃고 집으로 돌아와 죽을 요량으로 간장을 퍼먹고는 나중에 그 간장만 더 손해를 봤다고 뉘우친 일이 있는데, 그것을 두고 하는 말인 것이다. 그리고 그 말 속에는 덕구가 다시 그때처럼 존절한 살림을 하는 농사꾼이 된다면 보리쌀을 꾸어줄 수 있다는 뜻이 들어있는 것이다. 덕구는 속으로, 미친놈의 영감쟁이같으니라고 어디 두고보자, 앞으로 밭갈이를 못하면 못했지 네 영감쟁이네 소는 빌려달라고 않겠다고 자못 못마땅해했던 것이다.

용칠이는 혹시나 덕구를 대신 시켜 삼돌이아버지한테 청을 대보면 어떨까 했던 희망이 무너지자,

"제기랄, 벽창호같은 영감쟁이라 당최 남의 죽는 사정두 몰라주거든."

덕구도 덩달아,

"그놈의 영감쟁이 그렇게 제 욕심만 부리다간 옳게 못뒈지지, 옳게 못뒈져."

이날밤 삼돌이네 집에 불이 났다.

덕구가 마악 집으로 돌아와 아무렇게나 쓰러져 풀낏 잠이 들려고 하는데 밖에서 왁자지껄하는 소리가 나고, 아내가 밖으로 뛰어나갔다 황급히 뛰어들어오면서,

"여보 큰일났수, 삼돌이네 집에 불이 났어요."

덕구는 그러나 잠속의 소리로,

"응 불?"

"응이 뭐예요. 어서 좀 나가봐요."

"흥, 그놈의 집에두 불이 붙겠지. 철갑이 아닌 바에야."

그리고는 저쪽으로 돌아누워버리는 것이다.

이런 일이 있은 오늘 아침 덕구의 아내는 남편의 거동만 살폈다. 다행히 어젯밤 삼돌이네 집은 외양간 하나만 탔다. 그리고 불난 것을 마침 집안사람이 뒷간에서 나오다 곧 발견했기 때문에 소도 무사히 끌어낼 수 있었다. 그러나 지금 덕구 아내에게 있어서는 그런

것이 큰 문제가 아니었다. 대체 불이 어떻게 났는가 하는 것이다. 삼돌이네 집에서들은 저녁때 재를 잘못 내다버린 탓이라고 하지만 그건 믿기 어려운 말이었다. 반드시 누가 지른 불임에는 틀림이 없는데 그것이 아무래도 남편인 것만 같았다. 어젯밤 남편의 태도에 수상쩍은 데가 있었다. 온 동네사람이 모두 나와 불을 끄느라고 야단법석을 했건만 남편은 종시 바로 이웃에 살면서 얼굴도 내밀지 않은 것이다. 그뿐이 아니다. 흥, 그놈의 집에두 불이 붙겠지, 철갑이 아닌 바에야, 라니. 도대체 그게 무슨 당찮은 소린가 말이다. 생각할수록 가슴이 떨려 못견디겠는 것이다. 술을 처먹고 떠돌아다닐 때가 오히려 나왔다. 저번에 대추나뭇집할머니네 씨암탉이 없어졌을 때만 해도 마을에서 쑥덕공론하는 것을 차마 견디기 어려웠는데.

"여보, 인제 우리는 이 동네 다 살았수."

이 말에 희멀툭한 시래기죽을 떠먹고 있던 덕구가 아직 술기운이 덜 가셔 불그레한 한쪽 눈을 치켜뜨며,

"왜?"

"남 보기가 부끄럽구 무서워 어떻게 살우?"

"걱정두 팔자지, 어서 먹을 거나 처먹어."

덕구의 아내는 그때까지 자기 죽그릇에는 숟가락도 안 대고 있었던 것이다.

"글쎄 어쩌자구……"

"멀 말이야? 삼돌이네 집에 불난 것 말야? 그깐놈의 집 몽땅 타버렸음 어때."

"아니 것두 말이라구 하우?"

"외려 소 안 타죽은 게 천행이지."

"참말 당신이 이렇게까지 될 줄은 몰랐어요. 저번에는 대추나뭇집 할머니네……"

"이 망할 년이 끝내……"

덕구는 후딱 자리에서 일어나고 말았다. 점박이아주머니네 술막으로 나갈 참이었다.

그런데 일어서면서 잘못하여 앞에 놓인 죽사발을 넘어뜨려버렸다.

그러자 홧김에 아내의 죽사발마저 차 엎어버렸다.
 "잘한다, 잘해. 목구녕에 시래기죽물 넘어가는 것두 원수지, 원수야."
 "이 우라질 년이!"
 물론 덕구로서는 그렇게까지 할 의사는 아니었다. 그저 아내를 향해 한번 발길질을 한다는 것이 공교롭게도 아내의 아랫배를 걷어 차버린 것이다.
 아차 할 사이도 없이 아내가 아그그그 소리를 지르며 배를 안고 한옆으로 쓰러졌다. 대개 사람이란 이런 경우에 자기의 실수를 깨달으면서도 모른 체해버리려는 경향이 있는 것이다. 그건 소심한 사람일수록 더한 법이다. 덕구도 지금 얼굴이 파랗게 질려 비명을 지르고 있는 아내를 남겨둔 채 밖으로 나와버렸다. 그리고 입속으로 중얼거렸다. 모두 다 뒈져라, 모두 다 뒈져.
 술막에는 벌써 용칠이가 와 앉아 해장을 하고 있었다. 이 용칠이만은 어젯밤 불 끄는 데도 한몫 끼었던 듯, 얼굴에 그을음이 묻고 이마와 목덜미에 무엇에 쓸린 자국도 나있었다.
 덕구와 용칠이는 서로 눈길이 마주쳤다. 그리고 누구편에서 먼저라고 할것없이 시선을 돌려버렸다. 덕구는 말없이 용칠이 곁으로 가 술잔부터 들었다.
 거기에 삼돌이어머니가 달려들어왔다.
 "역시 예 와있었군. 어서 집으루 가 보게. 자네 안사람이 부르네."
 삼돌이아버지가 무뚝뚝하고 투박스러운 데 비겨 삼돌이어머니는 무던히 상냥하고 인정이 많았다. 일전에 덕구가 삼돌이아버지한테 보리쌀을 꾸러 갔다 빈 손으로 돌아왔을 때도 그 뒤로 몰래 삼돌이어머니가 보리쌀 얼마를 가져다준 것이었다. 이 삼돌이어머니는 또 남의 궂은일 돌봐주기를 좋아했다. 그중에서도 애 받는 솜씨가 아주 용해서 누구네 집에서고 산고만 있으면 불러가는 것이다. 소문에, 거꾸로 나오던 애도 삼돌이어머니의 손만 가닿으면 바로잡혀 나온다는 말까지 있을 정도였다. 아마 지금도 덕구아내가 괴로워하는 것을 보고는 어젯밤 자기네의 불소동 뒤치다꺼리도 제쳐놓고 와서 구완을 해주고 있었음에 틀림없었다.

점박이아주머니가 술청 안에서,
"아주머니, 무슨 일이라두 생겼수?"
큰 소리로 물었다.
"글쎄, 이사람네 안사람이 갑자기 배가 아프다지 않어?"
"아니 인제 여덟 달밖에 안됐을 텐데요?"
"그러기 말이지."
점박이아주머니도 그제야 무엇을 눈치챈 듯 덕구 쪽을 흘깃 바라보며,
"조서방이 또 못할 짓을 한 게로군요."
"글쎄, 어찌자구 발길질을 함부루 헌담. 꽤 하혈을 했어. 애는 어찌됐든 어른이나 무사해야 할 텐데. 이사람, 어서 일어나게. 자네 안사람이 헐 말이 있다네."
잠자코 술만 마시고 있던 덕구가 버럭 소리를 질렀다.
"모두 다 뒈지래요. 일선에서 죽는 사람에 대면 약과예요, 약과."
삼돌이어머니가 끌끌 혀를 차고 나서 할수없다는 듯이,
"그럼 내가 먼저 가보겠네. 뒤루 곧 오게."
덕구는 그냥 술잔만 기울였다. 왜그런지 술이 취해지지 않는 기분이었다.
점박이아주머니가 말리는 것도 듣지 않고 반되 푼수나 혼자 마시고 나서야 덕구는 말없이 자리를 떠 밖으로 나왔다. 한쪽만 남은 눈에 이상한 광채가 서려있었다.
덕구는 자기도 아내에게 할 말이 있다고 생각했다. 이년, 네년이 더 나한테 할 말이란 뭐냐. 실은 내가 네년에게 할 말이 있다. 네년이 뒈지기 전에 꼭 할 말이 있다.
그러나 그는 집 가까이 이르러 방안에서 새어나오는 아내의 신음소리와 삼돌이어머니의 무어라 달래는 말소리를 듣자 그만 발걸음을 돌려버리고 말았다. 딴사람이 있는 데서는 말을 할 수가 없는 것이다.
뒷산 기슭으로 올라가 거기 양지바른 곳에 앉았다. 따뜻이 내리쬐는 볕에 점점 눈꺼풀이 무거워졌다. 드러누웠다. 그리고 그대로 노그라져 잠이 들어버렸던 것이다.

소 리 261

산그늘이 지고 저녁바람이 일었다.
덕구는 자기 목을 한번 어루만지며 부르르 몸을 떨었다. 추위 때문만이 아니었다. 금방 꾼 흉악한 꿈이 몸에 배어 사라지지 않는 것이다. 그 밧줄 끝에 붙어 굴러내려가던 붉은 핏덩어리가 아직도 눈앞에 선했다. 이렇게 꿈자리가 사나운 걸 보면 필경 아내는 하혈을 한 채 일을 당했음에 틀림없다는 생각이 들었다. 덕구는 지금 꿈 아닌 생시에 자기 몸이 어떤 깊은 구렁텅이로 미끄러져들어가는 듯함을 느꼈다.
그대로 거기 앉아있을 수만도 없었다. 일어나 산을 내려오기 시작했다.
그러는데 몇 발자국 걷지 않아 어디선가 이상한 소리가 들렸다. 그러고보니 좀전에 잠이 깨자마자 이 비슷한 소리를 들은 것같았다. 꿀꿀거리는 소리. 그것이 사람의 소리가 아닌 것만은 알 수 있었다.
소리 나는 데로 더듬어 갔다. 이번에는 꺄아꺄아 하고 야무진 소리를 지른다. 닭이었다. 암탉 한 마리가 지난해 마른 풀섶 속에 알을 품고 있는 것이었다.
웬 닭이 이런 데서 알을 품고 있을까. 다음순간, 요 망할 것이 여기 와있었구나, 하는 생각에 대추나뭇집할머니네 집을 노려보았다.
어쩌다가 알 자리를 잘못 잡는 암탉이 있는 것이다. 깜쪽같이 사람 모를 곳에다 알을 낳아놓는 것이다. 그리고 거기서 안는 것이다. 주인집에서는 닭 한 마리를 잃은 것으로 알 밖에 없다. 그래서 아주 사람들의 기억에서 사라졌을 즈음에 뜻밖에 잃어버린 줄만 알았던 암탉이 스무남은 마리나 되는 병아리를 소담스러이 거느리고 나타나는 수가 있는 것이다.
흥, 빌어먹을 놈의 할미같으니라구, 이런 걸 가지구 공연히 남을! 덕구는 대추나뭇집할머니네 집을 쏘아보며 뇌까렸다. 그달음로 달려가 야단을 쳐주고 싶었다. 그러나 지금 덕구의 마음은 딴데 있었다.
손을 내밀어 닭의 모가지를 잡아비틀었다. 그다지 푸드득거리지도 못하고 잠잠해졌다. 이래서 모가지란 편리하거든. 닭 몸집도 사무 가벼웠다. 그래도 몇 잔 술안주야 되겠지. 달걀을 집어 호주머니에 넣었다.
 아내생각이 났다. 이년아, 봐라, 네년은 날 닭도둑놈으루 몰고 게다가…… 그래 네년이 뒈지기 전에 나도 할 말이 있다.
 술막으로 갔다. 점박이아주머니가 덕구를 보자,
"그새 어디 갔었수?"
 그리고 손에 들린 닭을 내려다보며,
"건 또 웬 닭이구?"
"웬 닭은 웬 닭예요. 벌써 전에 값을 치러됐든 걸 지금 가져오는 거지. 그런데 용칠이는 어디 갔나요?"
"조서방 나간 뒤루 곧 나가든데."
"그친구가 있었음 좋겠는데. 좌우간 이걸 퇘서 삶어주시우. 통닭으루. 술 한잔 먹어야겠수."
 닭을 받아든 점박이아주머니가 털 빠진 닭의 배를 들여다보며,
"아니 이거 안는 닭 아니우?"
"왜 안는 닭 먹으면 죽나? 훔쳐온 건 아니니 염려 말구 어서 튀겨나 줘요. 값은 다 치르구두 남은 거예요. 아, 참, 우선 이걸 먼저 그 솥에 넣어 삶어주시우."
 호주머니에서 달걀 몇 개를 꺼내어 내주는데 점박이아주머니가,
"안직 집엔 안 들어갔었수?"
 덕구가 그 말에는 언뜻 대꾸를 못했다. 다음에 나올 말이 겁나는 것이다.
"조서방이 요즘 허구 댕기는 행실 봐선 과분하지. 글쎄 몸을 풀었는데 팔삭둥이의 울음소리가 큰애 울음소리 같드래지 않아. 참 복두 많지."
 덕구는 목구멍 속으로 뜨거운 숨결을 삼켜넘겼다. 그리고, 그게 참말이에요? 한다는 것이 그만 생각과는 달리,
"낳아놓기만 하면 멀해요."
"그러나 조서방두 이젠 애비구실을 톡톡히 해야 할걸."
"어서 그 달걀이나 솥에 넣우. 그리구 술이나 따르슈."
 좀전과는 다른 의미에서 얼른 술을 한잔 마시고 싶은 것이다.

"오늘만은 특별히 외상을 주지만 다음부턴 안돼요."
 정말 오늘은 특별한 날인 것이다. 아침에 뜻하지 않은 실수를 하고 나서는 내심 떨고 있던 차에, 아내가 팔삭동이나마 무사히 낳았다니 마음이 확 풀리는 것이다. 이제 용칠이만 곁에 있어서 이 대추나뭇집할머니네 암탉을 좀 보여줄 수 있었으면 참 재미있겠는데.
"용칠이 그친구가 어델 갔을까. 또 장거리 쪽으루 갔나."
 점박이아주머니가 생각난 듯이,
"참 아까 나가면서 혼잣소리루, 덕구가 무서워 못견디겠다구 그러든데."
"내가 무섭다구요?"
 덕구는 저도모르게 히힝 하는 웃음을 웃고 나서, 그러고보면 그렇기도 하겠군, 내가 무섭기도 하겠군, 필경 제녀석이 삼돌이네 집에 불을 놓았다면 내 입이 무섭기도 하겠지, 그렇다면 제녀석이 좀처럼 마을에는 못 돌아올걸, 그러나 안심해라 난 아무말도 안할 테니. 술을 들이켰다.
"아주머니, 어서 그 달걀 좀 주슈."
 그러자 삶은 달걀껍데기를 벗기고 있던 점박이아주머니가 별안간,
"아이 깜짝야!"
하고 들고 있던 달걀을 떨어뜨리며 한 걸음 뒤로 물러서는 것이다.
 보니 껍데기를 헤친 달걀 속에 병아리가 다 된 것이 들어있는 것이다. 노란 털 밑에 발그레한 발목이 오그라들어있었다. 달걀이 저렇게까지 돼있었던가. 하기는 닭사건이 있은 지도 벌써 한 스무날 잘 되는 것이었다.
 점박이아주머니가 다른 달걀 하나를 더 집어 깨어보고 도로 놓으며,
"쯧쯧, 어디서 다 까게 된 달걀을……"
"거 다 값을 치른 거예요. 그리구 그런 걸 먹어야 약이 되거든요."
 덕구는 다시한번 히힝 하는 웃음을 웃고 나서,
"아주머니는 몰라서 그렇지, 전쟁터에선 급해지면 못먹는 게 없답니다."
 점박이아주머니가,

"어디 그 생달걀을 이리 좀 줘봐요."
 그리고 덕구가 내주는 달걀을 받아들고는,
 "이것 보지, 이렇게 속에서 병아리가 오무작거리는 거."
 새삼스러울 것 없다. 한 스무날 잘 된 달걀이니 그럴 수도 있는 것이다.
 "아니 이것 바, 이건 병아리소리까지 들리네."
 이것도 하등 신기할 게 없다. 그러면서도 덕구는 저도모르게 호주머니 속에서 달걀을 하나하나 꺼내놓고 있었다.
 "어마, 이건 또 껍데기까지 쪼구…… 금방 까게 된걸……"
 왜 이렇게 점박이아주머니가 수다를 떨까 싶어,
 "여기 술이나 더 따르슈."
 "글쎄 아무리 닭새끼라두 원…… 누구네 집에 안는 닭이 없나, 이걸 품겨줄 만한……"
 여자란 역시 할 수 없다 싶었다. 어디까지나 곰살스러운 것이다.
 여기서 덕구는 다시금 히힝 하는 웃음을 웃으려 했다. 그런데 웬일인지 그게 제대로 돼 나오지가 않았다. 아무 신기할 것이 없다고 여겼던 점박이아주머니의 말이 불현듯 마음에 와 걸린 것이다.
 다음순간, 덕구는 자기 가슴속에서도 무엇이 오무작거리고, 가슴을 쪼고, 울고 있음을 느꼈다. 그리고 이 한낱 속삭임같이 가냘픈 울음소리가 점점 커져 자기네 팔삭동이의 울음소리로 변해갔다. 그러자 그는 여태까지 느껴본 어떤 무서움보다도 색다른, 난생처음 맛보는 야릇한 두려움을, 이 값을 다 치렀다고 생각했던 눈앞의 조고만 달걀에서 느껴야만 했다.

1957 이월

〈해 설〉

순박한 삶의 파괴와 회복

曺　南　鉉

　黃順元이 50년대에 발표한 단편들은 작중 인물과 배경과의 관계라는 점에서 볼 때 두 그룹으로 나누어진다. 첫째 그룹의 단편들에 등장하는 인물들은 〈眞空狀態〉속에 존재하고 있는 것이 아닌가 하는 의문을 자아내게끔 한다. 즉, 이 경우의 작중 인물들은 시대적 흐름이라든가 역사적 情況에 별로 얽매이지 않으려 하고 또 아랑곳하지 않으려는 그런 삶의 방식을 거의 공통적으로 취하고 있는 것처럼 보인다는 말이다. 본래, 黃順元은 개인을 사회나 역사의 흐름을 반영하는 暗號文字로 보려는 태도를 암암리에 부정해 왔던 것이다. 문학은 어디까지나 시대적 인식의 구체화 작용이어야 한다고 주장하는 리얼리스트들의 눈으로 보면 黃順元의 작중 인물들은 진공관 속에서 사는 것으로 판단될 가능성이 높다. 단편「소나기」「잃어버린 사람들」「불가사리」「사나이」「두메」「과부」「병아리」 등은 앞서 말한 黃順元 특유의 인물 설정 방법을 구체적으로 실증해 주고 있는 것들이다.
　그런데 黃順元은 6·25라는 엄청난 비극을 겪으면서 결과적으로 그의 작중 인물들을 진공관 밖으로 내보내지 않으면 안 될 강박 관념을 확인하게 된다. 물론 리얼리즘을 문학적 신념으로 삼는 사람들의 눈으로 보면 아직 만족할 만한 상태는 아니지만 말이다. 黃順元을 포함해서 50년대의 작가와 작품들은 6·25라는 危機史를 전면

적인 형태로든 아니면 부분적인 형태로든 일단 다루어야 한다는 숙명 내지 요구 앞에 서게 되었던 것이다. 작중 인물을 역사나 시대적 정황의 圈外에 두고자 했던 黃順元도 이러한 默示的 요구를 기피하지는 않았던 것이다. 집단의 문제보다는 개인의 문제에, 또 삶의 외부적 조건보다는 삶의 내면적 에네르기의 정체를 밝히려 하는 데 더 많은 관심을 보냈던 자신의 방법론에 일대 수정을 가한 듯한 흔적마저 드러내었다. 이러한 자기 변화의 과정을 거친 끝에 나온 것이 바로 장편 『카인의 후예』 『나무들 비탈에 서다』 『人間接木』이었다.

한마디로, 단편 「참외」 「부끄러움」 「맹아원에서」 「학」 「산」 「소리」 등은 그가 등단 초기부터 추구해 왔던 문학적 신념 내지 방법과 전쟁에 대한 비극적 체험이 그의 문학적 상상력에게 가져다준 충격의 내용이 결합된 가운데서 이루어진 것들이라 할 수 있다. 어쩌면 이상 예거한 단편들은 지금까지 세상에 발표된 黃順元의 소설 세계에서는 變格에 해당되는 것인지도 모른다. 이 중에서도 특히 「학」 「산」 「소리」와 같은 단편들은 더욱더 그런 느낌을 짙게 드러내는 것이라 하겠다. 이 세 작품은 6·25가 한국인에게 남기고 간 의미, 보다 구체적으로 말해서 상처를 비교적 입체적인 각도에서 풀이해 보려고 한 것으로 평가할 수 있다. 이 세 작품과 비교해서 보자면 「부끄러움」과 같은 단편은 피난 시절을 문자 그대로 단순한 시간적 배경으로 삼고 있어 작품 속의 실제 사건 내용과 전쟁과는 아무런 유기적 관련성이 없는 것으로 드러난다.

「학」에서는 어렸을 때부터 농사밖에 모르면서 같이 자란 두 친구가 훗날 전쟁을 겪으면서 서로 반대편으로 갈라진다는 구조가 설정되어 있으며 「산」은 산 속에서 어머니와 함께 도토리나 줍고 살던 순진 무구한 어느 젊은이가 인민군 패잔병들을 우연히 만나 그들에게 끌려 다니면서 여러 가지 반인간적인 행위를 목격하는 그 과정을 보여 주고 있다. 그런가 하면 「소리」라는 단편은 시골에 사는 어느 순박한 젊은이가 전쟁에 나갔다가 한쪽 눈을 잃고 귀향한 후 성격이 매우 난폭해지고 만다는 플롯을 제시하고 있다.

「학」에서의 성삼과 덕재, 「산」에서의 바우, 「소리」에서의 덕구는

黃順元에 의해서 모두 전쟁으로부터 치명적인 外傷(정신분석학적인 측면에서의 外傷)을 받은 인물로 부조되어 있다. 黃順元은 특히 이들 세 작품을 통해서〈전쟁으로 말미암아〉순박하고 착한 삶의 세계를 빼앗기고 마는 그런 삶의 경우를 한결같이 강조하고 있다. 이들 세 단편의 주제 의식은 전쟁을 체험한 젊은이들이 삶의 뿌리를 내리지 못한 채 俗惡해지거나 허무주의자가 되거나 하는 과정을 그린 장편『나무들 비탈에 서다』에 맥이 닿는 것이라 할 만하다. 각 개인의 삶이 악해지고 황폐해지고 난폭해졌다는 플롯을 설정해 보임으로써 黃順元은 6·25가 한국인에게 가져다준 의미를 찾아낼 수 있었던 것이다. 黃順元은 이 세 편 외에 다른 단편들을 통해서도 부정적인 방향으로 변화되는 삶의 경우에 다대한 관심을 기울인 흔적을 드러내고 있다.

아버지의 뜻에 따라 농사짓는 일을 하늘이 내려준 일로 생각하려 했던 성삼과 덕재, 산 속에서 살면서 자연과 동화된 듯한 착각마저 가졌던 바우, 역시 농사짓는 일을 天業으로 알고 착하게 살아왔던 덕구 등은 바로 순진하고 착한 삶의 세계를 대변해 주는 존재들이다. 그런데 전쟁은 이렇듯 순진하고 착한 삶의 세계를 뿌리째 뒤흔들어 놓았다고 黃順元은 힘주어 암시하였던 것이다.

  그러는 동안 덕구의 한쪽만 남은 눈은 술로 해서 붉게 충혈된 채 맑아질 날이 없이 언제나 눈꼬리에 비지가 끼게 되었다. 하루 세 끼의 밥보다도 술을 더 부르는 것이다. 그리고 이런 덕구의 행색이 정말 건달패의 한 사람으로 보이게 했다.
  한번은 놀라운 소문이 하나 마을에까지 전해졌다. 장거리에서 덕구가 어떤 사람을 때려서 이빨을 모조리 부러뜨려놓고도 무사했다는 것이다.   ──「소리」

덕구의〈한쪽만 남은 눈〉과 그 눈이〈술로 해서 붉게 충혈된 채 맑아질 날이 없게 되었다〉는 사실은 순수한 세계의 파괴와 상실을 아주 요령 있게 상징해 주는 것이라고 볼 수 있다. 이 작품은 결말 부분에 가서 덕구가 난폭하고 蕪雜한 行態를 극복할 움직임을 보이는 장면을 설정하고 있기는 하지만 역시 이 소설은 주인공의 改心의 論理보다는 좌절과 退行의 과정에 초점을 맞춘 것으로 해석됨이 좋을 듯하다. 작품 「소리」에 비해 「학」은 改心의 結構를 더욱 분명하게 드러내는 것으로 보인다. 즉, 「학」에서는 성삼과 덕재라는 두 인물 사이의 갈등 관계가 和解의 관계로 變位될 가능성이 매우 높은 것으로 처리되어 있다.

성삼이는 허리에 찬 권총을 잡으며,
"변명은 소용없다. 영락없이 넌 총살감이니까. 그저 여기서 바른대루 말이나 해봐라."
덕재는 그냥 외면한 채,
"변명은 할려구두 않는다. 내가 제일 빈농의 자식인 데다가 근농꾼이라구 해서 농민동맹 부위원장 됐든 게 죽을 죄라면 하는 수 없는 거구, 나는 예나 이제나 땅 파먹는 재주밖에 없는 사람이다."
——「학」

이렇듯 팽팽한 긴장 관계가 끝부분으로 접어들면서 성삼이 학 사냥을 제안함에 따라 다소 풀려 나가는 듯한 느낌을 주게 된다.

전쟁 때문에 본래의 순수한 삶의 태도를 저버리게 되는 인물의 경우는 또 다른 단편 「참외」 「맹아원에서」 「비바리」 등을 통해 발견된다. 「참외」에서 주인공의 老母는 손자들에게 먹을 걸 주기 위한 일념 때문에 남의 밭에서 무단으로 참외를 따오는 행동을 보인다.

본시 어머니는 욕심이라곤 전혀 없으신 어른이다. 젊어서는 고생도 무척 하신 모양이나 사십줄에 드시면서부터 먹고 입고 지내시기에 걱정없이 되신 뒤에도 당신의 옷가지를 그저 남 주시기를 좋아하시는 성미시어서 늘 나들이옷에도 부족을 느끼시는 어머니시다. 이런 어머닐수록 당신이 무슨 이유에서고 오늘같은 일을 하셨다는 것은 여지껏 감춰었던 어머니의 추한 면을 엿보는 것 같아 한층더 불쾌한 것이었다.
——「참외」

6·25를 소재로 해서 본격적인 의미의 전쟁 소설을 쓴 작가들의 관점에서 본다면 黃順元이 「참외」라는 작품에서 제시한 사건 내용(어머니가 남의 밭에서 무단으로 참외를 따 온 것)과 그에 대한 다른 인물의 반응 상태(아들 내외는 불쾌감과 당혹감을 느낀다)는 거의 문제거리가 될 수 없는 것으로 생각될 수도 있다. 또, 黃順元은 6·25가 한국인에게 가져다준 外傷의 실체를 피상적으로 접근하려 한 것이 아니냐는 의문이 나올 수도 있다. 이러한 의문이 전혀 터무니없는 것이라고 보기는 힘들지만 원래 黃順元은 작은 규모의 이야기를 통해서 큰 규모의 인식과 이치를 가늠하려 한 작가임을 잊어서는 안 될 것이다. 그는 독특한 소재보다는 독특한 관점을 획득하려고 애써 온 작가다.

단편 「맹아원에서」는 피난가던 중 박격포탄에 맞아 소경이 된 15살짜리 소녀가 자포자기에 빠진 나머지 비슷한 나이의 남자 소경과 사랑을 한 끝에 그 남자의 애를 갖게 되는 과정을 그려 보이고 있다. 이 작품은 장편 『人間接木』과 비슷한 소재를 다룬 것으로 보이는데 바로 「맹아원」은 전쟁 때문에 불행하게 된 삶의 경우를 단적으로 상징해 주는 공간 개념이 되기에 충분한 것이다. 이 작품에서 결국 영이는 봉이라는 남자 소경을 사랑함으로써 밝고 아름다운 삶의 세계를 상실한 데 대한 보상을 받으려 했지만 남은 것은 절망감 그것뿐이었다.

작품 「비바리」에서 여주인공 비바리는 빨치산에 가담한 오빠를 총으로 쏘아 죽이는 절정의 체험 pack experience을 갖는 인물로 그려져 있다. 비바리는 이 소설의 결말 부분에 가서는 자신이 오빠를 죽이게 된 심리적 배경 같은 것을 준이에게 들려 준다. 黃順元은 전쟁이 이 제주도 해녀에게 남기고 간 상흔을 〈恨〉이라고 암시한 듯하다. 〈恨〉은 다시 말하자면 아름다우면서 인간적인 삶의 세계를 앗아 간 전쟁에 대한 증오의 감정에 다름아닌 것이다.

黃順元의 단편들에서 섹스의 문제가 의외로 큰 비중을 차지하고 있음을 볼 수 있다. 그는 性에 대한 접근법 혹은 자세에서 총체적인 의미의 삶의 자세 같은 것을 연역해내려 한 것으로 짐작된다. 그의 단편들을 통해 자주 나타나곤 하는 性의 문제는 이렇듯 보다

높은 차원의 문제까지를 조명해 줄 수 있는 그런 정도의 무게는 유지하고 있는 것이다. 그의 단편들에서는 정상적이라고 이름할 수 있는 그런 류의 애정 관계는 거의 나타나고 있지를 않다.

가령, 「왕모래」에서는 과부인 엄마가 자식을 팽개쳐두고 집을 뛰어나가 이곳 저곳 돌아다니며 복잡한 남자 관계를 갖다가 끝내 아편쟁이가 되어 돌아온다는 구성을 보여 주고 있으며 「두메」는 한 여자가 情夫를 따라 도망가고 싶어 남편을 살해한다는 結構를 취하고 있다. 또한 「과부」에서는 실상으로는 守節하지 못한 과부가 시아버지의 슬기에 힘입어 겉으로는 수절한 체하면서 속으로는 한 번 정을 통한 남자와 그 사이의 소생을 은근히 그리워한다는 그런 플롯이 설정되어 있다. 「산」은 여자 군인이 여러 명의 남자 군인들한테 번갈아 욕보는 장면을 보이고 있으며 「불가사리」와 「사나이」는 결국 성욕의 포로가 되고 마는 어느 남자의 경우를 다루고 있다. 「맹아원에서」와 「비바리」는 다같이 逸脫된 성윤리의 케이스를 들려 주고 있다. 〈古海坪烈女紀實碑〉에 얽힌 전설을 底本으로 했다는 「잃어버린 사람들」은 오히려 크게 공감 줄 수 있는 사랑 이야기를 들려 주는 것이긴 하지만 이 단편 역시 사랑에의 충동과 이른바 윤리 의식 사이의 마찰이란 문제를 염두에 두고 있다. 그러나 黃順元이 남녀 사이의 사랑의 문제, 성의 문제를 윤리 의식이라는 프리즘만을 통해서 음미하려 했다고 보기는 어렵다. 소설에서의 性問題를 접근하는 태도에 있어서는 黃順元은 유교주의보다는 오히려 李孝石류의 발상법에 가까운 것으로 드러나기 때문이다. 그만큼 黃順元은 인간의 性에 관한 문제를 자연스럽게 다루려고 했던 것으로 보인다. 좀더 확대 해석해서 보자면 그는 性에 대한 욕구를 우선 〈인간적〉인 현상으로 받아들이려 했던 듯싶다. 다만, 문제는 이러한 성적 욕구나 사랑에의 충동을 어떻게 해소시켜 나가느냐에 달려 있다고 보는 것이다. 이를 해소시켜 나가는 과정에 있어서 비인간적인 방법에 근거를 둘 때 「왕모래」「산」「사나이」「두메」에서 볼 수 있는 바와 같이 性의 노예가 되고 마는 결과가 빚어지기 쉽다는 것이다. 성의 문제를 윤리 의식의 시선이 아닌 보다 포괄적이면서 입체적인 시선으로 접근해 간 방법이 黃順元에게서 시작되었다고 보기는 어려우

나 그에 의해서 이러한 접근 방법이 더욱 든든하게 자리잡을 수 있었다고 판단할 수는 있다. 黃順元이 섹스의 문제를 도덕적 상상력이란 메스만을 가지고 다룬 것은 아니라는 추리는 그의 단편들을 통해 얼마든지 그 입증이 가능하다.

黃順元의 단편들이 그토록 오랫동안 또 많은 사람들에게 공감을 줄 수 있는 이유와 근거는 여러 각도에서 그 해석이 가능할 것이다. 우선, 흥미있는 이야기를 만들어내는 능력이 비범하다는 점에서 그 첫번째 근거를 이끌어낼 수 있긴 하지만 단편에 요구되는 여러 가지 기법들을 그가 거침 없이 잘 구사하고 있다는 점에도 주목할 필요가 있다. 여기서는 두 가지 점만 추려내어 논해 볼까 한다.

본래 黃順元은 소설의 結末을 아주 날카롭고도 인상깊게 처리할 줄 아는 작가로 평가되어 왔던 터다. 그는 시종 불행했던 인물이 끝판에 가서 갑자기 행복해지거나 악한 인물이 마지막 부분에 가서 돌연 선하게 된다는 식의 억지 논리를 쓰는 법이 거의 없다. 그 단편들은 분명 急轉의 要諦를 보여 주기는 하나 그 급전의 과정이 결코 무리를 드러내거나 부자연스러움을 동반하지 않는다. 단편 「잃어버린 사람들」「필묵장수」「소나기」「왕모래」「몰이꾼」등은 소설에 있어서의 結末效果 Endeffekte를 모범적으로 잘 살리고 있는 것으로 평가해도 무방한 작품들이다. 이들 단편은 소설의 끝을 작품의 중간 과정에서 축적되어 온 사건 내용이나 방향을 완전히 뒤엎어 버리는 식으로 처리하고 있지는 않다. 오히려 이 경우의 끝부분은 그 이전까지의 사건 내용이나 방향을 더욱 심화시키거나 또는 그것에 악센트를 찍는 식으로 처리되어 있다.

추측컨대, 한국 작가들 중에서 소설에 있어서의 상징성의 妙에 관해 黃順元만큼 민감하면서도 능숙한 작가도 흔치 않을 것이다. 소설에 있어서의 상징은 두 가지 길을 통해 생성되는 게 보통이다. 소설에서의 상징은 소설 속의 한 사실이 다른 사실들을 조명해 주고자 할 경우에 생성되거나 혹은 소설 속의 사실 전체가 자체에 내재된 의미 그 이상의 다른 것을 지향할 때 생성되기도 한다. 전자의 방법을 일러 주는 것으로 「비바리」「학」「왕모래」「맹아원에서」「소리」등의 단편을 꼽아 볼 수 있다. 그리고 후자의 방법을 사용한 것으로「병아리」「몰이꾼」등의 작품을 들 수 있다.「비바리」에서 여주인공이 말을 유달리 사랑하는 행위는 성적 욕구를 중심으로 한 인간의 순수한 욕구에 충실하려는 삶의 태도를 가늠한 것이라 볼 수 있으며「학」에서 성삼이가 학 사냥을 하자고 제안한 것은 용서와 和解에의 의지를 상징한 행위라고 풀이할 수 있다.「왕모래」에서 어머니 신발에 늘 묻어 있는 왕모래,「맹아원에서」의 바다의 이미지,「소리」에서 주인공만이 듣는 환청 같은 것은 소설 속의 다른 인물이나 행위나 배경을 신선하게 조명해 주는 상징의 메커니즘에 해당되는 것들이다.

닭장에 자꾸 침범하여 닭들을 물어 죽이는 도둑 고양이를 없애기 위해 청산가리까지 사용하려 한다는 내용의 이야기를 담고 있는「병아리」와 청계천 속으로 들어가서 끝까지 나오지 않는 아이를 끌어내기 위해 여러 잔인한 방법을 쓴 끝에 결국 그 아이가 시체가 되어 떠내려 온다는 이야기를 담은「몰이꾼」은 둘 다 상징소설로서의 資力을 높게 지니고 있는 작품이라 하겠다. 전자는 선하지만 힘 없는 존재(병아리)가 악의 존재(고양이·족제비)로부터 끊임없이 위협을 당한다는 우화를 들려 주고 있으며 후자는 群衆心理의 무책임하면서 무분별한 성향을 드러내 보여 주고 있는 것이다.

황순원 전집 ③
학(鶴) / 잃어버린 사람들

초판발행_1981년 12월 12일
3쇄발행_1988년 3월 25일
재판발행_1991년 4월 25일
10쇄발행_2021년 11월 30일

지은이_황순원
펴낸이_이광호
펴낸곳_㈜문학과지성사

등록번호_제1993-000098호
주소_04034 서울 마포구 잔다리로7길 18(서교동 377-20)
전화_02)338-7224
팩스_02)338-4180(편집) 02)338-7221(영업)
전자우편_moonji@moonji.com
홈페이지_www.moonji.com

ⓒ 황순원, 1991. Printed in Seoul, Korea

ISBN 89-320-0134-0
ISBN 89-320-0105-7(세트)

이 책의 판권은 지은이와 ㈜문학과지성사에 있습니다.
양측의 서면 동의 없는 무단 전재 및 복제를 금합니다.

값 11,000원